华 章
传奇派

品味无限不循环的人生

无极之外

六维空间

王颖超

著

重庆出版集团 重庆出版社

图书在版编目（CIP）数据

无极之外.1，六维空间/王颖超著.— 重庆：重庆出版社，2023.12
ISBN 978-7-229-18144-4

Ⅰ.①无… Ⅱ.①王… Ⅲ.①幻想小说—中国—当代 Ⅳ.①I247.5

中国国家版本馆CIP数据核字（2023）第210657号

无极之外1：六维空间
WUJI ZHI WAI 1: LIUWEI KONGJIAN
王颖超 著

出　　品：	华章同人
出版监制：	徐宪江　秦　琥
责任编辑：	徐宪江
特约编辑：	张晴晴
营销编辑：	史青苗　刘晓艳
责任校对：	刘小燕
责任印制：	梁善池
封面绘图：	王颖超
装帧设计：	魏　敏

重庆出版集团
重庆出版社 出版

（重庆市南岸区南滨路162号1幢）
北京毅峰迅捷印刷有限公司　印刷
重庆出版集团图书发行有限公司　发行
邮购电话：010-85869375
全国新华书店经销

开本：880mm×1230mm　1/32　印张：11.5　字数：264千
2023年12月第1版　2023年12月第1次印刷
定价：49.80元

如有印装质量问题，请致电023-61520678

版权所有，侵权必究

目录

序言 /I

第 一 章 离奇复活 /1

第 二 章 消失的家人 /20

第 三 章 星战 /27

第 四 章 坎瑟星毁灭 /49

第 五 章 往事 /55

第 六 章 领袖号迫降 /68

第 七 章 恋爱 /83

第 八 章 两难选择 /104

第 九 章 误杀 /124

第 十 章 智者与长老 /133

第 十 一 章 穿越时空孔洞 /150

第 十 二 章 吊坠里的秘密 /162

第 十 三 章 地球,罗斯威尔 /171

第十四章　量子纠缠 /177

第十五章　新线索 /202

第十六章　杀人实验 /213

第十七章　六维空间 /230

第十八章　免疫星球 /245

第十九章　长老的宿命 /265

第二十章　生命 /283

第二十一章　太阳系密码 /291

第二十二章　宇宙的DNA /300

第二十三章　最后的真相 /316

第二十四章　尾声 /348

后记 /352

角色姓名 /354

序言

我很难说这部小说是科幻的创作,还是哲学的思考!

有人曾经抱怨说,现在世界上有两个东西几乎寸步难行——理论物理和哲学。尤其进入量子物理时代,人们发现这个世界很魔幻,经典、端庄的物理体系崩塌了,随之而来的是经典哲学体系难以为继。同时,整个世界已经步入后现代主义,我们能够信仰的东西越来越少。我们存在的价值、生命的意义,从彼岸和远方,逐渐萎缩到了身边和当下。世界变得越来越现实,而梦想却越来越遥远,然而这却是一种进步!把曾经不可怀疑、触不可及的彼岸世界解构掉之后,所剩下来的,必定是迷茫。我希望能在迷茫中找到一些和以前不太一样的东西,但是究竟会找到什么,能否找得到,谁又能说得出来呢?这也是目前人类文明在理论上的一个巨大困扰。

我个人认为,这一困扰的根源则在于人类文明的"原罪"——经验主义+猜想,与现代文明的"基础"——实证主义+预测,发生了激烈的碰撞，导致传统底层根基与当代上层建筑之间产生了严重的不匹配。然而这两方面的关系却又是一脉相承，都贯穿着人类的"先天"认知逻辑，尤其是对因果律的追求。然而就目前来看，无论是哲学还是物理，都很难在彼岸家园、自由意志、终极关怀等问题上有所突破，甚至无须突破。

我有时在思考，如果把当下的实证主义与古人的猜想精神结合起来会产生什么。我想，可能就是基于当代科学体系下的艺术、文学，尤其是硬科幻。我觉得，科幻作品不能只是依靠单纯的想象，这不是一个天马行空的无规则地带，归根结底是文学作品，应该包含对世界的理解和感悟，以及对当下和未来某些事情的担忧。科幻，是将未来可能发生的事情引入当下，或者把已经发生，但是不为人类所认知的东西进行假设，让我们一起去思考现在、未来可能出现的问题，去思考人类存在的方式和意义。与科学研究不同，科幻还有一个巨大的优势——科幻可以假设，但绝不是肆意妄为的假设，而是抱着科学的态度去假设，基于现实基础的假设。在我看来，一部科幻小说要么能在人类文明的层面让读者有一个沉甸甸的思考，要么能在科学领域带来一些可能性的曙光。而不是：你们看，那个外星人真好看，两艘宇宙飞船战斗得多么激烈……

我带着这种思路进行创作，并且随着创作的深入，我越来越发现人性的复杂，社会的复杂，还有科学的复杂。在这种复杂体系下，我们为何存在，将会如何存在？而且宇宙更加复杂，假如宇宙存在某种更宏大的意义，那么在宇宙的意义之下，我们又将如何定义人类的意义？不同层级文明的意义、使命和存在方式一定会存在"漩涡"，同一层级的不同文明也必定会有冲突。但是所有的文明，基于自身来说又都是合理的。那到底是什么"不合理"的因素导致了这些冲突呢？是否"不合理"本身也是一种合理？谁能给出这些问题的答案，谁又能知道这些答案是否正确，以及这些答案是否需要正确呢？

这部小说的创作过程是非常痛苦的，笔者除了思考这些哲学问题，还有很多伦理与道德、情感与无奈，内心也充满了疑惑与挣扎，以至于把自己写哭了几次。我想，这部小说也并不能为读者朋友们解开什么疑惑，或许会带来更多的疑惑。敬请见谅！

康德说，有两样东西，愈是经常和持久地思考它们，对它们历久弥新和不断增长之魅力以及崇敬之情就愈加充实着心灵：头顶的星空和心中的道德律令。

而对于我来说，同样有两个问题缠绕着我，让我一直不停地迷惑且兴奋着，那就是：这个世界竟然是可以被认知的；人类竟然可以认知这个世界。后来我才知道，爱因斯坦也被这两个问题所迷惑。可是，这两个问题就真的"存在"吗？谁能确定人类可以真正认识这个世界？

或许大家在读完以上的文字后已经是一头雾水了，希望下面的内容能够让各位明白其中情由，去思考更深的问题。

我们生活在一个什么样的世界里？

银河系在宇宙的作用是什么？银河系之外是什么？那些离我们远去，连光线都无法达到地球的世界，又是什么？

宇宙边界之外是什么？宇宙为什么存在？

我们是谁，我们从哪里来，又要去往哪里？我们对于宇宙的作用是什么？

这些问题一个接着一个,从我懂事开始就一直萦绕在我的脑海里。随着年龄的增长,这些看似与自己生命和生活无关的问题一个接一个地埋藏在脑海深处。但是埋起来的,竟然是种子。当我再次打开这些尘封的问题时,各种猜想就像编织的画面一样,呈现在我的眼前。

确实,这一切问题的答案我们都不得而知,而且在我有生之年应该都不会得到答案。或许有些问题没有答案,而且本就"可以"没有答案,尤其是某些光怪陆离的问题,害怕别人知道答案……

1947年7月5日,在美国新墨西哥州发生了"罗斯威尔事件",一个飞碟坠毁,现场发现四具外星人遗体。据说这四具外星人遗体被美国军方收集并解剖研究,同时外星飞船为美国技术的进步带来巨大帮助。

1955年4月18日,爱因斯坦去世。随即,他的大脑离奇失踪。后来找到爱因斯坦大脑的时候,它已经被切成了很多块儿准备进行研究,或者用于收藏。

1963年11月22日,美国肯尼迪总统遇刺。据相关调查机构发现,子弹竟然经过数次折射才射入了肯尼迪的身体。该调查报告让人完全不能信服,但是却正式对外公布。

而以上这些,还只是轰动世界、广为人知的事件。世界上还有那么多不为人知的离奇事件在某个角落悄悄发生。那一桩桩光怪陆离的事件背后,掩藏着的真相究竟是什么?而那些掩藏真相的原因,又是什么呢?谁是前台的木偶,谁又是幕后的操纵者,而控制操纵者的人是谁?他们的目的又是什么呢?

我,一个故事的缔造者,总相信一个道理——如果过分离奇的事件或者众多巧合同时发生,那么背后一定有着某种必然的原因把事情串联起来。我们所认知的世界就只有这么大的范围，那些我们认为不合理但又反反复复发生的事情，背后总有我们无法看到的真相。或许，这些真相就在我们身边；也或许，真相是来自我们之外的世界。可是谁又能给我答案呢？而答案，又该如何定义呢？

王颖超

2023年9月

第一章
离奇复活

滨海理工学院，是滨海市历史悠久的大学。这个学校特别怪异，作为一所综合性大学，它是默默无闻的。但是在物理领域，却有着极高的科研成果和金牌口碑，为其他重点高校所瞩目。然而谁都不曾预料到，这所学校即将在物理学之外引起社会的轰动——一场意料之外、匪夷所思的惨剧正在酝酿。这一事件，迅速把滨海理工学院推到了风口浪尖。

2014年初春，过了一个多月的寒假，终于开学了。学校里总有一些浑浑噩噩的同学，因为上学期考试不及格，他们回学校的第一件事就是补考，这是一种难以言说的痛。向兵，作为这所大学理学院的院长，对学校物理学科取得的成绩做出了不可磨灭的贡献，虽然还不到六十岁，但已经被很多人称为"泰斗"了。他对学生的要求已不能用"严格"来形容，而是到了一种"变态"的程度。他以苛刻著称，以严厉出名，以不近人情为标签，所以，他在学生当中的口碑非常不好，向兵的名字可以和"鬼见愁"直接画等号。可是在向兵自己心里，这对学生并非是坏事，学生早晚会明白自己的良苦用心。而对于很多学生来说，他们根本就不喜欢物理，以后也不会在这个领域发展，在这里无非就是混个毕业证罢了。学生的想法和向兵的要求，有着难以调和的矛盾。因此，他的课补考的人数最多。

补考开始了，让补考的学生叫苦不迭的是，向兵竟然亲自监考。这让很多人不解——监考和巡考这类苦差事怎么也不应该落在院长头上。也许向兵觉得学生的不及格是因为自己教得不好，学生考试失利和自己有着密切的关系，所以他才亲自前来。当然，只是猜测……

然而今天的向兵却显得有点心不在焉。他一会儿盯着学生，一会儿看向门口，一会儿又隔着窗户看着外面的走廊，他的注意力不在考场上，或许他知道学生可以顺利过关，不用怎么管他们吧？

就在快要收卷的时候，学生的脸上露出了难得的笑容，他们的交头接耳不再是询问答案，而是在庆祝。就在大家沉浸在补考过关的小小成就感当中时，向兵的眼睛逐渐瞪大了起来，一个人影突然冲进了考场——这不是扰乱考场秩序吗？他是谁，他要干什么？竟然在院长亲自监考的考场里闹事。然而这个人似乎根本就无视向兵的存在，径直向考场里面走去。

向兵一时间竟然不知道该做什么反应。要知道，即使在国家级别的物理研讨会上，向兵都是享受着众星捧月的待遇，而现在却闪现出这么一个如此无礼之人，这让向兵情何以堪？只见向兵垫步上前，一把抓住那人的胳膊。那人一愣，盯着向兵的眼睛，向兵也毫不退缩，直愣愣地和他对视，一时间陷入了僵持。那人似乎被向兵的气势压住，把胳膊一抖，挣开了向兵的束缚。向兵没有再进一步追过去，一是这种行为并不符合向兵的身份，如果两人扭打在一起，更不成体统。二是向兵认出了这个人，他是教学楼的卫生员老李头儿。老李这是要干什么呢？收拾卫生也不至于这么急吧？这个问题答案瞬间便揭晓了，而老李给出的这份答案，是没有人愿意看到的。

只见老李径直走到第三排，一边大踏步地走着，手一边在口袋里摸索着什么。等他走到第三排中间的一个女学生身边时，他的手也从口袋里来拿了出来，同时掏出了一把手枪。老李对着女生的头部猛地开了一枪，枪声充斥着教室里的每个角落，大家没有在现实当中见到过真正的枪，更没有看见过枪击杀人的场景。每个人的灵魂深处脆弱的神经都被震动着。

刺耳的枪声过后，是长时间尖锐的叫喊，几秒钟后教室里乱作一团，学生们这才想起来要逃命，一窝蜂地冲出了教室。坐在后排的学生来不及跑出去，还有的被老李挡住了逃跑的路线，他们害怕老李会继续开枪杀人，纷纷藏到桌子底下或彼此抱作一团。然而，大家似乎都忽略了，教室里还有一个女生血溅当场，一个鲜活的生命就这样陨落了，而在几秒钟之前，她还在专心检查着自己的试卷。子弹的威力看似不大，并没有射穿头颅，而是留在了大脑里，但是这样已经足够要了她的命。可怜的女生，成绩虽然不好，但是单就长相而言完全可以算是院花级别了。只可惜，如今已然离开了这个世界，花季少女就这样凋零。

谁都不知道老李随后会干什么——他是否会继续开枪？枪里还有几发子弹？还需要死几个人？看着教室里乱糟糟的一团，老李似乎也愣住了，他呆呆地站在那里，然后缓缓地转过头看着向兵，这个教室里不惧怕他，还能镇得住他的，就只有向兵了。

此时的向兵显得异常镇定，毕竟他也是经历过风风雨雨的人。向兵缓步向着老李走去，一步，两步……一股不容置疑的气势从向兵的身体里散发出来，老李不由自主地后退了几步。向兵不愧是学生眼中的"鬼见愁"，巨大的压迫感从向兵的眼睛里射到了老李身上，然后慢慢地把手伸了出来，似乎是让老李把枪交给自己，然后服法认罪。

老李看着向兵，没有说话，也没有表情。一阵压抑的气氛过后，老李丢下枪撒腿就跑，瞬间消失在了楼道的黑暗处。

学生们抱在一起哭泣着，他们从未想过这种事情会在自己身边发生。即使是平时自称勇敢的"大男生"们，也不敢看那血腥的场景……

中枪女生的脑袋倒在桌子上，弹孔、鼻腔和嘴巴里同时流出了血液，血液顺着她的脸缓慢地绕了一圈，然后向外扩大，一直溢出了桌面，流到地板上。不一会儿，鲜血停了，不知道是流光了，还是尚有一丝活性的血小板止住了血液。向兵盯着女生额头的伤口，似乎里面是一个宇宙，那么神秘，不可解释。子弹就在女生的大脑里，这感觉就像一个巨大的天体闯进了银河系，把整个星系的结构彻底打乱了……

向兵掏出了手机，拨通了校保卫处的电话。保卫处听说有学生在教室里被枪杀，一时间竟茫然不知所措。保卫处接电话的人不知道该如何处理，只是在电话里语无伦次地询问着向兵一堆没有价值的问题，这让向兵觉得很浪费时间，就把电话挂了。只是保卫处的人好像还有很重要的事情没说完，其实向兵心里非常清楚对方想要说什么，无非就是让向兵暂时不要报警，等到学校内部先大致查清楚怎么回事，统一口径之后再让警方过来。向兵怎么会对一个保卫处值班人员的话唯命是从呢？即使保卫处处长亲自过来，也要对向兵点头哈腰。更何况，这起案件是在向兵的考场上发生的，如果向兵不选择报警，而是和学校有关部门一起拖延、商量、统一口径，甚至隐瞒一些细节，将来万一被学生家长追究起来，向兵可就吃不了兜着走了。

向兵自然不会理会保卫处，挂掉电话后便马上报了警。然后又叫了救护车，虽然所有人都觉得这是多余的，其实叫法医过来会更好，但是向兵知道必须叫救护车。因为从医学上来讲，向兵没有办法判断一个人是否真正死亡，是否还具有挽救的可能。如果死者的家属问起来为什么不叫救护车去抢救，说不定还能救活的话，那向兵就麻烦缠身了。向兵这看似无用的做法，其实是把未来可能的麻烦降到最低。但出了这样的事情，无论如何都会麻烦一大把。当然最麻烦的并不是向兵，而是学校。

学校保卫处的人迅速来到现场，现场的情形相当恐怖：学生的额头被子弹打出了一个窟窿，血液离开身体后不久就变成黑红色，像是一堆凌乱散落的枯萎花瓣。向兵看到保卫处到来之后，用自己的衬衫盖住了死者的头，把最血腥的场面掩盖在了自己衬衫的下面，这也是给死者一点尊重。随后让留在教室里的学生一个接一个地离开现场，他小心控制着现场的秩序，直到警察到来。保卫处似乎在埋怨向兵的做法——为什么不等学校各个部门统一口径后再报警，哪怕是面对媒体也必须要有一个像样的解释。在保卫处看来，向兵的这三通电话可谓天衣无缝地把他自己的责任撇得一干二净，而且事后还会被警察或者社会媒体认可，说他"当机立断"云云，只是苦了保卫处、宣传部这些部门。然而保卫处没有胆量，更没有时间埋怨向兵，因为他们还要安排大量的人员去搜寻凶手的踪迹。

很快，警察也到了。正如保卫处所料，警察对向兵的做法，尤其是他对现场的保护，对学生的安置都表示了认可，甚至认为向兵有着很高的专业水准，这让保卫处愈发不爽。不出意料，向兵的第三通电话明显就是白打了，救护车来到现场没有起到任何作用。随后，死者的遗体就被抬到了法医处。向兵作为现场目击者，还曾和凶手对视，对案发现场也非常了解，顺理成章地被请到了警局。和他一起的，还有在场的几名学生。当然，他们的身份是目击证人。

射杀同学的卫生员老李很快就被找到了。他逃离作案现场之后并没有走远，而是从教学楼的顶楼纵身跳了下去，摔在地面上当场毙命。卫生员老李的遗体虽然引起了一些恐慌，但是却并没有得到人们的惋惜，毕竟这是一个杀人犯。

短短的时间内学校死了两个人，消息很快传到了学校各个领导的耳朵里，更迅速传遍了整个校园。学校的围墙从来不会对此类消息有任何的阻碍作用，校外的媒体很快也沸腾了。只是在这样一起案件中，无论是校领导，还是警察，甚至是一般的学生，都非常不理解——老李头儿作为一名卫生员，他能从哪个渠道买到枪支？而且，就以卫生员的经济实力来说，买枪的费用也是他承担不起的。当然，最大的问题还在于老李的作案动机是什么。他和这名死者到底有什么深仇大恨，才能痛下杀手？而且为什么不用刀，而是用枪？为什么不在背地里暗杀，一定要在这种公共场合？一系列的问题编织成一团巨大的疑云，笼罩在整个学校。

在滨海这样一个三线城市，凶杀案本来就很少，在学校里持枪杀人更是旷世奇闻，所以警察的处理速度非常快，要赶在媒体爆炸之前判断出能够压制舆情的案件脉络。学校保卫处，还有老李所在的后勤部负责人,以及分管副校长也都先后被传唤至警局。与此同时,两具尸体也正在法医处进行检查。

向兵这些人被传唤到警局。他们要么是证人,要么是学校负责人,都不是犯罪嫌疑人,因此警察对他们还是很客气的,无非就是做做笔录而已。至于几位被吓得不轻的学生,别说做笔录了,光是给他们做心理辅导就浪费了不少时间。警察还是重点问了向兵当时的情况,向兵的回答和在场所有目击者的回答一模一样。当然这个答案警察早就知道了,只不过是例行公事而已,所以他们的口供基本上就可以作为直接证词了。然而向兵毕竟是死者的任课老师,多问几句还是必要的,最后向兵补充道:"这个学生特别在意自己的容貌,而且有点自我为中心。如果一定要补充什么的话,我想她是绝对不希望做什么遗体捐献之类的事情吧。她太在意自己的脸了,尽量留个全尸吧。"

警员听着向兵的陈述,也是无奈地摇摇头——再美丽的女子,死了之后也终将变成一堆骨灰而已。向兵录完口供之后就回了家,可是他的心情难以平复。而警察对学校的高级层领导基本上不需要进行询问,只不过是告知他们一些注意事项而已。

然而,峰回路转往往就在不经意之间。就在警队准备结束一天的工作时,却猛然发现了一个神情不安的人——卫生部部长徐天翔。虽然他在强压自己内心的波澜,但是对于干练的刑警来说,就他这段位,简直和不打自招没有任何区别。他们意识到,徐天翔就是突破口。这起杀人案只是看似简单,而且死无对证,但是案件背后显然埋藏了太多疑点。于是,他们对徐天翔连夜展开询问。

徐天翔的各种反应就和教科书一样,透露出浓浓的犯罪嫌疑人的气息。他的呼吸已经无法调匀,这完全暴露了他此时的心情。对于警察而言，犯罪嫌疑人可不仅仅只会用嘴说话，各种肢体语言都在传递着他们想要的信息。徐天翔知道自己的反应不对，所以就看似有意无意，而实际上很刻意地透露出一个信息——自己第一次进警局，所以有点紧张，而不是做了什么坏事。可是这种欲盖弥彰的鬼话谁会信？两名询问的刑警饶有兴致地盯着徐天翔，看着他一边编写剧本，一边表演，有一种发现宝贝的快感。警员相互对视了一眼，心里就有了默契。他们本来只是询问情况而已，现在却变成了半询问半审问的状态。

警员故意拉长了语调：徐部长……，你好啊……

徐天翔本来就处于一个非常紧张的状态，听到了这样的声音，头上开始渗出了丝丝冷汗，不由自主地擦了一下。徐天翔所有的反应都被警察敏锐地捕捉到，不仅如此，一名心理分析师已经到达现场，在暗中监视着问询室中的一切。

在审讯时，心理战是非常重要的手段，警察们的每一个问题，都是针对嫌疑人内心最薄弱的环节精心设计的，看似不经意地问话，其实满满都是套路。只见徐天翔白色的衬衫已经汗湿了，硕大的啤酒肚把本来版型不错的衬衫硬是穿出了地摊货的感觉。油腻的头上，从左到右地把一缕头发盖在了早已秃了的前额上。一条与他气质格格不入的奢侈品牌腰带，把他勒得像个粽子。就徐天翔的这种行为表现，这种穿着打扮，在警察的眼里，就是低劣犯罪分子的典型代表。

警员非常清楚：对于一个管理学校卫生、后勤的部长来说，抽烟喝酒是免不了的，或者说这是业务往来的"必要手段"。于是警员都不问徐天翔是否会抽烟，直接就给了他一根。徐天翔看到警察的这个举动，心理压力有所缓解。果然不出所料，徐天翔是个烟鬼。他从口袋里掏出打火机，哆哆嗦嗦地打着了火。徐天翔当然不会天真地以为警察就是为了给他过一下烟瘾，他已经准备好了接下来的盘问。但是他不知道的是，他的每一个微动作、微表情都被后面的心理分析师做着准确的分析，分析师再把徐天翔的心理活动通过耳麦实时传递给警员。

突然警员用力地一拍桌子，吓得徐天翔把打火机都扔到了地上。他迅速强作镇定，在一脸假装的茫然表情中，明显地透露着巨大的惶恐。这就是警察想要的效果，然后直接沉下了语调问道："徐天翔，徐部长。这下你满意了。卫生员老李终于干了。而这个女学生，该来的，还是躲不过去啊。你说呢，徐部长？"

警员的表现非常肯定，似乎已经掌握了一切。然而，这些问题其实没有透露出任何有用信息，但是心虚的人会感到很大的压力。徐天翔听了警察的话，终于绷不住了，竟然跪在了地上，开始号啕大哭起来。警员心里也是又好气又好笑，这才问了几句话他就要"坦白从宽"了，真是心理素质奇差无比。而这种在强势压力面前无力抵抗的人，在弱者面前往往都是暴虐恣睢的状态。在很短的时间内，徐天翔的心理画像就被警方初步绘制出来了。毕竟参与侦办的是刑警，他们可不仅仅是在审讯室工作。其实在审讯徐天翔之前，另一组警察就已经和死者的辅导员进行了交谈。辅导员提供了一些看似无关紧要，但是却可以让警察浮想连翩的线索。据辅导员说，死者名叫尹雪，学习成绩不太理想。家里是做生意的，家底比较殷实。由于家长重男轻女，而且生意场上很多习气也对尹雪造成了很不好的影响，所以尹雪经常出入酒吧、迪吧等娱乐场所。至于学业，只要能毕业，怎么都好说。虽然尹雪长相姣好，妆容精致，有时再来一件露脐装或者超短裙，性感指数那是没的说，但是也总带有一丝大学生身上不该有的风尘气息。

警察问辅导员，尹雪和卫生员老李是否有什么矛盾，辅导员一口咬定"绝对没有"。他们之前就没有过任何来往，尹雪就连自己的老师和同学都没有认全，更何况是一个卫生员。警察断定辅导员没有理由说谎，而且说得也合情合理，于是就没有再和他继续深聊，取而代之的是，又安排了两队人，分别调查老李和尹雪的社会关系。可是调查的消息还没来，警察竟然意外地发现了徐天翔这条线索。

从徐天翔的装束上看，他绝对不是什么善类。仅凭工资，他不可能买得起那么多奢侈品。那就说明，他肯定有不正当的收入。作为一个卫生部长，安排一个工作、采购一些器材设备是非常容易的事情。这对于心术不正的人来说是有很大油水空间的。而这种行为，也是拿命赚钱的刑警们所最不齿的。徐天翔的一条腰带，就是警员半个月的工资，而且徐天翔这样的蛀虫，离开了学校这个平台，他什么都不是。甚至连"犯大罪"的能力都没有，最多就是触犯治安管理处罚法，或者违反交规。

警员接着询问徐天翔，后台的智囊们也开始了飞速地分析——徐天翔到底在这起案件里是个什么角色？尹雪和老李又是什么关系？如果老李和尹雪之间没有个人恩怨，那么老李杀尹雪的动机就一定不在尹雪身上。换句话说，老李的杀人动机很有可能和徐天翔有关。可是如果是这样的话，老李应该杀死的人是徐天翔才对，为什么要杀尹雪呢？杀了尹雪，老李也会死，最多是一命换一命，对徐天翔不会造成实质性的伤害。这显然解释不通，但有一点是绝对肯定的——徐天翔和老李之间一定存在矛盾，而且是需要杀人才能解决的矛盾。

想到这些，警察列出了事件的几个可能性。要最终确定是哪种可能,还要看徐天翔的回答。警察的提问是实中有虚、虚中有实,这让徐天翔感觉警方已经掌握了很多事实,同时这些问题也很隐晦地,似乎是在提醒徐天翔让他主动交代。果然徐天翔扛不住了,跪倒在地上忏悔:"都是我不好,我对不起老李。"然后痛哭流涕起来。两个警察对视一笑,然后示意徐天翔继续说下去。徐天翔抬起头来拼命地央求警察从轻处理,但就是没有绕到正题上。可是如何判刑是法院的事情,警察只关心真相。徐天翔越是不入正题,警察就越是不耐烦,然后一巴掌拍在桌子上,厉声呵斥,让徐天翔赶紧说。

徐天翔颤颤巍巍地回答:"我其实就是觉得老李不适合卫生员的工作了。我听别的同事说他已经是癌症晚期,感觉他不能继续干活儿,所以才说要辞掉他。因为他只是一个合同工,即使解聘合同,也就是赔付违约金罢了。但是如果他在工作岗位上住院治疗,甚至是死了,那我们学校的成本就大了。所以我让他回家去,可是他不愿意,这事儿已经僵持了几个月了。我看他时日不多,所以我上学期期末和他说这个学期不要来了,可是他还是来了。我把违约金都给了他,可他还是来了……我真的没想到他会这样想不开,竟然要来杀一个女生……"

警察们听到这里,也算是明白了老李的作案动机,但徐天翔的交代还远远没有达到警察满意的程度。同时也还有两个非常大的疑点没有得到合理的解释:一、这个徐天翔明摆着有所保留,他自己肯定也知道警方会继续盘问他,他接下来很可能编瞎话来弥补漏洞或转移话题。毕竟漏洞太大,因为学校这种单位不同于竞争激烈的商业社会,一般情况下不会把一个人逼到绝境。如果老李得了癌症,学校应该会有相关部门过来慰问,甚至组织教职工捐款,工会也会有所行动才对。可是老李竟然被徐天翔辞退了，其中一定有隐情。另外学校其他部门也都没有对老李表示慰问，那就有一种可能，其他部门还不知道老李的病情。二、老李的合同已经在放假之前中断了，那么他再回到学校开枪杀人，应该是报复徐天翔才对，但是他却杀了一个无辜的女学生。这究竟是怎么回事？

持枪杀人是恶性刑事案件，必须要有一个特别彻底且清晰的交代。警队成立专案组，沿着徐天翔的线索开始调查。果然不出所料，学校的领导，包括向兵、工会主席等各个相关人员和部门都不知道老李得了癌症，他们绝大部分人甚至都不知道老李的存在。老李是一个老实巴交的进城务工人员，他当时是把病情告诉了徐天翔，但是徐天翔不但没有理会，反而要辞退他。这让老李心如死灰，就没有再把这件事情告诉其他人。这种行为，在一个老实人的行为模式里是很常见的。但是如果老李真是一个老实人，到底是什么仇恨能驱使他杀人呢？

如果老李是在正常情况下合同到期，那应该不会有什么怨恨，更别说杀人了。现在老李是因为被辞退而产生了仇恨，但竟然可以驱使他去杀人，这得需要多大的怨念？其中肯定还有其他的仇恨！现在问题的关键就是——徐天翔究竟隐瞒了什么？徐天翔看似战战兢兢，也交代了一些事情，但其实内心掩藏的事情还有很多——真是表面柔弱，实则暗藏祸心。现在来看，徐天翔的隐瞒极有可能是有策略性的。对！他一点一点在放线，警察把他当成鱼，他也把警察当成鱼。或者说，徐天翔背后还有大鱼！

于是警员继续问道："徐天翔，你还在隐瞒？我们的政策你也知道，再这样下去对你可没好处！老李的病情，你为什么不向工会反映，不向你们的分管领导反映,而是辞退了他,你究竟为什么要这么做?"

在警察的逼问下,徐天翔实在扛不住了,就说出来他辞退老李的真相:"我平时开销比较大,很多时候都是借助人员招聘、采购物资等机会拿点好处。学校里的那些卫生员很多都是家里比较困难,也没有什么其他求职能力的人,找工作很难。我们学校的卫生员薪水本来就比别的地方要高一些,虽然工作地位不高,但学生和老师都不会歧视他们,基本的保险也都有,所以卫生员们都很在意这份工作。而且他们能否留在学校工作都是我说了算,所以每个卫生员都会找各种机会给我送红包。可是就是这个老李,跟个傻瓜一样,从来就不给我东西。"

听到这里,警察心里鄙夷徐天翔,但没有打断他的话,让他继续说。

"上学期,他突然问我能否提前预发年终奖金。我问他为什么,他就把自己的病情告诉了我。我告诉他癌症晚期这点钱也不够用。老李说他就是想把钱提出来给自己的儿子上学用,他怕自己死了以后这个钱拿不出来。我听完之后,就暗示他,我可以帮他提出来,但是他要表示一下。"

刑警队队长刘远峰此时正在监控室里看着审讯现场,他对徐天翔已经了然于心——这家伙看似战战兢兢、唯唯诺诺,别的本事没有,滑头耍赖的本事是一套一套的,对付这样的人需要耐心。而刘远峰一直关心的那个最核心,也是最不合常理的问题,在他脑海中不停地上蹿下跳——如果老李来学校杀人,那么他要杀的人应该是徐天翔,可是老李没有杀徐天翔,反而是杀了尹雪。

正在刘远峰思索的时候,身边一个实习警员对他说:"刘队,那会不会是老李想要杀徐天翔报仇，但是徐天翔刚好不在学校。所以老李没有找到人，他又怕自己时日不多，没有机会报仇。他当时已经失去了理智，所以就随便杀了一个学生，把这件事情闹大。然后借助我们警方的力量，通过侦查他的杀人案件，就可以查到徐天翔的劣行。也就是说，老李通过牺牲一个女学生，来达到自己报仇的目的。"

刘远峰摇摇头："你的这种说法看似符合逻辑，应该说是符合童话故事的逻辑，其实很违背常理。首先，调查显示老李是个老实人，那么他的杀人动机，就值得商榷。如果一个人过于老实，忍气吞声的概率会比较大，不太可能报仇，更不会无端地把罪过转移到一个不相干的女生身上。除此之外，尹雪坐在教室的第三排，如果事情真像你分析的那样的话，他应该杀死第一排最近的女生才对。可是他却走到了第三排，而且是在中间最难走的那个位置，也就是尹雪那里。或者他为什么不在学校操场上杀人呢？这就说明，这并非是无差别杀人，老李就是要来杀尹雪的。等一下！！你刚才说……"

刘远峰突然话锋一转，似乎突然意识到了什么。实习警员挠挠头说："刘队，我刚才说的都被你否定了，我还能说什么呢？而且我觉得你说的特别有道理。"

刘远峰笑道："我不是说你的推理，你无意间说了一个细节倒是提醒了我。老李回学校报仇，但是徐天翔不在学校。你赶紧查一下，徐天翔那天在不在学校。如果不在就对了；在的话，案件反而还复杂了。"

警员立刻回答道："刘队，你说对了。这一点我们早就查过，那天徐天翔确实不在学校。新学期刚开始，他就去采购物资了。但是按照道理来说，新学期采购物资是常规工作，而且采购从寒假就开始了，一直延续到现在。"

刘远峰的嘴角露出微笑："这就对了。一个管理采购的负责人，竟然会亲自去采购。你不觉得这很奇怪吗？"

警员若有所思："是啊！应该是下面办事的人去选品，然后把清单和价格报给徐天翔审批才对，而且金额特别大的话，还需要走学校的流程，甚至要招投标，他怎么会亲自去呢？"

刘远峰继续说："如果我猜的没错的话，他是故意走的。徐天翔知道老李要杀他，所以他躲出去了。而老李回来没找到徐天翔，于是就杀了尹雪。也就是说，在老李的意识里，即使杀不了徐天翔，杀了尹雪也是可以的。

"大家再仔细回想一下案发现场。我刚才说过，如果老李是'无差别'杀人，他就会直接杀死第一排的人，因为第一排的人最近也最方便，或者路上随便找一个人就可以。但是尹雪坐在中间靠里面的位置，老李的枪又是几乎顶着尹雪的头。他需要绕过两边的同学才能杀死尹雪。由此可见，老李要杀的目标非常明确——就是尹雪。对于老李来说，杀死尹雪和杀死徐天翔有类似，甚至是等效的作用。所以，现在最关键的是要查清楚徐天翔和尹雪的关系。"

听到刘队长的话，警员们有点失望，他们还以为刘远峰有什么高见，结果啰唆了这么多，也不过是在重复之前的结论。"刘队，这不明摆着的吗？无论怎么样，我们都会去查他们的关系。"刘远峰看出来队员们有点失望，于是就解释道："很多事情不是你们按照常规套路出牌就能解决的！同样是去查他们的关系，你们是按照办案的常规思路来的，而我则是凭借一种直觉。你们一定要知道，在不同的思维下，即使采取同样的行动，结果也会天差地别。"听着刘队带有哲学性的经验交流，队员们一头雾水，但是所有人都明白，现在唯一要做的就是继续追问徐天翔，这小子还有太多的秘密没有说出来。另外，现在还有一个必须要查的关键，就是老李使用的枪是哪里来的。

可是还没等警察去追查枪支线索的时候，一件离奇的事情打断了他们的调查：从法医处传来消息，被杀的学生尹雪出现了生命迹象。

警察得到这样的消息顿时炸开了锅——被射中额头还能存活，这怎么可能？不，这不是存活，而是复活。因为法医早就下了尹雪"已经死亡"的结论。而更不可思议的是，尹雪头骨的伤口竟然在愈合，这简直匪夷所思。在这样的诡异事件下，无论是刘远峰形而上学的深度分析，还是队员们雷厉风行的快速行动，都显得没有任何意义了。

射杀尹雪的手枪已经作为物证收在了物证科，可是这就是一把普通的手枪。刘元峰瞬间就不乐意了："什么叫'普通'的手枪？在我们国家只要枪支外流，就没有一件事情是普通的。"警员赶紧道歉改口："我的意思是说，这把手枪是普通的制式手枪。只是枪支编号被磨掉了，所以我怀疑这把枪从系统内流出的。但是无论是部队，还是我们警方，目前都没有任何关于枪支遗失的报告。"刘远峰继续思考，枪丢了就算了，枪里还有子弹。只有在特殊情况下执勤，枪里才会配子弹。那子弹呢？取出来没有？

然而，为了保住尹雪有可能死而复生的性命，法医没有开颅取出子弹，而是进行了X光扫描。从头颅中可以清楚地看到子弹的形状。刘远峰等不及法医把光片送过来，而是直接奔向了法医科。当刘远峰冲进法医办公室的时候，看着一脸颓丧的法医坐在椅子上痛苦地思考着什么。这一幕让火急火燎的刘远峰瞬间停滞下来："怎么了这是？"

法医略微散开了高度聚焦的目光，抬头看向刘远峰："你说怎么了！"

刘远峰知道自己问了一个笨问题。相对于刘远峰来说，死而复生这种事情对于法医的冲击会更大："我本来是想给死者开颅，直接取出子弹的，反正人都死了。不过还好看了你们的笔录，有人说死者不愿意做遗体捐献，也在意自己的仪容。说真的，这女孩儿确实漂亮，如果换了我，我也不希望被开颅。所以就犹豫了一会儿，只是做了X光扫描。也就是这一会儿，她竟然有了生命体征。要是真开了颅，我还成杀人凶手了。你自己拿去看吧。"

说罢，法医把X光片推到了刘远峰面前。这位法医姓廖，虽说刘远峰是队里的老牌刑警，但廖法医的警龄比刘远峰还要长，两人是多年的老搭档。当年廖法医也是一线的警员，和刘远峰一起执行任务时受了重伤，无法在一线坚持工作。警队给她安排行政岗位，但是坐办公室这种事情对于她这种江湖女侠来说实在是一件头痛的事情。她竟然重新学了法医专业，成为了一名正式的法医。她有一线办案经验，所以她比一般的法医更加知道刑警队员们想要什么，而刘远峰对她也相当尊敬。

廖法医盯着刘远峰，像看自己的小师弟一样："看明白了没有？"

这话语中，不免有着师姐对师弟的调侃。刘远峰哪看得懂X光片，除了子弹的形状外，他什么都看不懂。廖法医拿过光片对刘远峰说："当我看到光片上子弹的图形后大吃了一惊，这颗子弹看似是常规制式的，对于不了解枪械的其他法医来说，很容易就被糊弄过去了。我们初步判定，凶手用的是警用手枪，然而警方的手枪却一把没丢，这本身就是一个疑点。而警用手枪的子弹一般都是圆头的……"

刘远峰赶紧仔细盯着光片上子弹的图案："这不是也是圆形

的吗？"

"你再仔细看！"廖法医的脾气一点都不比刘远峰小。刘远峰对着自己这位昔日的战友和师姐，只能乖乖地做小弟。警队里面有一个传统，警员之间除了职务有高低之分以外，对于师傅和徒弟，前辈与晚辈，同门师兄弟之间的关系也是相当在意的。刘远峰把光片靠近了自己一点——在子弹圆头上有个细小的尖锐状的物体。这个细节，是极容易被忽略的。

"对！"廖法医接过光片指着子弹说，"极容易忽略！谁会想到有这种事儿呢？如果只看子弹大致的造型，那么这就是一颗普通子弹。但是，这颗子弹很有可能被改装过！"

"改装子弹！"除了在影视剧里，刘远峰还从未听说过有人会改装子弹，尤其是一个卫生员会做这种事情吗？"这不可能，绝对不可能！联想到手枪上的编号被磨掉这件事情，再结合子弹，难道说是我们警方内部的人？"

"别瞎猜了！"廖法医打断刘远峰的自言自语，"以我的经验加上直觉，这件事情是警方内部出现纰漏的可能性和零差不多。你一定要注意，把枪的警编号处磨损，并不能说明是把编号给磨没有了，只能说把标注编号的那个位置给磨掉了！"

听了廖法医的话，刘远峰猛地抬起头："也就是说，后面有人故意误导我们的办案方向！这把手枪应该是黑市上交易的，这样做的目的是什么呢？是让我们内部启动自查程序？"

廖法医补充道："这是我的判断，仅供参考。但是如果我们内部启动自查程序，则必定会影响整体的办案进度。也就说，背后的人在拖延时间，来隐藏其他什么事情。"

廖法医的思路被一阵敲门声打断，一名年轻的法医拿着另一张X光片进来："廖老师，按照您的指示，我们重新做了一张光片。"说完后就递给了廖法医。刘远峰叩叩脑门："这个尹雪刚刚有点生命体征，这样频繁地做X光好吗？是否会影响她的健康？"

　　廖法医略微地低下了头："之前的那张是她'死'的时候做的，现在是她活过来做的。按照惯例，现在做一个也是合理的。这样才能明白她的复活到底是怎么回事。而且……"廖法医停顿了一下："而且，对于一个法医而言，死而复生这件事情的诱惑太大了，我很想知道这到底是怎么回事，即使……"

　　说到"即使"，廖法医没有再继续说下去，转而到了另一个话题："当年爱因斯坦死了以后，他的大脑被哈维切成几百片分发出去做研究。这种好奇，可能是你们无法理解的。"廖法医没有像之前那样盯着刘远峰的眼睛，而是盯着光片在说话。刘远峰也紧盯着光片，而后眼睛逐渐睁大："这怎么可能？子弹上的尖锐部分，消失了……"

　　然而三天后，让所有人瞠目结舌的事情再度发生。尹雪的伤口逐渐愈合，仅仅留下了一点疤痕。子弹在没有任何触动的情况下，竟然和大脑兼容了，对大脑不产生任何不良影响。不久后尹雪恢复如初，重返课堂。刘远峰得知这一消息后脸都歪了。他竟然有一种想法——宁可得到尹雪死亡的消息也不愿意接受现在的诡异事实。这种案子，让警察怎么查下去？真是千古未闻！但是对于警察而言，越是离奇，越要一查到底……

第二章
消失的家人

相比地球而言，宇宙的时间和空间维度远远超越了人们的想象。深空地带中，时空的存在形式与运行法则也不是地球环境可以相比的。谁也不会知道宇宙另外一个角落里是否也发生着种种离奇的事情，更不知道这些事情的发生，是否与地球的时间可以相互联系？是同时，还是先后，抑或是没有时间的概念。但是不知道，并不等于没有。

在宇宙的另一个坐标上，有一个叫做坎瑟的星球。这个星球本来有着发达的科技，百姓过着幸福的生活，可是在若干年之前，他们陷入了一场旷日持久的战争——这并不是内战，而是保卫自己星球的伟大战争。坎瑟人必须拼死抵抗来自另一个星球——伊缪恩的入侵，虽然竭尽全力，但是显得那么力不从心。在坎瑟星人看来，这是赤裸裸的侵略，是灭种灭族的仇恨，所以他们同仇敌忾，团结一致，想要努力取得战斗的胜利。只是有时候"努力"在绝对的实力面前，真的没有太大作用。伊缪恩星的战斗力实在强大,他们远程奔袭至此,即使坎瑟星人占据着主场的优势,也很难转化成战斗的优势,双方进入了持久的拉锯战。伊缪恩除了武器先进之外,人员的战斗素质也是极高的。其实坎瑟人不知道的是,伊缪恩人的这种战斗力,是在极度扭曲人性的训练体系下锻炼出来的。伊缪恩为了最大限度地提升战斗力,把他们星球所有孩子交给统一的机构抚养长大,并且这些孩子从学会走路开始,就要接受战斗训练。每一对父母,到死都不知道自己的孩子是谁。每个人都没有亲情的羁绊,只有战斗之间形成的铁血关系,这样就不会有痛苦,不会有迟疑,不会被感情牵绊。整个伊缪恩就是一个庞大的战斗机器。而在坎瑟这边,他们没有铁血的训练,只有满满的亲情、友情和爱情。他们本来都是普通的百姓,随着战斗的深入,坎瑟部队持续减员,百姓们临时受训踏上前线。这种多重的情感羁绊,反而让他们迸发出了惊人的战斗力。

波菈是坎瑟星的一名训练有素的女战士,她经历了一场激烈的战斗,刚刚从火线上轮换下来。每次她都为自己能够活着回家感到庆幸,只是对于他们来说,活着未尝不是一种煎熬,因为每天闪现在眼前的都是大量战友丧生——无论是和她从小玩到大的伙伴,还是刚刚认识的新朋友。相比于那些死去的人,能活着看到家人是一种奢侈。在这样的岁月里,谁也不能保证自己会有"下一次"。

波菈迎来了自己极其短暂的探亲机会,她将自己的飞船直接开到离家最近的军事驻地,然后火速赶往家中——那个她从小长到大的地方。她急匆匆敲开自家的大门,期待再一次看到父母的面容,希望能吃到妈妈做的菜,而且如果运气好的话,说不定哥哥——卡斯也从能前线回来,一家四口可以吃个团圆饭。她很忐忑,因为波菈每次敲门都会有一丝不安,有一丝担心,她害怕得到哥哥卡斯在战斗中牺牲的消息,她害怕家里没有人开门,她害怕父亲也被征兵打仗,她害怕的还有很多……每次敲门超过三次之后,她就会变得非常不安。

这次情况还算好,至少到目前为止还算好。敲到第二遍的时候,门慢慢打开了,她满心欢喜准备拥抱父母,却发现开门的是一个陌生人,那是一个面容沧桑的老者。看到这个情景,满脸疑惑的波菝试探性地问道:"你是谁,为什么会在我家里?"

老者也同样疑惑地回答道:"哦?这是你家?我在这里住了大半辈子了,怎么就成你家了?虽然我想在这里终老,不过现在不太平,能否达成这个心愿还不知道,但这里确实是我的家。如果不信的话,你可以去周围邻居家问问,看看这到底是谁的家。"

波菝怎么可能轻易相信这种话,自己在这里从小长到大,怎么可能认错?于是她对老者说道:"我知道房子里面的每一个角落,每一个装饰,每一个房间,我可以描述给你,但是你应该让我进去看一看。"

老者拒绝得非常干脆:"对不起,虽然可以看得出来你是战士,保护着我们大家,但是这是我私人的住宅,我并不认识你,不能让你进来。"

说完之后,那老人"砰"的一下关上了门。波菝愣愣地站着,她想要再敲门,但是又不知道开门之后和那个人说什么。更让她担心的是,自己的家人在哪里,他们现在怎么样了?难道是自己真的走错了地方,难道这里是另外一个平行空间吗?

说到平行空间,在其他星球可能算得上是匪夷所思的灵异事件,可是这对于坎瑟来说,并非不可接受的。因为坎瑟星的科技确实已经实现了空间穿越,虽然技术并不是很成熟,但曾经也进入了试验阶段并取得成功。可是这项实验已经中止了呀！难道是以前的实验导致了空间错乱？一堆疑团包围着波菈，她慢慢后退了一些，想要看看自家房子的全貌，再确认一遍这里到底是不是自己熟悉的那个家。正当她退了几步之后，看到街道上站着一个自己认识的人——她的战友卡戎。

卡戎和波菈是一个舰队的成员，隶属于不同的作战部。卡戎在队伍中很有名望，立下很多战功，军衔也不断上升，当然这是他骁勇善战的结果。而且有消息说，卡戎将成为部队的最高指挥官。波菈虽然认识卡戎，但是卡戎对波菈应该知之甚少，只知道波菈和自己是一个战队的而已。卡戎盯着波菈，似乎是在观察她，也似乎想要认识她，但是就在这目光里，偶然透露出一丝关爱的眼神："你是波菈？"

"是的。我们是一个战队的。"波菈心里非常清楚，卡戎这样的英雄是很多人心中的偶像，他不熟悉自己是很正常的事情，现在被心中的英雄试探性地叫出了名字，波菈还是感到很激动。只是不知道卡戎为什么会出现在这里。他也没有参加刚刚的这次战斗，按理说应该不会轮换下火线的。难道是他在之前的战斗中受了伤，为了稳定军心而没有对外公布？就算是这样，他应该在秘密疗养才对，为什么会在这里呢？

"你住在这里吗？"卡戎继续问道。

波菈面对着这个本来应该很简单的问题，现在竟然不知道如何回答了，她吞吞吐吐地说："我想，应该是吧。"

"'应该是吧'是什么意思？"这种回答把卡戎的思路也带歪了，露出了一种又好奇又好笑的表情。

波菈知道卡戎表情的含义，于是就把刚刚发生的事情和卡戎说了一遍。也许卡戎感觉波菈有点精神错乱，于是想了一个简单直接，但又很有效的办法："如果你真的住在这里，那么问问你周围的邻居不就知道了吗？"

波菈本来就有这个打算，就和卡戎就一起到附近的邻居那里一探究竟。在路上，波菈问卡戎为什么没有参加刚刚这次战斗，又为什么会出现在这里。卡戎的回答和波菈的预想有点不太一样，"因为我马上要成为战队的高层领袖。在这之前，要接受一系列的训练。这次我没有参战，正是在接受这样的特训。而我之所以在这里，是因为……"

说到这里，卡戎停顿了一下。抬起头略加思索然后说："这个关系到一些秘密，我不方便和你透露。总之在这附近，我要执行任务，碰巧遇到了你。"

"那是和你晋升有关的任务吗？"波菈又试探性地问了一下。

"对，确实如此。好了，不要再问了，再问我也不能说了。"

波菈有了卡戎的陪伴，心情不像刚刚那么糟糕了。转眼间他们一起来到了附近邻居家门口，敲响了邻居的家门。在波菈的印象里，这家人和自己是很熟悉的，但是无论波菈如何敲门，就是没有回应。卡戎说道："说不定他们不在家。我们换一家试试看。"波菈打趣地看向卡戎："他们？你怎么知道这里住着不止一个人。"卡戎摇摇头："一个优秀的军人必须要有出色的洞察力，这么大的宅邸，怎么可能一个人住呢？"说罢，两人又到了另一个邻居家，波菈急促地敲门。不久之后，门慢慢打开了。

"谁啊？"一个中年男人的声音从门后传了出来。

波菈又是吃了一惊："这个人！这个人我不认识。不，他不是这个房子的主人。"

门里的男人似乎对波菈的反应非常奇怪，疑惑地问道："你要找谁？你为什么说我不是这个房子的主人呢？莫名其妙！"

波菈知道，这个时候说什么都是多余的了。她离开了这一家，准备往更远的方向再看看其他住在这附近的人。正在这个时候，卡戎拦住了她，询问起来："你说你就住在这里，但是现在是别人在你的家里住，而且你的邻居也都是你不认识的人。那现在住在你家的那个人都和你说什么了？尽可能详细地告诉我。"

波菈把先前发生的事情又仔细地告诉了卡戎，然后想继续去其他的邻居家里询问。卡戎听到这些后就阻止了波菈，因为在他看来，已经没有再去其他邻居家的必要了。目前这个情况谁都说不清楚是怎么回事，即便波菈问遍了周围所有的人，答案也都会是——那个房子不是波菈的家。既然这样，那就要想其他的办法。他们慢慢地走在这片街区，突然一个小孩儿和他们刚好面对面碰到一起，那个小孩看到波菈后飞也似的跑走了。波菈一阵惊呼，这个小孩儿波菈认识，虽然不是很熟悉但是却非常清楚——这孩子就是附近一户人家的孩子。小孩儿这样慌忙逃走，说明他其实是认识波菈的。那也就是说，波菈碰到的怪事，应该不是什么平行空间。

卡戎对波菈说道："如果想弄明白其中的缘由，最好的方法就是等到晚上趁着住在'你家'的人睡着之后，或者他不在的时候悄悄潜进去，看看你的家里到底是怎么回事，肯定会发现一些线索。"波菈也觉得这个办法可行，凭他们两个的身手，趁夜色完成这件事情是不会被人发现的，即使被发现了也能顺利逃脱。两人悄悄守在房子周边，观察里面老人的动向。过了一会儿，波菈忍不住就想进去，但是卡戎并不赞同，因为现在还是白天，容易暴露。而且现在是战争的关键时刻,两个战士打扮的人隐藏在一栋民房周围,万一被其他人看见了,很容易引起不必要的骚动。所以卡戎建议也不要在这附近守着,先到别的地方去转一转。波菈对卡戎早有仰慕之心,所以也没有拒绝。直到傍晚时分,二人才再次来到房子周围。

或许是老天在帮助波菈,就在夜幕降临之前,老人带着老伴儿,拖着行李离开了房子,似乎要出一次远门。波菈不解的是,这种时期怎么会出远门呢?又等了一会儿,夜色彻底暗了下来,波菈和卡戎悄悄潜入了屋内。房间里面的情景让波菈瞠目结舌——除了户型以外,所有的布局、装饰、陈设和日常用品,完全不是自己家的模样。这是另外一个家庭,与自己原来的房子丝毫不沾边儿。波菈不知所措地垂下头来,一阵巨大的恐惧和疑惑涌上了心头——自己的家人到底去了哪里?

第三章
星战

波菈一直没有找到家人，这成为她的一块心病。她处在精神无依无靠的境地，但是卡戎在这段日子里进入了她的生活，成为了波菈重要的依靠。得到这样一个男人的照顾，波菈很快就萌生出了一份超越战友情谊的另外一种不太一样的亲密感。但是身处战争当中的人们，过的是朝不保夕的日子，波菈暗暗压下了这份本属于青春少女再正常不过的美好躁动。

这种压抑是反人性的，不过相比于这种压抑来说，有一种变化正在悄然来临。这么多年来，坎瑟人一直都处在被动防守的局面。所有人都知道：如果想要扭转战局，就必须寻求反击。有时候猎人与猎手的区别往往不是谁强谁弱，而在于谁是追杀者，谁是被追杀者。当猎物有了反击意识之后，角色便立刻反转。这不仅需要一定的实力，更重要的是要有出色的谋划。而这份谋划，卡戎已经在执行了。在此之前，坎瑟星采用的是一套被动防御的打法。这套打法是坎瑟星的智者，战斗总顾问——梅狄亚制定的，他也是坎瑟五维空间技术的发明者。梅狄亚过分强调点状防守，集中兵力于一处去应对伊缪恩人的进攻，而对方经常绕开梅狄亚设计的防御体系，直接对坎瑟母星展开攻击。等到伊缪恩成功突防后，坎瑟的部队只能被动追击，就显得特别狼狈，且伤亡惨重。这种混战打法让卡戎实在难以忍受。虽然梅狄亚已经退居二线，但是他的这套打法却依旧在运用。但是现在情况变了，卡戎成为舰队的最高指挥官，他终于可以布置自己为伊缪恩量身定制的战术了。

与早前梅狄亚的点状战术相比，卡戎采取了完全相反的作战思维——坎瑟部队摆开防御阵势，整个防御体系分为四个舰队，以面状阵列排开，这样可以扩大防御面积，最大限度地防止伊缪恩人来自各个角度的突袭。但这也就意味着，一旦敌人集中火力突击某一点，防御网就容易被洞穿，可谓有利有弊。但伊缪恩一旦合兵一处，他们就无法应对坎瑟周围对其侧翼展开的攻击，势必会造成巨大的损耗。这种以面防点的战法相当于一张大网在捕一条力量很强的鱼，虽然理论上能形成合围，但是被大鱼撕破渔网的风险很大。对于坎瑟星而言，胜利的关键就在于伊缪恩突防后，坎瑟舰队整体能否形成有效的二次合围，攻击其侧翼。这考验的是整个舰队的协调性。

伊缪恩舰队第一次看见坎瑟星采取这样的阵形，一时间还有点不适应。于是他们打散队形，开始从各个角度侦察坎瑟战阵的情况。卡戎眯着眼睛看着敌人的小动作，内心在埋怨梅狄亚。因为梅狄亚时代，坎瑟从来没有主动出击过，伊缪恩知道坎瑟一时半会儿是不会有主动出击的计划，尤其是缺乏出击的经验，所以他们才敢打散阵形像苍蝇一样乱飞。伊缪恩尝试了数次小规模的进攻也摸不清楚虚实，不敢轻举妄动。看着伊缪恩的舰船乱飞,卡戎坐在领袖号飞船里内心非常笃定。可是对于很多坎瑟士兵来说,伊缪恩不断搞小动作,真的太惹人烦了。但是他们必须沉住气——这只是骚扰而已,是伊缪恩的小花招,苍蝇式的乱阵根本就不具备有效的进攻能力,他们一定会重新组织战阵——卡戎在等待能够一网打尽的机会。

到目前为止,一切都在卡戎的计划当中——面前的这些苍蝇终于不再乱飞,而是聚拢成了A、B、C、D、E五路舰队。卡戎眯着眼睛看着敌人,显得胸有成竹:"四大舰队队长听令,对方分兵五路攻过来,你们根据对方进攻的位置锁定各自对应的对手。如果有哪个舰队顶不住了,各位只做横向移动去支援,不可前后飞行。"四个指挥官又把这道命令发给了自己带领的舰船。有的战士就奇怪了,为什么不让我们前后飞行,只能左右支援,怎么会有这么机械的作战队形?如果敌人某一路舰队突破了防守,深入坎瑟母星,难道我们也不能追击吗?虽然战士们有疑问,但这毕竟是命令。

战士往往不懂得将军的世界,不得不说卡戎的布局非常缜密。现在坎瑟星不仅有表面上防御阵形的变化,更有背后战略思维的变化。在采取面状防御之前,卡戎做了非常完善的构思。他极度注重作战的协调性,把整个部队分为一、二、三、四——四大舰队,一、二、三队舰船数量相当,第四队舰船数量是其他战队的两倍。所有舰队都进行了高效的协调训练,为了更进一步提升机动性,卡戎又把每个舰队又分为左、右两部,这样就形成四大舰队八个作战部。但是卡戎只对外宣称自己分为四个舰队,至于"每个舰队又分为两部"则作为高度机密。四个舰队各设有一艘指挥舰,由四名队长分别率领。按照之前的计划,卡戎就在其中一艘指挥舰上,这就是整个部队的旗舰——领袖号飞船。同时，为了发挥每一艘战舰的最大战斗力，坎瑟采取了一艘舰船四人一组协同操控的模式。

战斗打起来了，伊缪恩的五路舰队分别冲向坎瑟的四个舰队。由于坎瑟第四舰队数量最多，所以自动分裂成两个作战部，刚好形成五对五的局面。伊缪恩的舰船一边开火一边冲击过来，坎瑟的舰船左右移动闪避攻击，同时迎头还击。虽然就单兵作战能力而言，坎瑟舰船确实处于劣势，但是他们占据了数量的优势。这一轮交火下来，竟然打了一个平分秋色——顶住了。很多士兵都兴奋起来，以前总是被攻破，这次居然顶住了！即使打了个平局，那也是胜利。他们还来不及兴奋，就要准备第二轮战斗。

伊缪恩人这边也有点意外——看来这个新上任的指挥官还有两下子。第二轮攻击开始了，伊缪恩把其中的 D 和 E 舰队合为一路，就形成四路舰队。卡戎看着敌人变阵，他早就在等着了，让己方数量最多的第四舰队迎击对方二合一的 D-E 舰队。

有的战士似乎明白了卡戎的意图，两军交战最重要的并不是单兵作战能力，而是阵形对垒能力。谁的阵形机动性强，协调性好，这才是取胜的关键。两军再一次交上火了，伊缪恩的 A、B 两路舰队直接被坎瑟的第一舰队和第三舰队抵挡在外围攻不进来。只是伊缪恩人狡猾得很，伊缪恩 C 舰队直冲向坎瑟的第二舰队，数量最多的 D、E 舰队本来对着第四舰队，可是他们瞬间改变作战目标，由 C 舰队攻击数量众多的第四舰队，而 D、E 舰队则向着第二舰队攻了过去。坎瑟的士兵有的开始怀疑卡戎，为什么不能前后飞行去战斗，第二舰队顶不住了。

第二舰队实在招架不住了，队长向卡戎请求第四舰队的支援，但是第二舰队和第四舰队当中隔着第三舰队，再加上卡戎有令在先"只能横向移动"，这怎么移动得过去？卡戎挂掉二队指挥官的呼叫，沉着冷静地对着四个队长发出命令：三队注意，支援二队。四队左部迎击伊缪恩B舰队，四队右部留守迎击C舰队。

虽然卡戎也跟着变阵，但是第二舰队已经有被攻破的迹象。突然，数艘伊缪恩战舰突破了第二舰队的防御网直奔坎瑟母星。坎瑟战士惊呼，难道卡戎长官还不让我们前后飞行吗？敌人即将进入母星了。卡戎还是不慌不忙，对四路舰队的指挥官下令："所有舰队的最后一排舰船，掉转船头攻击突防的敌人。"与此同时，坎瑟母星的地面防御系统也发出了导弹，把几艘伊缪恩舰船悉数摧毁。坎瑟战士似乎明白了，在前后夹击的情况下，攻击敌人的船尾，是很大的位置优势。伊缪恩一看情况不妙，赶紧回撤。第二次交锋结束，伊缪恩依旧没有占得半点便宜。可是他们一点都不急躁，有的是时间来寻找突破口。伊缪恩的最高指挥官鲁克·赛特发出指令："所有舰队听我的命令，再尝试几次佯攻，所有人必须听好，是佯攻。即使找到攻击的最佳角度，也必须撤回来。"

就是这道命令，已经连续发了三次。伊缪恩的队员虽然不知道赛特的用意是什么，但是也必须服从命令。赛特的想法和打法同样具有迷惑性，伊缪恩的五个作战单元，分分合合，也是行动自如。伊缪恩又尝试了几次佯攻，并且重点刺探了坎瑟第二舰队的情况。因为第二舰队被赛特的D、E舰队重创过，现在是坎瑟防御系统中最薄弱的环节。

卡戎早就预测到了，这次和伊缪恩的交锋可以分为三个阶段。第一阶段是敌人的那种苍蝇式的骚扰侦察，第二阶段则是形成几路战队,尝试着对自己的防御体系进行攻击,寻找最薄弱的环节。第三阶段,当然就是伊缪恩全部舰队合兵一处,攻击他们找到的最薄弱的环节。接下来赛特必定集中所有兵力冲击自己的第二舰队,然后直接杀向坎瑟母星。只是,有那么容易吗?卡戎自信满满,他们经过了反复的训练,部队的整体作战协调性达到了最佳的状态。只要敌人进入防御体系,坎瑟舰队完全可以迅速合围。卡戎之前没有全力支援第二舰队,其实就是要第二舰队受到重创,成为敌人的眼中的"突破口"。而实际上,卡戎是将第二舰队设计成了诱饵,整张大网已经准备好了……即使没有合围成功,伊缪恩舰队也势必遭受重创。而且坎瑟还有着地利的优势——来自坎瑟星球的地面攻击,将会进一步打击伊缪恩。卡戎对全体战士发出命令:"如果敌人还是分为几路来攻击,我们依旧采取之前的战术,只保持横向移动。如果敌人合兵一处,那么由第四舰队负责正面抗击阻挡,其他三路舰队可以迅速前后移动,攻击敌人的侧翼,形成网状包围的态势。"万事俱备,只欠伊缪恩自投罗网了。只是伊缪恩怎么还不动手,他们在等什么?

伊缪恩人确实在等,在等一个消息,而且也终于等到了。鲁克·赛特的副手发来汇报:"赛特队长,我们截获了坎瑟人的作战指令。"赛特的嘴角微微扬起,缓缓说出了一句话:"看来坎瑟的那个老鬼,果然没有骗我们。我们要好好感谢他,否则我们这次进攻将损失惨重。所有战士注意,迅速锁定老鬼的家人,不要伤害他们。我们要履行对主动投诚的坎瑟人的承诺。至于其他的敌人,就尽情消灭他们吧,去享受战斗的荣耀吧。"副官继续汇报:"赛特队长,坎瑟人的作战指令是——坎瑟人现在有四个舰队进行防御,他们料定我们会以第二舰队为突破口,当我们发起攻击时,对方的第四舰队会正面阻击我们，其他舰队就会攻击我们的侧翼。另外，从这几次交锋当中可以看出，坎瑟的每个战队都有一个指挥舰。坎瑟部队的一号指挥官卡戎就在其中一个指挥舰上。第四队数量最多，我们分析卡戎有可能就藏在第四路中间。"

赛特听完之后嘴角上扬，似乎对坎瑟的想法很满意。赛特其实很早之前就留意到卡戎了，卡戎在之前的战斗中就让伊缪恩吃了不少苦头，伊缪恩深刻地感受到了他的厉害之处。如果能把卡戎干掉，坎瑟也就基本完了。赛特呵呵冷笑："全体都有，五路舰队合兵一处，形成一路纵队，准备发起进攻！"随后伊缪恩重新组织队形，排成一支纵队，像一支箭一样准备刺穿坎瑟的防御体系。

副官一听就跳起来反对："队长，我不同意你的意见。明明知道对方设了圈套，我们还要去钻，肯定会遭受巨大的损失。"赛特看了副官，轻轻地拍了副官的肩膀，用一种和蔼的语气说："棋走险招，兵行诡道。听我的，放心好了。"副官在常年的战斗中非常了解赛特，他既然这样说了，肯定有他的道理。赛特的表情坚毅，似乎成竹在胸。整个伊缪恩部队在赛特的指挥下变换成纵队阵形，当副官看了阵形之后又一脸疑惑。A部队以前是攻击坎瑟母星的直接力量，集合了最先进的武器和最优秀的战士，是整个伊缪恩战斗力最强的部队。按照道理来说，A部队应该布置在最前面，用来撕破坎瑟的防线，可是赛特却将A部队放在最后。这样究竟有什么意义呢？副官现在也想不了那么多了，整个伊缪恩舰队已经纵向向坎瑟的防御网发动攻击。

与此同时，坎瑟这边紧张的气氛瞬间蔓延。卡戎对着自己的参谋道："我们的作战指令发出去了吗？"

"发出去了，长官。"一个斩钉截铁的回答传入了卡戎耳中。卡戎非常满意:"很好!"只是参谋官不解地问道:"为什么之前的命令都是发给四个舰队的队长的,而这次的命令却要直接发给全体战士?"卡戎微笑的眼神中带有一丝寒冷的杀意:"不急,马上你就看到了。"

看着伊缪恩"五合一"纵队越来越近,卡戎的参谋官慌了:"卡戎长官,为什么我们还不变阵。再不变可就来不及啦!"只见伊缪恩舰船越来越近,越来越近,而坎瑟的舰船依旧不动,只是保持的火力对抗。马上就要撞到一起了,可是队形还是没有丝毫变化。参谋官突然怀疑自己,难道我没有把卡戎的命令成功地传递出去吗?我明明按照指示,在全军范围内发布了作战命令啊!难道,我们的战士没有收到命令吗?卡戎看着参谋官:"是的,你发出去的指令,没有任何一个战士收到!"

参谋官慢慢张大了嘴巴,眼看着敌人就要撞击过来了。可就在这时,伊缪恩的纵队突然又分成五个舰队,分别向坎瑟的四路舰队展开攻击。参谋官彻底蒙了,为什么是这样?只见,伊缪恩的五路舰队迅速对上了坎瑟的四路舰队……

卡戎面沉似水地看着参谋官,内心暗暗地说:"连我的参谋官都被骗了,更何况是伊缪恩那群畜生!"原来,卡戎分析过以往的战斗,完全可以确定他们的作战编码已经被敌人破译,或者坎瑟星内部出了叛徒把解码秘钥出卖给了伊缪恩人,只是卡戎特别不愿意相信是叛徒所为。在这次战斗中,卡戎用了新旧两种编码。参谋官向全体战士传达卡戎命令时,卡戎就切换成旧的编码系统,这套系统发出的指令已经不再被任何一艘坎瑟战舰所接收,能够接收拦截的,只有伊缪恩舰船而已。所以旧编码发送的是虚假指令,用来迷惑伊缪恩人,新的编码才是真正的作战指令。为了防止泄密,新的编码只有四个队长知道。当参谋官向四个队长传达卡戎命令的时候，卡戎就切换到新的编码系统。

按照卡戎的计划，伊缪恩人应该已经截获并破译了参谋官用旧编码向全体战士发出的那道指令，伊缪恩自然根据这道假指令来布置战术。而且伊缪恩人还不知道卡戎已经知道他们掌握了旧的作战编码。卡戎当然知道赛特绝对不会简简单单地就自投罗网，所谓的"兵合一处"只是用来迷惑卡戎的假象。等到伊缪恩舰队即将与坎瑟舰船相撞的时候，他们一定又会兵分五路。

卡戎把伊缪恩的想法计算透了，当然卡戎也知道赛特的厉害，在这个人面前必须注意各种细节，如果伊缪恩发现了坎瑟舰队中间传出了新旧两种种编码的电波，那势必会引起怀疑。万一被伊缪恩锁定了新信号的发射源，他们就可以准确判断出旗舰"领袖号"的位置，并实行斩首行动。于是卡戎用了一个最原始的办法——当领袖号用新编码向四艘指挥舰发送命令时，就通过电磁波束把信息点对点地进行发送，再由四艘指挥舰发送给各自舰队，这样伊缪恩就无法轻易探测到新编码的发射源。当卡戎向全体战士用旧编码发送虚假命令时，就肯定会被伊缪恩截获。伊缪恩不仅截获的是假情报，也无法判断旗舰领袖号的位置，最多也就是锁定四艘指挥舰而已。一旦伊缪恩人钻进自己设下的圈套，卡戎及四艘指挥舰就会以新编码全方位地发送作战指令来调动战阵。那时候，即使伊缪恩探测到新电波知道自己上当，也已经没有时间回旋。

除此之外，卡戎还加了双保险。一是之前就发出了假情报，谎称自己就在四艘指挥舰的其中一艘上，而实际上他把自己隐藏在了普通舰船当中。二是，即使伊缪恩舰队真的以"五合一"的模式冲过来的话，卡戎就把假的作战指令变成真的，开启收网计划。

　　看着伊缪恩五路来袭，卡戎沉着应对。在之前的战斗中，卡戎见识过伊缪恩 A 舰队的厉害之处，他也知道现在自己的第二舰队是最薄弱的地方。卡戎仔细分析着战场的局势而后下达作战指令，参谋官也同时向四个指挥舰同步传达——敌人的 B 舰队打头阵，C 舰队紧随其后，但是这是两支相对较弱的舰队，他们会直奔我们的一、三舰队，你们做好迎击准备。D、E 舰队会合并一处，拖住我们舰船数量最多的第四舰队。敌人的 A 舰队是精锐部队，他们会重点突破我们的第二舰队。然后，他的 B、C、D、E 舰队会拖住我们的一、二、三、四舰队，敌人 A 舰队突破我第二舰队之后，就会对我们的母星展开袭击。

　　这不单单是作战指令，更是战局分析。到目前为止，一切都在卡戎的算计当中，接下来的行动，才是卡戎真正的策略。而且卡戎针对这种战局已经做了多次演习，四个指挥官太熟悉这套打法了，甚至都不用卡戎下达后面的命令。面对着伊缪恩的攻击，坎瑟舰队从最开始的紧张状态逐渐沉稳下来。正如卡戎所料，赛特的舰队按照 B、C、D、E、A 的顺序排成纵队，直接冲向了自己的第三舰队。卡戎更知道，赛特不可能就这么一直冲下去，他们马上就要变阵了。果然，赛特的 B 舰队朝着自己的第三舰队冲了过来，随即，C 舰队分离出来，朝着自己的第一舰队的方向飞去……

　　卡戎一跺脚："时机到了，按照演习那样变化阵形！"说罢，只见卡戎的四路舰队各自的左部和右部分开，四个左部迅速往母星方向回撤，四个右部则留在现有位置拖住伊缪恩的四路舰队，等到伊缪恩的 A 舰队深入母星附近，四舰左部结合地面火力，以压倒性的优势剿灭敌人最优势的 A 舰队兵力。其实卡戎的打法，是要损失四舰队右部来换取对伊缪恩最优势兵力的歼灭。

这种杀敌一千自损八百的策略也会有风险，万一没有剿灭伊缪恩的 A 舰队，那么卡戎不仅损失了四舰队右部，母星也会遭到重创。所以他亲自参与狙击伊缪恩的 A 舰队，成功之后左部再回去支援右部。但那时右部的损失将会无法计算，甚至直接撤销番号都有可能。卡戎之所以要采取这种打法，一是因为自己已经进行了多次有针对性的演习，二是结合地利优势，以地面火力作为保障，形成内外夹击的阵势，这种打法的成功率非常高，一旦敌人的精锐部队被全歼，剩下的部分就很难在短时间内形成战斗力，毕竟敌人长途奔袭，补给困难，而自己的坎瑟星球就在后方，可以通过打持久战来逐渐消耗敌人……

卡戎看着赛特的 C 舰队分离了出来，暗自高兴，对方果然中了自己设的圈套。接下来，敌人的 B、C 舰队就要和自己第一、三舰队的右部交火。正在卡戎盘算时候，赛特的 D 和 E 舰队也分离出来。这与卡戎的预期完全一致。卡戎赶紧下令，第四舰队右部准备好应敌……高手过招总是在间不容发的空当就能分出胜负，无论是战前的谋划算计，还是战中的随机应变，都容不得有半点闪失。卡戎满意地笑了……

只是他猜中了开头，却没有猜中结尾。敌人的 B 舰队本来是对着卡戎第三舰队右部的，可突然间 B 舰队分成了四个小队，分别向着旁边的第四、第二和稍远一点的第一舰队右部飞去。而 C、D、E 舰队本来看似已经分离出来，可是分到一半又合了回去，直接冲向了最薄弱的第二舰队右部。由于全部的左部已经往母星方向回撤，第二舰队右部更加薄弱，瞬间就被赛特的舰队冲垮。等到其他三路右部要来支援的时候，却被 B 舰队分成的四路小队给短暂地拖住了。

卡戎大喊一声："不好！我们中计了！"难道说敌人也在给我们下套？！接下来敌人会怎么做？会怎么做？卡戎压制着自己混乱的心情，努力构思着随后的应敌计划。

卡戎被赛特的这套战斗部署打了一个措手不及。坎瑟的四路左部和右部已经分开，想要再合到一处已经来不及了。赛特的C、D、E、A舰队直接杀向了卡戎的左部。卡戎把心一横——兵来将挡、水来土掩，四路左部的战舰数量，毕竟占了整个部队的一半，现在除了奋勇厮杀，也没有其他办法了。可是，伊缪恩向着坎瑟左部压过来的舰队，是他们整整四路舰船，就算不谈攻击能力，即使在数量上，伊缪恩也占有优势。卡戎默念着"分则死，合则生"的道理，借助地面火力的支援，自己把全部左部集中在一起，重拳出击。然而卡戎万万没想到的是，这记重拳竟然打在了棉花上。赛特的C、D舰队又各自分成了C1、C2和D1、D2两个部分，然后分别牵制住了卡戎的全部左部，然后A舰队直接冲向了坎瑟母星展开攻击。

卡戎看明白了——这太可怕了。之前卡戎想牺牲右部的兵力，集中力量消灭赛特的精锐A舰队，这是一种壮士断腕的做法。然而，赛特的战法是让他的B舰队分为四路小队缠住卡戎的整个四路右部，这种打法胜负只在电光石火之间，打的就是时间差，用牺牲B舰队的做法来换取其他舰队作战的时间和空间。赛特这又何尝不是壮士断腕？卡戎突然惊醒过来——这，这是用我的方法在打败我！难道伊缪恩赛特已经知道了我的布局，我"四变八"的机动打法他事先知道了？！难道我们真的出了内鬼吗？

可悲的是，确实有内鬼。千算万算，卡戎还是棋差一招，他并不知道自己在精心布局的时候，早已成为猎物。赛特的算计比卡戎更加老辣，而且是处处针对卡戎的布局见招拆招。内鬼不仅把以前作战编码的破译方法告诉了赛特，同时也把卡戎暗中训练八路战队的情况透露给他。作为交换条件，伊缪恩人将不会伤害他的家人。所以，卡戎这次"四变八"的打法，赛特早就知道得一清二楚。而之前卡戎为了迷惑赛特，故意增加了第四舰队的数量，让赛特以为第四舰队是作战主力，也只有第四舰队会分兵两路。这一迷惑敌人的做法，在内鬼的叛变下显得那么幼稚可笑。

卡戎明白晚了，准确地说没有时间愤怒了。伊缪恩Ａ舰队迅速对坎瑟母星发起进攻。缺少了空中的夹击，坎瑟星的地面火力对敌人这支精锐力量的防御效果就显得极其有限，母星遭受了惨烈的攻击。无数平民丧生当场。这些惨烈的情景，伊缪恩从来都是视而不见，他们根本就没有人道，没有文明，没有同情，只有侵略和杀戮……

卡戎看着母星深处不断泛起火光，这可不是烟花！在太空当中看到地面上的一点点火光，其实都是漫天大火。最要命的是，爆炸的位置离坎瑟总部非常近。卡戎赶紧下令让舰船数量最多的第四舰队左部跟随自己去堵截赛特的Ａ舰队，保护母星。

接下来是赛特最凌厉的杀招，卡戎带着第四舰队左部刚一离开队伍，顿时就被赛特的Ｅ舰队跟上，对着卡戎所在的领袖号就是一阵攻击。卡戎彻底慌了，难道伊缪恩已经锁定自己了吗？他们是怎么找到我们真正旗舰的？

原来，在卡戎想要歼灭伊缪恩精锐部队的同时，赛特的目标则是干掉卡戎。当然歼灭坎瑟的有生力量，直接攻击母星，也是作战目标之一。当卡戎用旧编码发布命令的时候，伊缪恩确实截获了作战指令，也知道这是卡戎的圈套。赛特也发现：旧编码的作战指令很少，只有一道命令，那卡戎肯定是有新的指令编码了。而且赛特还敏锐地分析出来，卡戎一定是通过点对点的线性传输，来避免被锁定。于是赛特直接来了一个将计就计——实施斩首行动，擒杀卡戎。赛特绝不是泛泛之辈，他最开始多次下令对卡戎的军队发动小规模骚扰，就像苍蝇乱飞一样，这不仅是刺探虚实，也不仅是为了寻找坎瑟防御网最薄弱的位置，更是在锁定卡戎的旗舰领袖号。在试探过程中，赛特首先发现了坎瑟的四艘指挥舰，这四艘舰船虽然不是赛特的目标，但却是线索。

赛特迅速分析着两种可能，一是卡戎就在四艘指挥舰上的一艘。这反而简单了，只要探测到哪艘舰船最先向其他三艘发出新编码的作战指令，就可以锁定卡戎的位置。还有一种可能，卡戎真正的旗舰并不是这四艘飞船，而是隐藏在大部队当中。于是赛特命令部队不断佯攻，让坎瑟的战阵来回变换位置，以此来观察队形的变化。

赛特这样做，是因为他非常清楚卡戎的线性传输虽然保密性好，但是最大的问题是电波无法转弯，卡戎旗舰的信号发送器和四艘指挥舰的信号接收器必须保持在一个相对固定的角度内才能收发信号，所以无论卡戎的战阵如何变化，这五艘飞船的位置必须保持相对固定。赛特迅速寻找着坎瑟阵形中这样的舰船，他一共找到了九艘，所以他下令持续佯攻，进一步锁定坎瑟的旗舰，即使找到了最佳的攻击角度也不能发动攻击。在随后的几轮佯攻过后，其中有一艘舰船始终都与四艘指挥舰位置保持相对不变。赛特找到了，就是那艘飞船——坎瑟的旗舰领袖号。为了万无一失，赛特让侦察部队对着那艘舰船的周围发射线性电波。果然伊缪恩的电波受到了一种从未见到过的电磁的干涉。这个电磁信号，就是卡戎最新的作战信号！赛特现在非常确定，卡戎一定在那上面。

此时的卡戎，正指挥着领袖号，带领着第四舰队左部狼狈地追击着赛特的A舰队。而卡戎后面，正在被赛特亲自率领的E舰队穷追猛打。赛特很清楚，如果能干掉卡戎，坎瑟就再也没有能够和伊缪恩对抗的将领。即使在本次战役中没能摧毁坎瑟母星，后面有的是机会。

卡戎的领袖号被赛特死死锁定，还好有第四舰队左部掩护着他。不过第四舰队左部本来是和赛特的C2舰队交战，卡戎想要快速飞行甩开C2，可是C2的速度也很快——一时间形成了C2和E舰队共同追击卡戎的态势。而且C2之前明显是经过了针对性的训练，只见C2插入了第四舰队左部当中，硬生生地把卡戎与其他四舰队左部的舰船隔开，然后赛特率领的E舰队向着卡戎蜂拥而至。其他四舰队左部舰船想要过来给卡戎解围，却又被C2纠缠住——赛特又是一招壮士断腕，想要牺牲C2来换取消灭卡戎的机会。

坎瑟的四艘指挥舰一看卡戎命悬一线，于是拼死摆脱纠缠，并调动附近能脱身的舰船一起来保护卡戎。可是只有少数舰船摆脱了伊缪恩的纠缠，根本没有办法在短时间内组织起有效的阵形。一时间，在局部范围内形成了卡戎以寡敌众的局面。

此时的战场上，坎瑟四个舰队的队长几乎同时发布命令：全部右部不要再和赛特的B舰队纠缠，立刻回撤，驰援左部战场，救援卡戎。可是坎瑟的右部队在回防的途中，发现伊缪恩的A舰队无人防守，早已直扑坎瑟母星。母星上有他们的父母、妻儿、兄弟……他们或许已经死了，或许还活着……现在要去救他们吗？而且，坎瑟的最高首领还在母星上……可是指挥官卡戎被困，该去救谁呢？四名队长一时也没了主意，只能听卡戎的命令。可是卡戎现在危在旦夕！

41

就在这万分危急的时刻，传来了卡戎的命令："我没事，他们抓不住我！所有右部，驰援母星，驰援母星，保护我们的最高首领，解救你们的家人吧！"

听到命令之后，虽然大家都知道卡戎凶多吉少，但是命令终究是命令，于是所有右部迅速飞往母星方向。只是此时，赛特的A舰队已经找到坎瑟母星的战略要塞，坎瑟的地面火力已经被摧毁了大半。坎瑟舰队的右部终于追上了正在杀戮的伊缪恩A舰队，可是后面突然遭到袭击。原来伊缪恩的B舰队还有少量的幸存战舰跟了上来，在他们背后开火。伊缪恩人战斗起来也是果断勇猛。说时迟，那时快，A舰队也迅速兵分两路，A1舰队继续攻击坎瑟母星，A2舰队掉转船头攻击坎瑟右部，和B舰队残部对整个坎瑟舰队右部形成前后夹击的攻势。

由于坎瑟遇到了计划之外的变数，早已失掉了队形，很难组织起有效的拦截战术。伊缪恩A1舰队正在肆无忌惮地对坎瑟母星展开杀戮，坎瑟母星已经变成一片火海。虽然最终伊缪恩的B舰队被打光了，但是坎瑟遭受的损失远远大于伊缪恩。另一方面，卡戎正遭受赛特的E舰队的围追打击，早已无法招架。即使卡戎有着再出色的作战技巧，也是在劫难逃。不一会儿，卡戎的舰船就被击伤，带着滚滚浓烟逃窜，朝着坎瑟的一颗卫星飞去。赛特看着眼前的这一幕异常兴奋，下令继续追击。可是正当此时，坎瑟舰队里的一艘普通舰船却释放出了新的加密信号，和卡戎领袖号上发出的是同一类型。当信号发出去不久之后，坎瑟剩余的舰队开始组织起攻势，他们并不攻击伊缪恩舰队，也不保护母星，而是对着追击卡戎的伊缪恩E舰队领头的舰船一顿猛攻。而这艘舰船，正是赛特所在的旗舰。原来赛特打得太兴奋了，忘了保护自己，竟然冲到了部队的最前端。

这是怎么回事？赛特惊得一身冷汗，但是赛特的军事素养极高，他迅速明白了："卡戎的领袖号很可能不是自己一直追击的那一艘，而是刚刚发布命令的这一艘。难道卡戎也设计了'套中套'，他分析我的作战习惯，锁定我所在的旗舰，然后对我也实施斩首行动吗？卡戎在正在发送电波的这艘船上吗？"赛特想到这里，迅速发布命令："变换队形，集中火力攻击那艘刚刚发布电波的飞船，一定打掉它。"

可是临时变换队形的风险是非常大的。队形一旦混乱，就难以组织有效的进攻，也更容易遭到攻击。只是现在赛特已经被锁定了，不变不行。他的旗舰先是让出了队首的位置，然后隐藏在队伍里，再找了一个机会悄悄地离开了战斗现场，避免自己在这次变阵中丧生。但是都已经打到了这个程度，怎么可能轻易中断斩杀卡戎的计划？于是他在退出战斗的同时，下令追击那艘新发现的"旗舰"。这并不是赛特胆小，也不是逃避，而是为了最终的胜利做出的明智决定。

由于坎瑟舰队已经遭到重创，伊缪恩舰队在变换队形后很快击毁了那艘新发现的旗舰，之后又与其他的坎瑟舰船缠斗在一起。本来伊缪恩可以取得较大胜利，但是由于临时变阵，赛特的舰队也遭到了重创，双方都暂时失去了继续作战的能力。而赛特的舰队没有发现的是，那艘后来发布命令的旗舰在被击毁之前，早就有一艘单人救生艇从其中飞了出去，追随那艘之前被击伤的舰船飞到坎瑟的卫星上去了。

其实赛特一开始的判断并没有问题，他们攻击的确实就是卡戎所在的旗舰，而后来发射同样信号的舰船并不是旗舰，而是波菈所在的舰船。波菈看到卡戎身处险境，为了帮他脱险，就发出了同样频率的信号。这样便使得赛特误以为——波菈所在的才是旗舰，而卡戎所在

43

的那艘真正的旗舰仅仅是个"诱饵"。

波菈的计划成功了,卡戎得到了一丝喘息的机会。而她知道,自己的舰船马上会受到围攻,于是她驾驶着救生艇逃离了舰船。她同船的战友并没有对波菈的这种举动感到怨恨,因为他们知道波菈要去救卡戎,这不是贪生怕死,而是执行更重要的任务。至于他们自己,马上就会走到生命的尽头,这一切都是值得的。波菈违反了战斗纪律,而她之所以这么做,原因非常非常纯粹——她,爱他。

而在卡戎这边,当他驾驶着受伤的领袖号飞向卫星的途中,接受到了和自己旗舰同样频率的信号。他非常迅速地解开了信号的内容——坎瑟所有舰船以攻击敌人为主要任务,不要保护卡戎的舰船,因为越保护就会越暴露出那就是领袖号。现在全部舰船围绕在我周围"保护"我,然后以我为核心攻击对方领头的那艘飞船。

卡戎非常清楚地知道信号的发出者就是波菈,因为这种信号只有卡戎自己,还有四个队长以及波菈知道,其他人只能接受不能发送。赛特截获的就是波菈发出的这条电波,可是赛特没有解码的方法,不知道电波的内容,只能怀疑波菈的舰船才是真正的领袖号。再加上大量的坎瑟战舰都去保护波菈的舰船,这让赛特进一步确定那才是真正的旗舰。

波菈之所以能够发送这段电波,是因为卡戎事先告诉她的。在开战之前,卡戎见过波菈,告诉了她在这次战斗中将要使用的新的编码信号。卡戎想的是,万一波菈陷入了绝境,她发出这种波段的信号求援,救援部队会将其视为旗舰一般重视,获救的概率会大大增加。当然这是严重违反战斗纪律的,而卡戎之所以这样做,原因也很简单——因为,他,爱她。

只是卡戎没有想到,这一违规的举动不是让波菈获救,反而是让波菈救了自己。秉持着铁一样战斗纪律的坎瑟部队输了,可是波菈以不守纪律的方式,为坎瑟留下了一线生机。

卡戎的飞船近乎自由落体般地坠入了卫星,尽管波菈在后面拼尽全力追赶,也没能追上。卡戎在飞船里用尽最后的力气想要让飞船平稳落地,希望能够保住舰船里其他队员的性命,但是根本没有办法做到。可就在这个时候,卡戎遭到重击晕了过去。随即,同船的队员将卡戎塞入救生艇,直接弹射出去。队员们很了解卡戎,他是不会丢下战友独自逃生的,只有将他打晕才能保住他的性命。就这样卡戎获得了逃生的机会,但是救生艇处于无人驾驶的状态,重重摔在了地面上,卡戎身负重伤。而旗舰上其他三名队员勉强驾驶着领袖号,不受控制地向前滑行了好长一段距离之后,重重地摔在地面上,燃起了一团黑色的蘑菇云。队员们一起长眠在这颗卫星上。

波菈驾驶着她的救生艇飞到了卫星,找到了卡戎的救生艇,快速打开舱门,把奄奄一息的卡戎抱在了怀里,然后拖到了一处隐秘的位置,声嘶力竭地痛哭起来。她突然闭上嘴巴停止哭泣,因为伊缪恩的舰船从他们头上掠过。救生艇目标本来就小,而且都已熄火,再加上旗舰的爆炸,成功地吸引了伊缪恩舰船的注意,波菈和卡戎这才逃过一劫。伊缪恩的舰船是过来查看他们原来认为的"旗舰"是否被干掉。无论是"新"的旗舰,还是原来的旗舰,都必须消灭……

伊缪恩舰船看到领袖号上无人生还,满意地离开了。波菈这才再一次放声大哭,卡戎似乎是被波菈的哭声叫醒,微微睁开了眼睛,用微弱的力气说道:"真的是你!真的……我不想死,也不能死……"

波菈看着卡戎:"我知道,我也不想让你死,你也真的不能死。坎瑟还要靠你！"

虚弱的卡戎似乎对波菈的回答并不满意，继续挣扎着说："不，不是的。我不能死，不只是因为坎瑟，还有……还有……我，还有……牵挂……"

波菈似乎明白卡戎要说什么，心跳急剧加快，呼吸也急促起来。卡戎继续说着："我的……牵挂，就……就是……你……如果我能活下来，我……娶你……"

波菈一头钻到了卡戎的怀里，用急剧的哭喊代替了那三个字：我愿意！

波菈心急如焚，很想立刻开着救生艇返回母星。虽然母星遭受到巨大的冲击，但是最起码还有救活卡戎的医疗条件。但如果现在就驾驶救生艇起飞的话，途中说不定会和伊缪恩撞个正着。她只能等！可是，她又等不起，时间的消耗，就是卡戎生命的消耗。

不知道是卡戎命不该绝，还是因为他们之间爱情的力量，等到伊缪恩人撤退的时候，卡戎依旧有生命体征。波菈本来已经做好了孤独终老的准备，当她看见自己心爱的男人再次睁开干涩的眼睛时，她自己的双眸却已被泪水淹没了。

波菈并没有再发出那种新的信号请求救援，因为赛特已经知道这个波段的信号就是旗舰信号。一旦被伊缪恩发现，他们又返回来，那么她和卡戎也就会在这里被消灭。波菈照顾好卡戎，将自己的救生艇进行了简单的修复，悄悄驾驶着救生艇回到了母星。

他们回到坎瑟之后，卡戎得到了及时的治疗。在护理中心，卡戎长时间处于昏迷状态，但是生命已无大碍。医护人员觉得卡戎能活下来是一个奇迹，一定有某种巨大的精神力量在支撑着他，让他用尽最后一丝力气挺了过来。虽然凶险，但是以坎瑟的科技让卡戎痊愈只是时间问题。

在卡戎昏迷的期间，波菈来看过他很多次。其实来看卡戎的何止波菈一人，但是医护人员每天只让一些重要的人进来探望。因为卡戎是波菈救回来的，工作人员也允许波菈进来。

慢慢地，卡戎苏醒了，逐渐恢复健康。卡戎多次提出想要尽快参加战斗，都被医护人员拒绝了。坎瑟确实遭受了惨痛的打击，但是伊缪恩也是元气大伤，双方都要休整，这段时间并没有大规模的战役。只是卡戎又提出想要参加训练的要求，医护人员最后没有办法，只能让波菈过来劝一下卡戎，希望他能在彻底恢复健康之后再去执行军事任务。卡戎在见到波菈的一刹那，看着她楚楚动人眼神，各种心绪全都被融化了。他爱着波菈，爱得不要理由，爱得不讲道理，爱得任性倔强……

卡戎扑向了波菈，波菈哭了，她知道自己在做什么。卡戎展现出了柔情的一面，他也知道自己在做什么……

就在这个时候，坎瑟星的首领阿特洛波斯前来看望卡戎！这是最高规格的待遇。首领阿特看见卡戎已无大碍，也放下心来："你好好疗养，这一战伊缪恩也元气大伤，短时间内不会再挑起大规模的战斗。在你疗养的这段期间，我们的工程师根据这次战斗的情况，制造出了全新的领袖号。新的领袖号，发送指令用的是动态编码，每次都需要新的解码秘钥。另外，指令信号也具有高度的隐蔽性，和宇宙的背景辐射很像，即使被探测到了，也很难分辨究竟是宇宙辐射，还是设备发出的电磁信号。而且从四人驾驶，升级到七人驾驶。人多了，也不用担心吃饭问题。领袖号上装备了最新发明的食品胶囊，可以把飞船的能量转化为生物能量。就是营养不太全面，但维持生命还是没有问题的。另外，我把坎瑟的五维空间飞行技术植入到了你新的飞船上……"卡戎知道，五维空间飞行技术，是坎瑟星的核心机密，能够装备在自己的飞船上，是首领阿特的极大信任。听着首领的描述，卡戎心潮澎湃，很想早一点看看新的领袖号。不久之后，卡戎恢复了健康，并且把波菈调到了自己的舰船上来。就这样，每天看着自己心爱的人坐在对面，似乎战争也不再那么令人绝望了。

这场战斗伊缪恩重创了坎瑟，造成了坎瑟星大量战斗减员，设施损毁。但是也逼迫坎瑟人启动了一项他们以前一直争论不休的技术——"骡子计划"，其实就是"人造人计划"，他们制造和自身类似的"人类"，但是这群人只服从命令，只是工具人而已，不具备生育功能，所以这些人又被称为"骡子"。虽然这项技术曾经因为伦理问题产生了巨大的争议，但是在坎瑟面临如此危险局面的时候，为了快速提升战斗人员的数量，坎瑟还是通过了这项决议，启动"骡子计划"，坎瑟的战斗人员得到迅速补充。而且在数年之后，坎瑟星慢慢取得了战争的主动权。

第四章
坎瑟星毁灭

在漫长的消耗战之后，两个星球的人终于迎来了决战的时刻。坎瑟人都期待着这场旷日持久的星际战争能尽快画上句号。他们为了保护自己的家园，已经付出了太多太多，无数人战死，又有无数人出生、成长、战斗，他们被迫卷入战争，只为保护自己的家园。

坎瑟星人自始至终都不明白，为什么伊缪恩人不愿意靠努力去创造他们自己的生活，而一定要诉诸侵略。伊缪恩人如果用发动战争的精力去创造财富，他们现在可以过得非常幸福。坎瑟人更不明白，为什么在这场旷日持久的战斗中，伊缪恩人自始至终都没有非常明显的优势，尤其是在后期，他们一直处于劣势，却还要很执着地长途奔袭，偏要落得两败俱伤。他们的到来似乎只为了一个目的——毁灭。他们除了杀人，就是摧毁坎瑟人的家园。这一群刽子手的每一寸皮肤，都沾染了坎瑟人的鲜血；他们的疯狂，伴随着无数坎瑟人悲惨的哀嚎。面对着这样一群热衷于杀戮的战争疯子，坎瑟星人即将取得这场"圣战"的最终胜利。

此时此刻,在坎瑟星外围的战场上,他们正以绝对的优势摧枯拉朽地痛击伊缪恩侵略者。每个战士都杀红了眼,希望毕其功于一役。他们的情报显示,面前的这些伊缪恩人部队,已经是他们最后的力量。对于伊缪恩人来讲,这场战役将是灭族的灾难;而对于坎瑟星人来说,则看到了和平的曙光。即使在这最后的时刻,伊缪恩的歹徒们依旧犹如不怕死一般,疯狂地反扑过来。无数武器交织、碰撞在一起,每个坎瑟战士的内心都满怀着对敌人的仇恨,满怀着激昂的战斗欲望,同时有对胜利的憧憬,为了抚慰家园里无数的鳏寡孤独,为了祭奠已经长眠的累累白骨,坎瑟人终于等到了这最后的时刻……

伊缪恩人的飞船只剩下三十多艘,也许伊缪恩人根本不曾想过,最开始数百万大军,现在剩下这么多了。此时坎瑟星与敌人正面对峙的战舰也只有五十艘,但在不远的后方,还有千余艘战舰已经摆开作战队形。相比之下,伊缪恩的有生力量显得势单力孤——他们死定了。只是伊缪恩人似乎完全没有逃跑的迹象,竟然展露出了一种"以死明志"的态势。

坎瑟星的舰队,依旧由他们最勇猛的将军——卡戎率领。他接到了总部的命令:为了避免不必要的伤亡,不要贸然攻击,希望尽可能多的人可以享受到即将到来的和平;同时也让敌人在对峙中忏悔自己所做的一切。卡戎向其他战士传达了总部的命令。他部署好正面攻势之后,又带领五艘战舰悄悄绕到敌人背后,这样做不仅能与战友形成夹攻的态势,更可以截断侵略者的逃跑路线——最好能活捉赛特。

卡戎的旗舰上还有三名成员,分别是波菈,还有梅瑞、梅珞姐弟二人。除此之外,还有其他三名队员——"骡子"。他们悄无声息地绕过了敌人，悬殊的战力，近在咫尺的胜利，让这五艘战舰的人心潮澎湃。总攻的画面已然在他们的脑海中浮现，胜利的欢呼似乎已经在他们耳边响起。只是出现在他们眼前的，还有一颗莫名其妙的小陨石。它从伊缪恩人的后面划着长长的轨迹冲向了坎瑟星母星方向。这颗陨石有点特别，标准的圆形，竟然还带着含蓄的黑色光芒——它很美，犹如宇宙中的一颗黑珍珠一般……

在卡戎看来，偌大的坎瑟星捕获一颗小陨石并不是什么稀罕的事情，即使这颗陨石对战舰群和星球有所威胁，将之击碎即可，算不了什么大事。但是在战斗的关键时刻，如果贸然开火击碎陨石的话，很容易造成整体作战步调的混乱，所以卡戎还是向坎瑟总部做了汇报。总部的回复很快就到了——按照原计划进行，不要过分理会那颗陨石。安排一艘战舰盯着陨石，瞅准时机将之击碎即可。而卡戎看着陨石，内心竟然涌现出一个幸福的想法：这样一颗美丽的星星，如果掉在了坎瑟星上，那么一定要把它做成美丽的装饰，送给自己未来的新娘波菈。

随着坎瑟舰队战阵部署完成，战斗终于打响了。一切都按照卡戎的计划进行，正面部队在极低战损的情况下将这群刽子手消灭殆尽，空寂的太空中弥漫着无数舰艇的残骸。很快，伊缪恩就只剩下最后一艘飞船向后逃逸，里面坐着的正是伊缪恩的最高指挥官鲁克·赛特。他被卡戎埋伏的五艘战舰逮个正着。卡戎料想此时的鲁克·赛特应该是极度绝望、恐惧的。

此时的太空如此安静，坎瑟的战士们把最后的侵略者逼上了绝路。与此同时，坎瑟星的一艘飞船向那颗陨石开火，免得它撞向母星。探测设备显示出他们成功击中了陨石……太安静了，久违的安静，卡戎心里空落落的，不知道是因为失去了那颗陨石，还是因为失去了对手。

可谁都没有想到，坎瑟的武器明明击中了那颗陨石，却并没有对它产生任何影响，它正在以不符合物理规律的速度冲向坎瑟星。卡戎也没有想太多，一颗陨石而已，地面火力会把它击碎。可不久之后，领袖号成员梅瑞的私人通信设备响了起来。这套设备原本是梅瑞和梅珞用来和家人紧急联络的，只有梅瑞姐弟可以听到。其实这种设备每个坎瑟战士都配有一套，为了在牺牲之前可以和家人通话，做最后的道别。现在对于梅瑞来说，领袖号飞船上的人都是自己的战友，还有自己的弟弟梅珞，以及三个"骡子"，根本没有什么秘密可言，所以她直接把自己的私人通信设备连接到了飞船的通话系统上，可以让所有人都听到通话的内容。她打开设备，里面顿时传出了她父亲——梅狄亚迫不及待的声音："赶紧远离我们的星球，往相反的方向走，越远越好，不要问任何问题，这是命令，赶紧！要快！找个合适的地方居住，不要回来，不要复仇，忘掉我们的科技，忘掉我们的历史，提防……"

此时通信设备出现了故障，"防"字一直拖着，似乎没有终结一样。他们一头雾水，虽然不明白这一段莫名其妙的话到底在说什么，但四人对梅瑞父亲却深信不疑，因为他是坎瑟星人的智者，同时也是军方曾经的智囊，太多的科技和战略规划都是从他手中诞生的。梅瑞听到父亲的命令，虽然不明就里，但是在长期的战斗中，他们都已经形成了执行命令的直觉反应，梅瑞下意识地操控飞船向外太空的方向飞去。卡戎也感到奇怪，他本以为这可能是坎瑟最高领导的指示，但如果是这样的话，那为什么会通过私人通话设备发出指示呢？在卡戎眼里，虽然梅狄亚之前的作战规划有问题，但毕竟也是坎瑟的高层领袖。现在也没时间思考那么多，先往相反的方向飞行一段距离再说吧。

当领袖号向反方向飞行的时候，卡戎看到其他四艘舰船并没有做任何动作。估计他们要么是有其他不一样的部署，要么就是没有接到总部的指示。领袖号飞出去一段距离之后，预警警报响了起来——这是坎瑟总部遇到巨大危险时，向部队自动发送的救援警报。警报同样是一段长音，而此时梅狄亚的"防"字，依旧在拉着长音。

卡戎刚要掉转船头驰援总部，警报声和梅狄亚的声音同时戛然而止，而灾难也在此时发生。一股巨大的吸力把领袖号往坎瑟星的深处拉去。卡戎本能地开足动力想要逃离这个莫名其妙的引力。他背后的家园已经变得一片黑暗，而且周围的宇宙尘埃，还有战场残骸的碎片都猛地掉进了这团黑暗当中。前方的光线逐渐变蓝、变亮，领袖号能够观测到的各种电波的频率都降低，并且导向仪器明明显示飞船正在直线行驶，可是方位探测装置却显示飞船正绕着坎瑟星做圆周运动。卡戎四人突然意识到——他们所处的宇宙空间被严重扭曲，所有的电波光波都在发生蓝移[1]。这怎么可能？怎么可能这么突然？战舰被巨大的吸力扭曲得吱吱作响，在这样下去飞船肯定会被扯碎。

"赶紧打开引力弹弓辅助驾驶系统！"卡戎的命令下得斩钉截铁。梅珞是一个训练有素的战士，虽然此时已被引力重重地压在了座位靠背上，但是他还是想尽办法抬起胳膊，碰触了开关。领袖号飞船终于

---

[1] 蓝移是一个移动的发射源在向观测者接近时，所发射的电磁波（例如光波）频率会向电磁频谱的蓝色端移动（也就是频率升高，波长缩短）的现象。这种频率改变的现象在相互间有移动现象的参考坐标系中就是一般所说的多普勒位移或是多普勒效应。

按照设定的应急程序逃离了引力圈。

他们看着显示设备——他们的同胞，还有其他的舰船都被吸了进去。有的战舰比较坚固，整个地消失在了黑暗里；有的惨不忍睹，飞船和驾驶员都被撕扯成了碎片；还有的意识到情况不对，拼命向外飞越，可是还没飞多远，就被吸了回去。由于卡戎的领袖号得到了梅瑞父亲的提醒，先一步飞向外太空，这才侥幸逃出生天。

众人已经清楚地认识到，自己的家园毁了，整个星球就剩下他们几个人了。她的父亲，朋友，都已经成为往事。这么多年的战斗，到底打了些什么？近在咫尺的胜利，怎么变成了彻底的毁灭？无论是卡戎、波菈，还是梅瑞和梅珞，都直愣愣地看着眼前这一切！他们过去这么多年的努力，瞬间成为梦幻泡影；他们未来还能做什么，没有人能够给出答案，似乎无论做什么，都会让这梦幻泡影更加缥缈，更加让人迷茫。想到这里，梅瑞抚摸了一下胸前的一个吊坠，这是父亲梅狄亚在她出征前送给她的，梅瑞一直戴在身上，没想到，这件吊坠不仅是她父亲给自己留下来的遗物，更成为了整个民族的遗物。

卡戎看着那黑洞洞的坎瑟星，不由得颤抖起来，可他猛地看到，伊缪恩仅剩的那艘飞船一直在原地丝毫未动。所有坎瑟星的飞船都被吸进了引力怪圈，包括被摧毁的伊缪恩舰船残骸也都被吸了进去。可是唯独它，唯独它像个幽灵一样地看着这场惨不忍睹又莫可名状的大戏。

当一切归于平静之后，这艘伊缪恩舰船又再次锁定了卡戎他们，如同鬼魅一般飘了过来……

第五章
往事

  在滨海市傍晚的海滩上,两个身影孤单又幸福地沿着海岸前行。方明从省会城市的大学放假回来,陪着他年迈的爷爷方千柏在海边散步,夕阳的余晖让海面多了些许鲜红的颜色,看上去是那么美好。可是再美好的景色,也是这两个人的衬托,如果不出意外的话,他们都会在人类物理学上留下浓重的一笔。
  方明从小就有着惊人的学习天赋,也许是传承了方千柏的基因。方千柏是一名杰出的理论物理学家,是滨海理工学院的特聘教授。他的成就本应接近爱因斯坦或者霍金,但是他却一直默默无闻地做着研究,对名誉、金钱完全没有兴趣。他对自己的研究成果也甚是保留,绝大部分的成果完全不公开。他知道,如果很多成果此时对外公布,颠覆的不仅仅是现代物理学体系,对于法律、文化甚至是信仰都会产生不可预见的影响。这种影响是好是坏,没有人敢说有能力评估得清楚。即便如此,丰厚的收入也足以让他全家过着衣食无忧的生活。在这方面，方明也是受益者。如果没有丰厚的家底，很多人是难以在理论物理领域长久发展的，而且在这个领域发展，必须要极高的天赋和兴趣作为动力。而对于方千柏来说，他的研究和生活动力不仅仅是对物理学的巨大兴趣，更是为了他的夫人，那个从来没有离开过他的贤惠女人，那个脸上有一条巨大伤疤的丑陋女人——马晓渊。

潮水不断涌向沙滩——一部分退回大海，一部分浸入了沙子。这样一个简单的现象，方明却盯着入了迷，似乎看到了这个世界的漏洞一样。方千柏看着方明入了神，出于一个物理学家的直觉，他知道自己的孙儿正在思考些什么，所以他并没有打扰方明。过了许久，直到一轮圆月拱出了海平面，海边夜晚的风还是暖中带寒的，方千柏感觉到丝丝凉意。看着悄然降临的夜幕，方明突然回过神来，意识到他们已经错过了吃晚饭的时间。他抱歉地看着爷爷，眼神里充满了孩子气——事实上他确实还是个孩子。

方千柏摇摇手，开玩笑地说："不要紧，我必须等着你。以前有苏格拉底总是仰望天空，当然也从来不缺少脚踏实地的人。像你这样盯着海滩的倒是不多。现在你说说看，刚才究竟在想什么？"

方明正值血气方刚的年纪，总是热衷于寻找物理学的"漏洞"，然后想要通过自己的努力来弥补物理学的缺陷。可是他每每觉得自己有了新的发现，却每次都被方千柏轻松化解。对此方明已经习惯了，于是便意有所指地笑着说："那些课本上说，物体有排他性，有不可侵入性，但其实原子、电子之间有着巨大的空间。相比这个空间来说，原子、电子的体积甚至都可以忽略不计。假设这些空间可以相互重叠，那么物质与物质之间，就能像这海水和沙子一样互相侵入，一切物理理论都会改变的吧？"

方千柏和蔼地看着孙儿，眼神里充满了爱意和期望："傻孩子，你知道吗，有些金属如果被紫外线照射，它的电子会被光子击打出去，产生光电效应。看似原子和电子之间有很大的空隙，可实际上核外电子都是以光速在运动，电子就像一团巨大的云，不确定的运动占据了太大的空间。如果两个物体要相互侵入的话，电子不发生碰撞的可能性几乎为零。如果排除暗物质，一般物质在电子层面相互侵入是……"

说到这里，方千柏硬生生地把"不可能的"四个字吞了进去，一股巨大的恐慌和迷茫从脑海中翻腾起来，让他整个身体不住地颤抖，方千柏陷入了痛苦的回忆。也许这段回忆他从未忘记，只是不愿意提起，宁可强行地去掩盖、去遗忘。那场完全可以颠覆他人生观和学术观的事件从他记忆的最深处再次浮现，这是他心中永久的痛，因为他选择了像"懦夫"一样逃避，而他现在似乎要鼓起勇气来面对这一切。只见方千柏颤颤巍巍地掏出了手机，温柔却严肃地对着话筒说："晓渊，你们先吃，不等我们。我和小明在外面办点事，晚些时候回来。"另一只手顺势搂住了方明，祖孙二人坐到了海边的景观椅上。方千柏深深叹了一口气说道："你也大了，现在也许该和你说说我们家的一些事情了。你爸爸经商，很多事情和他说了等于白费。这些事情，连你奶奶都只知道个大概，本来想随着我这把老骨头一起火化了，但是家里偏偏出了个你。我可以预见你未来会继承我的衣钵，走向物理研究的道路。也许把这些事情告诉你，会比较好吧？"

方明被这番话震住了，他知道自己的家庭里埋藏了很多秘密，也曾期盼有一天能知道这些事情的答案，但突然面对这个时刻的到来，他显然没有做好心理准备——激动、期待，面对即将揭晓的未知，他心跳的速度加快了。

"小明啊你听好了，首先你现在的这个年纪可以找个女朋友了。一定要看准了，就像我和你奶奶那样。"

之前那紧张的气氛被方千柏这句话打得七零八落。方明又意外，又好笑，白眼已经翻到了眼皮里面。比起恋爱，方明其实更在意的是隐藏在家里的那些秘密，这些年，家里那些讳莫如深的事情，很多秘而不宣的事情，就像一团乌云一样笼罩在方明的心头。他曾经无数次想问奶奶脸上那道吓人的伤疤究竟是怎么回事，但家里有一条不成文的规定，绝对不能提这件事。他知道，今天就是揭开谜底的时候了。方千柏说道："你小时候曾经问过你爸爸关于奶奶的事情。为了这件事情，还被你爸爸打了屁股。我现在可以告诉你，在我和你奶奶结婚之前，她的脸就已经是那个样子了。"

方明纠结了很长时间，终于问了一个他自己都觉得很不合适的问题："凭着爷爷的才华和收入，当年为什么选择奶奶呢？"

方明惴惴不安，因为他担心爷爷会尴尬，而方千柏对这个问题其实早有预料，于是坦然地回答："她现在也已经成老太婆了，脸上有没有疤又如何呢？等你真正明白什么是爱情的时候，就会懂了。男人和女人之间爱情躁动，只有很短的时间，剩下的绝大多数时间是平淡的陪伴。两个人之间相互吸引的，永远不是长相和容颜，那种十年就会消逝的东西，根本就不能支撑起相伴一生的婚姻。最重要的是要有共同的理想、目标，还有与日俱增的涵养和情投意合的气质。而且'寂寞'本身就是生命的一部分，少年夫妻，老来是伴，常年平淡的相守，才是抵御寂寞最好的方法。只是，我和你奶奶之间，远远不止爱情那么简单……"

看着爷爷随后的沉默，方明知道他其实是在积蓄力量，去揭开那段尘封的往事。一段家族尘封的血泪史和仇恨史慢慢从方千柏的嘴里说了出来："我们家底比较殷实，并不只是因为我有很多研究成果，而是滨海理工学院给了我很多补贴政策。虽然我知道，如果我把我的研究成果公之于众，我的收入会是现在的数十倍、数百倍，但目前这些对于我来说已经足够了。现在向兵院长在物理学界也是响当当的人物，当年是他把我引入滨海理工学院作为特聘教授的。而且我们家的经济来源，除了学校的薪资之外，还有相当一部分是他私人给予的。另外，他还不断给我提供国内外最新的研究成果、资料，这给我的科研带来了极大的便利。"

方明疑惑地问道："我知道向院长，他在国内的学术界有着非常高的地位。可是为什么我们家从来不和他联系，而他又为什么要给我们钱呢？"

方千柏看着方明，绷紧嘴角的肌肉，缓缓地挤出了两个字："恩怨！"然后，方千柏一字一句地讲述了当年的往事：

我年轻的时候是物理老师。向兵是我的学生，他展示出来的物理才华和现在的你非常相似。当时我一眼就看中了他，看中了这个为了学术可以奋斗终生的苗子。那时节，我们正在经历着巨大的自然灾害，这场突如其来的灾难给我们带来了不小的麻烦。天地不仁，以万物为刍狗，也许只能怨上天的境界太高。大家都勒紧腰带，熬着艰苦的日子，同舟共济渡过难关。

向兵家里生活的困难程度是你无法想象的。他老家是重灾区，他父亲过着朝不保夕的生活，完全没有能力给予他任何物质帮助。刚刚成年的向兵一边学习，一边还挂念着父母，但是他完全无能为力，只有空空地牵挂。墨菲定律总是在最不合时宜的时候发生作用：真是怕什么就会来什么。有一天，向兵收到了他父亲的死讯，从此以后我就充当了他父亲的角色。那时候我还单身，但是为了培养一个好苗子，我也勒紧裤腰带，和他一起度过那段艰苦的日子。

可是谁都没想到，不久之后一个潜藏的危险出现了。当时有一个叫贾为东的人刚刚留学回来，成为我的同事。这个人不是那种低调谦逊的人，在所有同事羡慕和称颂的眼光中，他不断自我膨胀，吹嘘着西方的理论研究有多么好、多么高深。他还带回来很多我从来没有见到过的资料，有爱因斯坦的、有洛伦兹的……他说他自己目前还没有完全搞明白，把这些带回国内继续学习，也欢迎同事们和他一同进步。

贾为东崇洋媚外的心态让他不可一世，他也太小看我们国内这些人的能力了。他可能觉得自己搞不明白的事情，我们国内的人也不可能搞明白。当我去借阅资料的时候他欣然答应了，还客套地对我说，如果我弄明白了一定要去指点他一下。那个时候的我还真是很天真，竟然信了他的鬼话。

我回去之后看着这些材料，被深深地吸引住了。一章一章、一本一本，犹如着了魔一样陷入了那些精彩的物理世界中，或许我平时想得比较多，竟然明白了一大半。当我欣然去找贾为东交流的时候，一股深深的嫉妒已经在他心中萌发。如果仅仅是嫉妒那也还好，更可怕的是他心里埋下了仇恨的种子。此后的日子里，贾为东时不时地对我讥讽、诋毁。向兵曾几次想为我出头，都被我拦住了。毕竟当时他年少气盛，万一失了分寸，造成什么不良后果就不好收拾了。可是，贾为东冒犯的可不仅仅是我一个人,他又何尝对其他人友好过呢?贾为东常年的嚣张跋扈惹怒了众人,在不久之后就被打倒了。

向兵是这件事的主要参与者,可以说向兵打倒贾为东是为了给我打抱不平。我还记得那个时候他兴高采烈地冲到我的屋子里,为贾为东的落魄手舞足蹈。他感叹多行不义必自毙,贾为东遭报应就是"天数"。我并不希望他一味地往人情世故的方向上发展,更希望他能把精力放到学业上。于是我回答说:"也许'天数'更存在于宇宙里,你看宇宙的运行那么和谐,说不定对于宇宙来说,像万有引力常数那种无理数才是标准单位,而我们的秒、米、千克,这些单位才是真正的无理数。宇宙中很多事情似乎都有天定,我们的任务就是要揭开其中的奥秘,还是抓紧时间学习吧。"

他只是条件反射般地用力点点头,依旧很兴奋地说:"方老师,我还有一件事情要告诉你。我喜欢上一个女孩子,她是那么美丽,那么清纯,如同迎着朝阳盛开的花朵一样。我希望老师为我做媒,为了我和她未来的幸福,当然也为了以后报答老师的养育和栽培之恩,我会努力奋斗。"

我看着向兵,知道到了他那个年龄,这种事情也不是不可以提出来,虽然那个时候大家对恋爱还是保持着比较矜持、隐晦的态度。如果女孩子真的不错的话,我作为老师帮一下忙还是很乐意的。我便问他对方是谁,他的回答让我的心猛地揪了一下:"是隔壁班的马晓渊。"我听到这个名字,手上的茶杯差点掉在地上。"

方明听到这里,当然知道方千柏为什么会如此,因为马晓渊正是他的奶奶。

方千柏继续对方明说：

其实我那时就已经和晓渊相互爱慕，只是碍于师生关系一直没有公开。我们相约等到她毕业之后就准备婚事，但没想到会发生这种事情。我当时非常激动，严肃地制止他。因为他有学业，现在绝对不可以谈这种事情。

向兵被我的严厉吓到了，他当时是过来向我要祝福的，却没有想到我是这种态度。他愣了好一会儿才回过神来："老师不帮我做媒，我自己去和她说。老师，我不会耽误学业的，您也不要阻拦我。"

说罢，他冲出了屋子。任我怎么喊，他都头也不回地跑远了。后来的一个多月，我一直都没有见到向兵。我难以想象，当晓渊告诉向兵我和她之间的关系时，向兵会是怎样的崩溃。他不仅要承受着失恋的痛苦，更难以面对我。这对于一个二十多岁的小伙子来说，是无法承受的心理折磨。

可是谁又能想到，我一直担心他，谁会担心我呢？等到我再次见到向兵的时候，崩溃的不是他，而是我。就在贾为东被打倒之后不久，波及的范围逐渐扩大，而我也难逃此劫。一堆学生围着我，七嘴八舌地数落着我的各种不是，但就是难以找到我究竟有什么问题。正当他们束手无策的时候，人群中有一个身影显得格格不入——那就是向兵。他一步一挪地走到了我的面前，可以看出他巨大的心理挣扎。我从来都没有想过这个如同我养子一样的学生会背叛我，况且我平时谨言慎行，又会有什么把柄在他手里？可是我万万没想到的事情还是发生了。他慢慢抬起头，但是眼睛一直看着地板，完全不敢看我，从牙缝里挤出了几个字："我知道方老师其实思想不纯正。"

我听了一愣,心里又是一阵酸楚。我并不知道自己的思想到底哪里不纯正了,内心深处竟然很想知道向兵会如何指责我。向兵吞吞吐吐地说:"有一次他和我说,我们人类使用的数值单位都是混乱的,万有引力常数应该是上天定下来的和谐数字。"

我知道这就是我前不久说的话,但是我并没有觉得这话有什么值得批判的地方。说到这里,他停顿了,然后小声地嘟囔着什么,声音小得似乎在说给他自己听,然后突然大声吼出来:"他是一个客观唯心主义者,宣言有神论的思想,误导我们学生的思想观念。"说完,他疯了一般地跑出去,一边跑一边哭喊:"方老师还诱骗女学生!"

他跑远了,留下了愣在原地的我。随后的结果你可以想象,我和你奶奶的关系被曝了出来,我被扣了一顶"诱骗女学生"的帽子。此后我饱受摧残,而你奶奶的日子也好不到哪里去。

过了好一段时间,我已身心俱疲。有一天深夜,房间的门开了。我有点晕,视线也非常模糊,依稀看到两个身影走了进来。慢慢地我看清楚了——那是向兵和晓渊。向兵吞吞吐吐地和我说:"老师,晓渊已经答应和我在一起了。不过老师,我会保护你的,不会有人欺负你了。还可以天天来看你……"

听他说着这些,我心如死灰。如同养子一样的学生背叛了我,视为爱人的学生抛弃了我。我很想放声大哭,但是也不知道哭完了之后该怎么办。那些精彩的物理理论,在人情冷暖面前显得那么苍白无力。可是,爱情的力量终究是伟大的。就在我绝望之际,晓渊扑到我怀里:"无论如何我都不会离开你,至死不渝。"然后强忍着悲痛,为我擦拭眼泪。她也想哭喊,但是也害怕被别人听到,原本应该声嘶力竭的哭诉只能压抑成强烈的抽搐和细细的呜咽。

向兵猛地颤了一下说:"晓渊,你不是说只要我带你来看方老师,你就结束和他的这段恋情,和我在一起吗?你答应了我的啊,怎么能如此不守信用?"

晓渊狠狠地回答:"信用?和你这样的人讲什么信用?向兵,你有什么资格谈信用?但还是谢谢你,谢谢你让我见到了我爱的人。你以为老师倒下了,我就会扑向你的怀抱吗?我一生的所爱,只是我身边的这个男人。情至于此,死又何妨?"听到晓渊的这番言论,我摇晃地站了起来,百感交集难以形容,当时心中就已发下重誓——既得一人心,白首不相离。

向兵听了晓渊的话,并没有反驳什么,垂着头离开了。那个痛苦、失落、空虚的背影,让我再一次地想拥抱这个伤害我的人,他何曾不是伤害了自己呢?现在回想那个时候,向兵心里是很矛盾的,他内心其实还存有丰富的感恩和善良,只是年轻的时候容易冲动。他虽然做了对不起我的事情,但是这也让他的心里产生了丝毫不亚于我的痛苦。

你奶奶抱着我,深夜里掩藏着我们低声抽泣的声音。过了良久,一串缓缓的脚步声打断了我们的温存。一个黑影迈步走了进来……

那人手里提着一把很像斧子的东西。木柄的一端,安装着一个黑色的铁块,应该是"铁块"吧?形状很奇怪,但是在朦胧的月光下,看起来似乎很不锋利。他一走进来,我就感受到寒冷的杀气——来者不善!那个黑影用兴奋和期待的语调慢慢说着:"老师?老师啊……看看你做的事情,虽然你的学术水平那么高,可以和世界的巨人并肩,可是你勾引女学生的本事比你的学术水平还高。呵呵呵呵……"说完,竟然阴阳怪气地笑了起来。

听到这番言辞之后，我还以为他是一个我不太熟悉的学生。其实不能用"不熟悉"来形容，简直就是陌生，陌生到感觉他都不是一个正常人。在他尖酸的狞笑之后，他问道："老师，你是否愿意为你的无耻行为付出某些代价来谢罪呢？"

一个不祥的念头闪现在我的脑海里：杀人？难道他要杀我？他一定不是我的学生，或者说他根本就不是学生。他说完，缓缓举起了"斧子"。晓渊也认为这人是一个过来找麻烦的学生，所以直接拦在了我的面前："我是真心爱着老师的，不是他勾引我的……"

"那就是你自愿咯，你要保护你的爱人……可是你毕竟只是个女人……柔弱的女人而已。"

他的话，充满了嘲讽，而且那么轻蔑，让我们完全不知所措。我站了出来，用虚弱的身体把你奶奶拦在了背后。这段时间我经历了那么多事情，深深明白辩解和反驳是多么苍白无力，无论怎么和这个人解释都没有任何意义，所以我什么话都没有说，但我也不想被这样稀里糊涂地嘲讽，他究竟是谁，他想要干什么。我问他："你是我的学生吗？我教过你吗？"

我基本上可以确定他不是学生，我之所以这样问，是想通过他的回答找到一些能够辨识他身份的线索。他似乎料到我会这么问，拿出了一套准备好的说辞："你还为人师表？你只记得女学生吧，男学生你大概一个都不记得了，无耻的人啊……"

当时很黑，他又穿了一件黑色的大衣，戴一个长檐的帽子，我完全看不清楚他的脸。他给人的感觉就是"陌生"，但仅仅是感觉而已，我本来是想打探他的口风，只是被他这么一反问，我竟然答不上来。在我犹豫的一刹那，他举起了那个奇怪的"斧子"向我砍来。

晓渊飞速抢在了我的身前，那瘦小的身躯为我挡下了这一击，斧子的木柄结结实实地打在了她的脸上。晓渊背对着我，我看不到流血的样子，却好似听到了眉骨碎裂的声音。我知道这一击肯定不轻，她倒在了我的面前，我立即抱住了她，撕心裂肺地痛哭起来。

我担心那人会继续攻击，于是用身体护住了已经晕倒的晓渊，准备硬扛随后的攻击。可是那个黑影却像抽掉了魂一样，自言自语地嘀咕着："不是这样的，不是这样的。为什么会是这样？"他似乎比我还要痛苦，跟跟跄跄地走了。从此以后，再也没有出现过。

方明毕竟二十出头，血气方刚的年龄。听完了这段经历，他心中隐隐泛起对向兵的恨意，对那个黑衣人更是咬牙切齿，然后疑惑地问道："爷爷你并没有逃避啊！那时候确实是奶奶在保护你，可是你并没有退缩，你也在保护奶奶。而且这么多年，从没有放弃过毁容的奶奶，一起走过半个世纪……"

方千柏否定道："不！不是因为你奶奶。而是当时我忽略了一个重要的细节。后来想想，才发现那是一个诡异的现象。我一直强迫自己忘记这个现象，否则我们现在绝大部分的物理体系都要被推翻，而且难以建立新的体系。作为一个学者，我难以面对这样的沦陷，我选择了像懦夫一样地逃避，依旧进行着自己明明知道有各种破绽的物理研究。这是一种学术耻辱！"

方明并不是很理解方千柏所谓的"学术耻辱"，转而问道："那到底是什么现象？"

方千柏回答："那个时候木柄打在晓渊头上就停住了，木柄部分没有对我造成任何伤害。但是按照当时的角度，斧子上面的金属应该已经有很大一部分进入了我的头部。按照那个角度砍下去,我的头绝对会被劈成两半,但是斧子就像是侵入了头颅里,然后又被原封不动地拿了出来。"

方明突然明白,其实是自己对海水浸入沙子的思考,让爷爷再一次想起了这段往事。只是对于方明这么大的孩子来说,他更在乎的是爱恨情仇,而不是学术研究。但是出于对爷爷的尊重,他还是回到了学术问题上来。方明问道:"这种侵入性和排他性,在物理学领域是不是真的就完全不存在的?现在的量子领域,应该是有答案的吧?"

方千柏回答道:"其实理论并没有把这种可能性完全堵死。从量子理论来看,粒子的能量如果积累到某种程度,加上绝对的巧合,是可以实现的。也就是说,物质之间发生重叠并不是完全不可能,而是一个概率问题,一个小到仅仅存在于理论中的概率。"

方明兴奋地问:"这么说来,如果还有一息尚存的概率,人类在理论上真的可以有穿墙术这类本事喽?既然是个概率问题,那么穿墙术的概率是多少?"

方千柏看着方明摇摇头笑道:"你自己都说那只是理论上存在的。如果真要说这个概率的话,从实际上讲,就是不可能。"

方明饶有兴趣地说道:"说不定爷爷就是那个宇宙中的幸运儿!可能宇宙从诞生到灭亡中的唯一一次实体重合,就发生在你身上了。"

方千柏有一点遗憾地摇摇头:"与其相信这个,还不如去调查一下那个想杀我的人到底是谁!"

是啊!他到底是谁呢?

# 第六章
领袖号迫降

在坎瑟星毁灭之后，赛特与卡戎几人展开了常年的追击与反击，由于坎瑟星在飞船的单兵作战能力上处于弱势，卡戎有好几次差点被干掉。但是他怎么可能甘心就这么死掉，这四个坎瑟星人是整个种族仅存的血脉，虽然领袖号飞船上还有其他三个"骡子"，但是他们缺少完整的意识和独立的人格。他们想尽办法想要逃脱赛特的追杀，但是匪夷所思的是，领袖号像被他锁定了一样，无论采取什么样的迂回路线，想尽办法隐藏踪迹，少则几天，多则几个月，总是会被敌人发现。而且最让他们想不明白的是，都到了这个地步了，为什么伊缪恩还是不肯放过他们？坎瑟星都没了，伊缪恩还这样穷追不舍，他们的目的到底是什么呢？难道说，这群疯子一样的侵略者是在玩杀人游戏吗？

这些问题在卡戎的脑海里不断盘旋，只要一进入安静的环境里，他就下意识地去思考。如果抛开伊缪恩的追杀不谈的话，宇宙环境确实相当安静。准确地说，绝大多数情况下是安静的，万一不安静，那绝对是星球爆炸这种大动作，甚至是黑洞相撞。虽然概率很低，但时间久了总会遇到，而且还来得突然，来得让人猝不及防。正在领袖号航线的右侧，一道明亮的光线猛压向飞船，随后是无尽的宇宙尘埃和各种辐射。四人与三个"骡子"一起向侧方向看去，空中的光亮简直要刺瞎双眼，他们赶紧转过头去保护眼睛，仪表盘上各种检测数据都达到了上限。他们意识到这应该是一颗超新星爆发。也就是说，现在淹没领袖号的这些射线都是恒星核聚变产生的，还好领袖号飞船完全可以抵御这种强暴的宇宙射线，否则他们身体的 DNA 链条都要被这样强大的辐射切断，引发各种病变。如果仅仅只是光子和射线那也还好，领袖号目前遭受的冲击只是这颗超新星打了个招呼而已，随后巨大的物质团也被抛了出来，冲击领袖号的不仅仅是各种电磁辐射，更是物质实体。万幸的是，这些物质主要是气团和尘埃，杀伤力不算大，但是即便如此也携带了巨大的能量。领袖号在气团与辐射中不断翻滚，众人受到了不小的惊吓。

其实这场危机也并不算大，而且危与机总是同时出现。梅珞下意识地打开了加速引擎想尽快驶离这片区域，但是卡戎灵光一闪说道："梅珞停住，改变原有的行进路线，就随着超新星爆发的宇宙风无目的地漂泊。"

梅珞随着领袖号翻滚，本来就晕头转向了，听了卡戎的命令更不知所以。卡戎知道大家不解，就补充道："这样一来是可以借助这阵'宇宙风'的推力，靠着惯性继续航行，反正我们也不知道去哪里寻找一个宜居的星球，纯靠运气罢了。二是关闭引擎，希望能够躲避敌人。虽然我们还不知道对方是通过什么方法锁定我们的，但是有很大可能是追踪发动机的热辐射，这样或许能够摆脱他们。"其他三人并无异议，无非就是忍受着随风翻滚带来的巨大眩晕。这一飘，不知过去了多少时间，他们逐渐被吹到了相对平静的地方。

对于卡戎一行人来说，找到一个宜居的星球确实要靠运气，而这次命运之神是实实在在地眷顾了他们。波菈负责的探测设备接收到了一连串异常的信号。她知道这些波动信号不是宇宙射线，而是某些文明发出来的，她随即向卡戎汇报了这一发现。卡戎兴奋地跑过来，因为这意味着附近有宜居星球。卡戎看着探测器上的电磁波，露出了久违的笑容："你们看，这些电磁波波长很长。就是说这个文明还没有能力让短波辐射进行长距离传输的能力。这个文明级别很低！我们想干什么就干什么！"

听完卡戎的话，其余三人把目光齐齐射向他。波菈不解地问道："想干什么就干什么？你是要消灭他们吗？"卡戎对着心爱的波菈白了一眼："我是说我们可以在这个星球上安顿生活，他们发现不了我们。我们想干什么就干什么，不受影响的。"

众人听了卡戎的解释，才意识到他们的神经已经在长久的战争中变得异常敏感，尤其对"侵略"高度紧张。波菈追随着信号源，朝着那未知的宜居星球开进。当他们到达一个小型星系边缘地带的时候，发现这段信号是一个飞行器发出来的。他们靠了过去，梅珞忍不住发出感叹——怎么会有这么落后的东西？！而波菈的话语却略带忧虑："我们可能要跟丢了！"

卡戎一愣："什么叫跟丢了？我们都看到这个飞行器了，沿着控制它的信号反向寻找不就行了吗？"波菈摇摇头："这个飞行器的落后程度比它看上去的还要糟糕一点。没有任何信号在控制它，它应该已经飞越了那个文明的最大控制范围。"相比于波葅的悲观，卡戎丝毫不以为然："那就沿着这个飞行器的行进路线反向寻找。就这么大小个星系，找到那个星球只是时间问题！"

这种规模的搜寻，对于坎瑟人来说也并不是什么难事。他们一路探测各种电磁辐射，没过太久就精确锁定了新的文明信号——一个靠近星系中心天体的第三轨道上，有一个美丽的蓝色星球，一个适合生命延续的地方。正如卡戎他们所预料，这个星球的文明等级真的不高。卡戎的脑子飞速运转着：这样一个有生命的地方，能给我们提供什么呢？我们来合作，来殖民，还是来侵略，甚至是征服？如果我们现在是侵略方，从侵略者的角度来思考的话，我们现在一定会抢夺这个星球的资源。卡戎之所以这样分析，是因为他想站在伊缪恩人的角度思考问题。如果伊缪恩是这种思维模式，那么"杀戮"只是他们的目的之一，或者说"杀戮"只是他们抢夺星球资源的一个中间步骤，可是他们明显不以抢占坎瑟星的资源为目的，这在星际战争中太不正常了。他们总不会是要传递什么教义和信仰的吧？卡戎想到这里就觉得自己还有着天真的一面。

除了揣测伊缪恩人的心思，还有一系列魔咒一样的疑问紧紧地箍在卡戎的头上——在坎瑟星毁灭的时候，伊缪恩人的飞船是如何对抗那种巨大引力的？这种违背物理定律的现象究竟是什么？就算抛开这个问题，伊缪恩又有什么样的科技能够在如此浩瀚的宇宙中不断锁定我们，即使我们藏匿得再完美，也始终无法逃离他们的追捕？在卡戎心里，关于伊缪恩的事情，除了仇恨，就是疑问。

面对着眼前这个宜居星球，卡戎内心萌生了一个想法：与其冒着被伊缪恩一举歼灭的风险，还不如让自己团队悄无声息地兵分两路。

一路留在这个星球，另一路则继续在宇宙中漂泊。即使有一路被消灭，另外一路也有活下去的机会。卡戎把自己的想法告诉了大家，只不过没等大家发表意见，卡戎就做出了斩钉截铁的命令："波菈和梅瑞，你们两个留在这个星球上，我和梅珞继续航行。因为我并不知道对方锁定我们的方式是什么，究竟是通过我们的战舰，还是我们的身体。如果是锁定战舰，他们将会继续追踪我和梅珞。如果锁定我们的身体，那么波菈和梅瑞你们两个通过我们的生命体'变体'技术，变成这个星球的人的样子，希望能够逃过他们的追捕，让他们继续追踪我和梅珞好了。这样虽然不能百分百地确定你们就能逃过追捕，但你们最起码有超过一半的概率活下去。如果我和梅珞能成功引开他们，再设法和你们取得联系。如果我们相互联系不到，那么以后就不用联系了。留住你们两个，至少可以保证我们的种族继续繁衍下一代。"

卡戎所说的变体技术，其实就是坎瑟星"骡子计划"技术的一个分支。就是在保证大脑记忆、身体机能的情况下，让自身的形态发生某种变化。究其根本，就是通过编辑基因序列中负责身体体征的DNA，使其发生定向变化，从而改变外在形态和机体特征。

梅瑞不禁疑惑起来：两个女人藏在这个星球上如何繁衍下一代。这其实是卡戎不合时宜的绅士风度吧？也许他就是为了让两名女性活下来而找的借口，是所谓的"女士优先"原则在影响着他。如果按照卡戎所说，为了种族延续的话，那么让梅珞配波菈，自己与卡戎结合，这样的搭配才能让繁衍的可能性变大。虽然梅瑞很尊敬卡戎，但是说实话，真的是爱不起来，确实没感觉。而且只要是个明白人都能看得出来，卡戎和波菈之间相互喜欢。这样的话就只解决一个配对的问题。梅珞是自己的弟弟，当然就不可能和自己结合。而波菈要比梅珞的年纪大不少,梅珞对姐弟恋完全没兴趣。只不过现在可不是要去谈论什么爱情的时候,保持种族延续才是重要的。但拆散卡戎和波菈又不太好,难道说卡戎要来个一夫二妻……

梅瑞陷入沉思当中,却没有看到旁边的波菈已是泪流满面,她的一句话打断了梅瑞的思路:"卡戎,你真的忍心和我们分开吗,都不想看一眼你自己的孩子吗?"

卡戎背对着波菈一句话也不说,似乎已经回答了她的问题。其实,那次波菈把卡戎救下来之后,他们就已经将默默的暧昧关系变为秘密的爱恋关系,经过一段时间的交往,卡戎和波菈已经成为实质的夫妻。只是迫于战争的形势,卡戎这样一个超级战士实在不方便提出结婚的想法,他的一举一动都可能关乎整个战争的走势。但卡戎也知道,在这种朝不保夕的日子里,即使自己万一遭遇不幸,至少也想要有一个孩子能生存在这个并不美好的世界上。抱着这样的想法,卡戎和波菈悄悄隐瞒了怀孕的事情。梅瑞此时也就明白了——卡戎不会和自己结合,而且自己的弟弟梅珞也不可能与波菈结合。她和波菈两人留在这个星球上,可能是目前最好的选择。

正说间,领袖号来到了宜居星球的外围,经过了初步的侦测分析,确保安全之后,他们趁着夜色着陆。随后他们迅速精准地分析着这个星球的文明层级,也知道了这个星球的名字——思峨。卡戎一行人很快就掌握了思峨星上的主要语言。思峨的文明形态确实是非常低级的,而且还存在着大量的国家,并没有形成整个星球统一的政权。这个星球的文明还没有真正走向深空领域,如果一个文明能够大规模地走向外太空,那么这个星球上国家的概念就会逐渐消亡,因为这需要集中整个星球的智慧和资源才能实现。

在思峨这样一个星球上，如果伊缪恩人不再追杀过来的话，梅瑞和波菈应该会比较轻松地生活下去。卡戎含情脉脉地看着波菈，这次分别有可能就是永远；梅珞、梅瑞姐弟两人也是依依不舍，相互把能想得起来的儿时回忆，带着眼泪尽数说了一遍。卡戎对波菈和梅瑞说道："如果伊缪恩人是根据领袖号飞船找到我们的，我和梅珞把飞船开走，只留给你们一艘救生艇。救生艇的隐藏效果会更好，不易被发现。伊缪恩人大概率会跟着领袖号的轨迹追踪我和梅珞。如果我们四个都能活下来，你们两个就用救生艇来找我们，或者我们回来接你们。目前救生艇虽然还没有超长距离的星际穿越能力，但是我想你们知道如何改造升级。万一伊缪恩人是根据我们的身体信息对我们进行锁定的话，那么你们现在就变成思峨人的模样，让他们找不到你们的踪迹。"

波菈此时显得犹豫了，面对着这样一个勇士，一个爱人，自己孩子的父亲，她彷徨不知所措。因为以现有的技术，坎瑟星人只能变化一次，一旦变化之后，就不能复原。即使思想意识依旧是坎瑟星人，但是身体的外形永远都是思峨人了。这也就意味着，从此以后她们和卡戎、梅珞就是不同的物种。卡戎看出了波菈所想，搂住她安慰道："你们变不回来又怎么样呢？到时候我们也变成这个样子不就行了吗？"波菈无奈地苦笑，很自然地依偎在卡戎的怀里，即将离别的人们相拥进入了梦乡。

梅珞想像往常那样，在别人入睡时负责警备。不过这次卡戎并没有让梅珞站岗，因为在这个具有数以亿计生命的星球上，伊缪恩人想找到他们应该不是一件容易的事情，而且经历这么长时间的随机漂泊，应该把伊缪恩人甩开了一段距离，所以暂时不需要警戒。于是四个人都沉沉地睡了过去，这也是这么多年来，他们少有的酣睡。

　　清晨的一丝光线洒到了卡戎的眼睛上，慢慢把他从睡梦中叫醒，他们已经许久没有看日出了。只是卡戎并不知道，这样的光线已经好几次光顾了他的脸。因为他们精神常年高度紧张，突然放松下来，一觉睡得昏天暗地，整整睡了几个思峨日。领袖号早就被思峨人发现了。

　　卡戎慢慢醒来，听到了飞船外面一阵嘈杂，难道伊缪恩人追过来了吗？不对！如果真追过来的话，他们早就被消灭了，绝对不会是这种情景。他稳下神来看着周围的情况，令他气愤的事情正在发生——一群思峨人在领袖号周围拉起了警戒，正在准备拆卸舰船。每一个思峨人的表情紧张又兴奋，热火朝天地展开着他们的"研究工作"。其中一个指挥官脸上浮现出荣耀的光彩，似乎他注定要因为这件事名垂青史。众人在他的指挥下颇有条理地工作着，一些在卡戎看起来非常落后的仪器也都搬了过来，对领袖号进行着低端又粗野的研究。卡戎看到这一幕不知道如何形容现在的心情，他联想到战争时期自己的飞船被击毁，一股难以压制的仇恨在心中爆发了。他随即叫醒了波菈，波菈看到此时的情景，也被惊到了。卡戎对着刚从朦胧中醒来的波菈说："感觉领袖号的尾翼受到了破坏，需要去外面查看一下。顺便尝试着和这群人交涉，让他们停止对飞船进行破坏性的研究。"波菈刚要叫醒梅瑞姐弟，却被卡戎制止了。

　　卡戎说梅瑞和梅珞这一对姐弟也是异常辛苦，让他们多睡一下也无妨。在卡戎眼里这些思峨人的文明层级实在太低，不会对他们造成任何威胁。当卡戎想要下船的时候，他突然脚下一软倒了下去。波菈知道卡戎辛苦，积累了这么多年的疲倦在沉睡中突然释放，体力和意志力短暂下降也是在所难免。于是波菈代替卡戎下去查看领袖号的情况，同时也和这些思峨人进行交涉。

正在思峨人不知道从何处拆卸的时候，飞船的门缓缓打开了。一个外星人从飞船内走了出来，这可让所有的思峨人眼睛冒火。波菈本来想通过和平方式和思峨人交涉，可谁承想这些人一看到波菈，如同见到了宝藏一样。只听到"抓活的，抓活的！发财啦……"

波菈他们在沉睡之前就已经掌握了思峨的语言，听到这样的话语，波菈同样也想起当年被侵略的情景，一群不择手段的恶徒让他们成为宇宙中的流亡者。痛苦的回忆让她不自觉地举起了武器，但是她突然意识到这些不是伊缪恩人，自己才是外来者，不能对思峨人展开攻击。可是为时已晚，思峨人看到这个外星人带有攻击的倾向时，也不顾什么前途与财富了，保命优先，于是纷纷掏出武器向波菈射击。波菈有着高级的武装防护设备，在这样密集的火力下，也就是受了一点皮外伤而已。可是枪声和子弹打到领袖号上的剧烈声响，让人心烦气躁。梅瑞姐弟对战斗的声音异常敏感，听到枪声后马上从梦中惊醒过来。他们的意识还没有完全恢复，但是却清楚地听到卡戎的一声怒吼："你们两个看好飞船，准备接应我和波菈。"

说完，卡戎冲了出去，在人群里乱砍乱杀。毕竟陷入重围的是他的爱人，而且波菈身体里还带着他们种族的希望。只见卡戎如同疯了一样冲到了波菈身边，用身体护住波菈。思峨人看到又出来一个外星人，而且杀气腾腾，于是加强火力向他们射击。卡戎似乎失去了理智，他放开了波菈冲进人群，几步就来到了藏在人群后面的那个思峨指挥官面前，一把抓住了他旁边的铁铲，用力一挥，把他的头削了下来。然后用思峨人的语言说道："若你们继续进攻，这就是你们的下场。"思峨人傻了——这个外星人竟然能说自己的语言,杀起人来竟然如此迅速,而且思峨的武器对于他们来说不能造成实质性的伤害……还是赶紧退下,保命要紧。

看着退在一边的思峨人,卡戎抓着那名指挥官的首级向众人展示,这起到了极大的震慑作用。卡戎保护着波菈,一边怒视这些面目可憎的思峨人,一边退回领袖号,在看了一眼尾翼没有什么问题之后,就进入了船舱。众人看到指挥官殒命当场,害怕地逃离现场。卡戎和波菈刚一上船,梅瑞姐弟就启动引擎飞走了。他们查看着波菈的伤势,只是谁都没有注意到,卡戎的嘴角露出了一丝莫名的笑容。

领袖号飞到了思峨星的上空,进入了外太空轨道。卡戎查看着波菈的伤口,虽然还有血在往外渗,不过幸运的是这只是皮外伤,问题并不严重。梅珞看着舰船内那颗思峨指挥官的首级,想到这里的人如此凶悍,不由地为波菈和梅瑞以后在思峨的生活担心。卡戎知道梅珞的想法,就做了另一个决定:"为了波菈和梅瑞有更好的生存环境,现在我们去思峨的另一面,看看其他国度的人是什么样的。如果那边的人不似这般野蛮,那今后的生存环境应该也还过得去。那时,你们就启动'变体'技术,变成思峨星人的样子。但是你们一定要记住——我们种族的延续,最重要的不是身体,而是思想和精神。切不可把自己当成思峨人。"

说罢,他们就潜入了思峨星的另一面。这对于他们来说,是非常简单的事情。他们吸取刚才的教训,当他们降落之后,随即掩藏了领袖号,悄悄地观察着这里的思峨人。此时有一个疑问突然涌上了梅珞的心头:为什么第一次降落在思峨星的时候,不掩藏领袖号飞船呢?梅珞也来不及多想,一行人就下去查看这里的风土人情。卡戎发现这个地方的人比较友善，不像思峨另一面的那些人。卡戎决定让波菈和梅瑞找个合适的时间，在此启动"变体"技术。但是他毕竟不忍心看到梅瑞和波菈变成思峨星人的模样，只是希望等他们分别之后再启动变体技术。

卡戎想留下两个"骡子"照顾她们，但是被波菈拒绝了。因为波菈觉得，自己和梅瑞在变体之后，遭到追杀的可能性很小，反而是卡戎和梅珞很可能会再次和伊缪恩交战，他们更需要骡子的帮忙。而且最关键的是，万一伊缪恩确实是根据坎瑟人的身体信号来捕捉他们的话，"骡子"应该也可以被捕捉到。"骡子"本身就是"变体"技术制作出来的，他们不具备二次变体的条件，所以把"骡子"留在思峨，反而容易暴露她们的踪迹。更何况，她们在思峨上生存下来应该不会有什么问题，也不需要"骡子"的帮忙。卡戎想了想，觉得波菈的说法也确实有道理，也许自己是过分担心了吧，然后决定把所有的"骡子"都带着跟随自己。

卡戎把救生艇留给波菈和梅瑞，并且一再强调要隐藏起来，不要被思峨人发现。离别的时间越来越近，卡戎和梅珞分别向波菈和梅瑞做着临行前的道别。卡戎对波菈和梅瑞说："梅瑞定期发动救生艇，免得长时间不启动容易出现故障，注意保养检修。注意查看通信设备，如果我们那边有什么消息，会第一时间告诉你们。你们找个远离救生艇的地方隐居起来。这样即使伊缪恩人找到了救生艇，也难以发现你们的踪迹。你们也尽量分开居住，偶尔联系一下即可。波菈现在有身孕，不方便到处奔波。所以，还是要请梅瑞定期到飞船上做必要的检修。"

这种充满了挂念和不舍的唠叨，让卡戎这种猛士也展现出了脆弱、温柔的一面。临行前，卡戎做了一件丈夫应该做的事情——猎杀了一些思峨星上的动物，又采集了一些植物，准备用其中的一部分给波菈炖一锅肉粥。波菈看着卡戎那非常不熟练的做饭技巧，很难想象他曾经是坎瑟星的高级指挥官，而现在是一个笨手笨脚的丈夫。波菈看着卡戎手忙脚乱的背影，一种似乎是永别的惆怅包围了她整个身体。如果没有战争那该多好，这样的日子本来应该是随手拈来，而现在却成了仅有的一次体验。她希望时间慢点流逝，可以多看一眼卡戎的背影，可是粥马上就要煮好了。卡戎慢慢转过身来，发现波菈不知何时已站在自己背后，然后像水一样环抱住他。波菈突然看见卡戎手上缠着绷带，还有一丝血迹透了出来，就关心地问："你的手怎么受伤了？为什么扎着绷带？"

卡戎一脸难为情地说道："刚刚打猎的时候不小心，被这里的野兽咬了一下，把手啃破了一点皮。"

波菈知道卡戎是因为给自己找食物才受的伤，内心五味杂陈，不知该如何表达自己的心疼。卡戎也不仅仅是希望波菈能够尽快适应思峨的食物，这更是临行前的纪念，而且能为自己的爱人流血，是男人的荣耀。卡戎一再对波菈说外面有风，现在对这里的气候还不太适应，让她先回飞船上，但是波菈只想要抓住这越来越少的时间，尽可能多地和卡戎在一起。

梅珞也打猎回来了，毫发无伤地回来。他听说卡戎打猎受伤了，暗自觉得好笑——一个最高指挥官阴沟翻船，连伊缪恩人都害怕他，却被一只动物给咬伤了。好笑归好笑，他也要和姐姐梅瑞分别了。梅珞可懒得煮粥，直接给烤上了。

卡戎把粥煮好了，波菈小口慢慢品尝着这些她以前完全没有接触过的食物。虽然难以下咽，但毕竟是自己男人的心意。波菈心里非常清楚，只有自己认真吃完这些食物，卡戎才能放心。而梅珞这边，拿着烤得半生不熟的一条动物大腿，直接塞到了姐姐面前。梅瑞看着这一堆冒着热气的外星烤肉，觉得实在张不开嘴，不由得向着波菈的肉粥看去。肉粥里毕竟有菜叶子，荤素搭配可能更好吧？梅珞对波菈说："要不我们分着吃？"

卡戎一下拦住了梅珞："这顿饭是能分着吃的吗？这是纪念，各自吃各自的。以后她们有的是机会分着吃。"梅珞挠挠头，毕竟他还是一个没有恋爱经历的大小伙子。波菈一点一点地吃完了这顿饭，吐出来许多动物的骨头。卡戎希望波菈能够吃得慢一点，可是再怎么细嚼慢咽，也终有吃完的时候。吃完这顿饭，卡戎和梅珞就要离开思峨了。他们虽然不知道伊缪恩人是否会追过来，什么时候追过来，但是他们知道必须要赶在敌人追过来之前离开，否则他们的计划就泡汤了。卡戎盯着地上的骨头发愣，不知道自己该做些什么。最后却只是对波菈说道："剩下的动物都放在救生艇上。每当想我了，你就拿出来吃一点。"

波菈听完这些话，哭了。哽咽地小声嘀咕着："那我吃完了这些，你会回来吗？"可是回答波菈的只有沉默。沉默之后，卡戎和梅珞驾着领袖号继续亡命太空。在梅瑞和波菈眼里，领袖号变成了一颗再也无法找到的星星，深深地封存在记忆里。

卡戎和梅珞走后，梅瑞和波菈相顾无言，梅珞和卡戎在领袖号里也是沐浴在一片死寂的气氛里。为了打破这种让人窒息的气氛，梅珞便向卡戎询问接下来要去哪里。这是梅珞没话找话的问题，这也是一个非常没有意义的问题，这也是这么多年他们无数次问自己的问题，答案其实也很简单——哪里能延续生命就去哪里。卡戎说道："跟着这阵残留的宇宙风继续走吧，给你姐姐发一条消息。如果最终我们都能幸存，她们根据这条消息也能和我们团聚。"梅珞虽然对爱情还是很懵懂，但是当他和姐姐离别的时候，也有着割舍亲情的切肤之痛，所以梅珞也大致可以理解卡戎和波菈之间的那种情愫。梅珞看着目光无神的卡戎，自己同样提不起任何兴致，转过头漫无目的地扫视着周围的事物。梅珞突然看到那个思峨人的头颅，就奇怪地问卡戎："为什么还要带着这颗头颅呢？"

卡戎似乎心存愧疚，回答道："我们饱受侵略，明白被侵略的痛苦。我们原本不应该对其他低级文明展开杀戮的，当时迫不得已，也是一时冲动，杀了这个思峨人。这也让我有一种成为'侵略者'的内疚和忏悔。留着这颗头颅，让我时刻记住我也做过'侵略者'，避免以后犯下同样的错误。同时也能够让我像侵略者一样思考问题，可以研究伊缪恩人的心态，这样我们活下去的可能性也会大一些。而且，这个头颅是我保护波菈的时候斩下的，留在身边也算作一个回忆。"

梅珞被卡戎的细心所折服，他不仅是一个以一敌百的战神，也是一个柔情似水的男人，梅珞很庆幸能和这样一位勇士同舟共济。经过了数月的飞行，梅珞和卡戎经过了几个大型天体，在历经几处扭曲的时空之后，领袖号内部突然响起一阵刺耳的警报声。梅珞一阵心惊，难道是敌人追过来了吗？他赶紧打开探测系统，可是探测系统并没有显示任何敌人的踪迹。梅珞一阵纳闷，飞船里怎么会突然响起警报声呢？而就在这个时候，梅珞的呼叫系统里又传来一阵急促的呼声："卡戎。"发出这个声音的不是别人，正是梅珞的父亲梅狄亚。梅珞突然兴奋起来，赶紧回答道："父亲，父亲，你还活着吗？我是梅珞，卡戎在我旁边，你找他有什么事？请讲，请讲！"

　　卡戎也赶紧凑了上来一阵叫喊，但是呼叫系统里再也没有声音了。其实梅珞早已认定父亲死亡，只是时隔这么多年再次听到了父亲的声音，似乎又让他看到了一些虚无的希望！可是希望莫名其妙地来了，又戛然而止，这段起伏就像刺入心脏的刀，有着致命的疼痛，但却不能轻易拔出来。这段声音让梅珞的心绪彻底乱了，他大哭起来，为了他的父亲，为了他的种族，也为了这无尽的逃亡。他还年轻，还在为了不公平的命运痛哭流涕，却没有看到背后卡戎那满含杀意的眼神。

第七章
恋爱

在遥远的地球上，北半球时值初春，方明开学后回到了自己的学校。他又见到了心爱的那个她。夜空之下本来就是暗藏浪漫的地方，但是有一种热恋的浪漫，根本就无须掩藏。他们相互依偎在一起，默默地坐在草坪上。方明想想放假的时候，爷爷方千柏还让他找女朋友，只是爷爷还不知道，这个宝贝孙子已经在半年前结束了单身生活。或许，学霸即使再怎么低调，也会流露一种异性难以抗拒的吸引力吧，更何况方明并不是一个低调的人，而且长得还挺帅的，家里经济条件还很优越，自然成为大学女生中的抢手货。方明看着浩瀚的夜空，陷入了半年前的那段既是青涩美好，又是虐心煎熬的甜蜜记忆。

半年前的一天，方明下课后，一个人行走在回宿舍的路上。满脑子各种物理公式的他，没有被危险的车水马龙打扰，而是被一个极为靓丽的身影轻易地打断了思路。在他正前方的十字路口，有一位女生拐到了前面。无比曼妙的身姿，配上顺滑的披肩发，双腿笔挺似乎是受过训练，步伐稳重端庄，还有那种无可挑剔的黄金比例，根本就不需要看正脸，就能感受到一股出尘脱俗的气质。这位女子让方明甩下了心中所有的物理学定律——只剩下一种原始的审美本能，他毕竟是一个已经长大成年的男人。

这个女生的出现，让路边的男生集体行注目礼。在方明所在的理工类院校里，女生本来就是"稀有物种"，更何况出现这么一个标准的女神。有的男生驻足停留，有的改变了原有路线，有的抢上几步然后回头观望，还有的男生因为多看了几眼被自己的女朋友甩了两巴掌，然后传来几辆自行车撞电线杆的声音。方明也许还算正人君子吧，只是"顺路尾随"，等到过了一个岔路口，那女生左拐了。在拐弯前，她看了一眼后侧是否有车过来，就这一瞬间方明看见了那女生的脸，心猛地悸动一下之后，开始怦怦乱跳。为什么会有如此惊艳的女子？她的脸庞莫不是经过了上帝的雕琢？为什么？自己和她明明还有一段距离，明明不可能有任何交谈，为什么会控制不住自己的心跳？在方明凌乱的时候，那女孩儿似乎看见了方明，也似乎没看见，带着稳重又飘逸的气息，走向了路的尽头。而方明虽然不舍，但是又能如何呢？难道还真要一直尾随不成？方明安慰自己，有过这样一段同路的缘分，也比从未见过要好吧？也或许，从未见要比匆匆一面之后的长久相思要好吧？带着遗憾，方明把这段美好的画面深深刻在了脑海里。只是随后的日子，他只能拼命地把自己泡在物理的世界里，因为只要他闲下来，那女生的背影便不讲道理地闯进他的脑海，随着自己的心绪浮浮沉沉。可是，方明又如何能够做到全天候地思考物理呢？一有间隙，方明就忍不住地回忆着那女孩儿的长相，可就是一片模糊，怎么都记不起来她的准确样貌，只能期待着能够再次和她相遇，所以方明在那条路出现的频率增加了，却再也没有遇见她。或许对于那女孩儿来说，出现在那条路上只是一次偶然事件吧。方明有生以来，第一次感受到了思念的美好与痛苦，更糟糕的是，他对自己思念的对象一无所知，只能靠着回忆来弥补内心的空白，还有对某种不知是否存在的缘分的盲目期待。

有缘千里来相会，缘分这个东西只有上帝才有心情去安排。过了一个多月，方明和室友在午间下课后去食堂吃饭，偌大的食堂里人头攒动，方明不喜欢人多的地方，所以总是找一些偏僻的角落自顾自地坐着干饭。只是下课高峰期的食堂里，往往连座位都没有，方明也就经常站着把饭吃完。不过今天的食堂有些怪异——人很多，但却很集中。方明站在人迹稀落处看向拥挤的人群，他眼睛一下就钉在了一位女生身上——那不是上个月的女神还能是谁？她周围聚集了不少人，自不用说，那些都是想一睹芳容的"单身汪"，当然其中也不乏有一些挂眼科的有主名草。方明虽然不喜欢人多，但这次他却很想往那个方向移动，只是他内心的骄傲不允许他这么做。在进行着激烈思想斗争的时候，方明的舍友不由自主地改变了原来打饭的窗口，朝着那位女生所在的窗口走去。矜持又爱面子的方明终于找到了一个凑过去的理由，就跟着室友一起来到了这位女生的旁边。说来也甚是有趣，女生只是周围几米开外围了很多看似若无其事的人，而她近身处却比较空。看样子，这女生的气质属于特别能拉开距离的那种，是典型的可远观而不可亵玩的类型。让方明没想到的是，缘分来得那么快——感谢猪舍友！室友快速冲到那女孩的身后轻拍了她肩膀一下，然后调戏般地说了一声："美女你好！"说罢就跑开了去。

当这位女生转过头来的时候，身后只有愣在当场的方明。方明再次看见女孩的面容,完全被她的长相震住了,一股压抑在胸中多年的躁动终于冲破了所有的理性,让他从一个物理疯子,成了一个男人。他竟然忘记解释,刚刚的那一声不是自己喊的。女孩警惕地看着方明,冷冷地问:"你有什么事吗?"

心跳加速,说话紧张,压抑不住的呼吸不匀,方明语无伦次地做着各种没有条理的解释,不仅没有解释清楚,反而把自己的舌头咬了一下。为了掩饰自己急促的呼吸,方明没有办法再说任何话了,因为他只要出声,就会带着颤音。女生其实也并不傻,她看到远远跑去的一个男生的身影,大概明白了是怎么回事,然后继续买饭,任由方明自行凌乱。似乎在她的眼里,这件事情已经过去了,方明也可以从自己的眼前消失——这是一个纯粹高冷的女孩,有着一种难以接近的独特气场。

方明也有着孤傲的性格,女孩这样对他,让他的自尊心也受到了刺激,他虽然不舍,但也只能大跨步地走开。女孩背对着方明,听到了急促离开的脚步声,就迅速掏出饭卡刷了一下。戏剧性的一幕出现了,一声刺耳的电子响声:余额不足。女孩愣了一下,自己没有那么能吃吧?方明也听到了这个声音,脚步放缓了一点,内心似乎在期待着什么,在犹豫着什么——到底该不该回去请她吃顿饭呢?如果能一起吃饭,那么……就在方明纠结的时候,他耳中传来一个男生的声音:同学,饭卡没钱了吗?我来帮你刷吧?

这句话就像刀子一样划过方明的内心,他转过头去看到了一个高大帅气的男生站在那女生面前,从背后看去他们倒是很般配。方明内心一阵酸软的疲倦袭来,一股前所未有的失落像硫酸一样迅速腐蚀着他身体的每一个关节,顿时产生出要瘫软在地的无力感。可是那女孩看着旁边这男的,一脸嫌弃。在她看来,这个男人虽然外表很帅气,但是内在的气质里藏着一丝不易察觉的油腻,可以想象他同时对很多女孩子都很上心,也让很多女孩伤了心。那女生冷着脸说道:"你的目的我知道,你觉得我身边缺少你这种二流货色吗?"

那男生也觉得被驳了面子,很少有女生这么对他说话。他快速稳定着心绪,分析女生的话语。毕竟女生开了口说话,虽然说得很难听,但起码也算是开启了对话,至少还有继续发掘的可能。这种男人,只要抓住女生的一点线索,就能死缠烂打地顺藤摸瓜。于是他问那女生:"你觉得我是什么样的男人,为什么说我是二流货色?我想你误解我了。如果我不向你做出解释,或者你不给我一个合理的解释为何要这样说我,那对我太不公平了。"说罢,他展现出自己最帅气的一面,等着女生回复。而女生冷冰冰的脸完全侧了过去,没有再多说一个字的意思。她也许是为了快点摆脱这男生的纠缠,转过身看着不远处有点沮丧的方明,示意请他过来帮忙。方明顿时又活了过来,短时间内的大起大落让他有点无所适从。方明收拾好了自己的情绪,然后绅士地帮忙刷了饭卡。看着方明的介入,那男生也没有立刻离开的意思,而是又端详了一会儿这个他搞不定的优质猎物,似乎是能多看一眼就多看一眼。

和这位搭讪的男生相比,方明没有那么时尚,没有那么放得开,但是却隐约透露着一种稳重。只是现在的方明还没有成气候,他站在女孩旁边,显得特别局促。如果是一个有恋爱经验的男生,随后就会出现一套标准的撩妹流程,可是对于方明这样情窦初开的人来说,他完全不知道接下来该做什么,该说什么。而且女孩对着帮助自己解围的方明是丝毫不领情:"你帮我刷卡,我对此表示感谢。但是我并不打算留下联系方式或者和你一起吃饭,当然也没打算还你钱。"

女孩自顾自地走到了旁边的餐桌上,只是顺便看了一眼愣在原地的方明。方明虽然愣,但是如果一个呆愣的人真要下决心做一件事,那就会一愣到底。方明也端着饭坐到了女孩对面。女孩无语地看着方明,大有一种懒得搭理的感觉。现场气氛顿时阴冷了起来,方明暗自叫苦,在海边吃刺身也没有这么冰。说来也是老天帮忙,刚才那个搭讪男也坐在了旁边的桌子上,肆无忌惮地盯着女生。女生胃里一阵翻腾,与其被这个流氓坯子缠着,还不如和对面这位学霸聊两句。于是女孩看似没好气地对方明说:"你这个人怎么回事?刚刚不是和你说了吗,我不和你一起吃饭。你是不是想让我还你钱呢?看你也不像差钱的样子。"说完,掏出二十元现金递给方明,示意方明可以走了。经过刚才的事情,方明也是铁了心,就算被拒绝又怎样?

方明看看周围说道:"你看看,现在吃饭的人比较多。几乎每个位子都有人,我无论坐到哪个位子上,都会和其他人一同吃饭。现在和你坐在一起,只是概率问题。"

女孩被这套狡辩逗乐了:"你看,远处不是还有完全空着的位子吗?"

方明回答:"因为我端了一碗汤,路程的长度和汤洒出来的概率成正比,所以我选择了距离近、风险低的位置。"

女孩儿感觉到方明愣得很有趣:"你们这群理工男,一点趣味都没有,干巴巴的生活真没劲!"

"哦?那你呢?"

"我是艺术学院的。"

"啊?艺术学院不是在另一个校区吗,离这里20多公里。"方明有点惊讶地说道。

"来上选修课,一周一次。完全出于兴趣,距离和时间不是问题。"

旁边的搭讪男顿时来了兴致,对着女孩说:"你每次跑这么远肯定很辛苦,我有一台跑车……"

女孩听了这话,眼睛都不斜视,冰冷、清晰地吐出了一个词:"不感兴趣!"

方明看这女孩的价值观如此之正,内心暗暗欢喜,于是迅速地找着可能引起对方兴趣的话题:"你知道吗,你们学艺术的和我们这些学物理的还是有着千丝万缕的联系。艺术,其实就是把杂乱无章的事物变得有秩序,这是一种负熵行为。你看,宇宙中的各种星球、星系,如同按照某种规律一样在服从某个最高的目的,这种合目的性是如此地崇高……"

女生被这种程度的尬聊噎住了:"行了吧,别拿康德那一套来说事儿!"

方明也被噎住了,然后继续道:"你们做的艺术比起整个世界来说,不算什么。真正的美,是宇宙中一种绝对理念的感性显现……"

"黑格尔的也不行!"女孩干脆地打断了方明的小阴谋。

在方明看来,艺术学院的有些学生应该是外表光鲜亮丽,手头功夫厉害,理论功底却不行,可这个女生就这么两句短小精悍的反驳,倒是让方明不敢轻举妄动了。他把最近在哲学史选修课的东西全用上了,却落得一个灰头土脸。于是方明再次整理思路,把最近才接触到的维特根斯坦的说辞搬过来:"我觉得,艺术是一种不可说的……"

"不可说那就别说了。"女孩表面上冷淡,其实内心已经笑喷了,

89

哪里还能找到这么一个愣头青？方明涨红了脸，在这个女生面前，他那些引以为荣的学识竟然没有丝毫优势可言，除了一堆在此时根本派不上用场的物理学定律以外，那些风花雪月的华丽辞藻他大脑里竟然完全没有库存。对于方明这样一个刚从学习疯子变成一个男人的人来说，撩妹的手段实在是贫乏得不得了。为了继续寻找共同话题，方明开始说出了自己都知不合时宜的话："那你知不知道薛定谔、洛伦兹、卡文迪许，万有引力，量子纠缠……"

女孩儿满头的秀发变成了满脸丝丝的黑线："你有病吧！等等……量子纠缠？你刚才是说的量子纠缠吗？"

原本颜面扫地的方明突然抓住了一线生机，继续解释道："就是如果两个量子之间发生了关联，其中一个发生了变化，另外一个必定会发生相应的变化，即使两个量子相隔十万八千里也不会例外。微观世界可能不太好理解，我们做一个宏观的比喻，如果另外一个平行世界有一个人与现在的你产生纠缠关系，要么你们的命运会紧密相连；比如说，如果你的艺术天分很高，那么他艺术思维就严重贫瘠，你们两个会有某种必然的关联。"

女生听完之后不疾不徐地掏出一个本子，在上面写了些什么，然后说道："我叫柳睿，这是我的电话。有时间给我讲讲量子纠缠的事情，我现在回我的校区上下午的课了。"

"你不是说不会留联系方式的吗？"方明内心很兴奋，嘴上却不依不饶。柳睿也很不屑地说道："你还说这不叫一起吃饭呢！留下电话给你，不是因为你给我付了饭钱，而是因为你的这点知识好像还有点用。"说罢，柳睿头也不回地走了，一边走，一边释放着憋了好久的笑。

看着窈窕的背影逐渐离去，方明感受到了一种从梦境中飘来的朦胧甜蜜，也有从未知里传来的些许忐忑。只不过方明不知道的是，在他还没有发现这个美丽女子的时候，柳睿就早已经注意方明许久了。那次在十字路口的邂逅根本就不是什么巧合，而是柳睿算准了方明走过来的时间，刚好出现在他正前方。柳睿本来一直在寻找某个人，某个有缘人，但是她在人山人海中并没有找到，她甚至都不知道自己要找的那个人究竟是谁，更不知道这个人就是方明，只是第六感让她察觉到了方明的存在。然后他们果然相遇了——一切是那么地难以想象，却又合乎逻辑，也脱离逻辑。柳睿忍不住地纠结——这个男人，是不是我陪伴到老的那个人？到底是不是，到底是不是？

方明真正走进柳睿视线，还是一年前的事。柳睿观看方明主持的一次同学间的学术沙龙录像，听到了方明的一些猜想——时空是超越四维的，在空间的边缘地带会出现"降维"投影——例如直线的投影是点，二维平面的投影是直线，三维立体的投影是平面，四维空间的投影是三维……其实方明的这些观点脱胎于方千柏之前讲给他的一套理论——贝尔不等式。贝尔不等式理论的根基是在空间中的多个坐标纬度去描述量子纠缠现象。虽然这个不等式最后证明是错的，但是这套空间多维度思维却给方明留下了深刻的印象。方明加了一点想象力，把空间想象成了这种降维投影的模型。虽然没有科学论证，是个无解的猜想，但是毕竟在学生之间探讨，也就无所谓对与错。在座的其他同学有的非常赞同，有的觉得是无稽之谈，而柳睿听到这个观点之后，对方明产生了浓厚的兴趣。从那时起，柳睿知道方明是那个可以陪伴自己的人，而且说不定还可以通过方明找到另一个一直在寻找的人。

经过了半年的观察，柳睿决定出现在方明的生命里，于是就有了十字路口的那次邂逅，也就有了后来食堂的那次事件。还有方明去上哲学选修课的时候，柳睿也暗自找到了那些哲学课本来自学，所以方明当时把康德、黑格尔、维特根斯坦都搬出来，根本就没什么用。那些看似偶然的相遇，其实都是柳睿精心策划的。尤其在十字路口的那次，柳睿故意左转，然后向后张望有没有来车，看似是为了确保安全，其实她是故意给了方明一个回眸，让他看见自己美丽的脸庞。这种回眸一望的邂逅，是一般人根本无法抵抗的诱惑。而在食堂的那一次，方明更是被拿捏得死死的。虽然多了一个搭讪男，但是歪打正着，反而帮了不小的忙。当一位美丽的女子暗暗追求一个男孩子的时候，往往会让男方觉得自己是主动追求女方的，即使以后相伴到老，都不一定会知道当时的真相。只是方明不知道的是，柳睿对方明的爱情并不纯粹，这对于方明来说公平吗？对于柳睿自己又公平吗？对于柳睿的在此之前的那个"他"，公平吗……

从食堂那顿饭之后，方明觉得自己要努力去征服柳睿，每天都担心柳睿身边有其他的男生会近水楼台先得月。而在柳睿看来，方明注定是自己的男朋友了，只不过是时间早晚的问题而已。于是，在柳睿让方明经历了几次虐心的折磨后，他们确立了恋爱关系。

此时方明在月下搂着柳睿，回忆着那段纠结的甜蜜，双手双脚顿时有种充血的感觉，一阵舒服的电流从手脚传向大脑，使他不禁抖动了一下。方明这样一抖，也打断了柳睿的思路："干吗呀，傻样儿！"方明没有做任何回答，只是傻傻地笑着，把她又抱紧了一点。

柳睿继续说道："当时你和我说量子纠缠的时候，我其实并不是很明白。你还打了一个人与人之间发生纠缠的比方，我很想知道，有没有可能出现星球之间纠缠的情况？就比如说，在宇宙的另外某个地方，有一个和地球一模一样的星球。那个星球上也有类似于我们的两个人，他们正相拥在一起。那个星球上也有学校、有军队、有工人，每天发生的事情和地球上都有关联。"

方明想了想回答道："从理论上讲，应该是没有可能的。但是理论物理也没有把这个可能性完全堵死。现在很多科学家已经提出了平行空间的概念，也许在宇宙的另外一个角落里，还真有星球纠缠这样的情况发生。而且我觉得，现在很多理论都需要修正。无论是平行宇宙，还是弦理论，或者是系综学说，都是要弥补哥本哈根学派的一些难以解释的问题，但是基本上都是猜想大于实证……"

"行了行了！给你点阳光就灿烂。我让你说这些了吗？"柳睿非常不耐烦地打断了方明："赶紧说星球之间有没有可能纠缠起来。"方明有点没办法了："真是唯女子和小人难养也！"柳睿大眼睛一瞪："女子和啥难养？"方明一下梗住了，然后用傻笑替代了孔夫子的那个词。"你笑够了没，傻气都要冒到银河去了，赶紧回答我的问题！"柳睿不耐烦地催着方明。方明也有点难受，因为他担心说得多了，柳睿一时间理解不了，可能会发脾气。但是不说的话，就更理解不了，那铁定是要发脾气的。于是他硬着头皮继续说："其实量子纠缠的本质，是一个粒子当中的两个不同的量子在做着不确定的自我旋转。如果把这两个自旋量子突然分开，两个量子就会以确定的、相反的方向旋转，然后一直相互联系着……"

柳睿脑门儿都要炸了，不得不说，颜值这东西和脾气往往成正比："行啦！你当我不知道这些啊！我就想听听你是怎么想的！"方明更纳闷了："这些理论，你知道？你是怎么知道的？"柳睿实在受不了了，一双修长的腿直接夹住了方明的小腿用力一扭，竟然把方明给扣住了。方明疼得哇哇直叫，引来周围人一阵嬉笑。这不是方明第一次被柳睿给摆平了，柳睿的身手确实厉害。柳睿曾经告诉方明，自从她展现出亭亭玉立的美貌之后，自己的父母就让她学习各种武术用来防身。用她父母的话说，不怕有朝一日有个臭小子来搬花，哪怕连花盆一起搬走，甚至还要赠送一点花肥，但是就怕鲜花被猪给拱了。所以必要的防身技巧还是要的，只是没想到，柳睿竟然还学成了半个武林高手。

　　方明手拍地面表示认输了，起来后拍拍柳睿身上的尘土，又将她搂在怀里，然后把其他难以理解的理论抛到一边，说出了自己的想法："我觉得两个星球之间确实有可能会像量子纠缠那样相互关联。但是我们现在所接触的量子都极其微观，以研究个体量子为主，所以量子纠缠就出现'非此即彼'的情况——一个量子左旋，那么另一个就必定右旋，这样才能保证原有粒子的整体平衡。如果把量子看作一个基本单位的话，两个星球就是数以亿万计的量子组成，这就很难保证两个星球的所有量子都能形成对应关系，可能发生纠缠的量子只有30%，或者其他什么比例吧，只能实现部分纠缠。所以，两个星球上所发生的事件很可能会有时间上的差别，或者两个星球上的事件不一定完全相反，当然总体来讲应该是相关联的。但是问题来了，假如地球的事情和另外一个星球的事情纠缠关联起来，比如现在我吻你一下，那么对方星球和我们对应的两个人也要做同样的事情。那么是我在带动他，还是他带动我？如果是带动与被带动的关系的话，那是否会存在时间上的先后呢？如果有时间差的话，是微秒级的，还是世纪级的呢？如果没有时间差，没有主动与被动的关系，但是两个星球同时发生关联事件的话，那也就意味着有个什么东西在同时控制着两个星球，除非有神灵在操作着这一切。另外，我也有一个问题要问你……"

柳睿歪着个脑袋盯着方明，示意让他继续说。方明一脸坏笑："如果另一个星球和地球纠缠，那上面有个男生想吻自己的女朋友，可是女朋友不让，你说他该怎么解决呢？"

柳睿隐隐感觉到方明要"耍流氓"了，可还没来得及闪躲，就被方明吻了脸："你看，我现在吻了你，就带动了那个星球的那个男生吻他女友了！他应该很感谢我吧？"

柳睿的头埋在方明的怀里，忍不住地感叹：文化人耍起流氓来，总会有成套的理论基础，还外带着一大堆的社会意义，美其名曰——为了你好。但是这种感觉真的很奇妙，在享受这美好时光的同时，柳睿一副深邃的眼眸紧紧盯着地面。方明只顾着在这依人小鸟面前展露着自己的才华，但是却完全不知道这个小女朋友已经经历得太多太多。她的内心，藏着太多方明不知道的事情。

学者的思维总是很缜密，但也有个通病，就是好为人师。方明担心之前说的话柳睿不太理解，就继续补充说道："要我来说的话，假如真有星球纠缠的话，那么相关联的两个星球应该不会像量子纠缠那样简单直接，毕竟宏观纠缠的关系我们现在谁都说不准。星球纠缠的本质，应该还是量子纠缠。星球所包含的量子数量太大了，只能有部分的量子形成纠缠关系。于是两个星球之间有纠缠的那一部分，事件肯定就相反；没有纠缠的那一部分，事件可能相同，当然更有可能是相互没关系。所以从整体上看，两个星球的事件可能相同，可能相反；有的相同，有的相反；或者时而相同，时而相反；也可能出现时间上的先后。比如说，现在我们两个依偎在一起，对方那个星球上与我们对应之人的妈妈，可能在三十年前扇了他爸爸一巴掌；假设我们现在是2000年1月1日，对方可能是1995年，或者是2005年。我觉得，应该是在保持着整体脉络的基础上，出现各种相同或相反的细节变化吧。毕竟整个星球相对于单个量子来说，实在复杂太多。"

"相同，相反！相同，相反！"柳睿一直嘀咕着这两个词，然后突然问道："你们这里在几十年前有没有出现过突然的富裕或者突然发生自然灾害之类的事情？"

方明被这个问题弄得莫名其妙："什么叫'你们这里'？你不是也生活在这里吗？其实富裕也就是最近十几年的事情，以前都不富裕。不过我倒是听爷爷说过，在上世纪60年代的时候，出现过一次巨大的自然灾害，大家都是勒紧裤腰带过日子。"

柳睿听了方明的话顿时紧张起来，呼吸急促到连话语都没有办法正常组织。她像是在自言自语，又好似在问方明："上个世纪60年代，1960年前后出现了自然灾害。往前数十三年的话，对！就是十三年。地球的那一面是美国。1947年，1947年！1947年，美国有没有发生外星飞船之类的事件？"

柳睿的呼吸越来越急促，催促着方明快点回答。方明倒是知道当时的罗斯威尔事件，但是具体的细节他却并不清楚。于是他打开手机，开始搜索：

1947年，美国，外星，罗斯威尔。

输入这几个字之后，网页瞬间跳出来：

1947年，美国新墨西哥州罗斯威尔市发生外星飞碟坠毁事件——当地发现一架金属碟形物的残骸，直径约9米；碟形物裂开，四具尸体分散在碟形物里面及外面地上。尸体体形瘦小，身长仅100到130厘米，体重只有18公斤，无毛发、大头、大眼、小嘴巴，穿整件的紧身灰色制服。军队马上进驻发现残骸的两地，封锁现场。

柳睿一把抢过手机，看着上面的新闻，聚精会神地看了起来，似乎要破获这起外星飞船坠落的案件。她一边看，一边翻，当她翻到一张被解剖的外星人尸体照片时，她哭了，随即像没了骨头一样瘫软在了方明怀里——无声的泪水划过了她美丽的脸庞。

方明不知所以，下意识地认为柳睿是被解剖的血腥画面给吓到了，只能笨嘴笨舌地安慰着柳睿："不用怕，以后我们不看这样血腥的图片了。而且说不定罗斯威尔事件是美国人捏造的。"柳睿用一种极其楚楚可怜的语气打断了方明的劝慰："不要再说了，不要说了……"过了一会儿，她逐渐停止了哭泣，似乎想起了什么似的："刚才你提起了你的爷爷。你的爷爷还健在吗？"

虽然方明与柳睿交往了半年多，但是也只提及了自己的父母，还没有过多地说起爷爷。方明不知道柳睿为何此时提及爷爷来，回答道："是啊，快八十了。身体硬朗着呢，怎么啦？"

"他……是不是在从事一些有危险性的工作啊？"柳睿回答道。

"快八十岁了，他老人家看得开，每天开开心心的，除了遛狗散步，就是在家里基本不出门，怎么会有危险呢？"

"不是！我是说如果他得罪了什么人的话，说不定有仇人要杀他呢？"

方明一听就愣住了：自己的爷爷如果是寿终正寝，这样的年纪应该算得上是喜白事。但是要有何不测，那就是悲剧了。更何况，柳睿说的是"有人要杀他"，这不禁使方明想起曾经要杀爷爷的那个神秘人，顿时感觉脊背一阵发凉，赶紧问柳睿："到底是怎么回事？你为什么会有这种感觉？"

柳睿面对方明的问题也蒙住了，不知道该如何解释，于是试探性地问了一句："我说的话你相信吗？"

"当然相信了！"

柳睿接着回道："你相信女人的第六感觉吗？我的爷爷、奶奶、姥爷他们，临去世之前我都有强烈的预感，那是一种非常不好的感觉。刚刚你提到了你的爷爷，那他以后也是我的爷爷，我很担心我的第六感中会出现他的身影。"

"女人的第六感觉？"方明觉得有点鬼扯，那种半信半疑又混合着对柳睿的迁就，使他不知道该说什么好。很多时候，即使再凶险的事情，只要是可预见的，都要比不可预见的小事情安全一些。接下来发生的一件意料之外的事，不知道是好还是不好。

独处时候的柳睿，总是能招来各种男人的搭讪。就像希腊神话里一样，只要哪个美女落了单，就会有某个天神下凡想要发生点什么不宜言说的故事。这一点让方明非常揪心，他想要拥有，但是也希望对方自由，可是柳睿一旦自由，方明就会没着没落的。这种矛盾心理让方明不知道该如何来控制柳睿周边的异性朋友。其实方明很想在柳睿脑瓜上贴上自己的名字，或者早点戴上订婚戒指，再干脆领个红本本，大着个肚子，毕业之前就把孩子生了……这是多么天真无邪的做法。当然方明的担忧是有道理的，因为柳睿此时正在被一个陌生男人索要电话号码。

柳睿倒是比较坦然，把侧脸对着那人，然后目光直视前方，直接来一句："和你没戏，我男朋友挺不错的。"正当此时，柳睿电话响了，一看是方明的电话。柳睿对着那人摇摇手机,似乎在说:看看,我男朋友来电话了。方明在电话里兴奋地说道:"睿宝宝,我刚刚接到了一个顶级物理学会议邀请,受邀人全部都是在物理学上有头有脸的人。组委会竟然邀请我了,你陪我一起去吧。"

柳睿听到这个消息,同样表现得很兴奋,但那些兴奋的话语有一大半是装出来的,为了迎合方明,免得扫了他的兴致。毕竟得到会议邀请的人是自己的男朋友,柳睿欣然答应一同前往,就当是一次旅游吧。方明在会议之前的这段时间,非常用功地学习着相关资料。很快,会议时间就到了。

这种会议必须凭邀请函才能进入,收到邀请函的只有方明一人,所以柳睿只能在场外四处游荡,等着方明散会。其实柳睿可会打发时间了,她在附近的商场挑着漂亮衣服挨个儿试穿。很多时候,女士的好身材可能就是通过逛街、逛商场锻炼出来的。柳睿看着时间,知道会议就要结束了,就前往会场外等方明。本以为方明会欢天喜地地出来,却出人意料地看到了他一脸沮丧。方明一句话也不说,柳睿也问不出个所以然来,于是就只好陪着方明回到了宾馆。

到了宾馆之后,柳睿看着方明的心情稍微有些好转,就找了一个机会问道:"怎么啦,你不是很高兴能参加这次会议吗,为什么这么沮丧?"方明摇摇头,无奈地回答:"我发现这次会议的实际组织者是向兵。之前的会议通知里,组委会成员名单中根本就没有他的名字,可是他就像一个影子一样,大家都听他的安排。这个人是我爷爷的学生,但是之前做了一些对不住我们家的事情,他为了弥补之前的错误,所以一直在默默地帮助我们。这次会议估计也是他邀请我的。也就是说,我能参加这次会议并不是因为我的学术能力,而是因为我家庭的关系。"

柳睿看似冷冰冰的一个人，但是对自己的爱人还是想去体贴的，安慰人的本事，也勉强算是厉害吧："如果你完全没有本事，这个叫向兵的人再怎么顾及你爷爷的面子，他也不会邀请你的。这还是说明你有本事。再说了，有没有本事，你自己心里没数吗？你以为我为什么会选择你啊？"

"哎呀，也不完全是因为这个！"方明满脸不悦，"我在发言的时候，他们竟然……"

"啊？你还发言啦？！"柳睿故作震惊，"这种会议上你还有发言的机会，你只是一个学历低得可怜的小本科生唉……"柳睿看似在贬低方明，实际上是大大地赞颂。因为在这种会议上，就算是旁听者也都是博士学历。在能发言的人当中，教授、博导是基本条件，很多还是院士级别的。

其实方明之所以不高兴，是因为他上台之后发生的一个插曲："你不知道，向兵有多过分。我本来也没觉得我有发言的机会，发言名单上自然也没有我。但是在所有嘉宾发言结束后，主持人突然说要临时加进来一个学生代表发言。我看着远处的向兵，他正在对着我笑，我就知道这是他的安排。我硬着头皮上去，说了一些我自己的猜想，可是等我讲到一半的时候，麦克风突然不响了。我本来想大点声继续说，大家应该也能听得到，可是……可是那个主持人直接示意让我下来。最可恶的是，我的麦克风不好使，他的却没问题。我当时的第一反应是可以用他的麦克风继续讲，而那家伙看了一眼向兵，向兵对着他做了个手势，主持人竟然假装很礼貌地把我请下去……更过分的还在后面，我下去之后，我用的那个麦克风又好了！这不是故意在要我吗？"

柳睿听了方明的话眉头略微锁住："那你都说了什么呢？"

方明无奈地感叹道："就是我自己的一些想法，也怪我资历不够。在我嘴里说出来的话，大家会觉得是胡思乱想，如果在向兵这厮嘴里说出来，大家就会觉得是伟大的假设。我说，迈克尔逊莫雷实验发现光速是绝对速度，这也是相对论的基础条件之一。有质量的物体永远无法超越光速，只能导致周围的时间和空间发生相应的变化。我们作为有质量的实体，超越不了光速，也就意味着超越不了时间和空间。所以，时间和空间对于人类来说，就是一个永远无法逃出去的牢笼。就像试管一样，只不过我们人类用的试管是玻璃做的，而宇宙的大试管是时间和空间做的……"

方明就是说到这里，麦克风突然没了声音。这件事让他太生气了，情绪还停留在会场上这个极不愉快的片段上，就算有柳睿的安慰，一时间也难以释怀。到了宾馆的房间里，方明竟然忘了整理室外的那一身行头，等他慢慢平静下来之后，才发现手里还提着会议资料。柳睿接过会议资料，坐在窗边的沙发上开始看了起来。方明意难平地问道："你画画去吧，这些你又看不懂，还看这么仔细干吗？"

柳睿白了他一眼："我学习一下不行啊？"继续翻看着这些资料，若有所思。就在此时，柳睿的手机振动了一下，她看了一眼消息，然后柳眉慢慢微锁，一只纤细白嫩的手紧紧握皱了一张资料纸，缓缓抬起头看着方明说："今天晚上我们互换一下房间睡。"方明虽然不解，但是女友这样要求了，答应也就是了，免得换来过肩摔，或者抱腿摔，挨一顿修理后还要老老实实地继续换房间。两人聊了一会儿，各自回房间休息去了。只是让方明想不到的是，就在他洗完澡准备上床时，柳睿直接刷房卡走了进来，对着方明说了一句本可以让男人兴奋异常的话："今晚我和你一起睡。"

方明被这话搞凌乱了，虽然他总是在构思着和柳睿婚后的二人世界，但是这么快就到了这一天，方明还是接受不了。其实方明在两性关系上很保守，即使他很想，但是内心的理智和二十多年形成的道德观念让他非常清楚现在必须拒绝。即使柳睿如此这般美貌，即使他们确立了恋爱关系，即使未来柳睿总会是方明的，可方明也不希望此时发生些什么。柳睿看出了方明尴尬的表情，很不屑地说道："想什么呢？！这是标间，两张床。我们各睡一张，这样节省房费。我这个月的生活费不够了。这家宾馆很人性，现在退房还能退个半价，能省一点是一点。"

就这样，方明既渴望发生，又不想发生的事情，最终没有发生，两人相安无事地睡了一晚上，而且睡得很沉。早上方明醒来的时候，觉得自己睡得很不好，头痛欲裂，而且全身上下时不时地一阵阵酸痛，手臂上还有一道浅浅的伤口。他突然意识到，柳睿昨晚会不会把他当靶子练功了。方明看看柳睿，发现她在镜子面前揉着自己眼睛，往脸上不断抹着护肤品。她本来大大的眼睛上顶着一双迷人的双眼皮，而此时眼睛周围多了两道浓浓的黑眼圈。看来柳睿也是完全没有休息好——她一定是把我当活靶子了，方明忍不住地往那方面去想。方明刚想开口说话，柳睿竟然又躺床上了，还甩了一句："本大小姐要睡觉了。你自己安排你的事情吧。"方明像是被一个铁制的问号箍住了脖子，满脑子都是疑问却问不出来。算了，反正昨晚自己也没睡好，那也接着睡吧。他看了看柳睿，被子没盖好，露出了圆润的肩膀。方明过去想要给柳睿盖好被子，没想到他的手刚触碰到被角，柳睿就从被窝里伸出一条大长腿直接把方明踹到他自己的床上："干吗，臭流氓。还没求婚呢就想干坏事……"方明一口老血差点喷出来。

等他们退房的时候，方明发现，原来柳睿之前的那个房间根本就没有退房。如果是为了省钱的话，那个房间昨天就应该退掉了才对。方明看着柳睿，柳睿抓着自己的头："昨晚太困了，本来是想省钱的，但是忘记退房了。"方明对此只能无奈地摇摇头，难道说自家女人的颜值不仅仅和暴力值成正比，同时还和智商成反比吗？而在柳睿的心里，方明就是一个什么都不知道，但是很正直的傻男人，也是一个值得托付的男人。

第八章
两难选择

在宇宙另一个角落的思峨星上，梅瑞和波菈已经变成了思峨人的模样，卡戎和梅珞也早已驶离了这里。虽然思峨星比较宜居，但是梅瑞和波菈还是很难在短时间内适应这里的生活，所以她们就找了一个人迹罕至的地方隐居起来，尽量少和思峨人接触。波菈怀有身孕，虽然身体经过了变化，但是对胎儿并没有什么不良影响。只是坎瑟人的孕育时间远比思峨人的要长，而现在波菈的身体发生了变化，所以也说不清楚何时会分娩。

梅瑞非常体贴，把比较容易消化的食物尽量留给波菈，自己却忍受着思峨星难以下咽的食物。不是她们没有能力去寻找食物充饥，只是一时之间难以改变原来的饮食习惯，而且还要面临着严重的水土不服。有了梅瑞的照顾，波菈情况倒也还好，可是梅瑞却病倒了。

二人原以为，过些时日梅瑞适应了这里的环境便会慢慢好转，但是时间一点一点过去，梅瑞的病情不仅没有好转反而恶化了。梅瑞本来想保护波菈，现在却变成了波菈照顾梅瑞。梅瑞心存愧疚，也担心会从此一蹶不振，便做了一个决定——波菈继续在救生艇附近隐居，自己出去求救，看看思峨人是否有办法救自己一命，说不定这里医学能够燃起一丝生的希望。于是在一个黑夜，梅瑞趁着波菈睡着，一个人拖着羸弱的身体来到了离他们最近的一个居民区，她看中了其中一户看着还不错的人家，敲响了大门，之后便逐渐失去了意识。

当梅瑞再次醒来的时候，在她眼中看到了一个模糊的身影在照料她。一勺不知道是什么的液体喂入了梅瑞的口中，似乎是汤药。这种促使胃部痉挛的味道让梅瑞瞬间清醒，一阵呕吐把汤药全喷了出来，然后忍不住地咳嗽，还把一些汤药咳在了对面那人的身上。只见那是一个面容英俊的男士，他狼狈地擦了擦脸，抖了抖身上的汤药。然后试探性地问梅瑞道："现在感觉怎么样？好点儿了吗？前天我们听到敲门声就打开了大门，正好看到你一头栽了下来。"

梅瑞听着这人的话，好像回忆起了那晚发生的事情，难不成自己已经昏睡了两天了吗？只听那人问道："你是不是外乡人？"梅瑞不知道该作何回答，再加上没有弄清楚状况，所以显得相当木讷。那人试着继续喂梅瑞汤药："现在虽然粮食比较紧缺，但是我们本地人也不至于饿晕过去。所以估计你是外地来的，而且还生病了。你可以安心在我这里养病，直到好起来。嗯……即使你恢复健康了，你也还可以在我家住的。"这个男人这样说自然有他的想法，他想把梅瑞留在家里。梅瑞和波菈当时启用变体技术的时候，大量搜集了思峨女人的容貌、身材等各种数据，分析着思峨人的审美爱好，转变成了在思峨人看来犹如天仙下凡一样的容貌，还有极其曼妙的身材。波菈和梅瑞毕竟是女人，即使要变化成另外一种形态，也要变成最好看的。所以，当对面的这位男士看见昏倒的梅瑞,直接就被梅瑞的容貌摘走了灵魂,他太喜欢梅瑞了,所以想尽可能地多留梅瑞住一些时间。男人的想法很直接,但是却被后面传来的一句话打断了思路:"其实她不必住很久的,最多一个月就够了。"后面一个中年男人说道。

"父亲,她现在很虚弱,应该多调理一下的……"男人紧张地回答。

说话间,一个老者和中年男人一起进了房间,老者带有一丝深意地笑了笑,把那个中年男人拖到一边小声说道:"你没发现你儿子情窦初开了吗?"

中年人笑了笑:"老爹,我不是看不出来。这女孩这副长相看着确实让人喜欢,只是她的身世来头一概不知道。更何况,你孙子才16岁,这事儿还早吧。要不等她痊愈了,就让她走吧!"

"你急什么,这才哪儿到哪儿。再说了,现在走到哪里去?这丫头明显是逃荒过来的,说不定家里人都没了。就算家里还有长辈那又有什么关系,我们救了她,而且咱家的条件还是很不错的,嫁过来也没有委屈她。现在逃荒的人这么多,连要饭都没机会,你让她走,她能走去哪儿呢?如果这丫头愿意的话,留家里又怎么样呢?过个几年就能嫁进来了。"老头儿嘿嘿了两声便走开了。说真的,别说这年轻的男人了,无论是这位老者,还是这中年人,都对梅瑞心生喜欢。说来也是梅瑞运气好,这位老者在当地是一位医生,有着很高的医术。他们家之所以看上去比其他家要气派,就是这位老者治病救人得来的。如果换成别人,估计梅瑞就凶多吉少了。接下来的日子,梅瑞除了擦洗身子是由男人的母亲负责之外,其他的照料都是被这个满怀春心的男青年包揽了。每天悉心地照料,梅瑞不久之后就好了起来。

"我叫袁岸,你叫什么名字啊?"小伙子问道。

"梅瑞。"面对着这个心存爱慕的青年,梅瑞不知道是一种什么滋味,感觉又怪异又可笑。梅瑞现在的文化观念和审美倾向还是坎瑟星的标准,虽然现在是思峨女人的长相,但是在她眼里,思峨的男人就像其他物种一样。只是此时的梅瑞还没有意识到,审美观念和生理基因是紧密相连的,尤其在择偶方面,不仅仅是受后天文化的影响,最主要的是身体的自然选择,她迟早有一天会爱上思峨人的。梅瑞对着袁岸说道:"等我好了之后就离开,不打扰了。太麻烦你们了。"

"不不不,一点都不麻烦,你如果愿意的话,可以把这里当成自己的家。我觉得你别走了,现在全国范围内的自然灾害已经有好多年了,到处都缺衣少食的……"

梅瑞突然想到:是啊,我能去哪里呢?回到救生艇上吗?难保以后不会再生病,万一波菈也生病了呢,到时候就会陷入更困难的境地。也许我留在思峨人的生活圈里,然后补给波菈,这才是最好的选择。而且,这样还能有效地躲避伊缪恩的追杀。

想到此处,梅瑞告诉袁岸:"我的爸爸妈妈都去世了,我和哥哥嫂子,带着弟弟逃难过来,坐船的时候碰到了湍流,我和嫂子不慎落水。嫂子漂到了另外一个方向,现在也不知道下落,我一个人流落到这里的。"

梅瑞其实是把自己的经历换了个说法,编了一个真实的谎言。听到这里,袁岸反而高兴起来了,因为这个叫梅瑞的女孩儿无处可去,那就只能留在自己家里。一个月后,梅瑞逐渐适应了这样的生活,只是这个地方实在太穷,技术和文明都非常落后,比起他们第一次降落的思峨星背面的那个国度有着不小的差距。不过就算是物质条件差了一些，这里的人们都很善良，民风也很淳朴。现在在梅瑞心里最放不下的，还是独自生活的波菈。

一天夜里，梅瑞趁着袁岸一家人睡熟的时候带着波菈可能需要的物品来到了救生艇隐蔽的地方，想在这里发信号联系波菈。而波菈正好一个人孤独地坐在救生艇外的石头上。虽然卡戎临走的时候，叮嘱她们不要离救生艇太近，但是救生艇其实是一种心理慰藉，波菈总是在离救生艇几公里的地方隐居着。心里没着没落的时候，就会来到救生艇旁边坐一会儿。看到梅瑞过来，波菈一把抱住梅瑞。这些日子的孤独和焦虑彻底倾泻了出来，波菈责怪梅瑞不辞而别，但是为梅瑞恢复健康感到高兴。哭完之后，两人向彼此诉说着这段时间的经历。

本来是一个平静的夜晚，是一个再次重逢的美好时刻，只是能够打破平静的事情往往就挑在美好的时候发生。这个时候，救生艇的警报声突然响起，难道是伊缪恩人追过来了吗？波菈迅速反应："我在周围侦察一下看看，我最近都在这一带活动，对这里非常了解。你启动救生艇，做好随时起飞逃走的准备。"

二人分头行动。当波菈离开之后，梅瑞刚要启动救生艇，自己的紧急通话系统里传出来梅瑞父亲的声音："卡戎。"

"父亲，是你吗，你还活着吗？卡戎怎么了……"阵阵的激动让梅瑞感觉有点窒息，心跳不受控制地提速，但是她很理智，知道父亲已经死了，这个信号应该是梅狄亚生前发出来的，可为什么现在才收到？她突然想到：当时坎瑟星毁灭的时候，警报声和父亲的话一直持续持续了很长时间才消失。那时候，坎瑟星应该是被黑洞化了，所以才会造成这种现象。父亲在坎瑟星上处在巨大的引力场中，时间和空间都发生了变化。所以父亲所在坎瑟星上的时间和自己所在的外太空时间并不一样。坎瑟星上巨大的引力让星球内部向外发送的电磁波、光线都不能按照原来的波长发出,波长会被急剧拉长,出现红移现象[1]。所以当时无论是从基地发出来的警报,还是父亲说的话,都需要用很长时间,而且声音像被拉长了一样。当时领袖号就在引力场的外面,所以侥幸逃离了黑洞的吸引,而父亲对讲的信号应该是在黑洞形成之前就发出了,传输到一半的时候,黑洞引力形成,把另一半信号给困住了,于是领袖号当时只接收到了一部分信号。但是父亲的信号和领袖号已经建立了连接,所以当时没有传递过来的信号迟早会传过来。直到现在,才接收到父亲完整的信息。父亲肯定已经死了,而父亲在去世之前表达的意愿是让我们找个地方生活下来,放弃原有的东西。后面的话是……想到这里,梅瑞心里像触电一样——父亲要说的是"提防……卡戎!"为什么要提防卡戎呢?卡戎不是我们英雄的战士吗?难道这场战争和卡戎有关?这也不可能,战争在卡戎出生前就爆发了。另外父亲还说,找个地方居住下来,放弃我们的科技,不要报仇。我们现在也报不了啊!而且放弃我们的科技,不就相当于束手就擒吗?

　　父亲当时应该是想要单独联系我的,但是我把通信设备连接到了领袖号的公放系统上……就是说父亲本来不想让卡戎知道我们通话的内容。看来父亲知道了卡戎的什么秘密,而现在卡戎和梅珞在一起,梅珞会不会有危险?梅瑞完全搞不懂父亲到底是什么意思。

　　不久之后波菈回到了救生艇上,她在外面也什么都没有发现,当

---

　　[1] 红移在物理学和天文学领域,指物体的电磁辐射由于某种原因频率降低的现象,在可见光波段,表现为光谱的谱线朝红端移动了一段距离,即波长变长、频率降低。红移的现象多用于天体的移动及规律的预测上。

然是虚惊一场。梅瑞想到波菈是卡戎的恋人，就没有把父亲通话的真相告诉波菈。原来亲密无间的战友，现在似乎有了表面上不易察觉的隔阂。梅瑞在没有弄清楚事实之前，选择了保持沉默。把手头上的事情安顿好之后，梅瑞再一次回到了袁岸家中。

　　面对着袁岸的爱恋，梅瑞的心态似乎正在发生着变化。她发现自己不单是身体变成了思峨人，很多情感和审美也开始与思峨人相似，不知不觉间接受了袁岸。只是这里实在是不富裕，很多时候大家把能省下来的食物都给了梅瑞，而梅瑞又要偷偷把这些物品带给波菈。这样的日子，对于大家来说都不好过。于是梅瑞萌生了一个念头——何不暗中努一把力，把坎瑟星的科技随便转化一点给这个国度，这样一来便可以让这里的百姓过上很好的生活。

　　在接下来的几年时间里，梅瑞不断地暗中给这个国家的科学和技术人员提供一些指导。她向有关的部门寄出去了大量的无名信件，里面记录的是一些坎瑟星早已淘汰的低端科技，但是这对于思峨来说已经是无与伦比的神话级技术。信件的来源让科学家们一头雾水，但是他们却没有时间去调查信是哪里来的，所有的科学家都沉浸在信里所记录的高端科技中。在经历了一段时间的研究学习之后，科学家们开始根据信上的指引，开辟了一条和以往全然不同的技术道路。技术的突飞猛进，让这个国度在几年后发生了巨大的变化。这个国家的各种技术犹如雨后春笋般出现，然后走向成熟，并且很多都用在了民用工程上，巨大的社会财富让这个国度在随后短短的几年内发生了翻天覆地的变化。此时，袁岸已经到了结婚的年龄，他自始至终都深爱着梅瑞。终于到了单膝下跪送戒指的那一天，梅瑞面对着袁岸的求婚，只提了一个要求——她希望袁岸在这场财富积累的浪潮中，能够成为科技的引领者，并且能创造巨大的财富。

这看似很势利的要求，其实隐藏了梅瑞深深的思量。一旦有一天自己被伊缪恩人杀了，或者要离开这个星球，对袁岸来说无疑是致命的打击。梅瑞想让袁岸能够自己独立创造巨大的财富，尤为重要的是，让袁岸在积累财富的过程中锻炼出强大的内心，以免被突如其来的打击彻底击垮。梅瑞悄悄在袁岸家里留下了一个信息接收器，万一某天离别，至少有个东西可以让他们相互联络，甚至重逢。

梅瑞把能想到的都为袁岸做了，等到这些都完成之后，她也逐渐放下心来，可以答应袁岸的求婚。梅瑞心里非常清楚，婚姻只是一个外壳，一个形式。没有爱情的婚姻，形同虚设；而没有婚姻的爱情，依旧是爱情，甚至是不顾一切的爱情。所以，即使自己不和袁岸结婚，有朝一日自己突然消失了，袁岸一样会遭受打击。看着袁岸逐渐成长为一个成熟、强大的男人，梅瑞感觉自己创造了一件完美的艺术品。在这样物欲横流的社会里，袁岸依旧能够理性地对待财富，也锻炼出强大的抗压能力，最关键的是，他对梅瑞始终都有着一颗矢志不渝的心。所以，梅瑞决定和袁岸结婚。

但是在结婚之前，梅瑞还有着激烈的心理斗争——要不要把自己的身世告诉袁岸呢？在经过一番思想挣扎之后，梅瑞终于要向袁岸一家坦白一切，告诉他们自己的事情，告诉他们自己可怜的历史。

那是一个风和日丽的上午，梅瑞对袁岸说她想出来郊游，然后告诉他一些自己过去的事情，如果袁岸能够接受自己的过去，那么他们就可以准备结婚了。袁岸十分好奇，什么事情一定要郊游的时候才能说？而且这件事情竟然还和婚姻有关。对于袁岸而言，这么多年同在屋檐下的爱情即将圆满，无论梅瑞要说的是什么事情，都不能阻止他们步入婚姻的殿堂。袁岸对梅瑞说:"如果我不能接受你的过去,那么我就没有资格为你创造未来。"面对这种信誓旦旦的情话,梅瑞只是沉默、沉默,还是沉默,因为要把自己的事情和盘托出,需要很大的勇气,她需要积蓄力量。

在出发郊游之前,梅瑞的表现让袁岸有一种庄重的紧张感。婚姻不是小事,所以这次出游的不仅只有袁岸和梅瑞,袁岸的家人也都陪同一起。全家人上车之后,袁岸开车前进,他本来想去海边,去一个风景秀丽的地方,但是梅瑞不同意去海边,也不同意袁岸的其他建议,执意要按照她指定的路线前进——最后他们来到了山脚下。车子继续向山上开了一会儿就没有路了,几个人只能一起步行进入树林。袁岸和他父亲还好,只是他的爷爷年纪大了,走这样的路非常辛苦。袁岸让梅瑞停下来歇一歇脚,大家都坐了下来,唯独梅瑞在不远处站着——微风吹过长裙,勾勒出无与伦比的优美体态,而这副身体里,装着一颗满是伤痕的心。

经过了片刻的休息,他们继续赶路。穿过了树林之后,梅瑞停了下来。袁岸一家人早已累得气喘吁吁,尤其是他爷爷,似乎有种虚脱的征兆。梅瑞一动不动地站在原地,双眼看着前面的空地发呆。袁岸根本就不知道梅瑞在看什么,似乎是在看着前面的风景,似乎风景里里还有什么未知的事物。

袁岸正在好奇,空地上竟然慢慢出现了一个从未见过的东西。从透明变得具象化——竟然是一艘飞船!在场所有人都惊掉了下巴,不敢相信自己眼前这一幕。梅瑞知道,即使鼓起勇气告诉袁岸一家自己的身世,可是如果没有舰船作为证明的话,没有人会相信她所说的。于是梅瑞带上袁岸一家穿越丛林,来到自己舰船的旁边。这其实根本就不是郊游，而是一场颠覆性的告白。

袁岸一家看着这可以随意隐形、现身的飞船，集体沉默了。梅瑞则淡淡地说道：我并不是思峨人，虽然我有着和思峨人一样的身体。梅瑞看似云淡风轻的描述，在袁岸耳朵里就如同轰鸣的雷声。但在这艘飞船面前，袁岸一家人即使再怎么怀疑，都只能接受现实。此时袁岸心里萌生出了非常复杂的情感：十几年来，自己竟然一直深爱着另外一个物种，这情何以堪？袁岸想要逃，可是逃到哪里呢？他只能逃离一个空间，但逃离不了内心的阴霾。这根本就不是逃到另一个地方能够解决的问题，这是精神的绝境，根本就无处可逃。可是如果袁岸真的逃了，那也枉费了梅瑞这么多年的苦楚，其实梅瑞忍受着的，是更加难以名状的折磨。

在一脸错愕的袁岸面前，波菈从飞船里缓缓走了出来。很明显，梅瑞之前已经和波菈说过要带袁岸一家过来，所以波菈一早就清扫出一片场地，让几人围坐在一起。袁岸一家有着一种强烈的被蒙蔽的感觉，面对着他们的惶恐，梅瑞也沉默了，只能由波菈来讲述坎瑟星的历史：

在宇宙的深处，曾经有一个美丽的星系，在星系的一个角落，有着一颗很可爱的星球，那就是我们的家园——坎瑟星。坎瑟星所在的星系中心是一个巨大天体，无论是引力，还是空间的弯曲程度，抑或时间的流动方式，都和思峨这里完全不同。我们所接触到的各种自然现象远远比思峨人看到的更加宏观——有时候物质的裂变与聚变就发生在离我们不远的天空。热核反应对于我们来说，就像你们这里刮风下雨一样平常，所以我们发现核子规律远比思峨要轻松得多。在你们看来，这种环境根本就无法生存，可是对于我们来说，时空的褶皱把大量的有害辐射引导向星球之外，给了我们足够的生存空间。而且坎瑟星的磁场要比思峨强太多，残存下来的有害射线也都被抵挡在外。周围的热核反应，加上强烈的磁场，成为我们得天独厚的研究内容，这为坎瑟星文明的进步提供了巨大的帮助。

相对于你们思峨星，坎瑟的科技发展已经到了你们无法想象的水平。思峨星目前还是四维时空的模式，而坎瑟星人对时空的概念的理解已经超越了三维空间与时间的四维结合，是五维空间。你们看到我们的飞船可以隐形，其实这并非是隐形，而是超越了时间和空间的四维模式，将飞船放入了这里无法感知的第五维空间里——它就在这个地方，就在你们眼前，但是你们不能发现。只要把飞船在五维空间里的位置调整到合适的角度，飞船在四维空间就可以呈现出一个抽象的平面，甚至是一条线或一个点。

袁岸有点听傻了，虽然他现在也是一个大型科技企业的领头人，但这些毕竟只是梅瑞提供的坎瑟星低端技术而已。面对着波菈的话，袁岸只有被动接受的份儿。他看着飞船思考，只是被波菈后面的话打断了思路：

坎瑟星在我们星系的边缘位置。星系的中心天体是一个神奇的熔炉，是一个黑洞，所有的物质进入那里的时候，并非是单纯地以物质的形式存在，有相当一部分物质迅速变成了能量。其中的原理就是你们思峨人所知道的质能转换。无数的物质变成了无尽的能量，然后迅速进入星系中心黑洞，之后就再也不知道发生了什么。整个星系就像一个巨大的吸尘器，不断把星系的物质吸入其中。你们恩峨人费尽心力所营造的聚变、裂变、量子实验，对于我们来说就是习以为常。有了这些自然现象作为基础，我们的文明发展得很快。

科技的迅速发展，很快就导致了坎瑟星球资源枯竭。于是坎瑟星球上就发生了战争，那个时候我们还有国家的概念，那个时候也是一个泯灭人性的时代。我们之前创立的伦理、道德都被践踏一空。我们将这个时期称为"黑暗时代"。后来，坎瑟星人出现了一批将被永久载入史册的人，他们发现了能够截获星系中心黑洞能量的方法。从此以后，我们就有了取之不尽的能源，也就有了源源不断的财富和生活资料。整个星球不需要通过战争来抢夺资源，而且以实证主义为基础的科学文明，迅速把原来带有假设性根基的文明踢出了局。原来坎瑟星的多个文明逐渐融合为一体，于是国家和民族的概念也慢慢消失了，最终坎瑟星产生了统一的政权，所有的冲突都消失了，我们快速地进入了和平时代。那时坎瑟星的生活非常幸福，没有偷盗、没有欺骗、没有商业、没有权谋，因为谁也不会为生活物资发愁。我们制造出了各种机器、合成材料、各式各样可以让生活更加幸福美好的东西。

这个时期是让人无比回味的。很快坎瑟星球便不够居住了，我们快速寻找周围适合居住的星球，开启了殖民时代。这样一来，我们所需求的能源也变得无比巨大，不过中心黑洞的能量还是可以给我提供足够的补给。

我们并不知道这样的福祉是谁赐予我们的。按照道理来说，在技术高度发达的坎瑟星，大家崇拜的应该是技术，但是我们的信仰也正好在这个时候诞生了。不过这种"信仰"，明显不如坎瑟星蒙昧时代

115

的宗教信仰那样虔诚，与其说是信仰，倒不如说是茶余饭后找的乐子。大家明明不相信这怪力乱神、若有似无也若无似有的信仰，但是却自我调侃地、假装正经地崇拜了起来——我们崇拜星系黑洞的力量，感谢它赐予我们的一切，感谢整个宇宙造物主对我们的垂爱。每个坎瑟星年，我们都会举行盛大的祭祀仪式，来表达我们的感激之情。说白了，就是给自己办一个狂欢节。

但是谁都没有想到，在一次祭祀仪式上，突然出现一大群其他星系的战舰，向我们发出猛烈的攻击。我们借助熟悉环境和人员众多的优势，成功击退了侵略者的第一轮攻击。但是这场战斗也让我们损失惨重，因为我们一直处在幸福的生活中，很久都没有发生战争，所以整个星球的战斗能力很差。而这次事件让我们意识到，我们这种无限的能源非常有可能招致其他星系的入侵。以我们当时的军事力量，简直就像一个小孩拉着一车黄金在集市上慢慢悠悠地散步一般。我们必须发展自己的军事力量才能保护我们的家园。可是我们觉醒得太晚了，除了坎瑟星母星之外，其他的殖民星球由于没有足够军事力量的保护，尽数被毁灭了。最终，我们只能在坎瑟星上做着力不从心的抵抗。

梅瑞的父亲梅狄亚是我们星球的智者，是整个坎瑟星最重要的战略决策者之一。他不仅给星球的文明制定了道德准则和行为法则，更发展出大量的科技，后来有很多技术都用于武器的研发。对于我们来说，梅狄亚在当时就像救世主一样。但人总是会变老的，战争持续到中期阶段的时候，梅狄亚便不再研究新的技术了，转而变得非常保守、厌战。在坎瑟星领袖阿特洛波斯的决定下，梅狄亚研发的很多技术依旧得以迅速发展，甚至解开了很多禁用的技术，例如"骡子计划"。就这样，我们从一开始被动挨打，逐渐取得了战争的主导权。

可是在决战的时候，让人无法释怀的事情发生了，那也导致坎瑟星的最终悲剧。我们在稳操胜券的局势下，正准备兵不血刃地消灭最后的敌人，一颗莫名其妙的陨石冲入了坎瑟星的引力范围内。我们本来想炸掉它，可是没有成功，或许是我们太轻视这颗陨石，而且直到现在我们也不知道那到底是个什么东西。它冲到了坎瑟星球内部，把星球吸收到了陨石之中，变成了黑洞，一切都被碾碎了。整个坎瑟星，就剩下我们几个人了。

袁岸听得张大了嘴巴，像是一个小孩儿被大人告诉说，神话故事都是真实发生的事情一样。良久之后他才缓过神来说："你刚才说坎瑟星仅仅剩下你们几个？除了你们两个还有其他人吗？"

波菈回答了这个问题："我的爱人叫卡戎，是我们星球的最高军事指挥官。他在战场上屡建奇功，如果这场战争胜利了，他很有可能会获得坎瑟四号，甚至是三号领导人之位。在家园毁灭之前的日子里，阿特领袖经常召见他，给予了他很多极高等级的机密任务。我想，如果家园没有被毁灭的话，他甚至有可能成为未来的一号领袖……"

说到这里，波菈双手掩住脸颊抽泣了起来。梅瑞缓缓地搂住了波菈，却并没有安慰她，而是让她就这样放纵地哭泣，因为很多事情憋在心里远不如哭出来痛快。看着波菈难过的样子，梅瑞也好不到哪里去，其余众人不好再展开话题，直到波菈逐渐恢复了平静。袁岸缓缓地抬起头看向梅瑞："我想多听一下你父亲的事情。"袁岸对梅狄亚有着一种难以言说的兴趣，可能是因为他自己现在已经是高科技企业的管理者，又要管技术又要管制度，而梅狄亚在科技和人文方面都有着辉煌的成就，当然更可能是因为梅狄亚或许会成为他的岳父。面对着袁岸的提问，梅瑞又接着讲起了父亲梅狄亚在那段日子里发生的事情：

波菈说的没有错，我父亲梅狄亚带领着一群高智商的坎瑟人，塑造了当时整个星球的文化规则和科学技术。他在当时有着极高的声誉，是我和弟弟梅珞的骄傲。只是在他人生巅峰的时候，急流勇退了。他的退出，似乎是因为发生了什么事情。

有一次我从前线回来，和基地部队完成轮换，当然也带着战场上最新的战况准备详细向父亲汇报。回到家之后，我看见父亲凝神在思考什么，浑然没有注意到我。我很奇怪，父亲从来都是非常稳重的，是什么事情能让他透露出这种表情？绝对不会是小事！在我的印象里，无论是什么事情，他总能摆平，所以我没有过多去琢磨发生了什么事，一心只想着这难得的团聚，也没有太顾及他此时的思绪，一下从背后抱住他，倒是把他吓了一大跳。

父亲看见我回家，没有像以往那样高兴，而是满脸愁容。我们寒暄之后，我便开始向父亲描述战场上的点点滴滴。我告诉他我们是如何用他发明的武器痛击侵略者，如何用战术将敌人吸引到埋伏圈内一顿暴击。父亲听得非常仔细，很多我没有表述清楚的细节，他还反复追问。

其实我知道父亲研制的这些舰船、武器，虽然比以前先进太多，但是就单舰的作战能力来说，还是远远不及伊缪恩的装备。之所以能够扭转战局，逐渐占据优势，完全是因为地利和人和。对于我们来说，这是一场光荣的"圣战"，保护的是自己的家园和亲人，所以每个人都情绪高涨、义愤填膺。

我一瞬间忽然觉得，父亲可能是因为自己没有能够研制出彻底压制侵略者的武器而感到懊恼，但是我又发现，每当我说战役如何精彩，取得了什么样的胜利，对方损失多么惨重的时候，父亲的表情就变得异常严肃，脸上还流露出深深的不安，眉宇间散发出一种担忧的神情。可是当我说，对方没有被彻底歼灭，还有一些有生力量逃窜之后，父亲的眉梢反而舒缓了不少。我对此甚是不解，就试探性地问他是不是最近发生了什么事情，为什么他的反应如此反常。难道我们伟大的梅狄亚大人不为坎瑟星的胜利而感到高兴吗？

接下来父亲的回答让我摸不着头脑，他说："我们用无数的生命换取战争的胜利又有什么意义？当我们同胞的数量已经没有办法保证战争胜利的时候，我们启用了被禁止的'骡子'计划。可是这群'变体'是我违背着伦理硬生生地研发出来，'骡子'们从诞生开始，就要面临这样残酷的战争，等到战争结束之后，他们又要被销毁。这对于他们来讲，实在太不公平了，他们面对的是比我们更加残酷的命运。为了我们自己的胜利，把'骡子'当成了工具，他们到死都不知道自己存在的意义是什么。你说我们这么做到底是对还是错？我们的种族在数量最多的时候，曾经有千亿同胞，现在绝大多数被打掉了，只剩两百亿还不到。假如在坎瑟星文明开端的时候，在我们只有十亿人口的那个阶段，有人告诉我们——坎瑟星只要保证五十亿人的规模，就能够避免这场战争，你说我们当时是否能主动维持人口数量来避免战争呢？在我们最繁盛的时期繁衍出一千亿人，突然出现了战争，要杀掉九百五十亿之后才能迎来和平。你说这和我们主动控制人口相比，哪个选择更好？而且战争就是战争，什么正义的圣战还是邪恶的侵略，最终都是以一方的失败,或双方的失败而告终。如果伊缪恩是迫于无奈才对我们发动战争,如果不消灭坎瑟星他们就会灭亡的话,那么这场战争对于他们来说,也并不一定是'邪恶'的。你说对吗?"

我当时被父亲的话弄得非常糊涂,完全不明白他到底想要说什么,又为什么有这样的想法。我回答道:"伊缪恩从来就没有给过我们任何谈判的机会,我们只知道他们疯狂的侵略。那些'骡子'就是为了战争才制造出来的,否则我们就会沦陷的,看着亲人和朋友被杀。'骡子'们被制造出来本身就是用来战斗的,这就是他们存在的意义。父亲也是逼不得已才这么做,这并不是什么耻辱。"

父亲听了我的观点摇摇头:"我们之前根本就没有和伊缪恩人接触过,更没有什么恩怨。对方不给我们谈判的机会,而且从来也没有想过要谈判,就是要不惜一切代价灭了我们。究竟是什么样的深仇大恨才能让对方下此狠手呢?伊缪恩既然一定要赶尽杀绝,那他们就有必须消灭我们的原因,而这个原因是什么呢?"

我打断父亲的话,然后坚决地说道:"他们要杀死我们,就算他们有千百个理由,哪怕是极其合理的理由,我们都不可能坐以待毙。我们必须自保、必须反击,保护我们的家园,必须让我们的种族延续下去,我们取得胜利后还要重建家园,回到以前幸福的生活。对于我们自己来说,这场战争就是正义的,是我们的'圣战',这是我们不断前仆后继的力量源泉。"

父亲听了我的话,毫无力气地摇摇头,苦笑了一阵之后又是一声叹息:"有些话我想说,但是现在还不能说,也不敢说,当然我也不知道未来该不该说。也许我快死了,也许我还能活下来。也许我是同胞中极少数能活下来的人,也许我是死得最凄惨的。谁也不知道我会发生什么，但是至少我可以让你和你弟弟活下来，只要我什么都不说，你们就不会有危险。我的心愿就是不惜一切代价换回和平，甚至销毁武器、削减人口，然后过着简单朴素的日子。也许，我，梅狄亚，以后不再是你们心中的那个智者了。"

我对父亲的反常非常疑惑，尤其是听他说了一堆莫名其妙的话之后，我对他说："我听得不太明白，这似乎是星球高层的战略问题。父亲为什么不和最高领导阿特讨论呢？"

父亲的回答又让我吃了一惊："我不是没和他说过，而且我想销毁我们的武器，把我以前研发的技术都封存起来。但是阿特首领并不认同我的意见，由于我坚持我的意见，所以他把我撤职了。"

我彻底惊呆了："父亲，您被解职了？就因为和阿特首领意见不一致吗？您说销毁武器，可是这些武器和技术是您辛苦创造的成果啊，而且现在是战争的关键时刻，也不是您想销毁就能销毁的。再说即使武器销毁了，那为什么还要削减我们的人口，我们本来就没有多少人了啊。而且您用了'削减'这个词，削减，意思就是说由我们自己来削减吗？难道要我们杀死同胞吗？双手沾满了同胞的鲜血，于心何忍，而我们这样做又能得到什么呢？"

"和平，生存！"父亲先是斩钉截铁地回答，然后又向我投来询问的眼神说，"如果在这场战争中，我们再失去一百五十亿同胞之后，最终取得和平，那你会不会坚持战斗？"

我严肃地回答："会，我会坚持！"

父亲又问："如果全军覆没，最终战争失败，你是否会坚持？"

我庄重地回答："会，我会将圣战进行到底！"

然后他又抛出一个我猝不及防的问题："那么，假如现在有两种选择。一是我们经历多年的战争，已经战死了八百亿人，现在还要继续忍受着战争的煎熬，再战死一百五十亿人，但最终并不一定能取得胜利，甚至落得个全军覆灭。另一种选择，我们自己削减一百五十亿人，剩下五十亿人，然后一定会迎来和平，不再受战争的摧残。你会如何去选择？"

这是什么问题？我完全没有想到父亲会问这样的问题。我尝试着回答这个问题，却发现想要回答这个问题，根本就不是个人的意志能做到的，必须群体讨论。而无论怎么讨论都很难有最终的结果。第一种选择就是血战到底，而第二种选择呢？谁会愿意成为被削减的那一部分人？又如何来选择幸存者呢？即使我们杀死了同胞，避免了战争的煎熬，那么良心的谴责将会永远折磨活下来的人。想到这里我回答道："如果是这样，我宁可接受战争的煎熬，因为道德的谴责远胜于战争的折磨。"

父亲笑了一下，然后又问出了另一个让我更加猝不及防的问题："同样是刚才这两个选择，我换一个表述方式。我们自己削减同胞，换来的不只是和平，更是种族的延续。而不这么做的话，就会被伊缪恩灭族！那么你会如何选择？"

我几乎被这个问题击溃了，这也就是说要用同伴的鲜血来换取种族的延续，这可比战争胜利更重要。而且还要我们亲自动手！如果不这么做，就会被伊缪恩全部杀死……我沉默了，不知道父亲为什么会思考这种令人痛苦的假设，这对于我们又有什么意义呢？

正当我露出痛苦表情的时候，父亲恢复了往日和蔼可亲的样子。不知何时在他手上出现了一个不算精美的吊坠，他把吊坠戴在了我的脖子上，轻轻地亲吻了我的额头，说道："你和梅珞是我全部的精神支柱。我不知道我还能活多久,但是我希望至少你们能活下来。作为父亲,我深爱着你们,只要你们能活下来,我可以不惜一切代价。如果有一天我死了,你们陷入迷茫的时候,或者被伊缪恩人抓获的时候,就打开这个吊坠。也许你们能明白一些事情,但是我希望你们永远都不要打开,因为里面并不是什么锦囊妙计,而是一个灾难的盒子。"

我把吊坠塞进衣服里,深切感受到父亲沉重的心事,我不知道面前这个被奉为"圣人"的梅狄亚,心里究竟装了多少秘密。我带走了吊坠,继续参加战斗。在此之后,我又见了父亲几次,但是他对那次对话却绝口不提,就像什么事情都没有发生一样。无论我怎么问他,他都是挥手作罢。而这件吊坠,也成了他送我的最后的礼物。

梅瑞说完,拉开上衣,掏出了那个吊坠。看着父亲的遗物,梅瑞的情感像洪水一样宣泄,凝聚成眼泪淌出来。波菈好奇地凑过来看了一眼这吊坠,感觉也没有什么特别的。梅瑞擦拭了泪眼,细心地把玩着,随后将对父亲的回忆再一次尘封起来,把吊坠收入了衣服里。

第九章
误杀

在场的所有人都被梅瑞的话带进了一团迷雾之中。显然梅狄亚一直在思考战争的意义和战争结束的方式，但是其中究竟有何种隐情，却无法从这些只言片语中猜出来。波菈以前从来也没有听梅瑞说起过这些事情，其实梅瑞也没有义务说给其他人听，因为这更多的是梅瑞的私事；当然更没有合适的机会，她以前和波菈在一起主要都是在战斗。相比于梅瑞的迷惑，波菈又何尝不是被乱麻一样的私事困扰着。波菈本不想把自己家人莫名其妙失踪的事情告诉别人，但在听了梅瑞的诉说之后，波菈有一种不吐不快的感觉，说出来总会舒服一些。于是波菈把家人突然消失的事情告诉了梅瑞。这显然是一桩怪事，房子都还在，只是房子的主人都换了。

梅瑞听完之后也是一脸惊讶，只听波菈继续说道：

家人的消失，成为了我的一块心病。后来，我又趁着轮换的机会再一次回到了那个"家"。当我到那里之后，其中的情况似乎有了一点变化，但是也很难说出来到底有什么不一样，也许只是感觉吧。我一开始并没有进入那个"家"里，而是趁着深夜潜入周围的"邻居"家查看了一圈。我先悄悄溜进了之前的第一个"邻居"家里。屋里很黑，很难看清东西。我每走一步都小心翼翼的，生怕发出什么动静把"主人"吵醒，因为我知道现在住在这个屋子里的人并不是我的邻居，对我也充满了敌意。

可是越担心的事情就越容易发生。在我完全看不见的黑暗里，我的手和一个瓶子碰撞到了一起，瓶子跌落在地。破碎的声音把整个寂静的空间划出了一道锐利的裂缝。我迅速躲进了黑暗，等待着主人的出现。心里盘算着万一被发现，该如何去解释，如何脱身，或者是完全不解释，直接暴力解决问题。

可是这些盘算全部都失去了意义，因为这里根本就没有人。我仔细看了屋子的各个角落，除了我之外，没有任何活的东西。于是我干脆打开了灯，周遭的一切都在我面前明亮了起来。让我惊讶但也在意料之中的是，这家的摆设，也完全不是我所熟悉的邻居家的样子。我对这家人非常熟悉，从小和这家的孩子一起长大，他们家的布局我也了然于心，而现在却并不是那个熟悉的地方。这让我极度不安，难道我真的走错了空间吗？这里没有我想要的答案，就在我要离开的时候，看见邻居家大门的把手旁边……在那旁边我看到了一块木料上有一个小的凸起，那是一段树木的节子。看到这个细节，我意识到——这个街区就是我曾经生活过的地方。因为我记得非常清楚，这个邻居刚搬来的时候，他们需要建造房屋，我父亲帮了他们不少忙，我们两家也就是在那个时候建立了很深的友谊。当时也是非常巧，采集的木料刚好只差大门上的一片，没有必要为了这么一点木料再去砍一棵树。于是我父亲就从自家的库房里找出了一片带有一个小树杈的木料。经过反复修剪打磨之后，那块木料上还是有这样一个小节子。邻居非常高兴地接过了这片木料并装在了门上，还开玩笑地说，这不是什么瑕疵，刚好这个小节子可以证明我们两家的友谊。大门就用免漆的，要把这个节子露在外面！所以，我们对这个节子的印象非常深刻。

现在虽然室内的摆设都变了，门也旧了，但是这个节子还在。这就说明有一群人，或者说某种势力，想要掩藏某种真相，他们不想让我靠近我自己的家。可我仅仅是一个普通的战士，有什么样的力量会如此大费周章地盯上我呢？我又有什么资格值得他们这样做呢？难道是我的家人知道了什么不能知道的秘密吗，而我父母就是普通的坎瑟居民而已，哥哥卡斯也只是一个战士罢了，他们能掌握什么让别人忌惮的秘密呢？想到这里，我意识到我必须回到自己的"家"去看看。如果那里确实是我的家，我仔细寻找的话，一定能够找到以前的生活痕迹。这样一来，所有的假象也就不攻自破了。

我转过一个街角，悄悄藏在了我家附近的一堵墙后面，以免被人发现。我慢慢露出头去，内心的激动和紧张随之不受控制地涌了上来。因为我隐隐感觉，至少有八成的把握能证明那就是我自己的家，但是等我定睛一看，一股巨大的无助感压了过来——房子竟然被拆了。原地上就只剩下几个大石墩、石柱子。周边还有一些座椅和树木花草，俨然一副休闲街景的样子。石墩和柱子也被装点得很漂亮，似乎上面平时还会有人坐着休息。

怎么会这样，我的家到底怎么了？我的哥哥，我的父母都去哪里了？我彻底绝望了，我战斗的意义是什么呢？我蹲坐在石柱子旁边痛哭了一场！家没了，而且消失得如此诡异。哭到虚脱之后，便不知不觉地睡着了。

当我醒来的时候，天已经亮了许久。我徘徊在这里不肯离去，因为我认定这里就是我曾经生活过的地方，虽然现在成了一个小小的景观区，成了很多需要心灵抚慰之人的休息所，它可以属于任何人，但是唯独不再属于我。我一直待到临近中午才打算离去，当我下了一级台阶之后，发现了一个让我兴奋的细节——一个台阶用的石头我是非常熟悉的，那就是我家房子的石头。我的哥哥卡斯只比我大一点，小时候我的身高就和哥哥差不多，骄傲的卡斯从来都不愿意接受这样的现实，于是就想办法多吃饭让自己长得更高。也就是从那个时候开始，我和他每年都会在墙上刻着自己的身高，看谁长得更快。这块石头上的刻痕，就是我和哥哥比身高时留下来的。但是这块石头和以前有一点不同，在那些刻痕的上方，有一个锐角三角形的凹口，这个痕迹也许是那些神秘力量在破坏我家的时候留下来的。我可以完全确定，这里就是我自己的家。可是这背后的真相究竟是什么，我到现在也不知道。

波菈讲述完了，她并没有提起卡戎的任何事，因为提起这个名字会让她热烈的思念瞬间变成折磨自己的利器。梅瑞对波菈的这番讲述同样感到疑惑，也跟着陷入谜团中。此时的袁岸一家完全震惊了，他们不知道如何面对当前的这些事情。最可怜的是袁岸，他现在根本就不管所谓的离奇事情，他只想知道该如何面对梅瑞。多年的感情，顿时变成了如此尴尬的玩笑。他想要爆发，但是却忍不住地沉默，除了沉默还是沉默——接下来该如何选择，是继续和一个不同的物种结婚,还是再去寻找另外一个同属人类的妻子,这是袁岸现在必须面对的问题。

在深切的感情面前,理智往往都是"最终选择"的敌人,疯狂反而更加靠谱。袁岸没有给自己更多的时间思考,他相信自己的感觉,面前这个女人和自己相处了将近十三年,早已成为自己生命的一部分,无法割舍。他抬起头来对梅瑞说道:"我愿意继续选择你,不离不弃,如果有一天我们分开,那一定是生死离别。"这本是袁岸下定决心的誓言,可是他万万都没有想到,如此庄重的承诺此时就要兑现了。

"生死离别啊,那就生死离别好了。因为你的小爱人今天将会死在这里!"一个浑厚但是却带有调侃的声音从树林深处传了过来,猛地吓了众人一跳。缓缓走来的,是一个所有人都从未见过的家伙。他穿了一身白色的长袍,包住了强健的身体,但是却包不住一股凌厉的杀气。但让人不解的是,杀气的背后竟然还有着沉稳的笃定,竟然给人一种莫可名状的可靠感。

"你是谁,你要杀我?就凭你,你能杀得了我吗?你觉得我会怕你吗?"回过神来的梅瑞不屑地说道。在梅瑞眼里,这个人应该是思峨星上的一个不怕死的劫匪。但是这人随后的回答,让梅瑞和波菈的内心陡然充满了恐惧:"你要是不怕我,这么多年的时间,你跑什么?还从坎瑟星一直跑到了这里。你还想往哪里跑?你又还能往哪里跑呢?"

听着那人沉稳的话语,梅瑞和波菈不自觉地后退了几步,巨大的恐惧让她们的表情瞬间变得僵硬。只听那人继续说道:"我的名字叫鲁克·赛特,你们直接叫我赛特好了,我就是伊缪恩舰队的总指挥。熬了这么久的时间,我终于找到了你们,一切即将结束,猫鼠游戏要画上句号了。你们有什么遗言吗?"

梅瑞还能勉强保持镇定,而波菈已经双腿发软,毕竟快要做母亲的人,总会多一份无法割舍的担忧。旁边的袁岸蒙了,他并不知道现在已经身处巨大的危险当中。长久的仇恨和恐惧在此时彻底爆发,梅瑞鼓起勇气说道:"要杀就杀我们吧,和这群思峨人无关。"

"我当然只会杀你们,其他人我才不会动手呢。我还可以勉强考虑让你和你弟弟活下来,其他人必须死掉。嗯?你弟弟梅珞呢?"他好奇地观察了周围一圈之后继续问:"难道你们兵分两路了吗?别以为这样我就找不到其他的人在哪里。我有的是时间。"

梅瑞一听,顿感天旋地转。卡戎原本的计划已经非常周密了,但是在赛特的面前竟然全部形同虚设。不仅他们的生存计划全盘被揭穿,而且他还知道自己有个弟弟叫梅珞。这是何等奇怪?于是梅瑞问道:"你是怎么知道梅珞的?你还知道什么?"梅瑞一边问,一边把波菈扯到自己的身后。

赛特倒是回答得爽快:"其他的事情我什么都不知道,我只知道要杀光你们。至于你和梅珞的情况,我算是比较清楚的,因为你父亲梅狄亚那个老鬼,希望我们伊缪恩人不要杀你们两个。看在他的面子上,我本来是可以放过你们姐弟的。但是看看你现在的所作所为,竟然还勾引了思峨小伙子,那我还是决定不留你活口了。"

此时即使是死在这里,梅瑞也已经做好了思想准备。但问题是,自己的父亲和伊缪恩侵略者似乎有什么关系。结合父亲之前的那些怪异问题,难道梅狄亚私通外敌吗?同样的想法也萌生在波菈的脑海里,波菈用鄙夷、失望、怨恨的眼神看着梅瑞。可是梅瑞对此也毫不知情,一脸无辜和担心被误解的表情刻在了她俊俏的脸上。

赛特继续说:"整个坎瑟星中,只有你父亲一个明白人,只有他才是识时务者。你们不如早点束手就擒,不反抗,让我杀掉你们,大家都省事。"

梅瑞猛地冲了出来,大声呵斥道:"你这是什么谬论?你要杀我们,还要我们不反抗。我不管我父亲和你们之间有什么交易,但是我的意志永远不会改变,我会将圣战坚持到底。"

赛特听完之后哈哈大笑起来:"圣战?你们有什么资格叫这个战争是'圣战',我们才有资格称之为'圣战'。但是无论你们怎么定义这场战争都已经无所谓了,因为你们的生命今天就要结束了。了结你们之后,我们会继续追踪你的弟弟,应该还有卡戎,或者还有其他什么人,你们一个人都逃不掉。我的目的就是杀死你们所有人。好啦,废话就到这里了。结束这场猫鼠游戏,永别了,小老鼠们。"

话语刚刚落下,地面上瞬间铺了一层暗淡的光。梅瑞笼罩在这层光里丝毫不能动弹。波菈虽然也很难移动,但是比梅瑞要稍微好一些。赛特看着还能移动的波菈,顿觉奇怪,他这层光的背后凝结的是伊缪恩很多尖端技术,应该对坎瑟人有着很好的禁锢作用。梅瑞现在完全不能动,这才是对的。可是波菈却还能动弹,这是怎么回事?算了,不想那么多了。虽然波菈还有一点点行动能力,但是对于赛特来说都一样,解决波菈根本就不成问题。在动手之前,赛特竟然像绅士一样向袁岸鞠了一躬,说道:"万分抱歉,我尊敬的先生。您的爱人,我必须结果了她。我对此深表歉意。"

袁岸一听,恼羞成怒,自己无法保护心爱的人,竟然还被这个凶手如此嘲讽,他不顾一切地扑上前去厮打赛特。但是赛特并没有做任何动作,因为这些打击对于赛特来说简直就是毛毛雨。

赛特一步一步向着梅瑞和波菈走去，巨大的压力落在了他们每个人身上。赛特抄起了旁边一根断裂的粗大树枝，折成一个木棒，在梅瑞的面前站定了下来。然后抡起了胳膊，将木棒狠狠地向梅瑞头上砸去。梅瑞动弹不得，眼看着木棍砸将过来，年轻的生命将要走到终点。说时迟，那时快，袁岸的爷爷迅速拦在了梅瑞面前挡下了这一击。木棍打在了袁岸爷爷的头上，结结实实的一击让老人当场倒下。然后老人家用尽最后一丝力气对梅瑞和波菈说："快逃！"

所有人都被这突如其来的变故震住了，包括赛特在内。这一击之后，赛特发出的光束也消失了。袁岸父子赶紧抱住了老爷子瘫软的身体。梅瑞充满了内疚，心里不住地自责。波菈想要保住自己的孩子，必须赶紧离开，她拉着还在发蒙的梅瑞，迅速逃到了救生艇上，飞一般地逃离了思峨。

袁岸看着这赛特如此心狠手辣，本来还为梅瑞担心，现在必须为自己的安全考虑。赛特没有杀掉梅瑞和波菈，现在应该就要杀自己了。可是让人意想不到的是，面对着袁岸爷爷的死，赛特竟然撕心裂肺地叫喊着，感觉自己死了爸爸一样。他根本就没有心思去追梅瑞和波菈，反而有点神经质，似乎信仰被打破了，似乎做了不可原谅的事，似乎自己已然成为了历史的罪人。看到这一幕，袁岸父子一脸嫌弃，在他们眼里，这个叫赛特的人简直就是猫哭耗子假慈悲。赛特逐渐止住了哭喊，缓缓拿起了木棒，对着自己的额头砸去。当木棒即将打到他头颅的时候，赛特停住了，自言自语道："我怎么能这么就死了呢？"

袁岸站了起来对赛特说道："你这是在搞什么把戏？你杀了我的爷爷，而我也没办法把你怎么样。即使我们报警，估计也不能把你打败。如果你因为误杀了我爷爷而感到难受,那你就自己了断。要是不想死的话,就别在这里假惺惺。"

赛特走到袁岸面前,深深鞠躬:"我不能死。但是为了表达歉意和赎罪,我愿意给予你们我能够做到的所有事情。"

"那好,你放过梅瑞她们。"袁岸说道。

赛特想了一下说:"也不是不可以,反正她是可杀可不杀,但是我没有办法放过其他人。不过如果只是满足你这样的要求,我觉得还不足以弥补我的过失。我愿意给你更重要的东西。"

袁岸听到赛特说能够给予自己"更重要的东西",他第一反应就是要梅瑞回来,但这显然不可能,那么赛特口中的"重要东西",究竟是什么呢?赛特很深沉地说:"我要给予你的,是远远比你个人的人生更加重要的东西。这不是你一个人的得失,而是思峨的未来。"

袁岸对赛特的话既诧异又疑惑:"难道我们的未来还要你来给吗?你算个什么东西,能说出这样的大话?"

"是的,如果我不出手帮你们,你们将没有未来。看看现在的你们,拥有了坎瑟星的科技之后,每个人都在为了金钱和利益奋斗,原来那种纯粹的幸福与信赖,还有吗?而且,你们星球原本的发展逻辑已经乱了,你们的文化生病了。让我来摧毁你们所有的坎瑟技术。"

说完,赛特倏的一下就不见了。而随后的几个月,袁岸的国度出现了巨大的变化。无数的设施遭到了破坏,坎瑟星技术相关的生产、生活设施无一例外地都遭到攻击,梅瑞给科学界留下的所有记录也都损毁了。赛特做的这一切,让他们再一次回到了原来的生活状态。随后赛特离开了思峨星,留下来的是一片烂摊子。这,就是赛特所说的思峨的"未来"?

第十章
智者与长老

赛特离开了思峨星,机械地驾驶着飞船,心里还在为自己的误杀行为感到难过。他身边空落落的,因为和卡戎的领袖号飞船不同,赛特的飞船中只有他一个人,他索性打开飞船的自动驾驶系统,飞船会锁定坎瑟星人的电磁信号,无论他们去了哪里都会被找到,只是时间长短罢了。卡戎等人一直不知道赛特为何总能够找到他们,这么多年的逃亡始终无法摆脱赛特的追捕,其实赛特根本就没有花费太多精力去寻找,因为他有一个能够锁定坎瑟星人的东西——在赛特的飞船驾驶室前面静静地摆着一个珠子,它散发着暗淡的幽光,对坎瑟星文明的电磁信息能够精准锁定,一直指引着飞船前进的方向,总会找到伊缪恩要干掉的人。赛特看着这个珠子,心情久久不能平复,他想起了在思峨星时梅瑞胸前的那个挂件,也回想起了他获得这颗珠子时的情景——那时伊缪恩和坎瑟星的战斗已经打了许久,之前派遣的部队遭受了巨大损失,伊缪恩需要安排新的部队奔赴前线。赛特就在这支部队里,而这也是伊缪恩能够安排的最后一支部队了,这场战争使得伊缪恩星球的人也所剩无几。

伊缪恩的最高领袖克罗托发布着全星球的动员:"我的勇士们,为了我们的使命,消灭那些自以为是的坎瑟星人。胜利属于我们,你们终将凯旋。如果有人在战斗中牺牲,大家也不要气馁,所有的牺牲,都是有意义的。我,作为领袖,将与你们同在。我的身躯,将和大家一起,淹没在宇宙当中成为尘埃……"

赛特夹在所有的战士当中心情激荡,已经和其他人一样,做好了赴死的准备。这种出征仪式显得格外悲壮,再渺小的人都会在这种氛围中感受到崇高的力量。仪式结束后,赛特回部队做着出征的准备。就在这个时候,有人给赛特传来了军令:我们尊敬的长老——雷长老,让你过去,他有话要和你说。

赛特一听是雷长老的传唤,异常兴奋,被长老召唤,是一种莫大的荣誉。他放下手中的事情飞奔到了长老的宫殿。长老是伊缪恩星的祭司,是一个受人尊重的职务,只有上一任长老去世之后,才会有新的长老继位,就连伊缪恩的最高领袖克罗托也都需要听从长老的意见。雷长老只有在极其庄重的场合,或是万分危急的时刻才会出现,发布重要的神谕,平日里几乎不会公开露面。而现在对于伊缪恩来说,确实已经到了关键的时刻。虽然伊缪恩的战士都不知道发动这场战争的真实原因,但是所有人对雷长老和统领克罗托的命令都是无条件执行。

赛特忐忑地来到了雷长老面前,头也不敢抬就跪了下来,行了最大的拜礼。雷长老慢慢走到了赛特面前,用一只干枯的手抚摸了赛特的头,他很和蔼、很亲切,似乎就像抚摸自己的孩子一样。赛特跪在地上，雷长老雪白的胡子垂到了赛特的耳边，但似乎是变短了一截。

赛特以为长老会让他起来，然后鼓舞他一定要英勇地战斗，可是雷长老完全没有让他起来的意思。赛特低着头，看不见长老的神情，只能看见穿着白色鞋子的脚在缓慢地移动着。过了良久，雷长老才说出了第一句话："赛特，我早就听说过你。你是一名真正的勇士，充满了勇气和智慧，所以我让你过来。虽然你之前应该在某些场合见过我，但是我之前没有见过你，所以这也算是我们第一次正式见面。我想知道你为何行此大礼？"

赛特回答说："因为雷长老是我们伊缪恩人最重要的精神领袖，我要用最庄严的仪式来表示我对长老大人的尊敬。"

可是雷长老却说："是吗？仪式……可是你知道吗，仪式这种东西的背后，往往掩藏的是没有理性的虔诚。"

赛特回答："长老大人，我确实是很虔诚的，对我们伊缪恩的信念，从来没有动摇过。只要是统领和长老大人的命令，我都会坚决执行。"雷长老对这种谦卑的话并不买账："赛特，我说的不是这个。你想过吗，你坚定信念的原因是什么？"赛特被问得一愣："原因？我……我从小就是这样的，从来没有怀疑过！"

长老对赛特的回答并不满意："你并不知道为何而战，但是却坚定地战斗，甚至可以牺牲自我，牺牲他人。你认为我们所有的战斗，都是要守护我们的至高信念。而在我们星球的信念当中，宇宙里有些星球的人我们必须赶尽杀绝，有些星球的人我们必须舍命保护。可是，我们活着就是为了别人吗，那我们自己呢，谁为了我们呢？"

雷长老说的这个至高信念，是伊缪恩星从蒙昧时代一直流传下来的。犹如他们的灵魂，再加上所有的伊缪恩人一出生就要进行军事化管理，每个人都严格遵守着各种管理制度，坚信着至高信念，从来没有怀疑。赛特从未想过雷长老会问出这么多莫名其妙的问题，他也从没有想过这些问题，一时间更是无言以对。赛特磕磕绊绊地挤出了一个自己都不太满意的答案："我们是通过杀戮来阻止杀戮，保护那些需要我们帮助的人。我们的杀戮只是针对敌人。"

雷长老沉重地叹了一口气："答非所问！我们不会杀戮至高信念为我们规定的'重要的人'，而这些人都不在我们星球上，甚至在遥远的其他星系。那么我们星球上自己的同胞，对于我们来说就不重要吗？"

赛特坚定地回答说："重要，非常重要。我非常在乎自己的战友，他们也在乎我。我认为我们伊缪恩是宇宙当中最团结的星球！"雷长老苦笑道："团结，仅仅对想要团结的人起作用。面对那些不想被团结的人，你会对他们怎么样呢？如果我们星球当中，现在有人不同意征讨坎瑟星，你会怎么对他们呢？"

赛特竟然答不上来，他从来没有想过这个问题，因为伊缪恩上从来没有人不团结。看着赛特无言以对，雷长老继续问道："你想过没有，我们这么大的星球，这么多人，为什么从来没有不同的意见，从来没有反战的声音呢？既然我问你这个问题，那就说明我在这个问题上是有思考的。既然我有思考，那就意味着应该不止我一个人有这样的思考。那么有这样思考的人都去哪里了？赛特，你站起来说话。"

赛特慢慢地起身，继续听雷长老说："你在以后的岁月当中，需要明白你自己存在的意义是什么，你可以为了别人而存在，但是谁为了你呢，你又是否想过要为自己生活？"

赛特一脸蒙，完全搞不懂是怎么回事。只见雷长老从口袋里掏出一颗明珠，对赛特说："这颗珠子，可以指引你找到需要消灭的敌人。

长久以来，我也是受这颗珠子的指引，你必须好好保存。但是如果有一天，你的人生陷入了迷茫，厌倦了战争生活，那你就打碎它吧。没有了它的指引，你的战斗也就失去了目标。你原来的人生使命也就没有了，而新的意义将会到来。"

雷长老用一只手把那珠子戴在赛特的胸前，可是连试了几次都没有戴好。赛特很疑惑，为什么长老不两只手戴呢？于是赛特偷偷看向了长老的另一只手。他突然发现，那个袖子里面空空荡荡，里面没有胳膊。赛特惊讶地看着长老，想要问长老的手臂去了哪里。可雷长老摇摇头，示意他不要问出来，只是继续对赛特说："在你发动进攻的时候，坎瑟部队里会有梅瑞和梅珞姐弟两人，我相信你可以找得到他们。记住，不要杀他们。甚至在必要的时候，帮助他们活下来。"

赛特又是满脸惊讶地说道："他们可是敌人啊，为什么……"

雷长老转过身去，背对着赛特说："你只要执行命令就好，如果你执意要问原因的话，那我也可以告诉你，我们现在所掌握的关于坎瑟星的情报，都是这对姐弟的父亲梅狄亚提供的。"说完，雷长老就离开了，留下了错愕的赛特。

赛特意识到，梅瑞和梅珞的父亲梅狄亚，其实是投靠伊缪恩的间谍，也就是坎瑟的叛徒。在赛特看来，这种行为虽然非常可耻，但是却可以避免己方巨大的伤亡，甚至可以左右战争的走向。仅凭这一点，也可以放过这对姐弟。但雷长老的胳膊究竟怎么回事？他和梅狄亚又是怎么对接的呢？

回忆到这里，赛特独自坐在舰船上感觉到一阵虽然习惯但却仍旧煎熬的孤独。他开始思考这场"神圣战争"的目的究竟是什么，难道仅仅就是为了消灭坎瑟星人吗？消灭坎瑟星人，又是为了什么呢？自己又能得到什么呢？现在除了自己之外，所有的伊缪恩人都死了，雷长老也不在了，自己要去问谁呢？而坎瑟星也就剩下这么几个人了，是否还要继续追杀他们呢？赛特记起了雷长老的话——如果自己迷失了，就打碎那颗珠子。可是如果珠子被打碎，就再也追踪不到坎瑟人了。难道雷长老的意思是让自己不再去追杀坎瑟星人，开始自己新的生活吗？赛特盯着珠子发愣，其实他很久之前就想放弃了，他完全可以找一个类似思峨星的星球，过着隐居的生活，甚至凭他的能力完全可以成为低级星球的首领，享受着大权独揽的生活，相比于每天追杀坎瑟人的日子，实在要幸福太多了。赛特在脑海中不断重复地追问自己：到底有没有必要继续追杀坎瑟人？到底为什么要这么做？

越是思考这些问题，赛特越是觉得之前想得太少。他开始后悔当年为什么只知道服从命令，从来没有思考过执行命令的意义是什么。如今事情发展到这个局面，以前的命令究竟还有没有意义？赛特看着这颗珠子，想要打碎它，但是在内心深处又有一丝不舍。他虽然得到了雷长老的嘱托，但是长老的很多话都模棱两可。现在想来，雷长老当时说那些话，就是为了让自己能够怀疑命令的意义。可雷长老为什么要这么做呢？而且他为什么会少了一只手臂呢？

其实雷长老对赛特隐瞒了很多、很多。或许这并不是隐瞒，而是在当时的条件下不能说。赛特并不知道在雷长老托付这颗珠子之前发生的事情，就在托付珠子的同一个地点发生的事情，也正是这件事让雷长老失去了手臂，也断了胡子……

那时，雷长老不断地思考着如何彻底打败坎瑟星，一批又一批部队被派了出去，指挥官也是换了一个又一个。眼看着就只剩下最后一支部队了，让谁做指挥官呢？此时，赛特的名字在雷长老的脑海中涌现出来，但是雷长老还没有下定最后的决心。就在这个时候，一个人缓步进入了长老宫殿。雷长老并没有发现这个人，而且长老从来也没有想过，会有一个危险的人直接进入宫殿里来。在伊缪恩人的心中，长老就像神一般的存在，他所住的地方，闲杂人等根本就不可能靠近。就连伊缪恩的统领在进入之前都需要提前通报。可是现在，这个人竟然就这样大摇大摆地进来了。雷长老第一次看到一个莫名其妙的人出现在自己的宫殿里，虽然有些惊讶，但是以他的人生经历和胆识，并不会有任何惊慌失措的表现。"你是谁？怎么会在这里？"雷长老警惕但是又不失威严地质问。

那个影子慢慢走了出来，逐渐靠近雷长老。雷长老在平日里不想让别人靠近他的时候，总会轻轻抬一下手，做出让对方停止的动作。这个微小的动作，在伊缪恩人眼中具有巨大的威慑力。每次雷长老做出这个动作，他面前的人总会跪倒一片，更别说要靠近了。可是这次当雷长老轻轻抬起手时，这个人根本就没有停下来的意思，而是继续向他靠近。

其实雷长老看到这个人的第一眼的时候就知道他来者不善，抬手阻止他，也就是一个习惯性但却多余的动作。他想要让周围的卫兵过来增援，于是沉稳地喊了一声"来人！"可不知道从什么时候开始，周围已然空荡荡的，那些护卫和侍从竟然没有一个人站出来。雷长老一怔，有一种不太好的预感，难道……想到这里，他闻到空气中隐约弥漫着一丝血腥的气味，他明白发生了什么，心里暗自惋惜他们，毕竟这些随从和侍卫跟随了自己这么多年。虽然知道他们都已经死了，也知道凶手就是这个人，但是雷长老完全不知道这人什么时候下的死手。自己刚刚进门的时候，明明看见侍卫们都还在。看来，这个人的身手实在了得！

看着雷长老淡定又有一点退缩的眼神，这个人开口说话："别找了，这里没有其他人了。你的那些仆人们都已经死了。我很轻松地杀死了他们，他们没有痛苦。你想知道我是怎么做到的吗？"

雷长老很难相信，这个人就在一刹那间能悄无声息地杀死这么多人。但是事实就在眼前，雷长老不得不信。雷长老知道自己在伊缪恩的地位，如果自己死了，整个伊缪恩就会陷入信仰的危机，势必会造成全球的混乱。如果这个人真的要杀自己，那么自己肯定比这些侍卫死得还早。如果面前这个人要毁灭伊缪恩，他绝对不会在这里废话，而是赶紧动手。这个人没有着急动手，就说明他还不想对自己下杀手，或者还有什么话要说，再或者，他要玩猫抓老鼠的游戏，动手之前还要羞辱一番吗？雷长老的思绪剧烈地跳跃着："虽然你私自进入了我的住所，杀了我的侍卫，你已经犯了死罪，但是我却并不想杀你，我对杀人没什么兴趣，我想知道你是谁。"

那人冷冷地回道："你以为你是谁？用你们的规矩来约束我吗？我是死罪？死罪又怎么样呢，你能杀得了我吗？你说你对杀人没兴趣，我想不见得吧？你们对坎瑟星展开了血腥的杀戮，难道你对杀人真的没兴趣吗？"

听了这些话，雷长老已经猜到，此人应该是坎瑟星派来刺杀自己的。可是这个人并没有在第一时间动手……这是两个星球之间的战争，可不是什么戏剧作品还需要一堆台词。如果他确实想要杀死自己，那今天肯定是在劫难逃。因为此人不仅可以在伊缪恩人毫无察觉的情况下突破星球的重重防御，而且还能潜伏在自己的宫殿里，悄无声息地杀死了好几个训练有素的侍卫。最可怕的是，他竟然成功地突破了伊缪恩的防御系统,说明他找到了防御的漏洞,如果今天来的不是他一个人,而是一支敢死队,悄无声息地实施斩首行动,把自己和克罗托统领都干掉,那么伊缪恩就会群龙无首,必定一败涂地。想到这里,雷长老问道:"你是坎瑟星派过来杀我的吧?"

那人却似乎变得有点尊重起来:"长老大人,你的话只说对了那么一部分。"

对了一部分?反正要面对一死,最起码死前也要知道真相。雷长老饶有兴致地听他继续说:"你说我是坎瑟星人,只说对了三分之一而已,但也算是对了。至于坎瑟星派我来杀你,这完全是你错误的猜测。"

雷长老不理解他说的话,但是也无须着急,他会继续说下去的。雷长老也非常清楚,坎瑟星人要取得战争的胜利,最好的办法就是杀死自己或者是统领克罗托。可是面前的这个坎瑟星人竟然说不是来行刺的。难道自己还有一线生机?当然事情不会如此简单。只听那人缓慢说道:"你觉得我不会杀你是吗?那可能你又错了。"

说完之后,他掏出了剜刀,慢慢走到了雷长老面前,揪住了他长长的胡子,一刀割了下去。原本他对雷长老那点"尊重",顿时如浮云一样消散,剩下的全是愤恨。那人又开口了:"感觉怎么样?有没有被羞辱的味道?像你这样被整个伊缪恩星球都尊重的人,第一次遭受到这种不一样的待遇吧?"

雷长老确实非常生气,自从他成为长老以来,从来没有任何一个人对他说过一句重话,更没有人可以碰触他的身体,可是今天竟然被人割掉了胡子。他知道自己不可以被羞辱,这关乎整个伊缪恩的尊严,他想要开口维护自己的颜面,可是那人闪身到了雷长老的背后,一脚踢到了雷长老的腿弯处，雷长老被迫跪了下来。那人顺势抓住了雷长老的头，用力把头砸向地面。这一击力气非常大，地板虽然没有碎裂，但接缝处腾起了些许灰尘。汩汩的鲜血从雷长老的头上冒了出来，漫无方向地在地面上流淌。

雷长老的年纪已经很大了，被这样一个人如此无礼地玩弄于股掌之中，是一种奇耻大辱。他想要用手撑起自己的胸膛，挽回一点尊严，哪怕只有一点也好，却又一次被那人狠狠地摁在了地面上。雷长老无力挣扎，只能放弃了起身的打算，然后再想其他的办法。那人已经感觉到了雷长老想要换个方式来反抗，就一把揪住了他的头发拽了起来，然后再一次砸向地面。又一股热血从雷长老的额头流了出来。雷长老的精神并没有被这种气势压倒，而是坚毅地说："你到底想要干什么？你要么就直接杀了我！"

"哼！你以为我不敢杀你，还是不愿意杀你呢？你在伊缪恩是备受尊敬的长老，可对于我们来说，你就是肮脏的臭虫。"那人话音刚落，就用剜刀在雷长老的胳膊上划开了一条长长的口子。雷长老的胳膊瞬间麻木了，伤口处剧烈的刺痛传入大脑，导致其他伤口周围的肌肉出现了剧烈的痉挛。那人的动作还没有结束，竟然用剜刀活生生地割下了长老的一根手指，然后将断指踢飞了好远。趴在地上的雷长老用另一只手从口袋里摸出了防身的武器，他知道这根本就不能杀死这个人，但是至少可以赢得一丝反击的机会，至少可以摆脱这个人的凌辱。可是在这个人的控制下，雷长老就连这么一点事情都无法做到。

那人用脚踩在了雷长老的武器上，说道："你是想自杀还是想反击？可没那么容易，你慢慢享受我赐予你这赎罪的机会吧。"说罢，他用刀尖在雷长老的肘部一点一点慢慢开挖了，竟然活生生地把前臂剜了下来。雷长老疼得不断喘息，豆大的汗珠滚了下来，但是硬是忍住没有发出那人想要听到的哀嚎。雷长老知道变态之人，总是特别沉醉于观看猎物的痛苦，所以他憋住了想要喊叫的冲动。只是这样一来，容易激发此人更加变态的折磨手段。雷长老已经做好了心理准备，可就在这时，那人竟然扔下刀，扯开衣服的布条扎住了雷长老上臂的出血口，控制出血量。这是不想让雷长老就这么死了吧，还要继续折磨羞辱吧。雷长老知道自己代表的是伊缪恩的尊严，即使面对再大的痛苦，都不能露出胆怯。可是这种非人的虐待，不仅仅是作用在肉体上，更是对灵魂的摧残。接下来，他又要用什么手段折磨自己呢？

雷长老知道那人不会轻易给自己致命一刀，但是这样下去，生命结束也只是时间问题。雷长老用剩下的一条胳膊撑了起来，想要站立着死去。那人按住雷长老，示意他不要动，而后继续给雷长老包扎伤口，手法还很轻柔。雷长老万念俱灰，这种反常又变态的手法背后，肯定还有他想象不到的凌辱手段。但出乎雷长老的意料，这个人彻底停止了攻击。

雷长老猜不透这个坎瑟星人到底来这里做什么，又是割手指又是剜胳膊，为什么就是不杀自己呢？雷长老的疑惑并没有持续太长时间，那人扶起已经残疾的雷长老，慢慢地坐在了椅子上。一句让雷长老匪夷所思的话从那人口中说了出来："长老，说实话，我很尊敬你。"

雷长老听到这人如此说，不知道是自己耳朵坏了，还是这个人的精神异常。那人继续说："长老阁下，你说我是坎瑟星人，你说的没错，我确实是坎瑟星人。我刚刚对你做的事情，是我作为一个坎瑟星人必须要做的。因为你们发动战争，屠戮我的同胞，让我们本来平静幸福的日子变成了梦幻泡影，让我们无数的孩子变成了孤儿，让无数的新婚女子变成了寡妇，让太多的父母白发人送黑发人……我身为坎瑟星人，必须对你施加惩罚，这是我必须要做的，必须！"

雷长老看着他，明白他内心的愤怒，同时也有层层的疑惑围绕在他的心头："坎瑟星派你过来，就是为了把我教训一顿，然后表示对我的尊敬吗？你为什么不直接杀了我，那样你们不就胜利了吗，你们可以打败伊缪恩，继续过你们的幸福日子。"

那人苦涩地摇摇头，又抬头仰望着天花板："不，我不能杀你。今天来这里，也不是有谁派我来的，是我自己要来的。而且也没有其他的坎瑟星人知道我来这里，他们更不知道如何来到这里。"

听到这里，雷长老松了一口气，看样子不会有大规模的坎瑟部队对伊缪恩发动攻击，自己的星球暂时是安全的。可是毕竟星球防御系统的漏洞被敌人发现了，还是有巨大的危险。只听那人继续说道："我刚才说过，你说我是坎瑟星人，只说对了三分之一。我作为坎瑟星人，必须惩罚你，给你带来重创，但是我又不能杀你，因为我还是这个宇宙当中的一个生灵，作为宇宙中的一员，我不能杀你！而且我还会给你做内应，帮助你打败坎瑟星。"

雷长老听了这人这句话，难以置信地看向了这个人，而后哈哈大笑起来："看样子你都知道了。值了，值了，一顿羞辱和一条胳膊，换来一丝胜利的曙光。能够认识你，真的很值得，难得你能有这样的觉悟。"

那人虽然刚刚对雷长老做出令人发指的行为，但是很快变得和蔼。他转过头望着雷长老："哦？长老的意思是，你也知道了？"

雷长老顿了一下，收住了笑容："我怎么会不知道呢？不过整个伊缪恩，就只有我和少数的王族知道而已。"

那人又笑了起来："也许你是幸运的，最起码你还有同僚和你一起扛着。可是整个坎瑟星也只有我一个人在承担着而已。"说完，两个人竟然一起苦笑了起来。只是，雷长老又何尝不是一个人扛着呢？

雷长老收住了笑声，说道："我刚才说你是坎瑟星人，你说我只说对了三分之一。你还是宇宙中的生灵，这是三分之二了。那么还有一个是什么呢？"

那人低下了头，目光显得有些落寞，有些惆怅，也有一些迷茫，一种复杂和矛盾的神情深深地镌刻在了那人脸上："我的第三个身份，是一个父亲。"

雷长老听到这句话，眼神里充满了同情。他知道那人接下来大致会说什么，也很愿意听他继续说下去："我的名字叫做梅狄亚，是坎瑟星的智者，也掌握着星球很多的权力。我过来找你是为了能够最大限度地争取和平。即使无法实现这个目标，但我希望在以后的战斗中，你们能放我的儿子和女儿一条生路。如果可能的话，请帮他们活下去……"

雷长老与梅狄亚并排坐在一起，似乎有很深的交情一般，慢慢回答说道："我也有很多身份。作为伊缪恩人，我必须把坎瑟星人消灭彻底。但是现在作为你的朋友，我也有义务帮助你的子女活下来。"

听到这番话，梅狄亚的眼中泛起了一层湿润的泪花："朋友，谢谢你。我的儿子叫梅珞，女儿叫梅瑞。只是，从此我又多了一个身份——坎瑟星的叛徒！我是坎瑟星永恒的耻辱。"

听到这番话，雷长老习惯性地摸了一下自己的胡子，却发现胡子已经被削去了半截，苦笑之后顿了一下说："你说你尊敬我，我也很尊敬你。你的三个身份，对应了三种做法。无论哪一种，都是合情合理的。只是你的这三个身份，相互之间是如此矛盾，让你备受煎熬。至于你这第四个身份——坎瑟星的叛徒，我不知道该说什么。也许我们都生来矛盾，或许你将是坎瑟星永恒的耻辱，但是你也会获得至高的荣耀。"

梅狄亚也非常明白雷长老的话："是啊，我们生来矛盾。可是谁都没有办法选择自己出生的地方，出生的家庭，没有办法选择自己的人生道路。当我们发现自己的理想之路与实际的人生轨迹没有交集的时候，人格的分裂和内心的矛盾也就出来了。"

雷长老无奈地长叹道："唉……我又何尝不是？我根本就不喜欢杀戮，可是我不得不去杀戮。虽然从两个星球的立场来看，我们是在打仗，但是现在从我们俩的个人立场上看，我们应该是同盟才对。真没想到坎瑟星竟然有一个人能够觉醒。我们消灭了那么多星球，你是唯一一个觉醒之人。"

梅狄亚接过话来："你说的对，只有我一个人明白，但是又没有办法让其他人一起明白。也许，我注定会过着耻辱的一生吧！"

雷长老突然话锋一转："其实你这样也不坏。我们伊缪恩星，看似所有人都很清醒，对战争的命令无条件服从，但是有很多道理似乎只有我一个人明白，也似乎只有我一个人不明白。"

梅狄亚疑惑地看着雷长老："哦？长老大人应该是最明白的，怎么成为唯一不明白的人呢？"

说完这句话之后，空气变得沉重了许多。雷长老的心里好像埋藏着某些思考不清楚，需要有什么人帮助提点的问题一样。他停顿了一会儿，然后说出了一句在梅狄亚看来有点莫名其妙的话："你觉得我们这样屠杀其他的星球，对于伊缪恩人来说，有意义吗？"

梅狄亚听完之后一愣，这个问题触及了一个他以前从未想过，但此时此刻已能深刻体会的心绪。只听雷长老继续道："也许你们坎瑟终将走向灭亡，而我们会存活下来。但是我们两个星球，其实都是一样的命运。就存在的意义来说，也许我们伊缪恩面对的困惑，比你们坎瑟人要大得多吧？"

梅狄亚明白雷长老的意思，可是他也只能无奈地摇摇头："你说得对，我们坎瑟星人死了也就死了，但我们非常明白我们是为了自己而战，这是我们存在的意义。可是你们，活下去反而更痛苦，至少比我们痛苦吧……这场战争的意义对于你们伊缪恩来说到底是什么，或许我们双方都想不清楚，我们也没有办法阻止战争。我也有很多事情想不明白，但是我最明白的是，在我所有的身份当中，我最珍视的是——我是两个孩子的父亲。"

雷长老听到"父亲"这两个字若有所思，说道："是啊！父亲。现在还有一个问题，就是我们两个都知道宇宙的奥秘，我们该如何告诉我们的孩子，还有族人呢？如果告诉他们，他们能承受得住吗？"

梅狄亚回答道："我也不知道该如何告诉他们。我更不想当面告诉他们，否则他们会迷失人生的方向，我不想看到他们失去人生意义时的表情。也许我会留下一个遗物给孩子们，里面记录着这个秘密。至少那时候我也死了，不用看他们迷茫的表情。"

雷长老觉得梅狄亚这种做法虽然有一种逃避的感觉，但也算是一个不错的办法，然后说："也许我也应该这么做吧？留个遗物什么的。毕竟看着自己的子女死去，无论是身体死去，还是意义死去，都是一件无法承受的事情。你知道吗，你以一个父亲的身份所做出的抉择，我也感同身受。想听听我的故事吗？"

梅狄亚用真诚的眼神看着雷长老，说道："不用了，我不是不想听，而是大致可以懂你作为父亲的心情，而且听了只会更沉重。还有，我在这里的时间已经太长了，我现在需要回去了。"

雷长老听了梅狄亚的话，有一点失落，他很想把自己的故事说出来，可是他更关心另一个问题："哦，我想问你一个问题。你是怎么来到这里的？难道是……"

梅狄亚回道："只有我一个人知道如何来到这里，而且我不会带其他的坎瑟人过来，他们也永远不会知道来到这里的方法。当我们最开始受到你们攻击的时候，我就在谋划如何反击到你们伊缪恩来，可是我无论如何努力，都感觉你们在宇宙中就像影子一样，似乎有一层看不见的屏障在阻碍我们，但是我通过我自己的方法，找到了进入伊缪恩的线索。"

雷长老满脸惊讶："那我能知道你是怎么找到线索的吗？"

梅狄亚毫不掩饰地回答："时空的褶皱。我在战争爆发之前发现了进入五维空间的方法，在五维空间中我看到了时空褶皱，在褶皱中看到了过去，看到了你们星球的端倪，而后通过时空褶皱的缝隙来到了这里。"

雷长老又一次吃惊，因为五维空间对于伊缪恩人来说不是什么稀罕事，但是对于坎瑟星人来说，如果要通过时空褶皱实现空间穿梭的话，理论上需要超越光速。超越光速？不太可能吧。"据我所知在你们坎瑟星，准确来说，在宇宙的绝大多数空间里，物体的速度都不可能超越光速。"

梅狄亚似乎并不想具体说明他是如何超越光速的，只是草草地说:"是的,的确如此。但是我想办法绕开光速的限制,我做到了。现在,我该走了,再不走就会被坎瑟星的其他人发现。"说完,梅狄亚站起身来,缓步地离开长老宫殿。在梅狄亚离开前,他转过身来对雷长老说:"我还是希望我们坎瑟星人能有一个活命的机会。如果我能办法控制坎瑟星的文明扩张,否定我们之前的文明,甚至让现有的再人口削减四分之三,人口增长控制在一个合理的范围的话,希望你们停止攻击,给坎瑟星一个未来。"

雷长老思考了片刻,微微地点了一下头表示同意。看着梅狄亚远去的背影,雷长老用剩下的一只手,摸了一下残留的胡须,明显还有很多话要说,可是现在只能自言自语道:"老兄,其实我真希望和你说一下我的事情。这些事情,已经掩藏在我心里,太久、太久了……"

第十一章
穿越时空孔洞

卡戎离开思莪星之后,带着对波菈的思念,继续踏上了逃亡的旅程。他与梅珞驾驶着领袖号飞船随着宇宙风不断漂泊着。当那颗超新星爆发所产生的能量即将消散的时候,他们发现领袖号正在被一股吸力牵引着。梅珞探测到这股力量的源头来自一个莫可名状的孔洞口,便向卡戎询问道:"这是虫洞吗?但是感觉又不像。"

卡戎回答道:"你怕死吗?"

梅珞不解地问:"当然怕了。如果不怕死,这么多年还逃什么,让伊缪恩人杀死就好了。"

卡戎继续说道:"我有一个想法,应该说是冒险。如果我的预测是对的,那么我们飞入这个孔洞之后,将会出现生机。伊缪恩人应该就再也找不到我们了。如果预测不对的话,会出现什么结果,我也不知道。"

梅珞明白,整个舰船上就剩下自己和卡戎两个人,外加三只"骡子"。他们已经不再是简单的上级和下属的关系,更多的是战友、同志。卡戎早就意识到了他们关系的变化,所以很多时候卡戎不是命令梅珞做什么事,而是和他一起商量。梅珞的想法也很直接,反正这样一直逃跑总不是办法,被伊缪恩人杀掉只是时间问题。如果能够摆脱伊缪恩的追踪,冒点险又有什么关系呢?相对于早晚要死,冒险可能立刻就死了,但是如果冒险成功,以后就可以放松地生活了。而且在担惊受怕又平白无味的逃亡生涯中,冒险似乎可以增加一点乐趣。只是如果眼前这个玩意儿不是虫洞,那会是什么呢?

卡戎随即做了解释:"所谓的虫洞,其实就是某个超大质量天体,或者某些巨大的能量场占据了宇宙的某个空间,并扭曲了周围的时空,当扭曲程度足够大时,周围时间和空间会产生重叠,就相当于挖穿了一个时空隧道,这就是虫洞。"

梅珞仔细想了想然后说道:"空间重叠我觉得可以实现,但是时间也能重叠吗?我们一般都生活在三维实体化的空间里,看得见,也摸得着,可以在其中往返重复。时间作为第四维度,是线性化的,只能去经历,不能倒流。"

卡戎笑着回答:"对的,非常正确。可是你应该知道我们坎瑟星人发现了五维空间。这个还要归功于你父亲梅狄亚,是他睿智地发现了五维空间,并且应用在了我们的领袖号飞船上。但是你知道五维空间的具体原理是什么吗?"

梅珞摇摇头,他并不清楚其中的准确道理。事实上梅珞只知道父亲发现了五维空间,这是坎瑟星的大事件,也只有极少数人才能掌握五维空间的机密,梅狄亚也从来没有和他说过其中的奥秘。那时毕竟他还小,梅狄亚只是粗略地教授了当时已经懂事的梅瑞。

卡戎继续道："四维空间你非常了解，就是长、宽、高三个维度的实体空间，再加一个维度——单向的线性化时间。如果现在把三维空间减去一个维度，人们就只生活在二维平面上会怎么样？比如说一个人生活在水平的纸上，他永远只在长和宽的维度中生活，他不会理解什么是高度的实体化。现在你想象一下，如果给在这张纸上生活的人突然加上了垂直的维度，同时再把地心引力考虑进去，会怎么样？"

梅珞跟着卡戎的思路走："如果这样的话，由于地心引力的作用，他就只能够向下移动，无法向上移动。"

卡戎满意地点点头："果然不愧是梅狄亚的儿子，一点就通。也就是说，对于二维空间来说，高度就是单向维度的，就像时间对于三维空间那样。你再思考，假如一个人生活在一维空间的水平线上，人们就只能前后行动，无法感知左右的东西，是不是同样的道理？而我们生活在四维空间的人，一旦进入五维空间的模式，就会发现实体化的维度不仅仅只有长、宽、高，连时间都将实体化。与此同时，还会出现另一个单向的维度，也就是第五维度。如果想要知道这个孔洞是否是虫洞，我们打开五维飞行模式，看看它第四维度的实体状态，就会非常清楚了。"

梅珞似乎明白卡戎的意思：如果面前的这个孔洞是虫洞，就意味着时空会产生重叠。一旦进入五维空间里，时间就会从线性变成实体，就可以很明显地看出时间的具体形态——是直的，还是弯曲的，或者是扭曲的，也或者是重叠的。如果时间是直的，就说明周围没有大质量天体造成时空扭曲。如果是弯曲的，则说明这里受大质量天体的影响。若是扭曲的，这说明这片区域的大质量天体不止一个，造成了比较复杂的扭曲形态。倘若时间有交叉重叠，则意味着天体的质量足够大,把时空扭曲到成一个闭环,造成了时空穿孔,也就是虫洞。

说罢,卡戎做好相关准备,准备按下五维空间飞行的按钮。梅珞的眼神里充满了对未知的担忧、好奇和激动,可是卡戎的手却停住了。原来卡戎也是第一次独立操作超维度空间的飞行,梅珞刚刚还以为卡戎知道那么多五维空间的理论,应该是经常执行这样的飞行任务才对。可是卡戎却说:"我之前确实参与过超维度飞行,只不过都是在你父亲梅狄亚的主持下进行的。梅狄亚当时全程都很谨慎,也很紧张,有一点出错就会导致飞船坠毁。整个坎瑟星只有很少的飞船装备了这项技术,而且主要用于科研,根本就不隶属于我们战斗部队。我们这艘领袖号,是在我坠落卫星那次事件之后才生产出来的,是我们的最高首领阿特亲自下令给新的领袖号装备这项技术,并且做下了相关指示——不到万分危急的时刻,不要开启五维空间的飞行。"

只是对于领袖号来说,"万分危急"这个概念该如何界定呢?卡戎不知道,梅珞更不知道。随着卡戎打开了五维飞行系统,神奇的一幕发生了,在他们眼前,时空的呈现方式完全变了。时间变成了可以来回重复的实体维度,就像一条路一样。在这条时间道路的不同位置,可以看到历史上不同时间里发生的事情,就像历史事件的幻灯片一样。今天、昨天、前天……各个时间都紧密排列在一起。他们对着当前的这个孔洞的方位,发现在现在的时间和未来的时间中出现了一个间隙,和其他时间的排列相比,这是一个明显的窟窿。

卡戎疑惑地说道:"就是这个间隙,看到没有,这确实不是虫洞。如果是虫洞,那么时间就是一个闭环;如果不是,时间就只会是直线或者曲线……而现在,这个地方竟然断了,不连续。时间不连续,这该如何解释?就相当于昨天结束之后,就到了明天,没有了今天。打死我都想不到这个孔洞竟然会是这种情形！"

梅珞没有想那么多："穿过这个洞，说不定就可以完全摆脱敌人，就有一线生机。"然后将领袖号飞船缓缓地开到了孔洞的边缘，仔细地观察着。梅珞用笃定的眼神看向卡戎，认为可以一试，卡戎也缓缓点点头表示同意。卡戎刚要返回四维空间的时候，突然想到："时间未来的部分就在我们前面，我们何不前往未来看一下我们未来的命运如何？"

梅珞也意识到这是个难得的机会，确实值得这么去做。于是他们开足了马力往前飞去，但是前往未来世界，就像在爬一座陡坡一样，飞船在丝毫未动的情况下，能源系统立刻亮起了警报。以他们现在的力量，没有办法窥探未来，似乎有一道不可超越的屏障。但是回望过去的方向，则简单不少，就像在走下坡路一般。卡戎意识到："即使我们在五维空间里，想要窥探未来世界，也必须接受四维世界的定律。就像在二维世界的生物，即使突然到了三维世界，爬坡总是更辛苦。只有在借助外力的情况下才能实现单一维度的超越。对于我们而言，想要穿梭到未来，就必须借助外在的某种巨大能量，仅靠我们自己的飞船，是不可能办到的。算了吧，我们赶紧穿越这个孔洞。"

说完之后，梅珞指挥"骡子"一起协调操控飞船，准备穿越。卡戎对梅珞说道："你需要学会指挥协调。万一有天我先老去，或者有什么不测，你可以继续我们这趟孤独的旅程。你现在就开始学习独自指挥战舰，学会独立执行任务。"

梅珞对卡戎心思的细腻和深谋远虑深感敬佩，也对自己以后需要承担的责任感到迷茫。毕竟这场"圣战"尚未真正结束，敌我双方还有最后的力量在角逐。对于梅珞来说，他未来要肩负着那最后的光荣。卡戎离开了指挥官的位置，留下梅珞指挥领袖号。卡戎刚一离开控制中心，就匆匆向自己的休息间奔去。

梅珞心里充满了担忧，自己第一次主控飞船，就要进入一个完全未知的领域，难道卡戎就这么相信自己吗？还是说卡戎就是要给自己一个巨大的挑战？一旦操作失误，自己和卡戎，还有"骡子"们，就都要奔赴黄泉……领袖号上还有一艘侦察艇，卡戎不会自己逃走了吧？梅珞突然窜出了这个想法，但随即又感到羞愧——卡戎怎么会这样做呢？各种想法都在梅珞的脑海里过了一边，最后快刀斩乱麻，想那么干什么呢？干就完了，准备穿过去！

正在梅珞调整舰船飞行姿态的时候，他突然意识到一件事，如果有一天波菈和姐姐也路过了这个孔洞，她们会不会因为担心这里面有危险，而选择其他的路径？那样的话，他们就永远也无法见面了。于是他将这里的情况发给姐姐，虽然根本不知道梅瑞是否会收到，但是万一收到了，他们相聚的机会也就多了一些。而且，梅珞可以放心发送信息，不用担心伊缪恩人会通过电波追踪过来，因为自从卡戎坠落卫星事件之后，领袖号采取了动态编码作战指令，和宇宙辐射的电磁信号极为相似。无论伊缪恩人是采取什么方式追踪他们的，反正不会是通信电波。

梅珞驾驶着领袖号飞船开始穿越孔洞。他们并不知道在穿越过程中会发生什么，最坏的结果无非就是个死。只是梅珞还没有深刻体会到，死亡并不可怕，真正可怕的是等待死亡的过程，尤其是死亡之前出现的种种幻象。突然，一股巨大的拉力把领袖号直接扯了进去，梅珞没有系安全带，整个人悬浮在了飞船中间。与此同时，却还承受着数十个重力加速度的拉力，内脏有一种被压碎的阵痛。他很想呕吐，但是却捂住了嘴,生怕把胃或者其他什么内脏吐出来。

在巨大的引力作用下,伴随着时间和空间不规则的扭曲,领袖号不断经历着各种前所未有的变化。舰船内部的空间呈现出各种怪异的造型——原本是直线的空间,变成了曲线、折线、线段,先后错位,左右断层。这些碎片化的空间似乎在以另外的某种秩序重新组合。而仪表盘上显示的时间更为有趣,有时候飞快,有时候奇慢无比。如果是一般情况下,即使在巨大的引力场内时间变得很慢,身处其中的人是感觉不到时间有什么变化的,但是在这里却明显感觉得出来……

悬浮在空中的梅珞一下子掉在了船舱的地板上,终于回归了平静。几个"骡子"趴在操控台上也很是狼狈。梅珞爬了起来,眼睛有点重影,看东西模模糊糊的,只能踉跄地向着控制台走去。这回他学聪明了,赶紧把安全带系好,坐在位子上大口喘着粗气,干吞了一下根本就没有分泌出来的口水,然后揉揉眼睛,强行让自己的视线聚焦。等他能看清楚东西之后,梅珞突然发现,在领袖号的正前方还有一艘飞船!这!这是哪里来的?虽然看不到细节,但是确定那是一艘飞船无疑,说不定就是伊缪恩的那艘!为了进一步看清楚对方,梅珞打开了领袖号的远程扫描系统,但却被前方飞船动力装置喷出的火焰给干扰了。这样根本就辨识不了!正应了那句话,未知产生恐惧。梅珞命令"骡子"们赶紧开启武器系统锁定前方飞船,虽然梅珞并不想主动攻击,但是也要防止对方先发制人,毕竟宇宙中想要发动侵略不劳而获的人太多了。梅珞真的成熟了,他的担忧不仅有道理,而且极为必要,一个骡子汇报——梅珞长官,我们也被某个雷达系统锁定了!梅珞一听,果然来者不善,与其坐以待毙,不如先发制人!梅珞再也不希望像在坎瑟星时那样被动挨打了。现在的领袖号占有位置优势，即使前方舰船有出色的后防系统，但是面对追击，它也会处于劣势。梅珞直接示意控制武器系统的骡子开火，随即一枚导弹发了出去。

梅珞看着导弹射出，想起了他曾经击毁了多艘伊缪恩舰船，战斗的场景迅速复现在脑海。正在这时，负责防御的"骡子"惊呼道："长官，我们被人伏击了，后方有一枚导弹正在追击我们！说不定，前面这艘舰船只是诱饵！"

梅珞第一次指挥舰船就遇到了这种事，难以压制住内心的惊慌。虽然他以前经历了很多战争，但是都是服从指挥而已，现在自己必须掌控大局，做出冷静又准确的判断，否则很容易被击败："打开电磁场防护罩，发出诱饵弹。"

随着诱饵弹的发出，领袖号后面的导弹被拦截了。爆炸产生了强大的推力直接顶在电磁防护罩上，推着领袖号加速向前飞去。梅珞一下愣住了，因为几乎在同时，领袖号自己发出的导弹在即将击中前方飞船的时候，前方飞船也是发出了诱饵弹，然后被爆炸的气浪推着向前飞……

梅珞似乎意识到了什么，难道说前方的飞船是……梅珞下令停止飞行，随即，前方的飞船也停了下来，两船相对静止。梅珞紧接着缓缓向左调转船头90度，而前方的舰船同时也左转90度。这样一来，领袖号和前方的飞船船体保持平行状态。梅珞站了起来向右侧方向看着那艘飞船，再一次打开远程扫描系统，对着那艘飞船的驾驶舱仔细分析——梅珞看见了自己的后脑勺，还有其他三名"骡子"。果然，前方的飞船就是领袖号自己！

梅珞陷入了困惑！他们在进入孔洞之前已经在五维空间里分析

过,这里不是虫洞!可是现在他们在这个孔洞里看见了自己的后脑勺,这就只有一种可能了——一个大质量的天体把空间扭曲、重叠,把时间和空间闭环成一个圆圈。只有黑洞外围的引力圈才有这种特性,光线围绕着黑洞旋转而飞不出去,这样才能看见自己的后脑勺。梅珞问旁边的"骡子":"我们从发射导弹,到导弹爆炸用了多长时间?""骡子"通过武器系统精确地探测到:"一共21秒。"21秒的飞行,这个距离不算长……难道说,孔洞里面真的藏着黑洞。可是在进入孔洞之前,他们已经在五维空间里探查过,周围并没有大质量的天体,究竟是什么让时空扭曲到这个地步呢?

还没等梅珞想完,飞船上所有的事物再一次被拉扯,巨大的引力把他们拉成拉面条一样,休息间的卡戎和驾驶室里的梅珞都感到了巨大的恐慌。随后,他们身体的物质被拉成了各种微粒,以质子、电子,甚至是更小的微粒散开了。而他们却也感觉不到疼痛,疼痛的感觉通过神经传递到大脑,说白了就是一种生物电的信号,而这种信号的传输速度在巨大引力的作用下也变慢了,神经的疼痛信号还没有传输到大脑,神经和身体就已经消散没了。他们只能眼睁睁地看着自己的身体消散,当消散到头部的时候,他们彻底失去了意识。

等到他们再次醒来的时候,非常庆幸自己还活着,领袖号从表面上看没有什么变化,每个部件、仪器,都没有损坏。只是每个人的身体感觉到了有些许不适,其实也不算不适,就是和以前有点不太一样。其中最大的不一样,就是所有人都出现了短时间的思维混乱和记忆错乱。等到思维和记忆恢复正常之后,梅珞又迅速对自己的身体状况做了检查,结果显示身体机能没有任何问题,只不过大脑有着一定程度的萎缩。梅珞不知道这一变化是否会影响以后的生活,但是感觉没有什么影响，至少现在没有。卡戎看着完好无损的梅珞，悄悄地把之前在思峨受伤的手指包扎了一下，那个地方的伤口变大了，而且又开始流血。不过这次穿越总体来讲还是很顺利的，也很安全的。穿越到了这里，伊缪恩人估计很难再追过来了。可这里对于梅珞一行人来说是一个完全陌生的环境，后面的每一步都需要小心行事。正在这个时候，休息室里传出卡戎兴奋的叫声："我猜对啦，我猜对啦！"

梅珞听到卡戎的叫喊之后，也跟着欢呼起来，随后是骡子们的欢呼声，他们很可能就要找到新的栖息地。然后休息间又传出来卡戎兴奋到歇斯底里的叫声："我是救世主，我是救世主！我是坎瑟星的希望，我是光荣圣战的终结者！"

卡戎从休息间里出来，梅珞冲上前去抱住他："是的，你猜对了！你赌赢了！"卡戎突然怔了一下："你怎么知道我猜对了？"梅珞被这个问题弄愣了："我们都活下来了，所以你猜对了啊！伊缪恩不会追上我们了，你是救世主，你给这场战争画上了句号。"

卡戎听了梅珞的话松了一口气。梅珞虽然觉得卡戎的反应有点怪，但是他知道卡戎真的赌赢了，冒险穿越到这里是正确的选择。他终于松了一口气，然后将穿越孔洞之后的情形，尽可能详细地发送给了梅瑞，希望她能收到。梅珞也知道，梅瑞能够收到信息，应该就是一个美好的愿望而已。

卡戎知道梅珞给梅瑞和波菈留了信号，就问梅珞："你想你姐姐吗？"梅珞当然知道在绝境中的思念是怎样一种滋味。他经常想放弃，想要逃避这种困境，早点结束自己的一生，但是总有一种不甘在心中涌动。梅珞觉得此时卡戎提到这个问题，说明了这个坚强的战士内心柔软的一面也开始萌动了，他对波菈是绝对放不下的。卡戎说继续道:"要不我们回去接她们吧,然后一起到这里生活,也可以更好地延续我们的后代。"

梅珞知道卡戎指的是他和波菈的孩子,能把波菈和姐姐都接回来当然再好不过了。于是他们驾着舰船原路返回,但他们从那个洞口出来的时候都失去了意识,所以没有记录出口的地点,他们只是知道那个洞口大概的位置,可是搜寻了好久也没有找到。梅珞灵光一现:"我们打开五维空间,沿着历史的轨迹往前找,找到这个间隙应该是没有问题的。"

虽然每打开一次五维模式都会给领袖号带来巨大的损耗,但卡戎觉得现在也只能这么办。当他们再次进入五维空间的时候,竟然发现这段时间是一连串的轨迹,没有任何的缺口。无论他们如何找寻,都没有发现任何痕迹。

梅珞惊叹道:"完全找不到那个孔洞了,难道说这个孔洞是单向同行的,并不是那个孔洞不存在,而是我们没有办法发现它。就像二维世界的蚂蚁突然掉到了一个三维世界的悬崖下面。它只知道自己掉了下来,却没有办法找到向上返回的路径。"

卡戎愤恨地敲击了操作台,心里涌起了巨大的惋惜。如果真如梅珞分析的那样,他们四人再次相聚只剩下一种可能——梅瑞和波菈同样也穿过这个孔洞。卡戎也没有更好的办法,只能被动地祈祷和等待。对于现在的他们来说,最好的选择就是带着期待和担忧继续他们的旅程,寻找一个合适的地方先安定下来。

在这个孤单、寂寞又充满了未知和不安的旅行中,卡戎和梅珞没有别的消遣,就是时不时地谈着各自曾经的幸福时光。时而为了那时的幸福而开怀大笑,时而因为幸福都变成往事而痛哭流涕。时间过去这么久，他们似乎把所有能够回忆起来的情节都说了十几遍。最后，就只能不断去讨论他们曾经共同认识的人了。他们每次对别人的评价都不太一样，这勉强算是乏味旅途中的新鲜东西，以此排解着那令人压抑的寂寞。卡戎问梅珞："你觉得你父亲梅狄亚是个什么样的人呢？"

梅珞自豪地说道："父亲是我的骄傲，他对坎瑟的贡献让我引以为荣。虽然在最后的那段时间里他有点反常，可能是压力太大了吧，但是无论如何，我作为他唯一的儿子，都会矢志不渝地坚守他的立场。"

卡戎紧接着又问："即使你父亲犯了错误，做出了错误的决定，你也会坚持吗？"梅珞面带骄傲地回答："他无论做了什么事情，有什么想法，都是为了我们星球的未来。所以，我甚至可以不用问父亲做事情的原因，而直接坚守他的信念就可以了。他就是这样一个值得我维护的人。更何况什么是对，什么是错呢？所谓的对与错，无非是不同立场的人，为了达到不同的目的而产生的分歧罢了。赢了的就是对的，输了的就是错的。把过程中看似错误的事情坚持到最后，未来所有的事情都会围绕着这件看似错误的事情来发展，并最终融合成一个系统，那么错误的事也就变成对的了。这个世界就剩下我们了，丢失了历史，失去了未来，没有了价值判断，也没有了目的。失去了评判尺度，对与错更无从谈起。至于我父亲是对或者是错，又有什么关系呢？我只要把他的意志坚持执行到底就可以了！"

听了这一席话，卡戎陷入了深深的思考。

第十二章
吊坠里的秘密

梅瑞和波菈坐在救生艇上，舱内面弥漫着令人窘迫的沉默气氛。在沉默中，夹杂着猜忌、怨恨、痛苦。梅瑞不知道该说什么，感觉愧疚、内疚，同时也不愿意相信自己的父亲会成为叛徒。最终波菈率先开口了："梅瑞，我们现在还不能确定你父亲是不是真的变成私通外敌的间谍，但是目前的种种迹象都显示，事实可能就是这样的。如果他确实是间谍，你会怎么做？"

梅瑞回答道："我会忠于我们的星球，忠于圣战。我父亲的事情如果是真的，我只能说我很惭愧，我会尽我所能来弥补，虽然一切都晚了，也弥补不了什么了。"

波菈说道："你有这种立场就好，毕竟你是你，他是他。你之前说梅狄亚有一段时间很反常，那你能否告诉我，他是从什么时候开始发生转变的，是不是出了什么事情促使他思想发生了转变，抑或是敌人对他有什么诱惑，达成了什么条件？比如说，恳求伊缪恩让你们姐弟两个活下来，就是他叛变的条件呢？"梅瑞思考了一下，很慎重地揭开了那段回忆：

在很多年前，战争还没有开始，我们都沉浸在幸福的生活里。有一天，父亲发现了五维空间，并且基于这个发现，启动了一部分周边技术，给我们星球带来了巨大的便利。之后也利用这些技术开发了很多高端武器。只是还有很多关于五维空间的关键技术，父亲并没有对外公布，核心的五维空间技术仅用于研究，从来没有真正进入应用领域。他到底为什么要限制这项技术我也不是很清楚。

波菈，你应该还记得，当时我父亲发明了五维空间飞行器，并在五维空间试飞成功的新闻吧，那时候我和梅珞还很小。那天，他自己亲自驾驶着自己设计的五维飞行器进行试验，从起飞到降落只用了几分钟而已。我们看着他在空中盘旋了一圈就降落下来，然后他面色沉重地打开舱门，回到地面，问了一个很奇怪的问题："我这是在哪里？大家怎么还在这里等我？"

迎接他下来的人问他："只飞了这么一点时间，是不是出了什么问题呢？梅狄亚先生，不要气馁，我们会一如既往地支持你。"

父亲满脸诧异，想了一会儿之后，随即用简短的四个字宣布了这次试飞的结果："实验成功。"整个坎瑟星都沸腾了。巨大的庆功仪式在全球范围内展开，无论是阿特首领还是卫兵，无论是官员还是百姓，都疯狂地庆祝着。但是在举国欢腾的情况下，父亲缺席了庆功仪式，让首领阿特在尴尬中独自主持完了庆祝活动，全部坎瑟人都因为父亲没有参与庆典而感到遗憾。正在大家都兴奋不已的时候，父亲却像丢了魂一样回到了家里。

看到父亲回家，我和梅珞兴奋地扑到了他怀里，庆祝他成功，但是他轻轻把我们两个推开。母亲疑惑地问他："努力了这么多年才研制成功的飞行器，飞了这么一会儿，实验就成功了？这也太不符合常理了。这又不是普通飞船试飞，究竟发生了什么事情？"

父亲满脸凝重，什么都没有说，只是斜眼看了母亲一眼。等到晚上我和梅珞都去睡觉了，父亲把母亲叫了出去，开始描述他在太空中经历的那些怪异事情。我那天因为父亲的成功而极其兴奋，所以刚好没有睡着。一开始我躺在床上，听不清楚他们的对话，父亲把声音压得很低，他很明显对母亲说着我和梅珞不方便知道的事。我非常好奇，就悄悄凑到门边仔细听。只听母亲说："亲爱的，你到底怎么回事？获得了如此巨大的成功却这么不高兴。你在太空中是不是发生了什么我们在地面上不知道的事情？"

我看不清父亲的表情，但是可以从他的话语中感受到他的消极："是的，你说的一点都没错。我经历的事情你们谁都想象不到。在你们看来，我从起飞到降落仅仅几分钟而已，而且我一直都在你们的视线之内，连遥感探测器都没有发现我的异常，可是我自己却经历了十几天的飞行，我在太空中遨游了十几天！"

母亲疑惑地问道："可是你的飞行器从来也没有从现场观众的视线里消失，探测设备从来也没有发现你离开过啊？"父亲摆摆手："以目前的技术手段是不可能探测到我的轨迹的，更不可能发现我离开过这个星球。当我开启了五维空间之后，时间顿时实体化了。我可以沿着时间变成的一条实体化的道路，看见历史曾经发生过的每一个事件，但是却没有办法看见未来世界。另外，你们之所以看不见我消失在五维空间里，我想是因为只要我在长宽高三维的位置保持悬停，然后在时间线上，准确地说是时间凝固成的线，只要我只沿着时间这一维度向历史的方向移动，你们在地面上就会看到，我一直处于你们所认为的正常飞行状态，不会有任何异常。打个比方，如果在三维空间中，有个物体沿着垂直方向上下移动，而你又刚好处于物体的正上方观察它，那么是无法发现它在上下移动，只会认为物体是静止的。所以，在四维空间里观察五维空间里的我，只要我保持恰当的角度，你们是没有办法发现我的异常的。当时我其实是在时间维度上移动到历史当中去了。而在时间维度上，每个人都不再是单一性的人了，而是可以同时存在于过去、现在，或者也应该包括未来吧。我就像一个观众一样在看着历史中的人和事，包括曾经的我。我所经历的十几天的太空遨游，已经空间化的时间维度上的历经数十年、数百年，甚至更久。我说的，你能明白吗？"

母亲似乎有点明白，但是似乎又不太明白，摇摇头，又点点头："那你在那个'空间'里看到什么了呢？"父亲神情严肃地沉默着，似乎鼓起勇气，痛苦地说："我发现了我做错了很多事情……

我看到了宇宙的全貌……

我看到了宇宙的起点……

看到了很多很多……

你有没有想过这样一个问题，我们所接触到的所有的星系，所有的天体系统，都如此有规律地运行。所有的星体都围绕着某个中心不停地旋转——毫无例外、从不停息，那么和谐，那么完美！似乎所有的天体都是被设定好的，为了某个目的而存在着、运动着……"

母亲不解地问道："你到底想要说什么呢？你究竟看到了什么，会让你有这样的思考。这些现象不是很正常吗？"

父亲摆摆手:"不,根本就不正常。只不过是我们习以为常罢了。把'习以为常'当作'正常',会错过很多本应该被发现的东西。你可以想象一下,宇宙当中的物质、能量、星体、尘埃,那是一个无法计量的天文数字,这些本是一堆理不清头绪的物质,却全部都按照某种统一的规律运行,从而形成了'事件'。所以整个宇宙根本就不是物质的宇宙,而是由物质参与形成的'事件宇宙'。宇宙是'事物',不是'物质'。它就像一堆物质材料被编程了一样。这些编码是谁编写的,又是如何作用于宇宙的物质上的呢?"

母亲诧异地问道:"你的意思是说,宇宙被一个更宏观的意志在控制着吗?"

父亲无助地摇摇头:"如果只是像你说的这样,那倒简单了。问题是可能并不完全是这样的。"

"那是怎么样的呢?"母亲焦急地追问。父亲刚要回答,却似乎意识到了一个很严重的问题,然后:"不!我不能告诉你。"母亲生气道:"我们是夫妻啊,有什么事情还需要对我隐瞒吗?"父亲似乎很决绝:"就是因为我们是夫妻,所以我才不能和你说。为了你的幸福,为了我们的家,为了两个孩子。我现在不能告诉你。但是我需要告诉我们最高的首领阿特,他必须知道!"

说到这里,父亲就再也不讲话了,无论母亲怎么询问他,他始终保持沉默。第二天,父亲便见到了首领阿特。据说他和首领谈了很长时间,但是最后好像各自都非常不愉快。父亲回到家之后像丢了魂一样,不久之后,首领阿特派人过来游说父亲,希望他能够把五维空间的技术毫无保留地公开,因为父亲的这项研究具有重大的意义,首领阿特希望把这些研究转化成能用于星球建设的技术,同时也可以用于军事。但是父亲拒绝了，或者说是部分答应了吧。他只是把一些与此相关的技术提供给了首领，而五维空间的核心技术自始至终都没有公布。后来战争爆发，首领有一次亲自登门拜访，希望获得五维空间技术，父亲最终还是妥协了。但他只是亲自主持了几艘五维飞行舰船的研发，至于核心技术的细节依旧没有公布，仅做了一些原理性的讲述。从那之后，他更多的是做一些文化性的研究。对技术开发不再感兴趣，甚至是很反感，而且还把很多其他的研究成果雪藏了起来。

父亲在闲暇时间里，基本上是无所事事、了无生趣的状态，但突然有一天他开始手工制作一件吊坠。制作了很久，那件首饰似乎是他的艺术品，精雕细琢，甚至有一段时间爱不释手。我觉得好奇，就去看他是如何制作的，但是被他赶了出去，并且还发了不小的脾气。不久之后父亲被彻底革职，同时那件吊坠也做好了。他把这件吊坠送给了我，叮嘱我说这个吊坠里面并不是什么美好的东西，甚至有点可怕，不到必要的时候千万不能打开。

波菈听了梅瑞的描述之后，感觉到梅狄亚肯定隐藏了巨大的秘密——很有可能就是在他进入五维空间之后遇到了伊缪恩人；说不定是因为他被革职心有不甘，一心想着推翻领袖阿特的统治，才将伊缪恩人引狼入室，所以才会难以启齿，连他的子女和爱人都不能说。想到这里，波菈对梅狄亚的怨恨更是无以复加，然后对梅瑞说道："这个事情太蹊跷了。梅瑞，你要有心理准备，你父亲可能并不像以前看上去的那么高尚。很有可能是在权力斗争中落于下风而选择了引狼入室。但也有可能是我想多了，说不定他真的有什么他不能说的隐情。而且他那么费尽心思地制作了那件吊坠，那吊坠里应该就藏着答案。

现在，我们打开吊坠看看里面有什么吧。"梅瑞颤抖着取下了吊坠，不敢轻易打开。如果波菈的猜测是对的，那么这将是永远抹不掉的巨大耻辱。而且父亲说得很清楚，吊坠里面藏着的是灾难。

最终梅瑞鼓起勇气，拿出吊坠观察起来。从外观上看，这就是一件制作勉强算是精美，其实只能用"普通"来形容的吊坠而已，她小心翼翼地打开，仔细观察。果然，在吊坠的中间有一个非常不易察觉的夹层。两人对视一眼——这里面有机关。梅瑞打开了吊坠的夹层，里面顿时里面亮起了点点柔和、温馨的光，光芒里似乎充满了父亲对子女的爱，然后慢慢显现出现来一排一排的文字，同时还伴随着梅狄亚的声音，这些都是梅狄亚一点一点凝结上去的。

波菈担心假如自己的猜测是对的，那么梅瑞肯定受不了这种巨大的打击，所以她想要回避一下，堵住耳朵，也不去看那些文字，让梅瑞单独去揭开事情的真相。她刚要背过身去，却被梅瑞拦住了。因为现在就只有她们两个人，即使让梅瑞自己来承受这不可承受之重，那然后呢？除了愧疚和逃避，还有别的路可走吗？就算想要逃避，又能逃到哪里去呢？与其一直畏畏缩缩，不如现在就把问题敞开看个明白。于是两个人一起看着梅狄亚留下的文字。

刚开始的时候，说的基本上都是父亲对子女的爱，这只是让梅瑞的眼泪止不住地流下，可这些对波菈并没有什么影响。但是随着往下深入阅读，气氛越来越沉重，越来越严肃。一个惊天的秘密，展现在了她们眼前。梅瑞和波菈都被彻底震撼，在两个人瞠目结舌的表情中，她们看完了梅狄亚留下的这封信，一封堪称遗书的信，两人不自觉地抱在了一起痛哭起来。哭声里满含绝望、羞愧、无助与彷徨。随后就是一直沉默，她们找不到任何话题可以聊，而且她们也终于知道了,这个吊坠真的不应该轻易打开,它将引导坎瑟人走向一条不知所措的迷途。

沉默的气氛被信息接收设备打破了。梅瑞打开了设备,里面显现出了弟弟梅珞的信息,她顿时兴奋起来,至少他们还活着。梅珞的意思大概是:"你们沿着超新星爆发的宇宙风飘到尽头之后,会看到一个奇异的孔洞,这应该是通向另外一个维度的世界,说不定我们从这里穿过去就可以逃脱敌人的追捕。我们现在要过去了,进去之后会怎么样,现在还不好说。我们穿过去之后,如果依旧还活着,我会继续给你们发信息的。我把孔洞的坐标发送你了,你们应该可以很轻松地找到那里。我要进去了,姐姐,我好想你……"

听完了梅珞的留言,她们沿着坐标飞行,果然找到了那个孔洞。波菈问梅瑞:"我们是否要穿越过去?"梅瑞回答道:"有何不可呢?反正无论是生是死,对于我们来说也都没有太大的意义了。我们穿过去吧,并不是因为有伊缪恩在后面的追杀,而是前面有我们的家人。对了,波菈,你现在害怕伊缪恩人吗?"

波菈回答道:"当然不怕,是他们怕我们。"说罢,两人齐齐地苦笑了起来。

救生艇和领袖号不同,没有休息间,只有两个座位。二人就只能斜靠在座椅上休息。波菈看着已经熟睡的梅瑞,回忆着她刚刚把父亲梅狄亚的吊坠精心收好的那个情景,可以看得出来梅瑞是多么珍惜这个吊坠。其实波菈也有一个类似东西,那是卡戎当时在思峨星留下来的。卡戎离开思峨后,波菈继续喝着他笨手笨脚地煮出来的粥。遇到骨头就吐了出来,在所有的骨头里,她发现了一块最为与众不同的,于是她收了起来装在一个随身的袋子里。波菈回忆着卡戎当时说的话——当波菈想他的时候，就把他留下来的食物吃一点。但是吃完之后，卡戎并没有回来。而那块骨头，也就成为了波菈的精神寄托。每当思念卡戎的时候，她就拿出来把玩一番。

波菈看到梅瑞一直带着她父亲留下的遗物，这也让她对卡戎的思念泛滥了起来，于是她比以前更加仔细地把玩着这块骨头。她凝视着这块骨头的边缘，猛地发现了一个细节——一个让她不敢接受的细节，让她陷入苦痛的挣扎！她不愿意接受自己的发现，难以压制的泪水从眼睛里飙了出来，然后爆发了撕心裂肺的哭声——为什么会这样呢？真希望这一切都不是真的！

这阵哭声吵醒了梅瑞，梅瑞对着波菈百般询问、百般安慰，却完全问不出个所以然，只能默默地看着波菈不知缘由地哭喊。过了好一阵子，波菈平静了下来，然后拿出这段骨头。她转向梅瑞说道："我一直把这个东西当作为纪念物挂在我的胸前，现在我看着伤心，但是也不舍得丢掉。你帮我保管吧。"

梅瑞知道这是卡戎留下来的东西，她猜想波菈是因为过分思念卡戎而悲伤过度吧。于是就把这段骨头揣在了自己身上，替波菈保管着。可是梅瑞并不知道——她的猜测，完全错了。

第十三章
地球，罗斯威尔

卡戎和梅珞成功穿越孔洞之后，又经过了许久的漂泊，来到了一个小型星系——中间一个恒星，照耀着周围数颗行星。当他们来到了这个星系的边缘时，他们接受到了一段来自星系内部的信号，这段信号肯定来自一颗有着生命和文明的星球，他们正向着外太空发布"他们存在"的信息，似乎在寻找宇宙中其他的文明。

卡戎兴奋了起来，指挥着领袖号全速前进追踪这信息的来源，一定要找到这颗星球。与此同时，卡戎心里嘀咕了起来，这个情景怎么如此熟悉。当时他们发现思峨星的时候，好像也是类似的情景。梅珞也意识到了这个问题，难道他们又飞回思峨星了？他们对视一眼后，心里有了默契：不用费劲锁定什么信号源了，直奔这个星系的第三颗行星飞去。于是不久之后，他们真的发现了一颗处在第三条轨道上，带有生命和文明的行星——重力加速度9.8，大气氮氧比7∶3，甚至连陆地和海洋板块，也都那么熟悉。

这些全部都和当年的思峨星一模一样。他们惊呆了，宇宙当中竟然有这种巧合？如果不是因为确信他们通过了那个时空孔洞的话，他们都认为又一次回到了思峨星。卡戎仔细回想着思峨星的样子，试探性地问梅珞："你是否记得当时思峨星的旋转方向？"梅珞还真记得这件事："用他们思峨星的话来说，是自东向西旋转。"卡戎看着梅珞肯定的眼神，嘀咕了一句："我也记得是自东向西。可是你看这颗星球，是自西向东旋转，和思峨刚好相反。这里不是思峨！"

他们开始收集这个星球上各种相关信息，扫描地表上的文明，结果又是和思峨星几乎相同。而且这个星球的语言竟然也和思峨出奇地类似，这颗星球的名字叫做——Earth，也就是地球，这里的人和思峨人竟然也是一样的，这个星系叫做太阳系。他们慢慢地分析着这里的信息，随着信息不断积累，卡戎的神情也不断兴奋起来。卡戎疯了，他疯狂地大笑起来，止不住地狂笑。他这一反常的表现，吓住了梅珞，也震住了舰艇上的骡子。当卡戎意识到了自己失态时，尴尬地收敛了自己的行为。然后抱歉地对其他人说："我实在是太兴奋了。说不定我们这次真的可以逃脱追杀，我们再一次遇到了这样一个适合居住的星球，我们可以不用再漂泊了。"

梅珞也非常兴奋，同时也继续扫描着地面上的文明状态，然后汇报："下面好像在进行着战争，他们的纪年方式称现在是1945年。文明层级和思峨星差不多。好低级的战争啊！这种仗，有个什么好打的？！"

卡戎静坐了一会儿："这个现象还真是奇怪，两颗行星竟然如此相似。只是不知道我们在这里是否会遇到在思峨星上所发生的事件。为了避免上次的情况发生，防止我们的飞船被这个星球的人也当成研究标本，我先悄悄潜入，对他们的文明方式进行深入研究。毕竟以后我们要长期居住在这个星球上，还是做好万全的准备。"

说完之后，卡戎把头转向梅珞："梅珞，我带一个'骡子'乘坐侦察飞艇下去，不知道会用多长时间。你就驾驶着领袖号，收集外太空的情报，看看是否还有伊缪恩人的踪迹，同时也要注意看看是否有梅瑞和波菈的消息。你可以行使一切权力，但是我的休息间你不可进入。这是命令！"

于是，梅珞带着两个"骡子"驾驶着领袖号开始在太阳系周遭穿行。在随后的时间里，他跑到了太阳附近，甚至还跑到银河系的其他悬臂进行各种观察，直到他再次收到卡戎的消息，让他赶回地球与其会合。由于快速的飞行以及强大引力场的作用，梅珞刚刚过去了一个月而已，而地球上的时间已经过了两年。梅珞驾驶着领袖号来到了地球附近，卡戎带着地球的资料回到了领袖号上。当他们见面的时候，梅珞看得出来卡戎的精神状态非常好，似乎完成了某种心愿。只是美好的心情背后，是一副疲倦的身躯。卡戎让梅珞继续操控飞船，自己则要回休息间睡一会儿。等卡戎醒来之后，又换梅珞去休息。梅珞经过了这段时间的飞行，也是有点累了，需要好好休息一下。只是梅珞刚睡着不一会儿，领袖号的动力系统发出了能源不足的警报。梅珞疑惑起来："凭着我们的能源技术，即使这艘飞船报废了，能源也不会不足的。这是什么情况？"

卡戎猜测道："有可能是经过那个空间孔洞的时候，对动力系统造成了不可想象的消耗，或者是我们的能源储备系统出了问题。当时我们都被拉扯成了粒子，如果当时能源也被粒子化了，那倒是很有可能导致能源逃逸，否则不可能出现动力不足的问题。梅珞你有没有什么解决能源问题的办法？"

梅珞思考了许久，很犹豫地说出了自己的想法："我觉得，可以就地取材，从太阳上攫取能源。"梅珞小心翼翼地回答着，因为他知道这样做可能会对地球的生命产生影响。梅珞之所以打起了太阳的主意，主要是因为当时坎瑟星的能源就是从他们星系的中心黑洞中攫取的，只不过黑洞能量对于坎瑟文明的消耗来说，简直就是取之不尽用之不竭，而太阳毕竟太小了……

卡戎摇摇头："我觉得不妥，因为太阳是地球的能量来源，而且我们以后可能会一直在地球上生存。虽然我们偶尔攫取太阳的能量，对于整个太阳的总能量来说不算什么，但是有一次两次，就会有三次四次。万一我们的能源系统需要长期靠太阳来补充的话，就有可能会对太阳造成影响。最大的影响并不是我们吸收了多少太阳的能量，而是我们的能源储藏手法很有可能会加速太阳的热核反应进程，会造成太阳黑子和耀斑的极端异常，这对于地球的生命来说是一种很大的威胁。还是打消这个念头吧，现在去看看领袖号现有的能源是否能够飞越太阳系，到达其他没有生命的恒星系统去寻找能源。"

梅珞迅速跑到引擎舱去查看，但结果令人失望，现有的能源到不了周围的星系。卡戎看着惨淡的动力数据，对梅珞说："有一个办法应该可行，只是收集能源的速度会非常慢。我在这里待了两个地球年的时间，对这里的情况算是很了解了。在地球大气摩擦的过程中，会产生放电现象，也就是地球人说的雷电。雷电产生的瞬间，温度甚至可以达到太阳表面温度的5倍。我们可以收集雷电作为能源，至少可以维持我们在地球上的动力需求。"

梅珞一听甚是高兴，这样可以很好地保护地球上的文明。卡戎看了一眼梅珞,深吸了一口气。梅珞不解地和卡戎对视,他第一次看到卡戎有这样的表情。卡戎的嘴角靠着肌肉的收缩,硬挤出一丝笑容:"上次穿越时空孔洞的时候,领袖号其实还是出现了一些小故障,有些地方尚未修复完成。在我的休息间里可以看出领袖号的照明电路出现了一些故障。这本来是很小的故障,也不会影响正常飞行。我不让你进入我的休息间,是因为担心你发现了照明电路的问题,而畏首畏尾,不敢大胆地驾驶领袖号。照明电路本来是很小的问题,但是现在是要收集雷电来补充能源,这很容易造成电路的进一步损坏,所以可以用侦察飞艇去收集能源,然后回来反补给领袖号。我这两年在地球上操作侦察飞艇时,尝试过用雷电补充能源的方法,没有任何问题。梅珞,你现在准备一下,乘坐侦察飞艇,先行去收集雷电的能源。"

梅珞做好了相关准备,侦察飞艇不同于救生艇,有四个座位。梅珞带了三个"骡子"一起出发前往地球表面。雷电这类能源虽然具有强大的破坏力,但对于坎瑟星人来说并不是什么了不起的力量。当梅珞一行人进入地球的大气层之后,开始寻找正在打雷的地方。不久之后,一个理想的位置出现在他们眼前,那里正好是狂风暴雨,电闪雷鸣。

梅珞打开了雷电收集装置,将其与能量存储器连接。梅珞心里由衷地佩服卡戎,收集雷电这种原始的点子都能想得出来。只见在雷暴天气中,闪电不停地出现,在十几次较小的闪电之后,一个巨大的炸雷劈了下来,梅珞赶紧凑了过去。等到把储存器装满了,就可以返回领袖号进行反向补充。只是梅珞怎么也没想到,事情偏偏就是这么不巧,严重的意外发生了。本来雷电应该打在感应器上,然后进入能源存储设备，可是强大的雷电打在感应器上之后，并没有进入存储器，而是沿着飞艇的电路充斥了整个舰舱。侦察飞艇的仪表顿时乱转起来，各种部件失灵，飞艇急速下降，冒着滚滚浓烟砸向了地球。只是这些乱作一团的景象，梅珞根本就看不见了。在雷电击中飞艇时，电流瞬间贯穿了梅珞和几个"骡子"的身体，这无异于直接被雷电击中。在梅珞失去意识之前，他似乎看到了父亲梅狄亚，还有母亲，还有坎瑟星的战友、同胞，还有不知道是否活着的姐姐梅瑞。

梅珞，一个饱经战争洗礼的青年战士走到了生命的尽头，客死异乡。此时，是地球时间1947年7月5日，飞艇坠毁的地点是美国新墨西哥州罗斯威尔。当飞船的残骸被地球人发现时，整个世界都震惊了……

第十四章
量子纠缠

罗斯威尔事件之后的半个多世纪，第二次世界大战的阴霾早已散去，但是遗留的问题还没有解决，诸多国家依旧在一个局里。虽然还存在某些强权国家为了自己的利益而发动的战争，但好歹从世界总体上来看，已经算是恢复了和平，人们都在为自己美好的生活而奋斗着。尤其在这个时代的大学里，美好的事情天天都在发生，幸福的生活似乎只靠缘分就能拥有。

大学已经进入寒假阶段，学生基本上都回家了，可是方明还没有回去。只是因为回家之后就要有一个月的时间见不到柳睿了。他恨不得在学校和柳睿一起过完春节再回家。这不是说方明不想家，只是因为他对柳睿的迷恋愈演愈烈，每次约会他都迫不及待，提前很长时间到达约会的地点，用他骨子里的书呆子气质去迎接柳睿的姗姗来迟。据说，女士的颜值和迟到的时间是紧密联系在一起的。面对着柳睿这绝对超标的颜值，方明的等待是遥遥无期胜有期，明明有期似无期……在他等待柳睿的时候，总是喜欢看一点书来打发时间，至于书的内容当然不是物理学的枯燥知识，而是奇闻异事、娱乐八卦。一旦柳睿到了，方明的脑子里就开始盘算着那些能勾起女生兴趣的各种段子。

柳睿终于来了，方明正在心浮气躁地看着一本书。柳睿默默地凑上前去："嗯？这是本什么书啊？《20世纪不可不知的离奇事件》……你看这干吗？"

"你不觉得很有趣吗？"方明回答。

"我对这些事情可不感兴趣。"柳睿送了一个大白眼给方明作为见面礼。

虽然两人早已确立恋爱关系了，手也牵过了，方明的初吻也没了，但是面对这个可人儿的时候，方明还是有点找不着北。娱乐八卦她不喜欢，旅游美食也不喜欢，就连她的专业——艺术美学似乎也不喜欢。总之，除了美妆和打扮之外，女生喜欢的事情，她都不喜欢。男生喜欢的事，她就更不喜欢了。和她在一起的时候，更多的是默默地相拥，似乎在重温着前世的温存，储备来世的幸福。方明不知道为什么，感觉柳睿认识自己很多年，从她言行中透露出这段感情就像一场跨越时空的爱恋。可是方明对柳睿却有点陌生，总感觉隔着一层什么，感觉她在装出一副小鸟依人的样子……

柳睿其实很顾及方明的感受，也知道方明是为了让自己开心，这才会去积累一些有趣的事情，才会看这种奇怪的书，于是她就问方明："这本书里面都写了什么啊，说几个听听，把我说高兴了，今天晚饭我就少吃一点，大发慈悲地让你这个星期的零花钱能攒得多一点。"

可是方明觉得自己付出的越多，就感到越幸福，所以为柳睿多花一点钱,他反而会更高兴一点。于是方明说:"我攒钱干什么啊?下个星期还不都是给你花?"

"你没想过攒钱给我买房子吗?"柳睿反问。这看似很功利的问题,但是却顿时让方明坠入了幸福的深渊。买房自然是结婚用的,可是短时间内也买不了。此时此刻,方明就只想让柳睿高兴,就把那些奇闻异事说了一下:"这本书说的是,上个世纪很多没有答案的各种离奇事件——天文地理,无所不包。比如说爱因斯坦的大脑啊,戴安娜王妃去世啊,那些可能永远都是谜的事件。"

"永远的谜吗,有没有关于罗斯威尔事件的呢?"柳睿这看似不经意的一问,其实下了很大的决心,平静如水的表情下,掩藏着难以控制的心跳。方明记得,上次提到罗斯威尔事件的时候,柳睿哭得一塌糊涂,这次她竟然主动问起来。方明不知道柳睿为什么对这件事情如此在意:"也提到了一些,但是说得并不是很清楚,上次看到你那么害怕,所以我就没有再提这件事。我觉得罗斯威尔事件应该是确实存在的,按照公开的说法,这艘飞碟是外星人过来进行科学考察的。如果真是这样的话,我们应该值得庆幸。如果这是外星侵略部队过来打探消息的,为侵略地球做准备,那我们不就很危险了吗?以我们现在的技术,突破太阳系都很难,面对这种级别的外星文明,我们就只能坐以待毙了。而且在很多年前,地球人做了一件很可笑又可怕的事情——向外太空发射了旅行者一号,让地外文明知道地球文明的存在。一旦让那些好战的外星文明发现我们,地球可就危险了。"

柳睿笑了一下:"你想太多了。星际之间确实会有战争,但是一般情况还是很友善的,至少我希望是很友善的。即使是在现在的地球上,只要遇到战争,就会有各种反战的声音。和以前那种想打就打的时代不同，人们开始注重和平、友善。你觉得外星人的文明发展到更高的层级之后，他们会到别的星球滥杀无辜吗？我现在问你，你作为一个普通的地球人，如果你发现了非常低端的外星文明，你会去侵略并杀害他们吗？"

方明说道："我想我不会。如果发生星球之间的战争的话，我想应该是为了掠夺资源，或者掠夺人口作为劳动力吧？"

柳睿说："星际之间的战争很多时候并不是你所想的那个样子……"

"啊？你知道那是个什么样子吗？"方明莫名其妙地问。

"切……我知道了也不告诉你。"柳睿调侃地回答。

方明继续说道："不告诉算了，就像你真的知道似的。还有其他有趣的事情可以和你说一下，特别八卦，绯闻中的天花板。匪夷所思的程度比'无以复加'还要厉害一点。这个事情的主角就是梦露和肯尼迪总统了。肯尼迪总统遇刺之后，梦露也就离奇去世了。据传说，这两个人之间有那种关系，你知道吧？"

"什么意思啊，你是不是也想和某个谁有那种关系啊，找抽是吧？"柳睿一边说，一边掐了方明的胳膊一下。方明很委屈地赶紧转移话题："我可不是这个意思，我是想说，肯尼迪总统的死因也很离奇。你知道他的调查结果有多么不合常理吗，简直就是鬼扯。我念给你听：刺杀现场射出了三颗子弹。调查委员会认为这三颗子弹中，一颗子弹射偏，一颗子弹从肯尼迪的背部射入，然后从喉咙射出；第三颗子弹直接击中肯尼迪总统头部，这也是致命伤。其中一颗子弹从8层楼上射出，先穿透肯尼迪总统的脖颈，然后再击中陪同人员的胸部和手腕，再射入另一人的大腿里，击碎其桡骨，最终射入左腿。子弹像被制导了一样，可以转弯。"

柳睿听完这荒诞的调查报告，表示出了对美国调查机构无条件、全方位的怀疑："一颗会转弯的子弹？而且凶手没有任何政治背景。那他为什么要谋杀总统呢？如果真像调查结果显示的那样，要么是凶手有精神问题，要么就是还有深层的原因没有找到。而且，这个世界上还能有这么神奇的子弹？我看这根本就不是子弹，而是一个微型导弹，人类能制作出来吗？这也实在太诡异了吧？"

方明猛地警觉道："你说什么？谋杀……诡异……谋杀，诡异！你上次说你有第六感预感我的爷爷有危险对吗？"

柳睿回答："我是说过，你想起什么了？"

"确实想起什么了，越想越怕。其实也不是怕，就是担心。肯尼迪的脑袋被这么一个奇怪的子弹打中了。我爷爷年轻的时候，他的脑袋也被一个奇怪的东西打中过。我本来对所谓的第六感不是很在意，但是肯尼迪遇刺的事情突然让我好慌。我想尽快回家去看爷爷，我们赶紧收拾一下行李，我先送你去车站，你也先回家，然后我也立刻回家去。"

柳睿一点都不矜持地说道："我和你一起去你家，也该见家长了。"两人相视一笑，各自回去收拾好行李，打了一个出租车前往火车站。柳睿每次打车，都会引起出租车男司机的回眸，方明似乎也习惯了，懒得去管，看两眼又不会少块肉，只要车子不出安全问题就好，可是这谁能保证呢？就在出租汽车上了匝道马上进入高架桥的时候，车子胎爆了。巨大的离心力让车撞破了围栏直接跌下了十几米的地面。方明曾经无数次构思着如何和柳睿白头到老，甚至死在一起，但是怎么也没有想到死亡会在结婚前发生。方明不相信自己人生的终点就在眼前,但现在的状况容不得他不信。此时,一种男人的责任感在他心中萌生。他抱紧柳睿,把自己作为垫背,以此给柳睿带来最大生还的可能,虽然他并不愿意去想象在自己死后柳睿如何被其他的男人追求,和其他男人结婚,他不甘心,他害怕,他不舍……然而,方明却被柳睿反过来抱在了怀里……

　　车子重重地摔在了地面上,在柳睿的保护下,方明并没有受多重的伤,只是擦破了一点皮肤而已。柳睿在下面,竟然也安然无恙。司机的安全气囊弹开了,应该是晕过去了。两个人从车子里爬出来之后,各自往对方的身上看去,彼此凝视,关心着对方。

　　就在此时,一把锋利的尖刀在柳睿背后出现,对着柳睿的心脏扎了过来。方明快速推开柳睿,但是歹徒的速度太快,柳睿虽然躲开了,但刀子还是插入了她的左肩。只见凶手披着黑色的长袍,整张脸都掩藏在了帽子下面,难以辨认长相。

　　方明心想:看来车子爆胎并非是偶然事件,是面前这个黑衣人事先安排好的。而且就在我们两个生还的时候,他突然冲了出来,他显然是提前就埋伏在这里。也就是说,他希望我和柳睿能直接摔死,即使死不了,他也会在这里以逸待劳地伏击我们。这个人并不杀我,而只是针对柳睿,那他杀柳睿的目的是什么呢?

　　在这种间不容发的情形下,完全容不得方明多想,第二次攻击又飞速到来。这次刀子的方向非常明确,就是柳睿的颈动脉,这是要直接割喉毙命的杀招。方明虽然知道柳睿学过武术,但是这样的情况自己怎么可能坐视不理?于是赶紧用手挡住了柳睿的脖子。刀锋划开了方明前臂的肌肉,巨大的疼痛感钻入了心中。刀尖划过方明手臂的时候,还是割破了柳睿脖子的皮肤。

那人看到这一击又落了空，马上发起下一轮攻击。他嫌方明碍事，就一脚踢到方明的腿弯处，方明的腿失去了知觉，身体犹如铁块落水，直接栽倒下去。没有了方明手臂的保护，柳睿的脖子暴露在外面，但柳睿也迅速做出了防御的姿势。那人知道短时间内不容易得手，但是他看出柳睿和方明的感情很深，就知道方明是柳睿的软肋，于是掉转方向，用刀刺向了半跪在地上的方明。柳睿慌了，直接扑了上来。刀尖对着柳睿扎了过去，冬天的衣服虽然厚，但是在刀刃的威胁下根本就如同无物。柳睿见势不妙，左脚为轴，右腿快速甩起，让整个人旋转起来，希望在刀尖扎入身体之前能转过去。但是方明还在柳睿的前方半跪着，暂时失去了行动能力，柳睿这一转腿直接踢到了方明身上，然后自己一个趔趄摔倒了。这一摔不打紧，刀子把柳睿的几层衣服直接划开了……

那人看见柳睿摔倒在地，直扑上去想要再来一刀。只是随着柳睿衣服被划破，衣服里藏着的一个白色的物件掉在了地上。那个黑衣人定睛一看，竟然是一小段骨头。黑衣人看到了这个东西后停止了攻击，好像在原地思考着什么。突然，那人看向还半跪在地上的方明，一个垫步上前一脚踢在了方明胸口。方明直接被踹飞了过去，瞬间觉得鼻子里面有点痒，有什么东西在鼻腔里缓慢地汇聚，要流出来了。然后感觉喉咙一甜，一口血要吐了出来。柳睿一看方明受伤，直接展开了拼命的架势。虽然柳睿知道自己没有办法战胜面前这个人，可除了拼死一搏还能有别的办法吗，难道丢下方明自己逃命去？

那黑衣人连忙看向柳睿的肚子，痛苦地思索着什么，甚至有点颤抖，似乎要哭了。柳睿趁那人不注意，直接攻了过去。那人缓过神，躲避了柳睿的第一击，柳睿攻势不减，又来一招。那人在柳睿的攻击下，除了防守之外没有任何其他的动作。他收起了刀子，仅仅用手挡住柳睿的踢腿。就在这个时候，周围的群众和路过的司机都赶了过来准备对出租车展开救援。那人一看来这么多人，立刻转身离去。柳睿赶紧去抱住受伤的方明，那人却在远处回望了一眼……

方明和柳睿进了医院，包扎好伤口。方明当然看出来那黑衣人和柳睿好像有点什么。黑衣人明显是个男的，而且明摆着也会武功，说不定他是柳睿的师兄，是暗恋柳睿的男人。难道是柳睿的前男友？方明越想越难受，他想要将自己这扎心的疑问和柳睿好好交流一下——这个人是谁，为什么要杀她？但是柳睿却用纤纤玉手堵住了方明的嘴巴，小声对他说："这是一个很长的故事，我以后会慢慢告诉你……"

方明本来想要休息两天，等伤势稳定下来再带着柳睿回家，可是柳睿却坚持要马上启程，赶紧买两张时间最近的火车票。方明拗不过柳睿，还没等二人伤势稳定就匆匆离开医院。就这样，方明缠着绷带，带着柳睿一起回到了滨海，而柳睿的新衣服都还没来得及买。把绷带拆成了线，随便在衣服破损处了两下算是完事儿了。

柳睿一路上都显得很焦急。当火车到站时，已经是傍晚时分。他们二人下了火车，方明没有回自己父母家，而是直奔方千柏家里。方明刚一进门，只看见奶奶马晓渊在做饭。方明问爷爷去哪里了，马晓渊告诉他方千柏去海边遛狗了。方明知道爷爷散步的路线，拉着柳睿就去找方千柏。马晓渊看到方明后面还有一个漂亮的女孩子，都没来得及问这是谁，方明就跑远了。其实马晓渊心里明白得很，这还需要问吗？只是这小子这么急着找爷爷，到底是为什么？

或许是因为方千柏和马晓渊的老年生活需要"新生命"的点缀，在几年前方千柏养了一只狗。方千柏已经习惯晚饭前牵着他的狗散步。海滨城市的漫步是一件非常惬意的事情,他很享受这种生活。不知不觉间天色暗了下来,方千柏发现自己周围也没有其他人了。这是方千柏最喜欢的散步环境,上了年纪的他最喜欢独处,甚至为了避开其他人,他会主动找一些偏僻的角落,或许这是高智商之人的天性吧。只是即使智商再高,他的感觉器官和对危险的预知还是不如一条狗。他的小狗对着旁边黑洞洞的树丛开始疯狂地叫着,似乎感觉到了某种危险。这种气氛就像箭一样从黑暗深处射了出来,就连方千柏也感觉到了空气中弥漫着一股窒息的压力。

"小家伙儿,把嘴闭上。"这一句漫不经心又轻蔑无比的话从树丛中飘了过来。小狗听到了这个声音,顿时恐惧地呜咽起来,像是已经害怕到了极点。它本来是要保护自己的主人,可现在只能缩在主人的身后,逃避着这巨大的恐惧。这种恐惧对于一只狗来说实在是无法描述的"庞然巨物",小狗在一阵哆嗦之后便转身独自逃走了。

方千柏对面的这个人,从体形上看应该是三十岁左右的年纪。他穿着一身黑色的衣服,戴着黑色的墨镜,衣服里好像面包裹着巨大的秘密。"你是谁?"方千柏疑惑地问对方的身份。说来也奇怪——这个人,自己怎么会有一种似曾相识的感觉,但是一时又想不起来。

"老师,是我啊。难怪你不记得我了,我们已经有四十年没有见过面了。这四十年,老师你过得还好吧?"黑衣人说道。

方千柏感到一阵疑惑,这个人也只有三十岁左右,却说有四十年没有见面。这简直就是无稽之谈,脸上也不禁露出了不解的神情。对方知道方千柏记不起来了,或者虽然能够记得起来,但是却不敢相信,于是就说道:"哼哼……让我来提醒你一下好了。没想到你这个老流氓,对你那个已经毁容的小情人还是很有感情的嘛,竟然能相伴一生。还不错,你不是那种始乱终弃的人。"

记忆的洪水冲开了方千柏的大脑,当年的那个情景全部都想了起来:"是你?不!你是当年那个人的后代!我和你们家到底有什么仇恨,值得两代人过来寻仇?"

黑衣人马上否定了方千柏的话:"不不不!当年那可不是我的长辈,那个人就是我,我们也没有什么仇恨,只不过你身上有我需要的东西而已。方老师,您应该为全人类做出贡献。呃……不!应该为全宇宙做出贡献。"

方千柏彻底蒙了。四十年过去了,这个家伙竟然没有变老?还说这种让人摸不着头脑的话。只听这个人接着说道:"方老师,我问您一个问题。您现在这么大年纪了,阳寿也即将耗尽。如果用您剩下的生命,来换取一个年轻人的生命,老师您是否愿意呢?"

方千柏没有料到对方会问出这个问题,更不知道问这个问题的目的是什么。既然不知道,那就直接说出自己的真实想法好了:"如果对方不是什么丧心病狂的人,而我也只有很短的寿命,我想我愿意让他的生命得以延续。如果我还有一年,或者更多,我觉得我不会这么做。"

"您倒是坦诚!老师的意思是,还需要考虑自己剩下的时光,以及对方的道德水平是吗?那我换一个问题吧。如果老师的死,可以换取一个种族的生存,让这个种族得以延续,老师是否愿意呢?"

一个种族的生存?这是何等大事!"我愿意。"方千柏的回答中充满了正气,毫不造作。黑衣人似乎对这个回答很满意:"能够得到老师这样的回答,我非常高兴。我只能和您说,您的牺牲是光荣、伟大的。"说完之后,他向方千柏鞠了一躬。

方千柏坦坦荡荡地说:"如果我的死,确实能够有这种作用,那我死而无憾。但是如果你要杀我,至少要让我知道,是不是我做了什么能让一个种族都面临危险的事情。而我死了,又能救下整个种族的人。另外,我救下的人到底都是谁,而你又是什么人?"

那人很冷淡地回答:"您即将做出如此巨大的贡献,我当然会告诉您事情的真相。您根本就不知道您的影响力有多大。爱因斯坦也好,霍金也罢,您和他们是在一个级别上的伟人。您虽然很多方面不如他们,但是很多方面您也不输他们。只是我真的不喜欢您的性格,您有那么多可以改变整个世界的研究成果,却不愿公开出来,您就想让它们随着你的骨灰盒一起埋在地下吗?您和我们那里的一个顽固不化的老头儿完全有的一拼。"

方千柏此时疑惑,这个人会不会是什么商业机构的人,想索要自己的成果:"你的意思是,你需要我的研究成果。问题是你又是怎么知道我有什么研究成果的?"

可是那个人的回答完全出乎方千柏的猜测:"不不不!您的研究成果对于我来说没有什么价值。但是你,老师你这个人,对于我来说是无比重要的。"说完之后,他的手逐渐靠近方千柏的头。那只手,戴了一个黑色的金属手套。在手套与头接触的一刹那,他的手竟然伸进了方千柏的大脑里,然后又把手拿了出来,而他们两个人都没有丝毫的损伤——黑衣人的手没有受伤,方千柏的头同样完好无损。这与四十年前的那把斧子,是何等相似!

面前的黑衣人兴奋地叫喊了起来:"好了,好了,我等了你四十多年,终于好了。现在,我可以告诉你我是谁了……"

汪汪汪——一阵急促的犬吠声传了过来。小狗从不远处冲到了方千柏面前,后面跟着气喘吁吁的方明,再后面还有气息平稳的柳睿。原来,小狗并不是因为害怕逃跑了,而是去求救。当它快要回到家里时,它看到了方明和柳睿从屋子里出来。它并不认识柳睿,但是太熟悉方明了。于是它咬着方明的裤脚往外面拖,方明感觉出了什么问题,就跟着小狗一起跑。当他们转过了这条海边步道的时候,方明也感觉到了空气中那种莫名的压力,也看到了远处方千柏的身影。于是他向着爷爷冲了过来,然后就看见方千柏前面有一个人正在用手抓着他的头,然后又放开了。方明大吼道:"你是谁,要干什么?"

方明看着爷爷和这个黑衣人站在那里,空气中飘来强烈的危险信号。黑衣人看到了方明,冷冷笑道:"你来了又能做什么呢?多余的人。"可就在这时,跟在方明后面的柳睿也跑了过来。当黑衣人看到柳睿之后,改变了他的计划,冷冷地说道:"怎么都来了,还挺快。那今天就到这里吧。再见了!还有,老师,我们的事情还没完呢!"说罢,一闪身便不见了踪影。而柳睿看到方千柏之后,愣在了当场。

在方千柏的别墅里,众人默默地坐在一起。他们之间的关系要么是亲人,要么是恋人,尤其是孙儿的女朋友第一次上门,应该是其乐融融才对,但是现在的气氛却颇为怪异。方明最先打破这种令人不安的氛围:"爷爷,今天这个前来行凶的人你认识吗?难道和四十年前的那件事情有关吗?"

方千柏说道:"何止有关?其实就是一回事。从他的口气来看,确实是当年那个人。但是如果真的是他,他现在应该也70多了吧。这在年龄上完全不相符。"马晓渊毕竟是当年事情的亲历者,听到这些内心充满了不安。

"那他来杀爷爷的原因是什么?"方明疑惑地问道。方千柏也有很多疑惑："我还是不知道，开始时他还是提起我当年'调戏'你奶奶的事情。后来他似乎又说了我的研究，这背后一定掩藏着更深层的真相。他竟然还说，我可以拯救一个种族？他本来要告诉我的，却被你们打断了。如果你们再晚来几分钟，说不定我就知道了。"

方明没有好气地回答："晚来几分钟？那将是什么后果啊？"方明对爷爷的求知欲和小孩子脾气感到无语，但是却又被方千柏后面的话给触动了："所有的谎言都是为了掩藏某种真相而存在的，然后去引导事件向着撒谎者所希望的方向发展。对！谎言的原因，必定是为了掩藏更深层的真相！"

方明想到，柳睿当时预感到爷爷有危险，她所说的"女人的第六感"当然是不成立的！什么第六感觉，第七感觉，都是伪科学吧。再加上最近这些天发生的事情，还有柳睿和方明之间自始至终都存在着的那一层谜一样的薄纱……现在的柳睿在方明心里愈发地像谜一样令人不解。自从二人确立恋爱关系以来，方明从来没有去过她的宿舍，也没有见过她的同学、朋友，只是听说她在另外一个校区，还听说了一些关于她不知道是真是假的身世。方明除了对她有着彻底的爱恋之外，对她周围的情况完全不了解。想到这里，方明将视线转向柳睿，而此时方千柏也将视线聚焦在柳睿身上。马晓渊看着两个大男人盯着一个女孩子看，自己也顺理成章地盯着看了起来。

柳睿一个人坐那儿没有任何言语，只是低着头静静地坐着。但是她知道，接下来该她发言了。她不是不想说，而是需要思考从哪里说，以什么样的逻辑说，还有，她需要鼓起勇气去诉说！寂静过后，柳睿整理好了思路："下面我和你们说的话，请你们相信，至于信还是不信，那就是你们的事情了。而且我只说一遍，我不会提供证据，也不会辩解。你们做好准备,可能会超越你们的想象。"在场的所有人被这句话给说蒙了,这不该是第一次见长辈的准媳妇说的话,而且语气还生硬无比。方明本来也知道柳睿不简单,而这番话更加深了他的疑惑,在场其他人的好奇也都被激发了出来,一个个都伸长了脖子准备听柳睿下面的话:"我不是地球人,我来自坎瑟星球,我的原名叫梅瑞。"

此言一出,方明的心被击了个粉碎,这是在开玩笑吧?可是柳睿的表情和神态已经证明了这句话有着不可置疑的真实性。方千柏的求知欲被彻底吊了起来:"那个要来杀我的人,你知道是怎么回事吗?"

方明害怕柳睿给出肯定的答案,但是又希望他们认识,毕竟这么多年的谜底可能就要解开了。柳睿冷静地回答:"知道,我认识他。我何止认识他,实在是太熟悉了。要杀您的人叫做卡戎,他以前是我的上级。"

方千柏内心突然揪了一下,这个小孙媳妇和那个神秘人是一伙儿的吗?那她接近方明为了什么呢?方千柏担心地问柳睿:"我这么大年纪了,死不足惜。可是我的孙儿还年轻,还是个物理学奇才,对人类文明的进步应该会有不小的作用。你的上级要来杀我,而你又是他的部下,难道你来找我的孙儿,也是要对他下手吗?"

柳睿很坦然地回答:"不是!我喜欢方明,我们的感情是真的。但是我又不知道该如何面对他。方明其实不是我的初恋,我一直过着逃亡的生活。我曾经逃到了另外一个和地球非常相似的星球,叫做思峨。并且和当地一个叫做袁岸的人一起生活了十多年,他和方明的外表几乎一模一样。今天看到您的长相之后,我极为震惊,但也是在意料之内吧。因为您和袁岸的爷爷也是一模一样。我原本以为,见到与袁岸一模一样的方明只是一个巧合，但现在看来，其中必定有着密切的联系。在思峨星，我和袁岸已经到了谈婚论嫁的阶段，但是却突然发生了巨大的变故。我遭到了仇人的追杀，逃到了地球来。"梅瑞把她在思峨星上的际遇对方明一家说了一遍。

方明听后有种被羞辱的感觉，原来自己一直是那个思峨人的替代品——我姓方，他姓袁；我叫明，他叫"暗"。长相一样，姓名的读音还是反的。相比于方明的凌乱，方千柏对此却产生了浓厚的兴趣："你的意思是说，你在思峨星上遇到了一个人和方明一样，他的爷爷又和我一样。那他的爸爸呢？"说完，方千柏把家里的相册拿了过来，他并没有告诉梅瑞相册中任何一个人的信息，梅瑞自然也知道方千柏的用意。她接过相册，一眼就认出了她从未见过的方明父亲——方明的父亲和袁岸的父亲，也是一样的。

"除了每个人的相貌一样之外，那个思峨星球和我们地球还有其他一样的地方吗？"方千柏继续问道。柳睿很有把握地回答："一样。自然条件、人文条件几乎都一样。但是两个星球上所发生的事件，有的一样，有的却是相反的，但是总有一种联系。"

方千柏开始快速思索起来，随后问了一个在他看来特别重要的事情："思峨星是如何旋转的呢？"梅瑞之前确实忽略了这个问题，她回忆了一下回答道："思峨和地球的自转方向相反，公转方向好像也是相反的。"

方千柏感觉就要抓住其中的某些线索，但是一时间也很难准确地整理出思路，索性又问了一个很实际的问题："那你们是怎么从思峨来到地球的？"

"穿越了一个时空的孔洞。经历了粒子化之后又再一次合成原来的样子。只是精神和肉体似乎都受到了一定的影响，但也说不出来究竟哪里发生变化了，只是单纯有这种感觉。"随后，梅瑞把她穿越的过程详细地描述了出来。

方千柏此时显得很兴奋，但是又不太好表现出来，沉思了半晌之后，又开口说道："如果我没猜错的话，你们从思峨星到那个时空的孔洞，再从孔洞到地球，这两段距离应该是差不多的吧？"

梅瑞思考了一下说道："好像真的是这样的。"

方千柏好像明白了什么："哦……那我的推测就有可能成立了，这也是我多年以来的猜想。我们在地球上所接触到的世界，只适合人类的维度，或许是某种力量想让我们看到的维度。地球人所研究的物理知识，也只局限在这个维度。现在地球的科学大致将世界分成三个层面：上层的宏观天体物理，中间层面的经典物理，权且叫中观物理吧。还有就是下层的微观量子物理。只是到了近现代，人类的认知才从中间层突破到了上层和下层。但是这个世界是否只有这三层，那就很难说了。

"如果我们基于地球文明，把我们的中观的经典物理世界看成0层，宏观宇宙世界作为＋1层，那么微观量子领域就是－1层。我们再假设，宇宙的总体层面是5层，也就是＋2、＋1、0、－1、－2。那么如果以＋1层为基准的话，那么对于我们而言宏观宇宙的＋1层，就相当于0层级的中观世界。而对于我们来说的＋2层，才是与之相应的宏观世界。而梅瑞在思峨和地球之间的旅行，对于我们来说是＋1层的宏观物理世界，但同时也是相对于＋2层级文明而言的微观世界。我们地球文明现在已经知道了－1层微观世界中的一个奇特现象——量子纠缠，就是一个微小粒子突然分裂成两个部分，两个部分的原本不确定的旋转方向会瞬间变得确定。如果一个向左自旋，另一个就必定向右。如果把这两个部分的旋转情况看做两个事件的话，那么这两件事就是永远相联系的，于是量子在理论上就有了相互传递信息的可能。你们觉得，地球和思峨像不像两个纠缠着的量子？准确来说，是基于＋2层文明而言的一对量子。地球和思峨星发生了纠缠关系，在我们看来很宏观，但是对于更宏观的文明而言，两个星球就很微观了。"

梅瑞听了方千柏的解释后，又结合之前方明给她解释的宏观星球纠缠的可能性，觉得豁然开朗。极小的量子只能把旋转方向作为纠缠事件，一旦上升到了由无数量子组成的星球这个层面来，就会出现很多复杂的情况——有的事件相同，有的相反，有的延迟……别说星球这个层面了，即使是两只纠缠的猫，也会呈现出这样复杂的情况。随后，梅瑞将她在两个星球之间所经历的事情进行对比，这进一步验证了方千柏的猜想。梅瑞表述道："我们刚到思峨星的时候，飞船降落在星球表面，结果在我们熟睡时，飞船被一群思峨人拆解研究，这激起了我们的愤怒。当时我们杀死了对方的一个领头人。与之对应，卡戎和我弟弟梅珞先到地球，然后梅珞的飞艇坠毁在地球上，飞艇上的人都死了，而地球人没有伤亡。这是第一个相反的对应关系。"

方明突然惊呼道："你说你弟弟的飞船坠毁在地球上！难道罗斯威尔事件里那些外星人的尸体中，有一个是你的弟弟？！难怪你对着罗斯威尔事件的照片哭泣。"

梅瑞点点头："去世的人正是我弟弟梅珞，但只有他一个人是标准的坎瑟星人，其他的是我们的'骡子'，也就是我们人工技术制造出来的人。梅珞的飞艇似乎遭到了雷击才导致坠毁。但对于我们的科技来说，这种雷击是完全可以避免的，除非飞船发生了严重的故障，而这种可能性几乎为零。"

说完了梅珞的事情，梅瑞继续说道："第二个对应关系——在思峨星，我认识了袁岸，并且快要谈婚论嫁了。在地球上，我遇到了方明……"

方明听到这话，心里一揪，对着他深爱的柳睿就甩过去一个问题："最后你和那个袁岸分开了，那我们将来的结局呢……"

梅瑞默不做声，不知道该如何回答这个问题，转而说其他的事情："最后的那段时间里，我用坎瑟星的技术让袁岸生活的那个国家飞速发展了三年，然后遇到了敌人的追杀才离开了思峨。那时是我在思峨星生活的第十三年。我想，如果从梅珞降落到地球的时间算起，你们的国家在这个时间应该也发生了什么吧？"

方千柏说道："你估计的不错。罗斯威尔事件发生在1947年，往后十三年，我们经历了严重的自然灾害。也就是说，你帮助袁岸所在的国家快速发展了三年，而我们这里对应的是三年自然灾害。这刚好是相反的！"只是方千柏的推测看似有道理，其实却猜错了。因为，地球上这三年自然灾害，并非和梅瑞帮助思峨取得三年的快速发展相对应，而是和之后赛特把袁岸国家的坎瑟文明系数摧毁对应。方千柏继续说着："但是总体来讲，两个星球之间发生的事件确实存在对应关系，不过在逻辑上和时间上还有一些节点对不上。当然从星球这种宏观的纠缠上看，必定会有对应不上的情况出现。"

梅瑞意识到方千柏是一个很不简单的人，一是方千柏是一个物理奇才，他所说的这些内容，确实是基于物理学规律的推断；二是他也很会揣测别人的内心世界，因为地球上的三年自然灾害，很有可能是梅瑞在思峨星上的所作所为而引起的,他不希望梅瑞把这两件事联系起来,从而背上心理包袱,所以才刻意强调两个星球的事件也有对应不上的情况。梅瑞看着方千柏,他在学究的气质里,还藏着一种不动声色的善良。梅瑞试探性地向方千柏问道:"我在思峨星最后的时间里,袁岸的爷爷为了保护我,闪身在我面前,挡住了伊缪恩人的那一击。结果他去世了,我想应该是去世了吧?而我幸存了下来。不知道类似的事情有没有发生在您身上。"

方千柏听了一愣,然后感慨颇深:"类似的事件确实发生过。但不是我保护别人,而是马晓渊为我挡下了那一击。而且在时间上也有所不同,人物关系也对不上,但是类似的事件却实实在在地发生了。"说到这里,方千柏心里又有一个问题直接冒了出来——方明和袁岸的对应关系可以理解。可在思峨星的袭击事件中,当事人是梅瑞和袁岸的爷爷;而地球上则是马晓渊和自己——这种对应关系太牵强了。其中要么就是有什么对应逻辑还不为我们所知道;要么还有一种可能,是有个什么力量把原本的对应关系打破了,造成了时间、逻辑和对应关系的混乱。可是这种力量究竟是什么呢?难道说,梅瑞为思峨提供了坎瑟星的技术,这本来是想要帮助思峨发展,但是却阴差阳错地打破了思峨和地球的对应关系……方千柏心里生出一丝害怕,于是他继续对梅瑞说:"根据目前现有的逻辑来看,袁岸的爷爷应该并没有死,因为我和晓渊还活着。或者说我和晓渊之所以到现在还没有死,是因为袁岸的爷爷还活着。"

梅瑞听到这个分析,虽然还不能确定袁岸的爷爷是否真的活着,但最起码有点释怀了。方千柏随后用看似有一点调侃,但是却非常认真的语气对柳睿说:"如果严格按照这种对应关系的话,你可能会嫁给袁岸的爷爷，因为帮我挡下一击的人，后来成为了我的妻子。但是袭击事件在地球和思峨上发生的时间和人物都是不对应的，因此你有可能逃离这个纠缠关系。你一定要注意，你在地球上的行为很有可能影响袁岸一家的生活。该如何做，你自己来定夺吧。你要切记，就我们目前掌握的宇宙知识来看，宇宙是一个很大的平衡系统。如果你成为能够逃脱某种规律的人，那么宇宙可能会因为你的行为而产生很大的错乱，以此来和你的行为保持平衡。你以后的行为一定要注意。"

梅瑞在方千柏的提醒下也意识到问题的严重性。而相比之下，在宇宙大义面前，方明却对另一个问题更加在意——爷爷方千柏在接下来的时间里，究竟会发生什么呢？但是在柳睿，也就是梅瑞心里萌生出了另外一个担忧——假如袁岸的爷爷并没有活下来，那么方千柏还是有很大危险的。想到这里她说道："今后爷爷一定不要单独外出，更不能全家一起到某些山地、林地、公园里去，因为当时袁岸爷爷遇袭，就是在山林里发生的。"

方明听到柳睿直呼方千柏为"爷爷"，心里不知道是个什么滋味。方明有种在做备胎的感觉，只是他忽略了梅瑞的感受，她是真心地在脑海里描绘着他们的未来，构思着他们一起生活的场景。因为在她潜意识里，袁岸和方明是一个人。梅瑞看到方明的表情，知道他心里在想什么，这种沮丧可不是一时半会儿能够熬过去的，然后她就对方明说道："别不爽了，我不是你想的那个样子，更何况我还救了你两次呢。"

方明疑惑地问道："两次？不就只有的士坠落的那一次吗？确实是因为你的帮助，我才没有摔死。也是因为你，我才没有被黑衣人杀死。你不会是把这个事情，当作两次吧……"

方明说到这里突然顿住，而后惊呼道："难道那个人也是卡戎？"梅瑞回答道："对！出租车的那次事件，他本来要杀的人是我。但是在旅馆那次，他要杀的是你。"

方明想起在旅馆的那次经历，当时柳睿和自己同房住了一晚，醒来后两人的状态都非常不好，而且自己还受了一点伤。虽然他并不知道当晚发生了什么，但是一定发生了什么。当然，绝对不是方明原以为的缠绵之欢。方千柏听得一头雾水，难道我孙儿还经历了生死考验吗？方千柏很焦急，但催促是没用的，他只能继续坐等梅瑞的解释。

原来梅瑞和她的同伴波菈，根据梅珞给她们留下的信号一直来到地球。刚到地球的时候，她们非常迫切地希望找到卡戎和梅珞。但是无论她们如何去寻找，发出各种信号，都没有任何回音。当时她们比较确定他们就在地球上，因为无论是梅珞留下的信息，还是梅瑞在地球上发现的一些端倪，都显示卡戎和梅珞到访过这里。后来又陆续发现了很多线索，这些线索合在一起，梅瑞就完全确认卡戎就在地球上。

还有，地球与思峨特别相似，梅瑞在地球上可以找到与思峨相对的地理位置。于是梅瑞在地球上寻找和袁岸家相对应的地方，这样她就遇到了方明。此后，她一直隐藏在方明周围生活，直到有一次她听了方明的沙龙，发现方明讲的内容并不应该在此时的地球上出现，因为地球的环境不足以让地球人发现那些宇宙的秘密。虽然那些都是方明的猜想，但也引起了梅瑞的警觉。因为方明的部分观点，是需要在坎瑟星的环境下才能发现的。这也就是说，卡戎不仅在地球上，而且方家和卡戎之间肯定有联系。

其实当初梅瑞和方明的相遇，应该是有着某种必然性。而且梅瑞很快就爱上了方明，虽然梅瑞从内心深处还不希望这种爱恋出现，但是她根本压抑不住这种情感。不久之后他们便确立了恋爱关系，然后就是那次方明收到了向兵的会议邀请。梅瑞一开始也感到奇怪，为什么方明会收到这种级别的邀请？但等到散会之后，当她看到方明带回的参会材料，材料里面的很多知识，都是坎瑟星才有的，她就知道这次会议肯定和卡戎有关。当时梅瑞迫切地想找到卡戎，于是就发出了信号，内容大概是："我是梅瑞，我就在会议现场附近。收到请回复。"结果依旧是没有收到任何信息。

卡戎在地球上确切无疑，只是无论梅瑞与波菈怎么找他，他就是不出现，其中一定发生了事情让他不想和她们见面，或者出于什么原因迫使他不能和她们见面。以梅瑞对卡戎的了解，如果他在执行什么计划想避开她和波菈的话，她的出现对他来说无疑是一个不利因素。如果梅瑞对卡戎的计划产生不利影响，卡戎不会除掉她吧？！梅瑞之所以会这么想，是因为她那时已经知道罗斯威尔事件的受害者就是她的弟弟梅珞。梅珞被闪电击中，绝对是有人在他的飞艇上做了手脚。这个人极有可能就是卡戎。他为什么这么做，梅瑞想不通。她还在抓着那些会议资料思考着这些问题的时候，接收器突然收到了一条信息——杀方明！

看到这条信息，梅瑞立刻紧张起来，她也非常清楚这就是卡戎发过来的。只是卡戎为什么要对方明下手？她完全没有答案。她只知道，方明现在不安全。她回到自己的房间，做好了晚上搏斗的准备，而且梅瑞料想卡戎不会在地球上轻易使用坎瑟的武器，否则被地球人发现外星人存在，他以后的日子肯定也不好过。准备好之后，梅瑞回到方明的房间，执意要和他一起过夜。

当晚，梅瑞用了一些方法让方明快速入睡，当然只是没有伤害的化学药物，然后梅瑞藏在了衣柜里。深夜的时候，卡戎果然出现在了房间里。他直奔方明而来，当刀子快要刺入方明心脏的时候，梅瑞冲了出来踢中了他。卡戎已经是一个地球人的模样，被梅瑞踢中后他没有站稳，刀子没有刺中方明要害，却也还是划破了方明手臂的皮肤。卡戎和梅瑞斗了几个回合，互有攻守。梅瑞了解卡戎的打斗路数，再加上他们现在都是地球人的模样，卡戎的肉体搏斗能力远远不如坎瑟星人体态时厉害，所以他想要在短时间内制服梅瑞还是有点困难。而且卡戎的目标是方明，在防御梅瑞的同时，他还要寻找杀掉方明的机会。一心二用，又进一步降低了他的战斗力，但中间还有几次差点被他得手。虽然梅瑞拦住了他的刀子，但是卡戎的一些拳脚还是打在被药物麻醉的方明身上。梅瑞找准机会打开了房门，外面走廊里还时不时地有人走过。卡戎见状，没有办法在不惊动其他人的情况下杀死方明，就对梅瑞虚晃一拳，找了一个间隙闪身离开了。

　　听了梅瑞的讲述，方明这才明白过来，那天早上起来之后为什么浑身酸痛，而且身上有伤，也明白梅瑞当时为什么有那么重的黑眼圈。梅瑞继续说："我当时就在想，卡戎之所以想杀死方明会不会是因为方明和我成为了恋人，他可以给我提供什么卡戎不想让我知道的信息。现在想想，我当时为了快速了解地球的历史，不断让他给我讲各类知识和见闻，方明应该是知道一些让卡戎忌惮的秘密，比如'罗斯威尔事件'。卡戎出于某种我现在还不知道的原因杀死了梅珞，所以他对我避而不见。估计他也知道我和方明在一起久了，迟早会知道罗斯威尔事件，因此他就直接干掉方明好了。但就算我当时还不知道罗斯威尔事件，就算他杀了方明，只要我在地球上生活得够久，我早晚都会知道罗斯威尔事件。所以无论卡戎刺杀方明是否成功，都无法隐瞒我，只是卡戎这种欲盖弥彰的做法，让我确信了他在和我们分开的这段时间里，一定发生了巨大的心理转变。我估计卡戎一开始还不想对我下杀手，毕竟坎瑟星就剩下三个人了。但是一旦我知道梅珞是被他杀死的，就一定会找他寻仇，他为了防患于未然，所以还是直接杀掉我比较好。于是卡戎将猎杀的目标从方明转向了我。于是，就有了后来出租车车祸的事情。那次事件，卡戎想杀的人是我……"

方千柏歪着头，觉得这个柳睿，呃……梅瑞，分析得好像也有道理，但好像也还有很不到位的地方。相比之下，方明作为当事人，他的感受得要比方千柏来得真切。听完柳睿的这些话之后，方明也才意识到事情的复杂，但他还有一点不明白——为什么自己会被邀请参加那次会议呢？按照柳睿的分析，那次物理学研讨会背后的策划者应该是卡戎，所以真正邀请方明的参会的人不是向兵，而是卡戎才对。

方千柏在旁边凝神地分析着柳睿的话，缓缓地说道："那次会议我知道，从表面上看，确实是向兵组织的，被邀请参会的都是有着不小成就的高知分子。我还要补充一点，方明那些超越地球认知的想象力看似不靠谱，但也不完全是空穴来风，因为方明的素材基本上都是我给他的。而我是通过一般人无法得到的资料里推理出来的，而那些资料，恰恰是向兵送给我的。"

方千柏看着陷入思考的柳睿，话锋一转："柳睿，你们是什么时候来到地球的？"

"2012年12月21日下午3点一刻！"柳睿很准确地回答！

"啊？！玛雅历法所说的世界末日？这么巧吗？"方明满心疑惑地自言自语。或许这真的是巧合吧。原来柳睿来到地球上不到两年，就和自己认识了。

这次交谈的时间虽然不长，但是信息量很大。众人终于看到了一连串事件背后的些许端倪，这些端倪绝对能连成一条线，但此时此刻还是一堆散落的珠子。每个人的思绪都集中在卡戎身上，唯独一人例外，那就是方明的奶奶马晓渊。她在听到卡戎的所作所为之后，害怕他继续对方千柏不利，恨不得将方千柏锁在房间里，哪里都不让去。在之后的日子里，方千柏成了他妻子的"囚犯"，每天都好吃好喝伺候着，但坚决不让外出。

第十五章
新线索

每个人都有自己的性格，有人能宅出花来，有人打死也不着家。迪吧这种地方，是很多故事的开始，也是很多故事的结束。自然就有很多人为了故事而来，也因为故事而去。有人来排遣寂寞，有人来彻夜疯狂，也有人来找一时的刺激。只是辉煌过后的空虚，又有几个人能够抵御？虽然迪吧有那种勾人心魄的魅力和机会，可是这种社交场所并不适合所有人，因为这里有它独特的文化生态，若是一个人无法适应其中的规则，那或许还是宅着比较好的吧。

深夜，一名大学生哭着从迪吧里走了出来……

第二天，滨海市警局的刑警大队掌握了一条重要的消息。刑警队长刘远峰得到警员张承的报告："刘队，我市理工大学的离奇凶杀案，有新线索了。"

张承从进入警队后就成为刘远峰的徒弟，二人的关系也特别好。

刘远峰就直接问道："你是说尹雪的那个案件吗？"

"对，就是那个。虽然凶手畏罪自杀了，但是幕后肯定有黑手。我们找到一些蛛丝马迹了。"张承回答道。

"哦？怎么找到的？"

"真是踏破铁鞋无觅处，得来全不费工夫。在另一个城市的迪吧里找到的！"

"嗯？说来听听？"

"刘队，您是否还记得卫生员老李有个儿子在另外一所大学里读书，成绩本来很好的。从老李跳楼死后，他成绩就开始直线下滑。一开始，学校的老师和同学都认为，他是受到失去父亲的打击才导致成绩下降的。另外他父亲还是个杀人犯，难免会遭人白眼。但是从学校的角度来说，人又不是他杀的，自然把他和老李的杀人案分开看待，他已经没有了父母，没有了经济来源，所以学校老师都非常关心他，担心他会一蹶不振，于是学校和一些学生社团就开始为他捐款筹钱。

"刚开始的时候他说自己能独立，但不谙世事的他完全赚不到钱，不过后来还是接受了学校的捐款。学校筹集的捐款足够支付他大学四年的生活费了，至于学费就更不用操心了，学校直接给免了。他很节约，成绩也有所上升。但是今年暑假回来之后一切都变了，他开始大手大脚地花钱，请客吃饭……很快就荒废了学业。学校和同学对此非常气愤，本来支持他学业的捐款全被挥霍了。但是后来发现，他挥霍的钱早就超过了捐款的数目……"

"那他的这些钱是从哪里来的呢？这个情报和迪吧又有什么关系？"刘远峰问道。

"说来也巧，是另一个城市的警局接到了一个叫李天的人的报案。李天是一名大学生，去酒吧喝酒，结果被勒索。他怀疑自己遇到了酒托儿，仅仅开了一瓶酒就两万多块钱。"

"那调查结果呢，具体是什么情况？"刘远峰追问。

警员挠挠头："调查结果对李天非常不利。他点的是拉菲，虽然他自己没有喝，但是周围的人都证实了是他请一位美女喝酒。而且李天自己也承认了他确实请别人喝酒了。至于是否是酒托，还真不好说，即使是酒托，李天的责任也很大。据那名女子供述，她询问了李天是否愿意请他喝拉菲，李天竟对服务生说一切都听女士的安排。李天说他不知道那瓶酒的价格，但是谁又能确保他真的不知道呢？无论怎么样，李天都逃不了赔偿。"

其实这点民事纠纷的案件，按照道理来说不需要跨市汇报到刑警队长这里，所以刘远峰知道这个李天就是尹雪案的线索："那这个李天，和枪击案有什么关系？他就是卫生员老李的儿子？"

张承随即汇报了调查情况："没错刘队，就是他。其实引起警员注意的，根本就不是什么拉菲，而是李天竟然能够付得起这两万多块钱。我们非常好奇，就去了他所在的学校调查情况。根据他的同学和老师反映，他今年暑假的时候回了一趟老家，回来之后就发生了变化。问题的根源应该在他老家那里。于是我们又去了他的家乡走访。据他的乡亲们说，老李的老婆很久之前就去世了。他们在村里也没有亲人，只有在寒暑假的时候，他们父子两个才会回来。他们家里穷得连小偷都不忍心进来。只是在去年放寒假之前的一个多月，卫生员老李就回来了。别人问他怎么还没放假就回来了，他就说想回来看看，然后去了几个朋友家里串了几次门。村里有的人知道他身体不好，估计他是想再回来看看自己一生的居所，看看老朋友们。这也是人之常情，于是大家就没有多问。直到正式放寒假之后，李天才回来。过完年之后，寒假还没有开学，李天就提前回了学校，剩下老李一个人在家。"

刘远峰继续问道："就是这个寒假过后，老李就回到理工学院，然后发生了尹雪案件。在这个假期里，这对父子肯定发生了什么！"

张承肯定地回答："按照道理来说，应该是这样的。但是在老李回家的这段时间里，他们父子之间没有传递出任何对尹雪案案情有价值的信息。不过有一点特别值得注意：李天从去年2014年寒假之后就没有见过他父亲，而且李天又是在之后的暑假发生了转变，也就是说李天在暑假回家之后，肯定在家里发现了什么。而且之前的寒假还没开学，李天就回学校了。说不定，老李故意支开李天，而在家里留下了什么东西。然后李天暑假回去之后就发现了。按照这个思路，我们就对李天采用一些小小的方法，让他讲述了事实的经过。"

"小小的办法？是什么办法？"刘远峰饶有兴趣地问着。很显然，刘远峰已经知道警员现在掌握了重要的线索，所以略微调侃了一下。警员不好意思地回答说："学生嘛，连吓带骗，一会儿就都说了。李天还交代，他暑假回家之后，发现老李在家里留下了一封遗书。"

老李的遗书内容很简单："亲爱的儿子，我得了很重的病，活不了多久了，但是我放心不下你。我现在决定做一件我明知道不对，但又很想去做的事。我一辈子除了生下你之外，没能留给你什么，都没有尽到一个当爹的义务。但是我死了以后可以留下一百万现金供你生活，娶个媳妇儿，你好好生活，一定要努力长大。希望来生还能再见到你，虽然我不知道你是否还想见到我……"

刘远峰有点惊讶："一百万？也就是说，李天之所以敢挥霍学校给他的捐款，是因为他已经有一百万的现金了。而这一百万肯定不是卫生员扫地赚的钱，而是幕后黑手给的封口费。"

张承肯定地回答："是的。而且是现金，说明这个人没有可以隐瞒的账户，也逃不了税务的侦查，他害怕通过转账的形式暴露自己，所以采用现金。我们可以再大胆想象一下，一个害怕通过税务暴露自己的人，要么是大企业的高管，要么就是……"

"要么就是吃公粮的人！"刘远峰非常清楚警员想要说什么，"吃公家饭的人，只要不是黑色收入，他的每一笔钱都要经得住税务的审计。"警员一听刘远峰思路和自己一致，就继续说："刘队，案发时还有一个反常的情况，当时我们没怎么注意，就是向兵作为一个院长，全国顶尖的物理学家，竟然主动去监考。"

其实刘远峰在之前就注意到了这个细节，只是没有去深究。现在再来审视这个细节，顿时感觉自己遗漏了一个很大的线索："你的意思是说，向兵作为一名学院的领导，刚好吃的公家饭，他有可能是背后黑手？"

张承挠挠头说："我有这个感觉。因为尹雪最后没有死，残留在大脑里的子弹也非常怪异！刘队，这有没有可能是向兵在做某种人体实验……"

"人体实验？你是不是小说看多了。你觉得向兵有能力让那个子弹打穿头骨，然后让人复活吗？"刘远峰说到这里，赶紧收回了自己的话。他虽然知道这不太可能，但是现在又不敢贸然否定，因为尹雪复活是铁板钉钉的事实，这种事情都能发生，还有什么不值得怀疑呢？

张承试探地说："队长，我这么猜测虽然有那么一点看似不靠谱，但最起码向兵是值得怀疑的。"刘远峰拧着眉毛："怀疑，确实值得怀疑,但是不能因为他去监考,就说他有杀人的动机。除非能够证明这一百万的现金是向兵给老李的。如果真是向兵的话,那么徐天翔就不是老李杀尹雪的幕后黑手……那么你们查了向兵的账户没有?"

张承很肯定地回答:"查过了,他的个人账户上,包括所有的不动产全部查了,还有他身边的人都连带着查过,没有大规模资金异动的情况。"

可刘远峰却不以为然:"不对,你们不要这样去思考问题。像向兵这样的人,如果要犯罪,绝对不会是突发奇想,而是早有预谋的。比如说每个月转移几千块钱,或者一万多,然后积攒成一百万的现金。或者是借别人的现金。"

"我们也想到了这一点,但是从向兵的取款记录上来看,他有着非常稳定的规律。从十几年前每个月取几百块,到几年前每个月取五千多,再到这两年每个月取万把块钱,呈现出一个非常稳定增长的趋势。可以说,他的取款金额简直就是我国收入水平和物价水平的直观体现,是GDP增速的真实写照。至于借钱,这一百万谁能轻易地借给他呢,如果真有人这么干,那倒还好查了。"

刘远峰沉默了一会儿,脑子在飞速旋转着——一个院长,亲自监考,这个事情确实是有点怪。按照正常的逻辑,应该是讲师或者助教监考。即使院长亲自出马,也只会作为巡考。可是当时他就在考场里,而恰恰尹雪死在他的考场。莫非,他就是在等着尹雪被杀?而且,每个月都非常稳定地取钱,没有任何的变化……

"那我现在问你,如果是你,现在一个月八千块钱,够不够生活?"刘远峰询问着警员。"够啊,我一个月五千就很滋润了,父母都还在上班,又没有女朋友,三千就够了。"

刘远峰接着又问了一个问题:"向兵作为一个院长,你觉得他一个月万把块钱的取款,包括刷卡……虽然他可能会有很多社会应酬,但是应该都是别人请他吃饭才对,这个金额已经足够他生活了。而且他是院长、教授、博导,所以吃喝拉撒睡,学校会有补贴,他也不用养车,看病也有充足的医疗保险。除此之外,水电费、物业费、网费全部都是学校承担……那,他一个月的实际花费到底有多少呢?如果向兵真的是幕后黑手的话,那么他为了这场杀人事件,其实已经经营了很多年了。"

张承听着队长分析这么多,实在不好意思打断他,但是不打断又不行:"队长,其实向兵每个月都取钱,不是自己花了,也不是存起来了。我们已经查过了,他是寄给了一个叫方千柏的特聘教授,几十年如一日。"

张承本以为会结束刘远峰的推理,但是刘远峰的兴致更加浓郁了:"向兵一定有问题,而且说不定这个方千柏也牵扯在内。我们现在就去找向兵!"警员立刻整装待发:"收到,刘队。这个时候,应该是向兵在实验室做研究的时间。我们直接去他的实验室!"

刘远峰和张承驾驶着警车,关了警笛,一路飞驰到向兵的实验室。实验室的学生和助教被莫名其妙的敲门声打断了研究思路,因为这个实验室很少会有人敲门。能进来的不需要敲门,进不来的人根本就不知道这里是干什么的,一般路人就连走错地方的可能性都没有。助教打开门之后,发现是警察,就疑惑地问:"请问你们来这里有什么事情?"

刘远峰道:"我们想要找向兵院长了解一些情况。"

助教客气地回答:"警察同志,今天我们院长还没过来,他应该马上就过来了。你们可以在门口等他,我给他打个电话。"

"谢谢你,电话就不用打了,那我们就进来坐一会儿吧。"刘远峰警觉地说道,同时还观察着这位老师是否悄悄拿出手机联系向兵。可是助教的回答让刘远峰很不舒服:"你们进来坐一会儿……恐怕不行!如果你们实在要进来,那就在观察间等吧。但是你们先要到通风口把身上的灰尘都吹掉,然后穿上特制的工作服,然后签署保密协议……"

"我们是警察也不行吗?"警员超级不爽地问。那位助教没办法了:"如果你们以警察身份,带着搜查令硬要进来,我也没办法。但是你们必须符合这里的要求才行。"

搜查令是没有的,所以张承稍微柔和了一点,然后追问:"要符合这里的要求?"只见那位老师自己先整理了工作服,然后给刘远峰他们都穿上了脚套和头套,紧接着签署了保密协议,随后又进入除尘和消毒环节,这才来到了实验室的观察间:"警察同志,我建议你们就到这里吧,里面就不方便你们进去了。你们身上的任何一点灰尘都可能导致透镜落灰,影响实验效果。"

刘远峰心里想,办案这么多年,还很少有人会对刑警说"不方便",他的额头略微地皱了一下。这位老师发现了刘远峰有点不爽,就对刘远峰解释道:"警察同志,请您透过玻璃看一下。"

刘远峰探过头去看了一下实验室里面的场景,这才恍然大悟,其实并不是这位老师故意刁难自己,确实是他们不方便进去。只见那工作台上大概十平方米左右,层层叠叠地摆着各种透镜,数量估计有上万个。一束激光经过各种透镜,发生了眼花缭乱的折射、散射,还是其他什么射的……最终汇集到了一点。刘远峰眼睛都看直了。

那位老师接着说:"我们需要对光线进行各种实验,这种装置可以将光的传播距离拉长,也可以观察事物的微观世界。哪怕有一点灰尘,或者一点抖动,我们就需要耗费几个月的时间去检查调整。你们非专业人士一旦进来,我们整个研究组一年的时间可能就浪费了,请警察同志体谅一下我们。"

刘远峰明白,这确实是不可拒绝的理由。他看着那束激光,第一次感受到科技力量的强大。刘远峰顺着这束激光的源头看去,光线是从一个激光器中发出来的——X牌激光器——X牌激光器!?好像在哪里听过。刘远峰在脑子里仔细又快速地翻阅着自己的记忆。他突然想起来一则新闻:某市厂房的爆炸事件,就是因为这种X牌激光器,他思路被猛地激活起来。刘远峰连忙问这位老师:"这么高级的产品,太厉害了!请问这台激光器是不是很贵啊?"

老师地回答:"那当然,这是我们向院长亲自挑选的,去年放寒假之前才买的,还不到一年呢。"

"那这台激光器在同行业里面,算是贵的了,对吗?"刘远峰继续问。

老师以为刘远峰是被科学给震住了,所以才会一直问这些技术性的问题:"那当然,我们向院长为了学术研究,可舍得投入资金了。"

刘远峰听到这位老师的话,心中的疑惑解开了。然后对张承说:"我们回去。"

张承有点不知所以:"啊?回去,不等向兵了吗?"

"还等什么,我们主动去找他。我基本可以肯定,幕后黑手就是向兵。快,你现在赶紧去监视向兵,同时让局里同事依法对向兵进行传唤。"

只是当警察赶到向兵家中的时候,向兵早已不再家中了。刘远峰紧赶慢赶还是晚了一步,而这一步,却像是阿喀琉斯追乌龟一样,理论上永远也追不上。不是刘远峰无能,而是他的对手太强大。在刘远峰采取行动之前的一个深夜里,向兵正在家里整理着一些物理学最新的研究成果,还有一些现金,准备第二天把这些东西转交给方千柏,这也是他几十年来一直在做的事情。此时已经接近午夜十二点,正当向兵聚精会神地准备材料时,一个黑影悄然地出现在他身后。黑色的长袍下面,掩藏的是一个没有人看得清的脸。

"你在整理什么呢?"黑衣人问。

"你说呢?"向兵毫不惧怕地回答道。

"我们之间的关系没有人知道吧?"黑衣人又问。

"我们之间的关系?什么关系?你根本就不存在,又何谈我们之间有什么关系?"向兵冷冷地说着。

"哈哈哈哈……说的也对,没有人知道那就最好。"

向兵斜眼看了那人道:"你现在来干什么,又过来送资料给我吗?"

"没错,只是我送资料并不是给你的,而是让你给方千柏。你只是个快递员!"

向兵反感地说:"我不想再干了,几十年下来,我都不知道自己在做什么。我确实亏欠方老师,给他资助也好,孝敬他也罢,这都是应该的。只是你让我把这些研究材料给他,就只是为了帮助他研究吗?你的目的是什么?"

黑衣人蔑视地说:"你没有资格问。你的研究天赋其实不错,但是在我看来你只能算个二流货色而已。你能有今天的成功,那都是我在帮你。你只能听我的。"

向兵挺起胸来："我拒绝，这是我最后一次给方老师送资料了。你也没有什么能要挟我的了，我没有成家，父母早就去世了。而且我也是要退休的人，这么大年纪，死了又何妨？"

黑衣人不急不慢地说："对啊，死又何妨呢？你个老处男当然不怕死。可是你为什么还是老处男呢？你还在想着你的师娘！如果你不想让她死的话，你就老老实实地照我说的做！"黑衣人很讽刺地数落着向兵。这一句话戳中了向兵心中最深刻的痛。他没有办法掩饰自己的错愕，只能懦弱地妥协了。虽然向兵年轻的时候犯了错，但是也还算一个重情重义的人。

"好吧，我去送。"向兵丧气地回答。"可你能否告诉我，你为什么要帮我爬上院长的位置，还要不断地提供资料给方老师？"

"这个你没资格，也没必要知道。你只要按照我的吩咐做就好了。而且，这次不仅要送这些资料和资金，把这封信也一起送过去。"说完，黑衣人把一张纸递给了向兵。向兵接过来打开一看，上面的字迹竟然和自己的笔迹完全一样，虽然这并不是自己写的。当他仔细读完之后，顿时愣在当场，不住地往后倒退了两步。黑衣人笑道："你不是不怕死吗？连死都不怕的人，怎么会吓成这个样子？"

向兵一时无语，只是感觉自己一生都是一个棋子，是一个被人操控的傀儡，他失声叹息起来。黑衣人看着好笑，递给他一把手枪。向兵恍然大悟，说道："我知道该怎么做了。"

"知道就好。只是你现在要赶紧离开这里了。如果不走的话，明天警察估计就要来找你了。不要以为你做的那个实验就天衣无缝，不会被追查到。还是小心为妙。"说罢，黑衣人一闪身便不见了。

第十六章
杀人实验

世界上总有一些明显不公平，却又顺理成章的事情。有的时候闲得令人全身不舒服，有的时候忙得恨不得叫人每个细胞都要工作。对于梅瑞和方明他们来说，很多事情都纠缠在了一起，理还乱却又不忍斩断。生活中，无论是谁都会遇到各种糟心事，事情既然要来，谁又能拦得住呢？

自从降落在地球之后，梅瑞化名为柳睿在人类社会中活动，和方明、方千柏经历了那么多的事情。波菈有时也会寻找卡戎的下落，更多的时候是她一个人待在救生艇附近。由于身体发生了变化，她完全不知道预产期是什么时候，所以不敢贸然行动。梅瑞和波菈二人的通信设备都是随时打开的，以防对方有什么事情突然发生。此时，正当波菈一个人坐在石头上发呆，她的通话器突然响了起来。波菈拿起来说道："梅瑞，最近不是才通话了吗，又有什么事情发生吗？"很多年来，这个对讲器里只发出过梅瑞的声音，所以波菈理所当然地认为是梅瑞的来电。但是这次却不一样了，听筒里传来一个很陌生但又似乎有点熟悉的声音："波菈，你好！你这样一个人生活太孤独了。我决定送你去死亡世界。别说你不知道我是谁。"

波菈坦然回答道："行啊，鲁克·赛特，你来吧。我在地球北纬25度，东经118度的一片山林里。我等你。"波菈的话音刚落，赛特便出现在她的眼前。波菈哼了一声："动作还挺快！"赛特二话没说，用匕首一样的武器架在了波菈的脖子上："不用你报地点，我早就知道在这里了。只是你为什么如此坦然地赴死？是不是逃跑的日子过够了？"

波菈的眼睛里泛出了黯淡光芒，她完全不想抵抗，而是以一副期待死亡赶紧降临的样子说道："我宁可过上以前那样逃亡的日子，也比现在的痛苦折磨要强上百倍。如果我死去，说不定内心能够安息，用我的鲜血来洗涤我那不知是对是错的过去。"

说完，波菈把脖子用力蹭向了赛特的匕首。赛特迅速把匕首收回，但还是晚了一步，鲜血从伤口处不断流了出来。好在赛特反应及时，否则波菈不久之后就是一具尸体了。波菈依旧提不起任何兴趣地说："难道你还要折磨我不成？"说完，因为快速失血而有一点眩晕。

赛特连忙俯身抱住了瘫软的波菈，压住出血的部位，然后对她说："我对你的追杀到今天为止。你以后可以无忧无虑地生活在这个星球上。但是记住，不要再回到以前坎瑟星那样的生活，也不要把你们的科技传授给地球人。"

波菈对赛特的话感到难以置信，然后对塞特说："这是为什么？你追杀我这么多年，此时却又放过我？你能不能告诉我伊缪恩到底是一群什么人，你们为什么要杀我们？为什么摧毁我们的家园？"埋藏多年的仇恨和突如其来的疑问交织成一张莫可名状的网，把波菈紧紧缠绕起来。

赛特知道波菈现在很迷惑，面对着波菈的提问，赛特很想回答，至少他现在有个说话的人了。在漫长的追杀与逃亡的过程中，波菈和卡戎他们还能说句话，而赛特只是孤单一人。赛特回想起了自己的家园，比被摧毁的坎瑟星还要悲惨！他也同样承受着别人无法理解的痛苦，或者更准确地说，赛特所肩负的压力比四个幸存的坎瑟人要大得多。塞特对波菈说："事到如今，我可以把我的一些事情告诉你。那些你想知道的答案，我只能告诉你一部分，而剩下的一部分，或许我自己也不知道。我本来生活在伊缪恩星上，在这个星球，我们的'人'不断地被创造出来，生命的延续是一种荣耀。我们的文明模式并非是简单的统治与被统治，而是所有人都有一个集中的信仰。我们有最高首领，还有一个万人敬仰的长老。长老他通过'神谕'向我们传达思想，指挥我们战斗。每当他从神灵那里获得指示，就会把神谕传达给我们。而神的旨意，无一例外都是让我们去发动战争。

"在战争当中，我们必须坚守一些原则，是杀与不杀的原则——有些星球的生命，我们必须拼死保护；有些星球，我们必须不顾一切去摧毁，不惜一切代价斩杀对方的有生力量，除非对方能够反思自己文明的缺陷，或者对自己的所作所为产生深刻的忏悔。如果遇到这种情况我们可以停止杀戮。"

"那你们的神灵是什么，为什么要听他的呢？"波菈疑惑地问。

"没有人知道，每次都是长老去接触神灵。神谕会告诉我们战斗的方向、距离、敌人的特征和形态，从来没有出现任何偏差。当然也会告知我们，哪些是需要保护的星球。"

波菈心里出现了一道转瞬即逝的光，于是继续追问："你们有没有觉得战斗会让你们疲倦，杀戮会让你们心痛？"

赛特看着波菈，也放下了对她的戒心："从来没有过。我们从有历史开始，就会把每次战斗视为光荣。我们对战死的同伴是非常敬重的，伊缪恩的每个人绝对不会因为衰老而死，必须死在战场上。"

波菈继续问："那你们的长老是怎么选出来的呢？"

赛特继续回答："不是选出来的，而是一种世袭，或者是授予吧。每次都是我们的首领克罗托向全星球宣布新长老继位，至于到底是如何产生的，我们没有人知道。"

波菈再次灵光一现，然后对赛特说："我想我知道你是什么人了，你杀我们的原因我也知道，包括你们的首领、长老和神灵……不过这主要是猜测。"

赛特惊讶地说："我们自己都不知道，你怎么会知道呢？你是否能抛下以前的仇恨，和我说你的想法？"

"以前的仇恨吗？其实我不恨你，当然我也不会感激你。我也可以告诉你我们对伊缪恩星球的猜测。不过这最好不要由我来告诉你，让梅瑞和你说吧，因为那是她父亲发现的。"

赛特警觉地说道："我只是说会放过你，没有说一定会放过梅瑞。虽然我答应过她父亲让她活下来，但是她在思峨星上做的事情，违背了我们伊缪恩的原则，所以我必须杀掉她……"

波菈打断了赛特的话："你不会杀她的。反正闲着没事，我们现在就出发去找她。"说罢，波菈发动飞艇，带着赛特前往梅瑞所在的位置。这次反而是赛特心生疑虑——波菈怎么就这么放心自己？她到底知道了关于伊缪恩的什么事情呢？

当波菈和赛特找到梅瑞的时候，梅瑞正好在方千柏家里住着。方千柏在海边经历了黑衣人事件不久，梅瑞为了保护他的安全所以一直住在他家里，虽然此时她和方明的关系已经有点尴尬了，但是梅瑞在等，以柳睿的身份等着方明打开心结。这段时间，大家严格限制方千柏外出，方千柏简直就是关在一个家庭监狱里，除了睡觉和去卫生间，其他时间都会有人紧随左右，时刻保护。

但意外还是发生了，这天早上，当马晓渊醒来的时候，发现方千柏并不在身边。她迅速查看了家里其他房间，还是没有发现方千柏，于是她赶紧喊来其他人，因为整个家庭都处在随时待命的状态，所以即使是一点点的呼叫声，都足以把全家人喊醒。众人都是奇怪，昨晚还好好的，怎么早上就不见了。马晓渊就火急火燎地向众人说了昨晚的情况："昨晚千柏一个人在书房里看书，以前每天晚上我都会不时地给他送水和药，他以前每次看见我都会和我说放他出去走走，我自然是不答应。可是昨晚他并没有提出外出的要求，还显得心神不宁，然后早早地睡了。他睡得比我早一些，我睡下的时候也没有把他吵醒。等到今天早上我起来的时候，就发现他已经不在床上了。我以为他上厕所了，过了一会儿还是没见他回来，我就去卫生间找他，可是卫生间里、书房里、阳台上，整个家里都没有他的身影。"

梅瑞问道："那他昨晚看的什么书？"

马晓渊回答："昨天向兵寄来了新的资料和一些钱。那些现金我就收着了，这么多年来一直都是这样，我也没有很在意，那些资料一直都是千柏在保管。昨天他收到最新的资料，很高兴地拿到书房里去看。若是以前，他肯定通宵达旦地研究，可是昨晚他没有看太久就睡了。我以为他是关在家里太久了有点懒散，所以也就没很在意这件事。只要他不出门，怎么样都行。现在想想，千柏昨晚有点异常，很可能和这些资料有关。"

听完这些,方明和梅瑞迅速冲到方千柏的书房里。那些资料还是平平整整地放在书桌上。梅瑞迅速地翻阅起来,全部都是所谓的物理学最新研究的成果。不出所料,这些成果不是地球上该出现的内容,而是坎瑟星的技术。梅瑞非常后悔,为什么最开始的时候没想过要翻看向兵以往邮寄的材料呢。没有时间留给梅瑞后悔,她继续仔细翻阅。就在梅瑞翻动这些资料的时候,一张信纸从其中掉了下来。方明和马晓渊迅速查看上面的内容。看着上面的文字,上面赫然写着:

方老师:

这么多年过去了,我一直对您心存愧疚。当年我年少无知,做下违背良心的事情,这也让我一直生活在后悔和愧疚当中。我几十年如一日,一直把国内外最新的研究成果和一些生活补助给您,希望能弥补我的罪过。但是我至今都没有勇气面对您,更不知道如何面对晓渊。不,应该叫师娘。

这样的日子我不想再过下去了。如今我也将年过花甲,一生也算是经历了不少事情,取得了一点成就,这一辈子够了。在我临走之前,我想当面向您道歉。希望老师能够让我瞑目而去。

明早天亮之前,我在后山等您。希望能见您最后一面,让我带着您的原谅去迎接人生最后一丝曙光吧。

您的学生——向兵

看完这封信,方明和梅瑞飞奔出门,赶到后山去找方千柏。而这封信,正是那个黑衣人冒充向兵的字迹所写的。方明刚开门,迎面撞上了前来的波菈和赛特。梅瑞看到赛特后顿了一下，然后看到了旁边的波菈，大概也猜到发生了什么事。然后迅速对赛特说道："我不会逃走，但是你给我几个小时的时间，现在要赶去救人。"说完头也不回地开车去了后山。

其实赛特在路上已经听波菈说了梅瑞思想上的转变，这件事情的复杂程度也远远超越了赛特的预期，赛特也基本上将梅瑞从追杀名单上移除了。赛特看着火急火燎的方明和梅瑞，虽然不知道发生了什么事情，最起码也看得出来情况非常紧急。赛特看了一眼飞艇，可是飞艇上只有两个座位，而赛特的舰船还藏在很远的地方。于是赛特、波菈就和方明、梅瑞一起上了车，车厢里的气氛一度非常尴尬，大家都很不自在。不过，这种尴尬很快就结束了，车子不久之后就到达了后山。

等他们即将要到达山顶的时候，远远地就看见一排警车鸣着警笛，方明和梅瑞知道大事不妙。等到他们走近一看，一群荷枪实弹的警察把一个人包围在中间，只见那人抱头痛哭，处在巨大的悲伤中。方明已经知道，最担心的事情已经发生了。中间那个痛哭的人正是向兵，而在向兵的正前方，方千柏笔直地躺倒在地上——眉心处有一个被子弹击穿的孔洞，鲜血不停地流出来。

方明看到爷爷惨死，顿时泪如雨下。他刚想要冲过去扑到方千柏的遗体上，却被刑警队队长刘远峰一把拦住。刘远峰对方明说："先不要悲伤，这件事情没有你想象的那么简单，而且也可能没有看上去的那么糟糕！接下来我所说的话，不是一名警察的身份和你说的，我以一名普通公民的身份来说。如果说错了，你也不要怪我，你也不要说警察骗人——按照以往的经验，方教授可能还会活过来，而且是健健康康地复活。"

方明听到这话，感觉这个刑警队长是拿自己在开玩笑。但是看到刘远峰满脸认真的样子，又不得不信。更何况，自己的女朋友还是个外星人，这已经很离谱了。所以复活这种事情，好像也是可以接受的。虽然刘远峰说自己是以一名普通公民的身份来说这句话，但是无论如何，都无法撇开他刑警队长的身份。刘远峰让其他刑警处理现场，并且重点交代，方教授的遗体，不，暂时还不能称为遗体，一定要妥善照料。然后把方明一行人都带回警局。

到了警局之后，一行人做着自我介绍。梅瑞说自己叫做柳睿，和方明是同学，也是女朋友，住在方明家里。方明饱含深情，但也很矛盾地看着柳睿。波菈说自己是柳睿的姐姐，赛特死活憋不出来自己到底是谁，只能灵机一动说自己是波菈的先生，是柳睿的姐夫。现在的刘远峰自然不会把他们联想成外星人，于是刘远峰对方明说起了寒假开学的那起考场杀人事件——被杀者尹雪离奇复活，而且除了脑子里多了一颗子弹之外，没有其他什么影响。

刘远峰看着半信半疑的方明，继续说道："那起凶杀案的所有线索都指向了向兵。我们不知道他用的什么办法能让被子弹击中头部的人复活过来，也不知道他到底想要干什么，但是从今天的情况来看，他肯定有着一些不可告人的秘密。我们昨天准备对向兵展开跟踪调查的时候，先是去了他的实验室，然后去了他家，发现他不见了。学校的监控帮了大忙，经过多方的排查，我们发现了他的踪迹。今天早上天还没完全有亮，他就一个人朝着后山方向去了。我们的队员跟踪到那里之后，就发现方教授也在向兵旁边，而且两人在聊着什么。"

刘远峰对方明说着他所掌握的情况。其实在警队达到后山之前，方千柏和向兵就已经见面了。当向兵看到方千柏到来的时候，一下扑到他身上紧紧地抱住他哭诉："老师，请您原谅我，请您原谅我。"

方千柏像个父亲一样对向兵说："都过去了，我们都原谅你。原谅你所做的一切，这些也不怪你，年轻的时候犯错是正常的，犯错是人生必须要有的成长经历。我年轻时也犯了很多错误。"

向兵推开方千柏说道："老师，您刚才说，会原谅我所做的一切吗？"

方千柏听到这话，感觉话中有话，于是试探地说道："是啊，你做的事情，我们都可以原谅，这么多年，你也算弥补了。怎么了？"

"既然这样，那老师你再原谅我一次吧。"说完之后，他就掏出手枪，对着方千柏的眉心扣动了扳机，方千柏应声倒地。警员根本就没有机会阻止向兵，惨剧就在警员面前发生了。警员们本来想要击毙向兵，毕竟他手上有枪，但是向兵把枪丢在一边，然后就跪在地上哭，直到刘远峰到达现场，他还在哭。刘远峰刚要上前把向兵铐起来，他突然说："都别过来，你们不懂！"因为前面有尹雪的案子，刘远峰顿时也犹豫了起来，一时间不知道下一步该做什么。直到方明一行人到达现场。

方明听完刘远峰对当时情况的描述，并没有做出什么反应，更没有打算透露更多信息。等到他们都做完笔录，方明也没有离开，而是焦急地等待着方千柏的情况。刘远峰站出来对他们说："不会那么快就复活的，你们先回家。我们会照看好方教授的身体。一有消息，我会第一时间通知你们的。"方明没办法，只能先回家。更何况，家里还有一堆事要处理。

方千柏躺在警局的法医处，这次寥法医一开始就亲自上阵。在连续又细致的观察下，发现方千柏头上的伤口果然有愈合的迹象，大脑的活动信号也逐渐开始出现。其实寥法医非常不愿意相信这件事情，但是内心又在企盼着这种无法解释的奇迹赶紧出现。说不定，这可以改变整个医学史的进程。

刘远峰把方千柏有生命迹象的消息告诉方明，方明得知这个消息之后也感到一阵欣喜，虽然松了一口气，但是对向兵的疑惑又加剧了很多。与此同时，在警局的另一个区域，向兵端坐在审讯室里接受盘问。上次尹雪案，他是目击证人，而这次他是杀人凶手。只是刘远峰也很疑惑，向兵是否算是杀人凶手。这算是杀人既遂还是杀人未遂？如果向兵说自己知道方千柏肯定不会死，会完好无损地复活，那么他的行为连杀人未遂都不算。如果他再请一个好一点的律师，说不定都不会坐牢。但这是法院的事，刑警只管审问："说说吧，你为什么杀方千柏！"

向兵很沉着地回答："我的方老师，他不会死的！你们直接问吧，我不绕弯子，你们也别绕弯子。大家都节省时间！"

讯问他的警员被他的这一套说辞打乱了节奏，不知道是按照套路来审讯，还是按照向兵的说法直接发问。这个时候，刘远峰进入了审讯室，亲自来招呼向兵："你怎么知道方千柏不会死？是不是从尹雪的试验中得来的经验？"

向兵很坦然，根本就不想隐瞒："你说的对，尹雪就是试验品。可是她是卫生员老李杀的。当然，现在尹雪还活得好好的。"

"老李杀尹雪，你知道是怎么回事吗？"刘远峰带着一名警员继续审问。令刘远峰想不到的是，向兵竟然呵呵地笑起来了。然后很镇定地对刘远峰说："刘队长，即使我今天没有对方老师下手，你们应该也差不多该找我了吧。我的学生,就是实验室的那个助教告诉我说,你们去过我的实验室,还问了X牌激光器的价格。我想,你就是通过这个激光器发现了我的漏洞吧?"

刘远峰根据自己多年的办案经验,已经知道了向兵现在会把所有的案情交代清楚。于是他也开诚布公地说:"我曾经看了一条新闻,X牌激光器发生了爆炸,这种激光器的稳定性很差,所以价格应该不会太高。我在你的实验室看到了X牌激光器,就向在场的老师询问那台激光器的价格。那位老师说那玩意儿很贵,我当时就产生了怀疑。后来,我查了一下X牌激光器,在市面上的对外报价要五百多万,而你还真用了五百万来购买。按照正常的交易,对方的报价和实际成交的价格会有接近20%的差价,也就是说你实际购买的价格要比真实成交价多出一百万。知道了价格之后,我就开始怀疑你了。至于购买的流程,你也动了手脚吧?"

向兵回答:"是的,但是我在申请购买设备的文件里写得很清楚,设备里需要一个特殊模块。而这个模块,市面上其他的激光器根本就没有,只有X牌激光器具备,当然它的稳定性确实不好。虽然这个模块应用得很少,应该说很鸡肋,但是我完全可以以研究这方面的技术为由,点名定向购买这套设备,所以就顺理成章地买了这个品牌。反正都买到了,至于这个功能模块是否真的会派上用场,根本就不要紧。我说有用就有用,我说没有用也就没有用。大不了,真就安排几个硕士博士去研究一年,顺理成章地就结项了。所以,购买流程上没有问题。"

刘远峰才懒得管购买流程是否合规,他只关心刑事案件:"多出来的一百万,X牌激光器的公司作为回扣,给了你现金吧?"

"没错。现金,查不出来。但你不要说他们把现金给了我,他们把这一百万给到卫生员老李的手上,这些钱成了他去'杀'尹雪的直接动力。"

刘远峰也很无奈,这个向兵是要把自己的责任推得一干二净。刘远峰继续对向兵说道:"也就是说,想要杀尹雪的人其实不是徐天翔,当然更不是老李。而是你向兵,向院长。"

向兵全盘托出了:"请你不要用'杀'这个字。不是我要杀她,准确来说是拿她做实验。当时我害怕你们查出来,所以用了一系列方法摆脱我自己的嫌疑,既然你们都查到这个份儿上了,我也没必要隐瞒了,就直接告诉你吧。我一直想要找个人做实验,看看能否做到死而复生。可是如果我自己动手杀人,或者贸然指使别人杀人,很容易被查出来。万一实验失败了,我就需要坐牢。即使成功了,我也会麻烦缠身。如果我坐牢了,那么我的任务就完不成了。而现在,我的任务完成了,就是把子弹射入方老师大脑里。任务完成了,我也解脱了。"

随后,向兵把事件的整个经过说了一遍:

整个事情,还要回到上个学年2014年放寒假之前。有一天,我在办公室里写材料,卫生员老李敲门进来了。我很纳闷,一个卫生员为什么会来找我。我看他唯唯诺诺、老实巴交的样子,就请他坐了下来。我想他一定有什么要紧事和我说,可是他太紧张了,迟迟不肯开口。于是我就递了一根烟给他,他接过烟,我帮他点着了。可是他抽了一口之后,就开始使劲地咳嗽。咳嗽的口水都飞到了我的身上,我一开始还有点嫌弃,后来才知道,他根本就不抽烟,只不过这根烟是我递给他的,他不敢不抽。老李沉默了很久,眼眶竟然湿润了。我问他到底怎么回事,他整理了情绪,然后开口说道:"徐天翔部长,想辞掉我。我在这个学院里已经工作很长时间了,向院长能不能把我留下来?"

其实老李不归我管,应该是归后勤管。但是他并不知道学校的人事关系,他以为他在这个学院打扫卫生,我这个院长就能管他。我看着眼前这个人,知道他说话很少,但是做事却勤勤恳恳,所以即使他不属于我的管理归口,但如果我能帮忙还是会尽力帮的。所有的教职工和学生都知道,整栋学院楼里,只有他负责的那两层是最干净的。我觉得,没有任何人,有任何理由可以把老李裁掉。于是我就问徐部长为什么要辞退他。

老李很委屈地说:"因为我得了癌症,他怕我连累学校,就想辞掉我。我不想走,可是他却勒索我,向我索要好处费。"

我一听徐天翔的所作所为,气就上来了。我早就听说徐天翔是一个非常喜欢敲竹杠的人,并且他的个人作风问题也很不检点。只是我万万没想到,他竟然会为难一个得了癌症的人,这是要把人逼上绝路。

老李接着说:"徐部长还威胁会对我的儿子不利,我很害怕。而且他在话语中透露出他和尹雪的关系不一般,并且希望我不要找尹雪麻烦。让我一定不要对尹雪不利。我也是过来人,我感觉徐部长就是想让我对尹雪不利。我也不知道为什么。"

我听到这里之后,瞬间明白了其中的情由。尹雪上个学期只有我的课程不及格,而其他的课程竟然都通过了。可是以尹雪的学习能力而言,她应该挂科一大片才对。徐天翔想让老李对尹雪动手,说明尹雪对他有威胁,这也就说明尹雪通过的那些课程考试,肯定是徐天翔在背地里帮了忙。我之所以会这样猜测，那是因为徐天翔找过我，希望我能放尹雪一马，让她考试过关。可是我就是实事求是地改卷子，尹雪就是不及格。把这些事情摆在一起，徐天翔和尹雪之间的那点事儿就很明白了。尹雪在我的课程里不及格，所以她就去威胁徐天翔。这才导致徐天翔想要借老李的手干掉尹雪。他为了逼迫老李这么做，还拿老李的儿子作为要挟。其实我非常明白，以徐天翔的能力，根本就没办法对老李的儿子做出任何不利的事情，他只能是忽悠一下这样的老实人罢了。而且就徐天翔那货色，他想"借刀杀人"，估计就是尝试一下而已，万一成了他就赚到了。

老李说完之后又哭了，因为他不知道自己死后他儿子会怎么样。我听到这心里就萌生出一个想法，我的试验品出现了——就是尹雪。我可以通过老李的手拿尹雪做实验，而警方也一定会怀疑到徐天翔的头上。于是我对老李说："如果你死了，你的儿子会在我这里读硕士、读博士，以后还有很好的工作。"

老李一听，顿时睁大了眼睛，直接跪了下来，感谢我的大恩大德。但是我拦住了他："你必须完成一件事情才可以。"

他连忙问："要我完成什么事情？"可怜天下父母心，老李知道自己的生命就要走到尽头，从他的语气里我可以听出来，无论让他做什么事情他都愿意。

我慢慢对他说："杀掉尹雪！"

他一听，整个人都怔住了，他没想到我会提这种要求，可是想想他的儿子，似乎又有点……"我可从来没有杀过人啊。不行，不行的，这种伤天害理的事情我可做不出来。"

我对他说："你想过没有，你如果死了，你儿子就无依无靠，他还要上学，以后还要结婚。他哪里来的钱？现在的女孩子都现实得很，没有我的帮助，他以后娶不了媳妇，生不了儿子。你老李家的香火就要这么断了。而且，徐天翔可以威胁你的儿子，你觉得我就不能吗？"

老李一听，似乎根本就不相信自己的耳朵，他的眼神里充满了对这个世界的陌生。我本来是想利诱加威逼，没想到老李太老实了，直接被吓到。也许在他的世界里，从来没有尔虞我诈，从来没有勾心斗角。他接触了太多乡亲们的相亲相爱，遇到的争斗顶多就是邻里纠纷。我察觉到他内心在斗争，而且对我产生了很大的警惕，我赶紧转移话锋："我不是在威胁你，更不会威胁你儿子，我就是想让你知道社会的险恶。万一徐天翔真的让尹雪去勾引你儿子，那就完蛋了。你知道为什么徐天翔想让你对尹雪不利吗？因为尹雪有艾滋病，他把徐天翔给传染了，所以徐天翔要报仇。学校里还有其他男生也被尹雪传染了，但是感染的男生又不肯出来指认尹雪，学校没有证据也就不能开除她。就算开除了她，她到了社会上一样害人。如果能够除掉尹雪，那也就拯救了好多大学生。"我很有条理地编着瞎话，想克服老李对杀人的心理障碍，尤其是道德谴责——尹雪毕竟是一个花季少女，如果有合适的引导，依旧有机会去塑造灿烂的人生。我看着老李有一点被我说动了，就开始利诱："只要你肯干掉尹雪，我过几天就可以获得一百万现金。你可以留给你儿子结婚用。"

老李听到一百万现金，再加上我之前说的他儿子可以直接读博士，他心动了。而且我答应他有人会提前把一百万现金给他，他拿到钱之后再采取行动。对老李这样的人，我最放心，他就是一个走到了绝路的老实人。然后我和他接着说："我给你一把枪，我会告诉你在何时何地动手。但是做完之后，你最好自我了结。"

老李经过了长时间的沉默之后,开口问道:"那钱什么时候能给我?"

我听老李这么说,就知道事情成了。我赶紧向学校提交了临时采购计划,购买了 X 牌激光器,套了一百万现金给了老李。没想到你通过一则新闻,就查出了我的马脚。真是人算不如天算。

刘远峰知道了事情的真相,尹雪就是向兵的试验品。并且向兵通过尹雪与徐天翔之间的矛盾,成功地转移了警察的视线。徐天翔算计了卫生员老李,可是他万万没想到,自己已经被幕后的向兵算计了,真是螳螂捕蝉黄雀在后。而向兵在尹雪身上做实验,是为了用在方千柏身上。向兵还是念及方千柏的恩情,不想杀死方千柏,所以才先拿尹雪做实验。如果尹雪能够复活,那么方千柏也可以。而向兵又为什么要对方千柏下手呢?向兵的子弹为什么能让人死而复生呢?一系列的疑问依旧笼罩着刘远峰,于是接连问了向兵几个问题。刘远峰本以为向兵依旧会回答,可是向兵的反应却出人意料。

向兵低着头,开始沉默。刘远峰等得有些不耐烦,就一巴掌拍在了桌子上,大声质问起来:"你为什么要杀方千柏。而那把枪为什么杀了人之后,人还能活过来。这是你的发明吗?"

向兵低垂着的头慢慢抬了起来,而后咯咯地狞笑了起来:"这件事,可比你们想象的复杂得多了……哈哈哈哈……我奉劝你们量力而行,很多东西实在超出了你们的理解能力。如果你们想撬开我的嘴,那我就告诉你们一点——在方千柏老师身上,有我想要的东西……"说完,向兵嘴角露出了俯视般的微笑。刘远峰面对这样的回答自然不买账,可是向兵只是沉默,再沉默,更加沉默,以高高在上的姿态沉默。

而另一方面,让方明和梅瑞兴奋的是,过了大概一个星期,方千柏不仅恢复了意识,还能下地自由活动,不久之后回家了。法医认定他的伤不会影响基本生活,只要好好调理,彻底恢复健康是没有问题的。

第十七章
六维空间

赛特坐在了方千柏的家里,还有方明、梅瑞、波菈,当然还有方千柏自己。方明和梅瑞挨着坐,但是中间还是有一拳之隔。屋子里出奇地安静,似乎没有人打算率先打破这种错综复杂的沉默,即使每个人都很想要打破这种气氛,却不知道从哪里开始。梅瑞最先忍不住了,无论从哪里开始,先打破这样的僵局再说。她看向赛特说:"我曾经以为我的父亲是叛徒,因为他和你们之间有过接触。能不能告诉我你们之间到底发生了什么?"

赛特很坦然地回答道:"梅狄亚确实和我们有过接触,而且在曾经的一次战役里,就是我们狙杀卡戎的那次,他给我们提供了非常重要的情报。用你们的话说,梅狄亚确实是个叛徒,是内奸。因为他的情报,我们差一点就干掉卡戎了,但是因为波菈的机智,我们错过了那次机会……"

梅瑞和波菈面对着面前这个灭族的仇人,心情没有狂热的躁动,取而代之的是忐忑又平静的矛盾。她们一股脑儿地把心中的疑问都提了出来——你为什么要侵略我们？你如何找到我们的？那颗毁灭坎瑟的小陨石和你有关吗，那究竟是怎么回事……积攒在心里多年的疑问像连珠炮一样砸向了赛特。赛特根本就没有打算要隐瞒什么，整理好思路，开始了他的讲述：

我们发动战争的原因很简单，就是接到长老的指示，在某个方向、某个距离，有某个星球的文明需要我们去毁灭——于是我们就找到了坎瑟星。我在伊缪恩星上受到任命，成为最后一批参战部队的指挥官，这也是整个伊缪恩的最强部队。在我之后，我们星球就再也没有大规模的正规部队了。在出发之前，我们的雷长老给我下达了一个指令：无论战争的形势如何发展，一定要保住梅瑞和梅珞的性命。因为，这对姐弟的父亲是投靠我们的间谍。

当我奔赴前线，即将到达坎瑟星球时，接收到从坎瑟星内部发出了一条信息，信息的内容很简单——我知道你们迟早会来，但是在决战之前，我有话要和你们说。这个信号就是梅瑞的父亲梅狄亚发来的，我知道坎瑟星想要谈判。

在我们到达之后，面临着一个重要的抉择：是先和梅狄亚去谈判，还是直接展开攻击。如果先谈判，可能会以和平的方式结束这场战争，但是我们对此并不看好。因为在我们的信条当中，以和平方式解决的前提条件，必须是以你们自我毁灭、自我忏悔、自我救赎为前提。根据以往与其他星球的作战经验来看，和平解决的可能性微乎其微。而且一旦进入谈判阶段，很容易消耗大量时间，坎瑟就会趁着谈判的时间加速备战，那时候我们就会丧失很多战斗时机。所以我们当时选择了直接发动攻击，这样我们也取得了一定的战争主动权。

可是长途奔袭只能快打快战，否则就会陷入被动。不得不说，坎瑟星的力量实在很强，我们从来没有遇到过如此强大的星球，你们是第一个使我们被迫陷入拉锯战的星球。在随后的时间里，我们的消耗非常巨大，看似还握有主动权，其实也面临着战败的风险。不过万幸的是，那时候卡戎还没有掌握军权，梅狄亚一直采取防守的策略，不会对我们造成太大的威胁。只要我们沉住气，慢慢打，早晚会歼灭坎瑟星全部的有生力量。而此时，我们又一次收到了梅狄亚的信息。他对我们说："我知道战争无法避免，我采取被动防御的措施，还给你们提供情报，不是为了让你们来屠戮我的族人，而是和你们谈判。当然，我现在只代表我个人和你们说话！我想两败俱伤并不是你们想要的吧。现在我请问，我们如何做，你才肯停战？"

收到这条信息之后，我们内部主要的几个负责人讨论了一下：根据我们的信条，必须把敌方控制在一定的数量，并且让敌方否定自己以前的文明，放弃自己的生活方式，我们才能够停止攻击。我就把梅狄亚的这条消息反馈回伊缪恩，告知了雷长老。雷长老收到消息之后迅速给出了指示，内容和我们的信条完全一致：要求坎瑟星必须把现有人口数量削减至四分之一，并且放弃现在的技术与文明。至于如何消除这么多人口，让坎瑟星人自己想办法吧。

我们把雷长老的意见告诉了梅狄亚，梅狄亚说他会想办法的，但是希望在他想到解决方案之前，我们能暂时停战。我担心这是梅狄亚的缓兵之计，另外也想持续给坎瑟星压力，所以我只是答应在他想出办法之前不会停止任何军事攻击，一旦你们想出办法，我们就立刻停战。

梅狄亚对于我们提出的条件没有反驳,自己拿主意去了。他还向我们做了保证,他可以对自己以前的发明予以否定,再一次强调希望自己的家人能够幸存下来。他甚至希望在战争过程中我们把你们姐弟二人俘虏,然后保证你们的生命安全。而这个要求,我们的雷长老之前也和我说了。我们一直在等着梅狄亚回消息,这关系到接下来战争的走势。但是后来梅狄亚再也没有和我们取得联系,我们尝试和他联系,也联系不到了。后来,卡戎取得军权,改变了你们以前防守的打法……

听完赛特的话,梅瑞当然知道自己的父亲为什么不再和赛特联系了,因为他那时已经被软禁了。赛特的话也证实了梅狄亚确实叛变了,这个"叛徒"的罪名,让梅瑞非常难受。赛特却对梅狄亚看法有所不同:"虽然在你们看来梅狄亚是一个叛徒,但是却尽了一个父亲的职责。"梅瑞听了赛特的陈述,再回想起父亲以前对她说的话,恍然大悟:"我明白了,我全都明白了。"

赛特以为,梅瑞只是知道了梅狄亚叛变的原因,但是他却不知道,梅瑞即将"大彻大悟"。梅瑞和伊缪恩的雷长老,和她自己的父亲梅狄亚一样,大彻大悟:"我父亲曾经问我,如果杀掉我们族人的一大半,留下一小部分能带来和平,我会如何做。原来这些话是因为和你们达成了这个协议。据我所知,他和我们坎瑟的首领阿特谈过这个问题,希望通过我们主动削减人口来换取种族的延续。父亲反对继续战斗,主张在种族内部实行文明的革命,改变我们这么多年的生活方式。但是后来父亲就被革职了,虽然能够回家居住,但被限制了自由,其实就是被软禁了。这就是你们没有办法联系到他的原因。另外,赛特,我想知道在战斗最后的时刻,那颗冲向我们星系的小陨石是怎么回事?为什么它会直接毁灭我们整个星球?"

赛特低下头来,一股巨大的伤感涌上了他的心头。他缓缓说道:"当我们看到你所说的那颗小陨石的时候,我和战舰上所有的人都陷入了悲痛。因为我们知道,这颗陨石的出现意味着我们的家园伊缪恩已经没了,我们的亲人和族人再也不存在于这个宇宙中了。

"我们的伊缪恩自古以来就是为了战斗而生。我们星球从神话时代就流传下来一种说法,如果我们没有办法在战争中取得胜利,那么我们的星球将在最后时间里发生巨大的变化。伊缪恩的统领和长老将启动神秘的仪式,把整个星球和星球上的生命体共同坍缩成一个极小的星体——这是我们的终极武器、杀手锏,它将直接撞向敌人的中心,最终同归于尽。

"伊缪恩坍缩变异的原理我大概是知道的。在宇宙当中,每一个大规模星系系统,中心都有一个巨大质量的天体,将周围物质吸引、聚拢、旋转,这大质量天体通常是黑洞。黑洞是由巨大的恒星燃烧殆尽后坍缩形成的,像太阳这种体量的恒星还没有资格成为黑洞。但是我们伊缪恩星球不一样,虽然是行星,规模也不大,但是它命中注定可以形成黑洞,只不过是非常小型的黑洞,也只有小陨石大小而已。黑洞的原理,我想即使是地球人也应该非常清楚。它不是空洞,而是极度致密的物质实体,所以它不会被其他物质填满。任何物体被它吸引之后,强大的吸力会让被吸引的物体先解体,然后是进一步解体,再解体,直到解体成极度微小的粒子,然后再紧密地融入黑洞。这样,包括电子、质子这些粒子之间的空间也就被压缩没了——电子被挤入质子成为中子,中子再进一步被压碎。所有的物质最终融合成黑洞的一部分。所以黑洞不仅不会被填满，反而会越来越大。

"伊缪恩变成陨石大小的黑洞之后，会把周围的物质全部都吸入进去。而我们星球的生命也融入其中，我猜想正是因为如此，所以这个黑洞依旧带有我们的攻击意志，朝着坎瑟星飞来，最后以一种特有的方式接近坎瑟星。这不是你们一颗导弹就能阻止得了的。一旦伊缪恩黑洞和坎瑟星的距离小于'囚光半径'，也就是你们地球人说所的'史瓦西半径'，坎瑟星便被完全捕获了，坎瑟就会以粒子化的形式被伊缪恩黑洞吸收。可以说伊缪恩整个星球就变成了一个黑洞种子，随着被吸入的物质增多，黑洞的规模也越来越大，引力也越来越强，使时空变得异常紊乱，直到整个坎瑟星都被吸入其中，这样伊缪恩和坎瑟星就合为一体，共同毁灭了。所以我们和任何星球战斗，从来不会失败，最差的结果就是平手，准确来说是同归于尽。"

梅瑞点了点头，似乎非常理解赛特的话，然后问赛特："那你知道你们伊缪恩为什么战斗吗？你们战斗的意义是什么？你们见人就杀，到底为了什么呢？"

一直以来，赛特被反复问及这个问题，他不知道如何面对梅瑞的提问，不知如何回答，因为他不知道！而且，他从梅瑞的眼中看到了一个表情——似乎梅瑞知道这个问题的答案。赛特说："我并不知道我们为什么战斗，我们只是按照我们的信仰来行事，我们遵从长老的神谕。我们并不是见人就杀，是有神谕的指示。还有一个极其重要的原则——有一类星球的文明，我们必须舍弃生命去保护。绝对不能对这类星球的生命痛下杀手。比如说，上次的思峨，还有现在的地球。"

"那你如何来区分这类星球呢？"梅瑞好奇地问道。

"长老会给我指令，告诉我们识别的特征和跟踪的方向，我有一颗珠子，它会一直指引我。只要看到目标星球，就会立刻识别出来。"

梅瑞恍然大悟：怪不得赛特总能追踪到自己，也怪不得赛特在思峨星上误杀了袁岸的爷爷，会那么痛苦。因为他违反了神谕。

赛特继续说道："思峨星人和地球人我绝对不能伤害，而且需要我不惜一切代价去保护他们。误杀袁岸的爷爷，让我有了极大的负罪感。但是最后袁岸爷爷并没有死，他活过来了。至于活过来的原因，其实是我用了伊缪恩的医疗技术帮助他活过来的。当时我内心很纠结，非常不想动用我们的技术，担心这种行为可能会给思峨星的发展带来紊乱，因为我们伊缪恩还有一个原则，绝对不能让需要我们保护的星球沾染其他星球的技术文明。但是我也不能看着他死去，最终还是暗中治好了他。虽然他最后活了过来，但是我心里并没有轻松起来，承担了巨大的愧疚。"

方千柏听到这里，也发表了自己的意见："我现在能活过来，难道也是因为思峨星和地球相互纠缠的关系。袁岸的爷爷奇迹地活了下来，而我也诡异地活了下来。可这种纠缠关系虽然存在，但是却很难对应起来，似乎有很大的问题。"

梅瑞知道方千柏的这话是说给赛特听的，因为在此之前他就和梅瑞说了这个观点。方千柏本来是想旁敲侧击地引导赛特，看看赛特对此种现象的看法，可是梅瑞心里想的是另外一件更大的事情，她马上要揭露出一个可以称得上"惊天"的秘密。梅瑞转向赛特说道："波菈带你来我这里，就是为了让我告诉你一些你不知道的事情。而这些事情，现在也有必要让你知道。你做好心理准备，等你知道这一切的时候，我想你会和我们一样，陷入人生的虚无。"

赛特有点不知所以，感觉梅瑞在故弄玄虚，不禁感叹："我已经到了这一地步,还有什么虚无与充实的呢?"但是梅瑞对赛特抛来一个"你不懂"的神情,他也只好耐心听下去。

梅瑞非常明白赛特完全没有做好心理准备,准确地说,他就没有做心理准备,也不知道为什么要做心理准备。但是这不会影响梅瑞接下来的动作,她缓缓打开了父亲梅狄亚送给自己的吊坠,里面发出了文字和声音,一个难以名状的事件,即将展示出来:

阿瑞,阿珞:

当你们读到这封信的时候,估计我已经不在这个世界上了,或许连我们的种族都不在这个世界上了。也许你们很疑惑,为什么我什么都不想管了,也不想战斗了,而且还被首领阿特软禁起来。这一切,并不是因为我做了对不起族人的事情,而是政见不同。首领阿特不会把我怎么样,因为他也知道我的所作所为全部都是为了整个种族,我和他的最终目的其实是一样的,但是途径却完全不同。下面我把这场战争的真相告诉你们,希望你们能够挺住。

我们坎瑟星人都知道我发现了五维空间,那次试飞当中我确实到了五维空间。但是没有人知道,我那次其实已经到了六维空间。我在六维世界里发现了整个宇宙的秘密。

当我进入了五维世界之后,长、宽、高三个维度依旧是空间因素。在四维空间中线性流动的时间,在五维世界中也成为了空间因素。每个时间段,都成为空间的一部分,理论上只要有足够的动力,我可以到过去的任何一个时间点。但是想要走到未来,就需要无穷的能量去突破某种我们还完全不了解的屏障,可以说根本没有办法实现。这种感觉就像一个生活在二维平面上的人,突然扩展到了三维空间。多了一个维度，他可以竖直向下掉，但是却很难向上爬。在五维世界里，同样也有一个单向的线性维度，我把新的线性维度称为"辰间"。我异常兴奋地在辰间中旅行，看着过去的那些点点滴滴。

在旅行中我发现，即使我在辰间中可以回到时间的过去，但是回到时间维度的过去越久远，消耗的辰间就越久。于是我萌生出了一个会彻底改变我们命运的想法。如果我按照突破五维空间的方法进入六维空间，会发生什么呢？于是我在辰间的世界里用了很多方法，最终进入了六维空间。至于究竟是怎么进去的，我也很迷惑。在六维世界里，辰间也变成了空间维度。而六维世界，同样也有一个单向的线性维度，我称之为"太一间"。也就是说，每一个多维度的世界里，都是有一个单向线性流动的维度表示与之对应的"过去"和"未来"，其他的维度都会变成空间因素。

我在六维世界里，清楚地看到"辰间"的空间化。辰间就像一个巨大的"文件夹"，每个辰间的文件夹都包含了百万年的时间段。

在太一间里，我看到了过去一共有137000多个辰间"文件夹"。我跨越了时间的137亿年，来到了最前端的那个辰间里，并找到了里面最初的时间，我看到了宇宙大爆炸的情景。

听到这里，赛特的眼睛愣愣地发直。方千柏的心跳不停地加速，同时也有一个疑问：难道坎瑟星年和地球年的时间是一样的，也是365天？宇宙是137亿个地球年，怎么会这么巧，一个辰间就刚好是100万个地球年呢？对于方千柏来说，宇宙起源的学问有着致命的吸引力。在他的研究中，宇宙大爆炸之前没有时间和空间的概念，那么在宇宙大爆炸之前是什么呢？宇宙大爆炸的原点是什么呢？又是什么导致了宇宙大爆炸呢？巨大的疑问缠绕在方千柏的脑海里，而此时将要解开……

吊坠中继续展示着梅狄亚的话：

宇宙爆炸之前就是一片虚无，一个原始的物质球体在一个说不上是时间还是空间的地方存在着，它那么孤独，那么渺小。经过了漫长的等待之后，另外一个很小的物体以飞快的速度冲入了其中。似乎就是因为这个侵入体的出现，才产生了宇宙大爆炸。

这个爆炸物的能量是你们没有办法想象的。这样一个小体量的物质怎么可能演化出如此广大的宇宙呢？原因就是这个物体里蕴含的无限能量转化成了物质。而我们坎瑟星系的能量看似无穷无尽，也只不过是物质经过核反应又变回能量罢了，相比于大爆炸的能量，简直就是微乎其微。

我想再仔细看看大爆炸的情景究竟是什么样的，于是我又打开了其他辰间维度上的时间和空间，仔细看着大爆炸时候的景象。还好，在时空维度之外，那里的温度和辐射只是画面，不会对我造成影响。当我进入爆炸之初的那一瞬间时，我终于看到爆炸内部的场景，这也彻底改变了我的人生观念。

整个宇宙大爆炸的原点由原始物质球体和后来的侵入体组成的。原始物质球和侵入体之间有着极其相似的结构，每个部分都能有相对应的联系。侵入体进入原始物质球内部之后，对应的结构相互纠缠在一起，形成紧密的捆绑关系。每个对应的部分都异常精密，分毫不差。当所有的对应关系都形成之后，巨大的爆炸就开始了。

我突然想到了我们坎瑟星人生命体的特征。卵细胞和精子之间，各自都有着DNA的单螺旋结构。二者结合之后，双方的单螺旋便会结合形成DNA的双螺旋结构，也就成为了受精卵。而借助母体供给的营养开始发育，于是一个新生命就诞生了。想到这里，我惊讶到无以言表：宇宙，难道是一个巨大的生命体吗？

想到这里，我整个人都有种癫狂的感觉。我不断查看着太一间的各个辰间，再在辰间中寻找关键的时间节点。我看着不同星系的形成、灭亡、再形成、再灭亡……这些都似乎是周而复始地完成、更新。当我站在太一间的角度，降维来看整个三维空间的时候，猛地发现——很多星系和星系之间，星云与星云之间，各个星体之间都是有联系的。有的像是组成了一个巨大的神经元结构，有的像是记忆系统的结构，有的是免疫系统的结构……而我们坎瑟星系，好像属于消化系统的结构。这里有大量的能源储备，这也就是为什么我们星系总有无穷无尽能源。这些能源本应是宇宙维系自己生命所必需的，但是被我们坎瑟星人强行截获了。

虽然我不愿意承认，但是我看得出来，我们坎瑟星就是宇宙消化系统中的"癌细胞"。我们把星系中心的能量截获，用了发展自己的文明，还在周围的星球移民，开发出了很多殖民星球，那些殖民星球原本各自承担着维持宇宙生命任务，发挥不同的生理功能，却被我们开发成了栖息地，让这些星球丧失了原本的机能，影响了宇宙的生命活动。我们创造出了太多非自然条件下的合成材料，让很多星球上的物质形态发生了变化。对于宇宙生命体来说，我们是在不断产生各种毒素。我们，这都做了些什么啊？想到这里，我无力地漂泊在太一间里，思考着我们存在的意义到底是什么。如果我们继续发展，宇宙作为大的生命体就会受到侵害。如果我们约束自己，我们自己很可能就会发生混乱，甚至衰落、灭亡。我们存在的价值究竟是什么呢，而我们的前途和出路又是什么呢？

这个念头让我坐了起来——我们坎瑟星人未来的结局会是什么呢？我没有办法前往更远的未来去窥探我们的前途，但是我可以寻找宇宙中曾经和我们类似的文明，看看他们的结局是什么。我快速地找到了几个和我们类似的星球，结果发现他们都被消灭了——是被宇宙的免疫系统消灭了——我们坎瑟星文明迟早会被宇宙的免疫系统干掉。如果要避免灭亡的命运，我们只能否定自己已有的文明，放弃我们的文明成果，大量削减我们自己的人口，取消太空移民计划。而这些事情当中，最难做到的就是削减自己的人口。虽然很难，但是我想现在时间还来得及，我们还没有被免疫系统盯上，可以通过逐渐控制自己的生育来实现人口削减。想到这里，我赶紧从太一间动身回到坎瑟星上。

返回坎瑟星，需要先从太一间返回辰间，再从辰间返回时间。在这一过程中，可能因为发生了从高维度向低维度的跃迁，竟然出现了跃迁惯性，我沿着时间的未来方向滑行，这也让我看到了时间前方的一点点信息，让我知道了未来将要发生的事情——浩浩荡荡的免疫系统战队正在向我们坎瑟星发起猛烈进攻……

如果有充足的时间，我们还能以柔和的方式来削减自己的人口。但是时间这么紧，想要大规模削减人口，就只有一个办法——自我的屠杀。可是，这如何能够做到？

我在五维空间里一直逗留了十几天，不，应该是十几个"太一间"，然后回到了我们的生活时空里，当我从飞船下来的时候，我发现坎瑟星世界的时间只过去了几分钟而已。我这才知道在你们的眼中，我只是很平常地飞了一圈。当时我还没有从震惊中走出来，本来应该向大家隐瞒试飞成功的消息，但是我完全反应不过来，呆呆地宣布试飞成功了。面对着你们热烈的欢呼，我实在高兴不起来。因为我知道免疫系统的战队即将到来。

我回来之后赶紧找到了阿特首领，把我在五维空间里看到的事情告诉他，但我并没有提及六维空间的时期，我希望他能够主动削减人口，避免战争。可是作为坎瑟星的首领，阿特不可能主动去消灭自己的子民。我们大吵一架，不欢而散。其实我很了解他，他宁可全部战死，也绝对不会妥协。虽然我们政见不合，但毕竟合作了这么多年，他还是希望我能和他并肩战斗。为了弥补我们之间已经出现的裂痕，也表达他对我的信任，他任命我为战斗总顾问，同时也希望我能把五维空间技术提供出来，用于战斗……

不久之后，免疫星球伊缪恩的舰队找到了我们，战争爆发了，惨烈程度超出我们的预期。我作为顾问，不是不想反攻他们，而是不能反攻，再加上当时确实不具备反攻的条件。而且，即使反攻又如何，这是一场永远不会胜利的战争。战争结果只有我和阿特首领知道，对其他坎瑟人则是永久隐瞒，直到战争结束。

看着每天不断死去的同胞，我做了一个艰难的决定——主动与免疫系统星球取得联系，寻求谈判的机会。能谈得下来最好，谈不下来的话，至少能够把我们自己的利益最大化。我希望伊缪恩能够给我们时间，不要继续发动战争，让我们自己来削减坎瑟的人口，保证以后不会再伤害宇宙生命体。但是伊缪恩完全没有给我们任何谈判的机会，就这样双方进入了僵持阶段，都没有很好的办法取得战争的主动权，我觉得此时已经到了谈判最好的时机。我通过六维空间技术穿越了伊缪恩的防御体系，直接找到了他们的长老——雷长老。之所以找到他，是因为伊缪恩长老的职责很类似于坎瑟星上的我，而且感觉他的地位还要高于星球的首领。

我潜入了雷长老的宫殿，杀了他的侍卫，暗中看着他，真想一刀捅死他。那时我们已经损失了太多同胞，仇恨也在侵蚀我的理智，但是我很清醒，也很尊敬他，毕竟他们代表的是更高层面的正义。只是我实在没有办法忘记坎瑟的仇恨，于是我羞辱了他，削断了他的胡子，砍掉了他的胳膊，把他的尊严按在地板上踩躏，为我们坎瑟星报仇。但我又不能杀他，即使杀了他，打败了这个伊缪恩，还有会其他成千上万的"伊缪恩"打过来。只有我们自己改变，才能结束这次战争。我和雷长老说，我知道宇宙的秘密。他很惊讶，但是我们竟然有一种惺惺相惜的感觉。后来我和雷长老达成了交易，尽可能采取和平的方式来结束这场战斗。我会再次尝试说服阿特首领削减人口，并且我还会为随后到来的鲁克·赛特提供情报，也希望他能够给你们姐弟两个活下去的机会。

可是我该如何说服阿特首领呢？当我再一次和首领说了这件事情之后，他也陷入了纠结。如果要我们自己杀戮同胞来换取和平的话，那么和平对于我们来说又有什么意义呢？我坚持我的想法，他也坚持他的想法。最后，他似乎妥协了，对我说他会考虑削减人口的事情，但是他也不会放弃拼死抵抗的计划。接下来的事情，他就不让我插手了。后来赛特打了过来，我尝试和他谈判，争取一点时间，但是他比较强势，结果不算很理想。再后来，阿特把我软禁了起来，我被迫中断了和伊缪恩的联系。

阿瑞，阿珞，如果最后我们战败，我想你们两个应该能够活下来，因为我为了和平而付出的努力伊缪恩人是知道的，他们也答应我不会为难你们。作为一个父亲，这是我最后能做的了。我不希望你们打开这封信，因为一旦打开，你们将会陷入巨大的痛苦。你们引以为豪的"圣战"，不过是一种自私自利的求生而已。如果我们失败了，我们将灭亡。如果我们最终胜利了，那么宇宙就有可能灭亡，而到那个时候，我们的后代最终也会跟着宇宙一起灭亡。所有的坎瑟星人，都将生活在永恒的矛盾中。

好了，我一生做错了很多事情，希望这次我是对的。其实哪有什么对和错。也许对于宇宙来说，我是个好人；对于坎瑟星来说，我就是个罪人。但是作为一个父亲，我想我还是合格的。

我亲爱的女儿、儿子，祝愿你们能够在整个宇宙中找到自己的意义。

别了！

爱你们的父亲——梅狄亚

第十八章
免疫星球

吊坠的声音消失了,巨大的错愕写在了除了梅瑞和波菈之外的每个人脸上。

沉寂,忍不住的沉寂,空气凝重得像冰块一样。

赛特听完了梅狄亚的讲述也是唏嘘不已。他看着梅瑞的吊坠,然后想到了自己也有一颗奇怪的珠子。当时雷长老叮嘱自己,如果有一天自己失去了方向,就打碎这颗珠子。难道,这里面也藏着揭露秘密的钥匙吗?赛特把珠子拿了出来,在场的人还没有完全从吊坠的惊叹中缓过神来,又把目光紧紧盯在了赛特的珠子上!赛特把这颗珠子的来历告诉了众人,众人满怀期待地看着赛特。有了吊坠做铺垫,赛特终于下定决心毁坏这颗珠子,看看里面到底是什么。他把珠子往地上重重一摔,可珠子只破损了一点点而已。众人觉得可能是赛特的力度不够,正想找什么工具来砸开珠子的时候,它开始发出了光芒。在这光芒里出现了影像,逐渐闪现出了伊缪恩雷长老的身影。雷长老正襟危坐地说：

赛特，鲁克·赛特！你终于打开了这颗珠子！说明你彷徨了……我很希望你能早点打开它，因为你可能会获得新生，但也可能会就此彻底迷茫，最终会如何，完全要看你个人的想法。无论你做出什么抉择都是对的，但也都是不对的。或许你觉得我说的都是废话，觉得是在浪费你的时间，但是这都不要紧。我知道你内心缠绕了太多的迷茫、困惑和不解。接下来，我要为你揭开这些谜团。唉……说来话长……

在当我刚刚成年的时候，那会儿伊缪恩还是上一任长老在位——风长老，而我只是一名在军营里接受训练的普通士兵，每天高强度的训练就是为了能够参战。当时我们刚刚赢得了一场战争的胜利，整个星球的人都非常亢奋，因为我们彻底消灭了那个星球。正在庆祝胜利的时候，我突然接到通知——风长老要见我。我听到这个消息的时候极为兴奋。风长老，那可是长老啊，是我们星球的神。我在经过了各种关口，办理了严格的手续之后，终于来到了风长老的宫殿。我紧张得都不知道该先迈哪条腿，更不知道风长老会和我说什么。于是我就向身边的随从去询问，但是随从们都把自己的身体都包裹在铠甲里，并没有要和我说任何话的打算。整个场面非常庄严，只有脚步声和心跳的声音。

当我来到大殿的门口时，随从示意我停下来，然后很恭敬地向大门鞠躬："长老大人，您要找的人我带过来了。"说完之后，他们就径自退下，只剩下我一个人呆在原地。我不知道该推门进去，还是该说些什么。正当我无所适从的时候，门从里面打开了。一个身穿白色披风的老人走了出来。

天哪，这就是长老——风长老，我们神一样的风长老。

我不知道该说什么，该做什么，我只想给风长老跪下。可是风长老却拉着我的手，让我站着说话，这是一种非常亲切的感觉，这种感觉非常美好，我竟然一时之间非常贪婪地想要一直握下去——这，就是风长老的亲和力吗？他对我说："雷特，我等了你很长时间，终于等到你了。"

可是这更加让我疑惑，难道风长老在以前就知道我吗，还知道我叫雷特，他是怎么知道我名字的？风长老和蔼地告诉我，其实他很久之前就在观察我了，说我是非常适合继承他职位的人。

我顿时怔住了。难道说，风长老叫我来就是为了继承他衣钵的吗？怎么会有这样的事？我从来都没想过，更不敢想自己有一天会成为长老，更不知道如何做这个长老。我非常惶恐，很想告诉他老人家我做不了长老。可是风长老却呵呵地笑起来了，因为他被上一任长老告知要成为新任长老的时候，也是同样的感觉。

风长老告诉我，他一直在观察我在军营里的训练情况，我的每一个行为都被他记录下来。风长老和我聊了很多，包括我的生活，我的理想……我都非常详细地告诉了他，虽然我觉得其实他什么都知道。

当我们把所有能聊的话题都聊到尽头的时候，似乎再也没有什么可以聊的了，他突然问我——有没有喜欢的人。我又愣住了！我该怎么回答呢，他看到我有点迟疑之后，眼神里流露出非常复杂的神情，我完全看不透他在想些什么。他站起身来把我带到门口，告诉我回去准备一下，他有很多东西要教我。有了这次畅谈，我似乎对长老这个位置慢慢地有一点感觉了。当我转身准备离开时，风长老又叫住我说:"你来我这里的事情,目前为止没有其他人知道,你更不能向周围的人提起。等你成为长老以后,你原来的身份就会注销,你的朋友和战友会得到你意外身亡的消息。而你,将成为以后的雷长老。记住了吗?雷特!

我点点头,记住了。随后,风长老拥抱了我,我依旧是受宠若惊,那种温暖的感觉又出来了。我从来没有接受过这样的关怀,实在是太让人着迷了。这种感觉,能够触发内心深处的对爱的贪婪,想要一直拥有下去。

我又来到了神殿,风长老已经在那里等我了:"你现在可以向我提问。只要我能回答的,我都可以告诉你。"

我思考良久,确实有很多关于"长老"的疑问,但是我又有一点犹豫。风长老看出我的疑虑,就告诉我说:"你是以后的长老,有些问题必须要搞清楚,你随便提问吧。"

有了这句话,我就把我对"长老"的疑问都提了出来:"风长老大人,我听说您是我们星球的神,可以和更高的神去对话,指点我们最伟大的圣战。我想知道,您是如何和神去沟通的?"

风长老面色凝重地看着我:"等一下你就知道了。还有别的问题吗?"

我继续问道:"我想知道,我们星球的婚姻制度是谁制定的?为什么会如此森严,为什么每对夫妻的孩子都要直接被送到托养机构统一抚养,而不是由亲生父母抚养?为什么父母不能知道自己的孩子是谁?为什么……"

风长老打断我,然后很严厉地说:"好了,我知道了。你跟我来吧……"说完,他就转身向宫殿的里面走去——长长的袍子拖在地上，我尾随而行，一句话都不敢讲。不久后，就来到宫殿最里面的一个大门。风长老并没有告诉我这是哪里，只见他做了几组手势，门就慢慢打开了。

我原以为，门里面应该是更加富丽堂皇的装饰，可是事实却完全相反，里面竟然是一个山洞，一个完全没有任何装饰的山洞。风长老走了进去，回头示意我跟上。我惴惴不安地跟了进去，看着这深邃的山洞我非常疑惑——长老神殿里为什么会有这种地方？

等我们走进去一段路之后，风长老停了下来，我也放慢脚步。等我的眼睛适应了这里的黑暗之后，突然看到山洞的尽头是一个悬崖，里面深不见底，黑暗似乎要吞噬一切。风长老转身对我说："在这里，将会揭开我们星球所有的谜底。要成为长老，需要在这里完成交接仪式。"我问他到底是什么样的仪式，他却要我仔细看悬崖对面的峭壁上刻着的一行字。

当时的光线很微弱，仅仅能看清楚脚下不远的位置，想要看清对面峭壁上的字非常困难。于是我往前走了几步，站在悬崖边上想努力看清楚对面的字迹。突然一双手在我背后用力一推，我在毫无防备的情况下被推落了悬崖。自由落体，长时间的自由落体，我记不起来当时下落了多久，可能是几个小时，处在那种失重的感觉之下，根本就没有办法估算时间。周围一片漆黑，那个时候我才知道自己有多么渺小，一点依靠都没有，压迫感、空间，还有各种身体不适……

渐渐地，渐渐地，我看见了下落的方向有一丝光线，随着不断下落，光线越来越亮。那束光似乎有着什么力量，使我下落的速度开始减慢，直到安全落地。我爬了起来，看着周围的情景，只见在粗糙岩石的褶皱中，有一个特别光滑的大圆球——只漏出来一半，还有一半在岩石里，直径有一人身高左右。它发出温和的光线，这些光线在它周围流动，就像烟霞一样。正当我看得入迷时，忽然听到头上传来一个声音：还不躲开，想让我踩到你的头吗？

那是风长老，他也下来了。我迅速闪身到一旁，随即风长老轻轻落地。他并没有看我，似乎也不想对我解释什么，而是径直走向了那个圆球。他肯定来过这里，他对此是那么熟悉。

风长老在圆球前面转了一圈，而后绕到了旁边一个狭长又昏暗的位置。他走过去慢慢跪了下来，拿起地上一块圆形的石头，认真、庄严地擦拭着。我很好奇风长老手里捡个石头干什么，我伸着头靠近观望。然后，我看到了怎么都不会想到的东西。他捡起来的竟然是一个骷髅头——他是那么小心地抚摸着。我试探性地询问这是谁的遗骸，他没有回答，而是非常郑重地用命令的口吻对我说："跪下！"

话音刚落，我的膝盖就像触电一样跪了下去。当我再抬头的时候，眼睛也适应了这里昏暗的环境，眼前整整齐齐地排列着很多骨架，目测至少100具骸骨，一直延伸至黑暗深处。我惊诧不已，这些骷髅究竟是谁？

风长老显然不想现在就回答这个问题，他在回味着什么。风长老起身再次把我带到了大圆球的位置，示意我可以坐下，而他就坐在了我的旁边："雷特，我问你，我们刚刚打赢了一场战争，灭了对方整个星球。你对此有没有什么想法。"

我很骄傲地说，"我们的战争是神圣的，取得胜利是必然的，我很荣幸能够成为星球的勇士。"

风长老摇摇头，在他看来我根本就不是什么勇士，而是未来的长老。他接着问我："你不是很好奇，我是如何和神去沟通，如何找到那些需要被消灭的星球的吗？答案就在这里。"

说完，他的手指向了那个地心圆球。风长老开口说话："我们星球每一次战斗，和谁去战斗，都在这个圆球上面有提示，我们可以轻易地找到它们。这个圆球，就是伊缪恩所谓的"最高的神"，我就是在这里获得神谕。通往这里的路，就只有长老神殿这唯一的入口。而神殿只有历代长老才能入住，所以也只有长老才能来到这个地方。"

我听完之后感觉到一阵不可思议，那注定是刷新我认知的一天。风长老接着说："我，即将在这里长眠。"

我非常奇怪，以风长老的年纪，还有很长时间可以活，为什么要现在就留在这里，长眠……风长老继续对我说："雷特，你刚刚看到的那些遗骨，都是历代长老的。每次长老的交接仪式，都会在这里举行。我刚刚拿起的那个骷髅，就是我的上一任长老。他把我带到这里来，然后他就躺在了他的上一任长老旁边。而不久之后，他的旁边，就是我要安息的地方。"

"风长老，为什么，为什么您现在就要选择安息。您的生命明明还有很长的时间？"

风长老却苦笑道："对不起雷特。你继承长老的位置，这是命。不是我的选择，而是命。长老这个位置，虽然受到万众敬仰，但却真不是一个好位置。我的生命虽然还有很长时间，但是我却并不希望再这样过下去。实在过得太辛苦！你看一下旁边的岩石上刻着的字。"

我顺势望去，只见上面写着："如果你已来到这里，那你即将沦丧。"

我完全看不懂这句话的意思，回过头又看向风长老，很好奇他沦丧了没有呢？风长老看出了我的疑惑："这是我第七次来到这里，第一次是成为长老。而这一次，我要传位给你，这也是我最后一次来这里，再也不离开了。至于中间的五次，都是来请神谕，发动对其他星球的战争。我刚才问你，你对这次战斗的看法是什么，你说你感到荣耀。可是对于我而言，完全相反。我看到了对方的毁灭，看着他们无数的骨肉分离，无数的流血牺牲……只是对于他们来说，死去未尝不是一件幸福的事，而活下来的我们更要承受着无尽的痛苦，直到最后，就连承载痛苦的躯体也要灰飞烟灭——战争的尽头，是双方的毁灭。而这一切可以说是我造成的，虽然我从未亲临战场，但却是一个双手沾满血腥的人。胜利，对于我来说是一种折磨，是对胜利者灵魂的摧残……"

听了风长老的话，我似乎可以理解一点，但也无法完全理解。我们伊缪恩人从一出生就不知道父母是谁，父母也不知道子女是谁，没有家庭的温暖，也没有家人的感情，好像不能理解其他星球骨肉分离的痛苦。可即便如此，我似乎依稀地可以触摸到这种摧残的痛苦，理解生死分离的残忍。随之而来的还有另一个问题——为什么我们一定要攻打他们呢？伊缪恩的历任长老，为什么一定要来到这里呢？如果不进来这个地方，不下达战斗命令，不就好了吗？

风长老凝视着面前的这个大圆球，没有直接回答这个问题，而是反问我："我直接下命令？那你觉得我和统领克罗托之间是什么关系？"

自从我有记忆开始，就知道伊缪恩以长老为尊，统领要听长老的。虽然统领可以管理整个星球，但是如何管理，用什么方式管理，则要听长老的意见。长老并不经常露面，但是只要露面，就是要做全球性的决定。于是我回答说："那我直言不讳地说了，我觉得统领克罗托就是一个傀儡。"

我本来担心风长老会生气，虽然我的话不无道理，但这毕竟是对统领克罗托的不尊敬，而且也难免会透露出一丝责怪长老控制统领的意思。风长老并没有生气，而是现出了无奈的神情，而且神情当中还有些许疲惫，他不想再掩藏这种情绪了，低头叹息道："那我给你讲一个故事，一个关于很久很久之前的一个长老的故事。"

我看了一下周围的尸骨，问道："就是这其中的一位长老吗？"

风长老哀叹道："不，他的遗骨不在这里，已经被挫骨扬灰了。"

我又是一惊，以长老的身份地位，死后竟然会被挫骨扬灰？！究竟是出了什么事，是那个长老犯错了吗，难道是被敌人俘虏了？只听风长老继续说："对于一般的伊缪恩人来说，我们的文明只能追溯到所谓的神话时代。但是在神话时代之前，我们还有另外一个并不发达，但是却已经相当成熟的文明，从使用火、发明文字、制作武器，一直发展到能制作化石能源的机械，有了成熟的科学技术，只是还没有飞越太空的能力。在那个时候，伊缪恩星上还有国家和民族的概念，也没有像现在这样森严的婚姻制度和生育制度。家庭的概念依旧存在，出生的孩子也不用集中去托养，而是由各自的父母抚养。星球上还有浓浓的亲情味道。但是有一点和现在别无二致——大家非常热衷于战斗。每个孩子虽然由父母抚养长大，但是到了适当的年龄，就要进入国家组织的机构中去学习战斗，接受神圣的战争观念。当然，那时候的战争，全是星球内部各个国家之间的战争。但总体而言，星球在快速发展，人口繁衍也很快。从理论上讲，不久的将来伊缪恩的人口会激增。可是理论这种东西，总是和现实有些差别。那时我们伊缪恩星最大的问题，就是人口莫名其妙地失踪，全球范围内的失踪，情况非常严重。不仅仅是孩子，甚至有老人、中青年，生病的也好，健康的也罢……感觉是无类别、无差别的失踪，而且无论各国政府怎么去寻找都没有任何结果，似乎是有神秘的外星人不定期地抓人。否则，怎么解释这种现象呢？直到一些眼睛雪亮的人发现了事情的端倪，然而一切都来不及了。

那时，每个家庭都害怕自己的家人会突然失踪，但是正常的生活、工作和学习还是要进行下去的。在学校里，孩子们每天都在学习战斗，可以说是心无旁骛，又或者说是没有独立思考的意识。在学生当中，偶尔会出现一些奇怪的想法，例如为什么战争是神圣的？即使战争是神圣的，我为什么一定要去参加战斗，我不想"神圣"不行吗？而拥有这类想法的孩子，会被教官耳提面命地洗脑。如果洗脑不成，就会被分到另外单独的班级里。而消失事件，多半就是在这样的班级中发生的。除了学校之外，各种行业和组织也都开始灌输战斗的荣耀，同时也有很多质疑者失踪。而这些人的消失，和当时我们国家的最高首领——牧有关。

"国家最高首领？"我重复了一下风长老的话，"难道他是第一任长老吗？那时他还只是一个国家的首领，如何成为全球的长老呢？"

风长老叹气："这就是可悲之处。不久之后，一股强大的神秘势力在短短几年内就把整个星球统一了起来，然后牧就成为第一任长老。你可以想想当时死了多少人，有多少血腥的厮杀！"

听完风长老的话，我有一种不好的预感，连忙问，"神秘势力是什么？是这个神秘势力让人口失踪吗？他们失踪以后又都怎么样了？"

风长老继续说道："死了。全都死了。因为整个伊缪恩必须保证最统一的战斗意志，不能有一丝一毫的怀疑。所以牧长老杀了自己的同胞，那些有疑问和不同意见的同胞，都死了。"

"那些失踪人口的家人心里没有疑惑吗?"

风长老回答:"当然有,只不过牧长老为了压制这些疑惑,同化那些有异化思想的人,只能依靠于更大规模的暗杀和绑架。当时除了学生有疑惑之外,更可怕的是很多成年的战士也会萌生出这些'异化'思想。牧长老把这些思想异化的人和'正常'的战士派出去一起执行任务,然后再全都干掉。这样一来,表面上就不会呈现出只有思想异化的人才会失踪的现象,'异化者'对牧长老的怀疑也会降低一些。可是学校的学生就不一样了,他们不会出去战斗,牧长老只能想尽一切办法让他们'合理地'失踪。不过,学生中间有这样想法的毕竟还是少数,所以还是能控制局面的。

"可是突然有一天,一件让牧长老意想不到的事情发生了。一个孩子在学校里问教官:为什么我们要战斗,大家相安无事不是很好吗?长大以后,他要带领一群人去阻止战争。孩子的言论马上引起了教官的警觉——一定不能让这种思想传播出去。在经过了单独教育之后,教官发现很难改变这个孩子的思想。于是在下一批将要失踪的名单里,就有了这个孩子的名字。而这个孩子是一个导火索,接下来发生在他身上的事情,导致了整个星球的巨大变化。

"当牧长老拿到这份即将消失之人的名单时,其中一个名字让他的视线在泪水中变得模糊,双手也开始无力地颤抖。名单里赫然写着自己儿子的名字,就是那个反叛的学生。牧长老知道,按照以往的惯例,自己的儿子即将被秘密处死。可是这是自己唯一的儿子,他怎么可能下得了手?"

听风长老说到这里,我突然转头看着他,以牧长老的权威,还救不了他的儿子吗?难道……

风长老根本就不管我的诧异，继续着他的话："牧长老想救自己的儿子，于是就去求统领克罗托，希望他能够给自己儿子一个机会，自己会好好教导他，万一教育不好，即使让他以后哪里都不去，一辈子锁在家里都行。克罗托答应了牧长老的要求，但是他的儿子还是必须被带走。克罗托给出的解释是，如果继续留他在学校的话，势必会影响其他的学生，暂时带到一个隐秘的地方接受教育。牧长老同意了，只要能够留住自己儿子的命，带走就带走吧。

时间慢慢过去，牧长老一直没有他儿子的消息，等到的却是克罗托让他去镇压伊缪恩内部的反抗者，只要把这些人都干掉，整个伊缪恩星球将会实现彻底统一。在牧长老和儿子分开的这段时间，担心、思念统统涌上心头，忍受着分离的痛苦，他推己及人，体会到了战争带来的恶果，无数的人都会面临着骨肉分离、妻离子散的痛苦。他想到战斗打响后会有大量家庭经历无尽的惨剧和无垠的灾难……

牧长老迟疑了，他不愿意发布继续战斗的命令，而统领克罗托却对牧长老一再苦苦相逼。牧长老没有办法，但也提出了自己的要求，想见一下自己的儿子。统领克罗托冷冷地看着牧长老，示意卫兵带他去他儿子那里。

士兵带着牧长老走进了地下堡垒，然后不停地转弯、绕圈，最后来到了一个巨大的仓库。牧长老在行走的路上腿脚就已经发软，各种不祥的预感像潮水一样扑打着他的内心，每一步都在增加他的精神负担——他快要绷不住了。他们终于走到了仓库里面，停在了一个储存格的前方。卫兵核对了一下编号——就是这里！说完之后，就打开了门。

门慢慢开了，映入牧长老眼帘的是一道玻璃，里面又有很多狭小的格子，每一个格子里，都有一个冻死的人。这些死者中，难道有一个是自己的儿子吗？牧长老不敢往里面看，但在内心的绝望和恐惧中还夹杂着一丝若有似无的侥幸，驱使着他抬眼去寻找那幻想中的答案。他一眼就认出了自己的儿子，虽然每个人的面孔都冻得扭曲，但是有一个显得那么特殊——在那个格子里，玻璃上还有孩子留下的很多小手印，可以想象他临死前是多么痛苦。就是这个格子里的孩子，衣服是脱光的，所有的衣服都被紧紧地抱在了怀里，一只小手捏着衣服的领子。

牧长老毫不掩饰地嚎啕大哭，他知道这就是自己的孩子。孩子上学的那天早上，牧长老把自己给儿子准备的新衣服穿在了他身上，孩子兴奋得手舞足蹈，牧长老看见儿子这般高兴，也感受到了身为一个父亲的幸福。牧长老温柔地对孩子说："上学的时候你要记住，千万不要告诉别人你爸爸是长老哦！"

孩子稚嫩地问："那别人问我住哪里，我的爸爸在哪里，我该怎么说呢，我告诉他们我爸爸在宫殿里吗？"

牧长老想了一下："你就和他们说，你住在爸爸心里，而爸爸就像送你的这件衣服一样，一直围绕着你。"

儿子笑嘻嘻地爬到了牧长老身上，然后捏起了他的耳朵。孩子的这个习惯，似乎是从出生的时候就有了。许多年前，当牧长老抱起刚出生的儿子时，孩子的小手一下就捏住了爸爸的耳朵。从此以后，这个习惯就一直保持着。

面前这个冰冻的玻璃棺材里，孩子赤身裸体。听说人在被冻死之前，有一种燥热的感觉，会忍不住把衣服脱下来。孩子紧紧抱着衣服，因为那是牧长老送给他的，他说那件衣服就像自己一样会环抱着孩子。孩子捏着衣领，似乎那就是爸爸的耳朵。已经冻得变了形的脸上，嘴唇似乎还在保持着喊"爸爸"的口型……

牧长老把手按在玻璃上，正对着孩子的手印。然后慢慢把耳朵靠近玻璃，也许他还希望孩子能捏一下他的耳朵。慢慢地，牧长老的眼神里露出了杀意，一股无法控制的暴力涌上了心头。而后他迅速干掉了身边的守卫，朝向统领克罗托的方向跑去。

当牧长老来到克罗托的面前，克罗托淡定地看着他。统领早已知道了牧长老的意图，所以当牧长老向克罗托发动攻击的时候，被四名贴身侍卫直接制服了。四把匕首分别插入了牧长老的手脚，把他钉在了地面上。牧长老歇斯底里地呼喊，痛斥统领克罗托的暴行："大家都是同胞手足，你为什么要这样对待我们的族人？我们为什么要发动这么多战争，难道你们就没有家人朋友吗？"

统领克罗托慢慢从座位上走了下来，冷冷地对牧长老说："我消除了国家的概念，统一了这个星球，还让你成为长老。你真以为你至高无上吗？我让你至高无上，你才能至高无上。我让你身败名裂，你就得身败名裂。你只是我的傀儡而已。而且我必须告诉你，我们的战争有着不容置疑的伟大意义。你有没有发现伊缪恩人从原始文明开始，就有着与生俱来的战斗天赋。你根本就不知道，你们星球与其他星球相比，是多么与众不同？你以为你是谁，你以为我是谁，你又以为这个宇宙是谁？

我告诉你，这个宇宙是一个巨大的生命体。所有的星球、星云、星系、黑洞，都是在为这个大的生命体运转。而伊缪恩是免疫系统的一个星球，就像人体的免疫细胞一样。那些被我所消灭的星球，都是病毒或癌细胞。所以，我们发动的所有战争都是无比荣耀的，我们保护了整个宇宙生命体。"

牧长老听了之后,有一种匪夷所思的感觉,这怎么能够让人相信呢?只听统领克罗托继续说道:"你不信对吧?那我告诉你这个星球的秘密。我带你去过地心最深处,看到的那个光滑的圆球,这是你们伊缪恩星球最特别的地方,也是你们身为免疫星球最好的证据。"

牧长老听到克罗托字里行间一口一个"你们",难道说,我们伊缪恩星球的统领克罗托,不是伊缪恩人吗?

克罗托没有停顿,继续说:"地心圆球,是免疫星球最独特,也是唯一的特征。你们现在根本不知道地心球的作用是什么。它不仅会指引你们去寻找病毒星球,而且它也是终极武器。如果你们遇到一个病毒星或者癌星,强大到你们无法战胜他们,那么整个伊缪恩星球就会与病毒星同归于尽。地心圆球会迅速收缩成一个高密度的引力球,并且它还会继续带动整个伊缪恩星球收缩,最终形成一个极高密度的物体,就是黑洞。这和一般的黑洞还不一样,它会一直奔向你们无法战胜的病毒星或癌星——最终的结果是同归于尽。就像你们身体里的白细胞,吞噬了细菌或病毒之后,自己也会死亡。所以你们每个伊缪恩人的命运都已经设定好了,容不得你们去思考、选择,还有什么可怜又卑微的自由意志也不需要存在。当然,宇宙中不仅仅只有你们一颗免疫星球,应该说有数以万亿计的免疫星球,当然也有数以万亿计的病毒星球和癌症星球。只是,免疫星球的发展与觉醒太慢了,必须有人来引领你们加速发展。

"而我,你们伊缪恩的统领克罗托,还有我的禁卫军,并不是你们伊缪恩星球的人。我们曾经也是免疫星人,但是经历了太多的悲欢离合、物是人非、惨绝人寰、无可奈何,我们知道了免疫星和宇宙的秘密,最终锤炼出一套无与伦比的世界观。

"我自己的免疫星球曾经无比强大，但即使是这样，也总会遇到我们无法战胜的强大对手，于是我们的星球坍缩了，成为了吞噬其他病毒或癌症星球的黑洞。我们几个人逃脱了出来，带着宇宙的秘密，踏上了寻找并激活其他免疫星球的征程。我们成为宇宙中诸多免疫星球的引领者和布道者，帮助免疫星觉醒。至于你们伊缪恩星，发展速度真是慢得可怜。如果仅凭你们自身这样缓慢发展，根本就不知道什么时候才能觉醒，才能激发免疫功能。而那个时候，病毒星也好，癌症星也罢，早已扩散了。

"你们现在经历的这些痛苦算什么？你们这些可怜的原始人，我们帮助你们把星球发展起来，教育你们，让你们相信战争的光荣。可是你们就是不学好！一再违抗我的意志。只有深信战争的意义，忘掉可怜兮兮的情感，才不会被战争带来的创伤刺痛，并且保证伟大的免疫战争能长久胜利。我对你们做的一切，是一种大仁慈，否则免疫星球内部必定会大乱，反战情绪，追求人生意义，诸如此类的想法都会冒出来。可是如果你们不去战斗，整个宇宙该怎么办？为了整个宇宙，伊缪恩人的思想必须一致，我们必须消灭那些有异化思想的同胞。这些，都是我的经验之谈。"

克罗托说完之后，沉着脸看向四肢被钉在地面上的牧长老。牧长老听得心惊肉跳！他有一种全部伊缪恩人都被欺辱的感觉，然后破口大骂："你以为你们有经验，就可以剥夺我们积累经验的权利吗？你的经验，就是我们需要的经验吗？你以为你们来到我们的星球，是在帮助我们进化，可是你们经过我们的允许了吗？你们这是侵略，是精神奴役，卑鄙下流……"

克罗托把权杖往地上重重一敲："你给我闭嘴！你以为这个宇宙是

什么样的世界,你以为你们在这个星球上诞生,就意味着这个星球属于你们吗?错啦!这只能说明你们属于这个星球。即使这个星球属于你们,凭什么就认为你们可以不被侵略,你又有什么理由不被侵略。凭什么去剥夺那些高级文明侵略你们的权利。弱肉强食天经地义!只要有利益的争夺,在没有更高维度的世界观念和条令约束的情况下,任何的平级文明都不可能诞生出相亲相爱的关系。即使有这样的高维度观念和条令,那也只能约束本系统内的文明,凭什么认为系统外的病毒星、癌症星会遵守所谓的条令,你又哪里来的自信能够确定'病毒'和'癌症'不会扩散到你们这里?"

面对克罗托一连串的发问,牧长老竟然哑口无言。克罗托是在呵斥牧长老,似乎在埋怨他的不懂事,只听克罗托继续说道:"如果你们不去发动这些荣耀之战,宇宙必定会加速死亡。到那个时候,你们这一代人可以自然终老,过着你们自私自利的幸福生活,可是你们的后代呢,一个一个都被病毒星和癌症星折磨致死吗?还有很多星系,在你们觉醒之前就已经被病毒星或癌症星吞噬了。"

牧长老反驳道:"我们本来可以无忧无虑地生活在自己的星球上,那些癌症星人或许根本就不知道自己是宇宙'身体'里不和谐的因子,他们本来也可以安居乐业,他们无非就是开发其他星系的资源,也没有对其他星球的人赶尽杀绝。所有人都在无意识当中过着属于自己的生活!还有,我们伊缪恩也不知道自己是免疫星,凭什么你说要我们战斗,我们就要去战斗。是哪个混蛋给予我们的命运!"

"放肆!!"伊缪恩统领克罗托暴跳如雷,"你们可以安居乐业,那宇宙呢?任其在那里痛苦地呻吟?而且,你以为你们星球生命的诞生是巧合吗?你们都是宇宙的密码编辑出来的,一切都有定数!伊缪恩星球在形成之前就已经确定了它在宇宙中的职责,它是为了职责而诞生!你们在伊缪恩星上诞生,却不想履行伊缪恩星的职责,还能再无耻一点吗?"

牧长老真的无言以对了。克罗托平复了一下怒气,然后对牧长老说:"我还可以告诉你,这个星球上除了我之外,教官、老师、医生,这些关键职位的人,都是我的属下,他们也都不是你们伊缪恩星球的人。我本来可以一直独立地统治这个星球的,但是我还是要在你们伊缪恩人中扶持一个代言人出来,让代言人在伊缪恩人面前有着至高无上的权威,这就是'长老'。因为我们迟早要离开伊缪恩星球,去激活其他的免疫星。我希望,在我们离开之前,你们自己可以形成'荣耀之战'的传统,保有对宇宙生命体神话般的虔诚。但是现在看来是不可能了。你们被亲情这种东西束缚住了。"

后来的事情是难以想象的,克罗托用了整整四代人的时间,把伊缪恩之前的文明给抹掉了,取而代之的是一种星球的神话,以杜绝一切反抗意志的神学,为其他学科发展的基础。当然这是后话,此时克罗托当着牧长老的面,向周围的大臣起草统领法令并向全球颁布——从今天开始,伊缪恩全球婚姻制度实行严格的管控,所有新生儿都由全国统一抚养,男女分开,在达到生育年龄之前,不要让异性互相接触!还要做好新生儿编号——孩子都是整个星球共同的孩子,父母都是任何一个孩子的父母。

牧长老非常清楚,这样一来,伊缪恩星上就不会再有家庭和亲情的观念,甚至连私生子都无法存在。这是要把整个伊缪恩都变成一台战争机器。牧长老在克罗托面前毫无办法,谁能想到,这个外星人统领克罗托才是真正的幕后操纵者。

克罗托又看了一眼在地上趴着的牧长老,对他说:"你安心去吧,我会让你死个痛快。"就这样,那位长老结束了自己的生命,而在四代人的更迭之后,新的长老也诞生了。

这个故事,带着悲伤与震惊戛然结束。风长老讲述完之后,深深叹了一口气:"雷特,你现在知道我们伊缪恩星很多奇怪现象的原因了吧。"

我呆立着,不知道该说些什么,也没有心思说话。我和风长老都需要时间来平静。过了一会儿,风长老缓过来了,开口问我:"上次我问你感情问题,你有没有喜欢的女孩子?你还没有回答我呢。"

我原本以为他当时只是随口一问,但我看向风长老却发现他非常认真地看着我。我被他看得有点紧张,也不想隐瞒,只好结结巴巴地说:"有……"

"那发展到哪一步了呢?"风长老很关心地问。

我一下子羞红了脸,低着头不说话,不敢说,也不知道该说什么?毕竟在伊缪恩,男女之间是隔离的状态。若不是那一次偶然的机会让我遇见了一个女孩,我也不会坠入爱河……甚至私尝禁果……

风长老苦笑两声,自言自语地说:"宿命啊,都是宿命。这是你我都逃不脱的宿命!你可知道,我们伊缪恩的历任长老都是处男之身?!"

我错愕地看着他:"我知道!伊缪恩人都知道!据说,每一位长老在临终前,都会指定下一任长老。每一位长老都是处男之身,不准拥有后代。而这条规矩,从神话时代就定下来了。所以我不具备成为长老的资格吧?"风长老没有回答我的问题,而是慢慢起身,我也跟着站了起来。他再一次抱住了我,对我说:"宿命之事,会打破所有明面上的规则。感谢你为我承担这份痛苦,我再也不想来地心这里寻找其他的病毒星了,不想再通过我的手发动战争了。也许,岩石上的字是以前某位长老刻下来的。他非常清楚没有人愿意一直来这里,一而再再而三地发动残忍的战争。另外,关于牧长老的事,只有在新旧长老交替的时候,才会传给下一任长老……"

风长老一边说着,一边起身向旁边走去,我立刻跟了上去。等到他说完之后,他握住了我的手,我感觉手心一阵灼热,下意识地想缩回手,可是被他紧紧握住。我忍受着剧痛,等着他放开我的手,之后我的手上出现了一个记号。风长老看着我的手:"有了这个长老印记,你就是新一任长老了,你可以自由地来往地心圆球和神殿。只要你想来,随时可以过来,但是我估计你不会想来的。"说完,他再次看了我一眼,然后走进黑暗处,躺倒在了那具骷髅白骨的旁边。他默默地握住了旁边尸骨的手。我知道他还没有到寿终正寝的年岁,他这一趟来这里,是为了自我了断,主动完结这只能塞进内心缝隙的苦楚。也许在无数个夜晚,他在人们的仰慕中压抑着早已打湿枕头的泪水——没有人看得见,也没有人能够想得到。就这样,风长老安详地去了。

我怔怔地站了一会儿,内心不断起伏。等我从这里上去,我将成为新的长老——雷长老,从此以后我会成为统领克罗托的傀儡,表面上却至高无上。我只能孤单地去承受无人可以倾听的孤独,浸泡在内心深处永远无法漂过的死亡之海……

第十九章
长老的宿命

  身处冥海之人有自由吗？或许有吧，因为内心充满了对彼岸的期待；也或许没有吧，因为之前所有的人生意义都会被消解。这种身不由己的痛，雷长老深深体会着。他看着眼前的赛特继续讲述着那段故事：

  自从我成为了雷长老，我就开始谋划着对癌症星和病毒星的各种战争，其中就包括坎瑟星——伊缪恩的地心球显示得非常清楚，坎瑟星就是下一个目标。那段时间是我最煎熬的日子，而煎熬的根源，不是对发动战争的愧疚，而是另外一个更重要的原因。直到那时，我才明白了风长老为什么反复问我有没有喜欢的女孩子，也明白了当他知道我有喜欢的女孩之后，他为什么会是那样的表情。

  在我还是普通战士的时候，有一天我在军营里结束了训练，驾驶着飞行器前往住地。当时正好没有战争，只是做一般训练，我很放松，保持着正常的行驶。然而在我猝不及防的情况下，从侧方冲出来另外一艘飞行器直接撞向了我。我尽量闪躲，但是由于对方的速度太快，还是撞到了我的尾翼。两艘飞行器都损坏严重，失去平衡，盘旋落地。

我从来没有见过驾驶技术这么烂的人，有点生气，却并不惊慌，因为我们的飞行器都有紧急弹射功能，就在快要落地坠毁的时候，我打开了弹射器，我的座椅很顺利地从飞行器中弹了出来，然后通过座椅的推动装置平稳落地。我正打算看看对方飞行器里能弹出个什么货色，可是那艘飞行器一直没有弹出驾驶员，而是直接撞向地面，随后燃起了大火。我赶紧奔向那艘飞行器——真想好好看看里面坐着的到底是一个什么样的蹩脚飞行员，驾驶技术稀烂就算了，连弹射都不会。我看着火势越来越大，心想那人赶紧爬出来吧，再不出来恐怕就要和飞行器一起爆炸了。我爬上那艘飞行器的驾驶舱，只见那个飞行员趴在操控台上一动不动。难道是刚才的撞击让他晕倒了？随即我打消了这个念头，因为飞行器的减震系统完全可以保护一个人的安全，这种撞击就连一点皮肤都不会擦破，可是那人确实晕倒在操作台上。我感觉事情不太对，强行从外面打开了舱门，把那人拉了出来。我背着那人赶紧跑离飞行器，随后感觉身后一热，飞行器的大火蹿了起来，紧接着一阵爆炸的气浪把我们两个冲出去很远。不过还好，我只是受了一点皮外伤，那人伤势如何就不好说了。我摘下他头盔的瞬间，发现他和我不一样！这难道是一个女战士！这就是传说中的——女人？

接下来事情，你应该也猜得到，她吸引了我，似乎对我也产生了依赖，毕竟我救了她一命。而且对于她来说，我是一个传说中的"男人"。我永远也忘不了那次改变我一生命运的相互凝视，她放下羞涩盯着我，我也忘掉所有矜持。我从来没有想过这个世界上能够有如此彻底的一见钟情，我开始感谢这次事故了——谢天谢地让她撞到了我。

她对我说，发生那次事故的时候，她正好结束了一场超负荷的训练，已经筋疲力尽，飞行时实在太困了，竟然趴在操作台上睡了过去。飞行器失去了操控，这才导致这次撞击事件。我告诉她我叫雷特，她告诉我她叫赛娅，因为在平时训练中表现非常优异，所以被特许驾驶飞行器走出军营散散心。然后就有了这次邂逅。我情陷其中不能自拔，而赛娅也很快坠入爱河。我们之间的感情直接进入到了炽热的高潮。以后的日子里，我们都努力训练，只要表现优异，就能获得出来散心的机会，这也是我们幽会的机会，我们默默在心中构思着以后相伴一生的幸福，只是谁都没有说出来。

可是在伊缪恩星球上，严苛的婚姻制度让人非常难受。所有人一出生就会被编号，交由专业的育婴机构抚养，没有人知道自己的父母是谁，父母也不知道自己的孩子是谁。男孩和女孩被隔离开来，不会再与异性接触，直到长大成年。

当孩子们成年之后，对异性的好奇和想象已经到了极点。而只有在这个时候，才会让男人与女人相互接触。仅仅在几天的时间内，就会迅速完成婚配。因为长时间的隔绝，异性之间的需求达到极致，哪管美与丑，哪里还有什么爱情。男女之间有的，就是最原始的动物本能。在孕育出新生命之后，又各自训练去了。婚姻，只不过是一种短促的体验罢了……

终于到了我和赛娅那一批人的婚配时间。我在癫狂的人群里到处找赛娅，可是就像大海里的两粒沙要碰到一起一样。在人群中我看上去十分另类，别人是漫无目的地搭配，只有我是有明确目标地搜寻；还有很多异性向我投以爱慕的表情，但都被我拒绝了。在所有的男女都出双入对之后，可供我选择的只有几个我从来不认识的女性。我多么希望其中就有赛娅，可是没有。难道赛娅已经放弃了我？如果她心里和我一样在乎她的话，她也一定会拒绝其他人的。只是赛娅如此美丽，喜欢她的人一定很多，或许她真的没有拒绝那么多的诱惑；我在她心里就真的只是匆匆过客吗？

我不会像其他人那样如饥似渴，对赛娅的爱情依旧让我执着地守候。面对着眼前这些和我没有感情的陌生女人，完全不想做如何选择。随便选择一个陌生人草率婚配，那是我要的人生吗？我想向上级提出来，希望能把赛娅分给我，但是这样的事情从来没有先例。就算是上级破了先例，同意了我的请求，万一赛娅不愿意，那我又该怎么办呢？而且，上级一定会疑惑我为什么要主动选择赛娅，他们会很容易就调查出我们私下里幽会的事情，我们两个人都会遭到严厉的惩罚。当然，我现在也可以选择不婚配，期待未来有机会和赛娅再次相遇。只是这样做也并不能保证以后一定会遇到赛娅，即使遇到了，如果那时她已经和别人结合，那我又该怎么办呢？思虑再三，最终我还是选择拒绝婚配，这也意味着我有可能永远一个人。在场的教官感到惊讶，虽然以前并不是没有拒绝婚配的先例，但实在是太少了。

回去之后我辗转难眠，我想要赶紧见到赛娅，于是就努力争取外出散心的机会。我终于见到她了，她一头扑到我怀里。原来我比她年龄大一些，所以我先到了这次婚配的时间。赛娅还没有到年纪，所以我在这次婚配仪式上并没有看到她。赛娅听说我去参加了这次仪式，很担心我会和其他女人结合，她做好了最坏的心理准备，即使听到我和其他人结合的消息,她也能挺得住,然而这只是想象中的"坚强"罢了。她心里也非常清楚,自己迟早也要被安排去参加婚配仪式。到那时,很多事情就会无法控制,她不愿意去参加那种仪式,因为她心里已经有了我,再也容不下其他人了。

那天,许久不见的我们本来已是相思成疾,又经历了这次婚配事件,我们都知道,如果不采取什么方法的话,被迫割心终将成为必然。我们相视无言,充满了对现实的无力感。在恋恋不舍与无可奈何的纠葛之间,我们发生了男女之事。一番缠绵之后,我们并没有一丝丝幸福的感觉,而是蒙上了更大的心理阴影,未来会发生什么呢,谁知道,谁又能告诉我们呢?但是无论内心如何彷徨,从那一刻开始,我们的后代已经在赛娅身体里孕育了。

赛娅怀孕了,我们都非常担心事情会败露,我更担心赛娅的身体,她还要保持高强度的训练。我想着她的处境,内心充满了愧疚。日子一天天过去,赛娅的身体也在发生着变化。但是她不顾委屈,用衣服束缚住自己的身体,从外表看来,只是显得略微胖了一点。庆幸的是,赛娅有一个单间宿舍,否则早就东窗事发了。终于到了瓜熟蒂落的日子,我和她的孩子就是在那个单间宿舍里出生的,是个男孩儿。虽然没有任何人发现赛娅分娩,但是孩子日后的生存是一个大问题。就算能偷偷摸摸地长大,将来也没有合法的身份。摆在面前最头疼的问题是,我们根本就没有抚养他的条件,我和赛娅没有合法婚配,托养机构不仅不会正常收留这个孩子,我和赛娅也会受到无法承受的惩罚。赛娅私下里把孩子的照片发给我看,我被软萌的婴儿彻底征服了,我愿意为他付出一切。孩子的问题,必须快速解决——时间,来不及了。

就在我孤立无援、一筹莫展的时候，教官出现在我的面前。他很和蔼地看着我，问了我一个问题："怎么样，雷特！是不是后悔了当初的选择？"我心里一惊！教官说我后悔什么呢？是后悔和赛娅发生的事情吗？我不敢做声，免得露出马脚，只是等着他说后面的话："你看你的战友现在都已经有了鱼水之欢，只剩下你自己在这里郁闷。"

我这才放下心来，原来教官指的是我放弃婚配这件事。看来教官虽然看得出来我在郁闷，却并不知道我在郁闷什么。我继续装作若无其事和他有一搭没一搭地聊着，无论如何都不能把我和赛娅还有孩子的事情泄露出来。他看出我在含糊地应付他，却饶有兴致地对我说："其实你选择单身也好，不像我们这样。虽然有妻子，有孩子，但是和妻子只是按照部队的计划才能见面，一生都不知道自己的孩子是谁。说不定，雷特你就是我的孩子啊！"说完哈哈地笑起来，他可能觉得这个笑话很不错，但是对于我来说却字字扎心。我不知道为什么教官今天一直跟我提"孩子"的话题，孩子是我现在如鲠在喉的难题。于是我顺着教官的话，问出了我多年的疑惑："孩子送到抚养所之后，都会发生一些什么事情？"

教官长出一口气，猜得出来里面有很多难以描述的事情。他确实很清楚里面的流程，因为在成为教官之前，他就在托养机构工作。婴儿在医院出生之后，就被医生根据出生日期、地点或医院等信息进行编号，这些编号和父母没有半点关系。医生把编号写下来戴在孩子手上，这将成为伴随他们一生的身份。有了编号之后，所有的孩子就会从医院里统一运输到托养机构，到了托养机构，用仪器把编号刻在胳膊上，这就成为永远都无法磨灭的印记。等到孩子慢慢长大，他们可以给自己想名字，也可以由部队来取。但是无论名字是什么都不要紧，编号会伴随一生。我听完之后，默默地看了一下我自己胳膊上的编号。

我意识到如果要让我的孩子生存下去，就只有一个办法——在新生儿从医院送往托养机构之前，用自己的孩子去替换另一个孩子。可是这样做，就会意味着那个被替换的孩子必将失去存活的机会。一股巨大的道德压力在我心头涌起，用一条无辜的生命来换取我儿子的生命，我该不该这样做，我又有什么权力这样做？可是我的孩子实在太可爱了，我怎么忍心让他就这样死去？另外一个念头几乎同时出现在了我的脑海里——我会心疼我的孩子，那其他孩子有人心疼吗？没有！他们没有人心疼，因为没有人知道他们的父母是谁。对！医院里出生的孩子没有人会心疼，没有人知道他们都是谁的孩子，没有人知道！即使所有人都知道死了一个孩子，也不会有谁会悲伤，因为没有人知道死的是谁的孩子。所以，我觉得我可以这么做，对！我可以！

我神经质般地在脑海里重复着这个想法，其实就是给自己找一个偷换孩子的借口，排解一点良心上的谴责。我当时有点疯癫了，陷入精神上连自己都无法控制的歇斯底里，不顾一切地暗示自己——我可以这么做！那些团结、友爱、互助的人生道理被我抛之脑后，或许，要对自己骨肉做出生死抉择的时候，很多平时坚守的原则都是可以放弃的吧？我决定要做！我知道，任何理由都无法真正说服自己，我所做的这件事仅仅是出于我的自私而已，可我还能有什么更好的选择吗？我和赛娅说了我的打算，赛娅先是表示震惊，但她现在已经是一个母亲了。孩子对于她的意义，其实比我要大得多，她点头答应了。

我事先去医院做了探查，基本了解了医院的路线。有了初步的经验之后，我在黑夜的掩护下，抱着我和赛娅的孩子潜入医院——我在颤抖，心脏、肢体还有呼吸，都在不受控制地颤抖，我肉体的反应和思想的决定出现了严重的分歧。医院里几乎没有安保人员，我很顺利地通过了各道关卡，来到了婴儿房。这里有那么多的孩子，有的安静地睡着，有的咿咿呀呀地说着什么。我看着这些孩子，根本就顾不得哪个孩子健壮，哪个孩子生病，只要是男孩就行。我选了一个正在咬着自己脚趾的男婴，把他抱了起来，然后再把我自己的儿子放进婴儿床。我最后看了一眼我的儿子，他还在睡着。而我怀里的这个小孩，正在对着我笑。这个孩子，也很可爱啊……为了防止这孩子在我逃离医院时哭闹，我给他用了小剂量的迷药，最终我很顺利地把孩子换了出来。临走的时候，我看了一眼婴儿床上的编号——37N·22E。从此以后，这个编号就属于我和赛娅的孩子了。

在整个偷换的过程中，我都背负着巨大的心理压力，然而这些压力还只是刚刚开始而已。接下来，如何处理这个孩子，就成为了巨大的难题，这考验着我的良心。我和赛娅还是没有能力抚养他，只能丢弃！不，如果弃婴被人发现的话，还是很容易就查出我和赛娅的事情！难道，我要亲手杀死这个孩子毁尸灭迹吗？我真不知道该如何去做！

我连夜和赛娅碰面，来到一片大山深处，这里也是我们经常碰面的地方。我们相拥而坐，怀里抱着这个不属于我们的孩子。但是此时，他真的就像我们的孩子一样，甚至比我们的孩子还要沉重——没有亲情，但是却有着巨大的道德压力。我感叹命运的苦楚，但是我们的苦楚毕竟是我们自食其果，可是这个孩子是彻头彻尾无辜的，他命运比我们更悲惨！不，这不是命运，命运只有上天才有资格赐予凡人。这孩子的悲剧，我和赛娅强加给他的——他的生命马上就要葬送在我们手里。我们有什么资格这样去做？赛娅在哭，一直不停地流眼泪。她的嘴巴没有动，没有说话，气息却出奇地平稳，可是眼泪就像倾泻下来一般，不断地、连续地……我们两个都是罪人。

沉默，一直沉默。我们都知道，时间就像一个牢笼，再这样下去，我和赛娅的行踪都会被发现，那个时候就难以收场了，现在必须处理掉这个孩子，然后再装作若无其事地回去！从此之后，伊缪恩星球上将会出现两个道貌岸然的虚伪罪人！赛娅看了我一眼，扑在我身上，轻轻地吻了我的额头。然后她的嘴角露出一丝微笑，似乎她找到了解脱的方法。赛娅抱着孩子，给这个婴儿喂起了自己的乳汁。孩子在笑，手舞足蹈地咯咯地笑！他吸吮到乳汁了，他很满足，似乎他对这个世界唯一的需求，就是有奶喝。他可能以为给他喂奶的人就是妈妈，他纯洁得像一张白纸……赛娅抚摸着孩子，就像抚摸着我们自己的孩子一样，然后慢慢站起身来。我也跟着起身，一起凝望着大山深处的未知，看着即将到来的黎明。我思绪在四处飘散，却没有发现赛娅的一只手拿出一把电击枪，趁我不备打在了我的身上。我全身一阵酸麻，倒在当场。虽然来得剧烈，身体不能动弹，但还有意识！这该死的意识，现在想想，如果当时直接昏死过去，可能还会好一些。接下来的事情让我终身难忘，也终身忏悔。赛娅深情地看了我一眼之后，转过无力的脸庞，扯断了我们交汇的视线。在视线断裂的一刹那，我感觉得出来她对我是那么不舍。只是此时已经没有人能够拦住她慢慢走向悬崖的脚步——赛娅抱着孩子跳了下去，在下坠的那个瞬间，我看到了她最后也看了我一眼，那是我们最后一眼。此时，天上乌云密布，下起了我一生都难以忘记的悲伤的雨，那么清澈，也那么浑浊……

我慢慢恢复了行动能力，努力用手指向他们坠下的地方，想要留住什么。来不及悲哀，来不及伤感，只能飞也似的逃回营地，要在战友们起床之前回到营地……我躺在床上，用有意识地肌肉收缩，暴力般地压制着无意识的痉挛和颤抖。一阵无法名状的诡异电流，沿着我的神经冲击在了大脑之上，不知道这算是睡着了，还是晕了过去。

等我醒来的时候，我发现身边是我的战友，还有医生。医生倒是毫不在意地说："醒了，可能是平时训练疲劳过度，要好好休息。"这种情况在军队训练中经常发生，也没有什么大惊小怪的。

后来，我听说在女军营那边有人失踪了，我当然知道失踪的人是谁。据说那个人留下了一封遗书，大概是说训练太苦，承受不了压力，最终选择找一个隐秘的地方结束自己的生命。星球上本来就经常有人失踪，多半是战士受不了训练的压力，所以失踪一个人也不是什么重大新闻。

从此以后，我带着思念和愧疚去训练、生活。为了能够让我从这种自我的谴责当中稍微得到一点宽慰，我只能拼命地让自己成为一个强大的战士，似乎只要能够多为伊缪恩做出一点贡献，就可以多弥补一点我的错误。就这样，我一直比别人更努力，也取得了各种各样的荣誉。终于有一天，风长老把我叫了过去。接下来发生的，也就是之前我和你说的那些事情了，我就成为了雷长老。

按照伊缪恩的规定，长老必须永远是处男，不能有后代。当风长老问我是否有喜欢的人的时候，我不知道该怎么回答。如果我说我不仅不是处男，而且还有孩子，那么我自己的生命可能就会走到尽头，或许伊缪恩首脑们还会通过DNA寻找我的孩子，让他的生命也受到威胁。所以我吞吞吐吐，含糊其词。但是风长老给我的感觉太美妙了，让我有一种无条件的信任，最终我还是只言片语地告诉他我有喜欢的人，而且还私尝禁果。然后，我成了新的长老。后来，就爆发了与坎瑟星的战争。

　　整个伊缪恩的人都认为是我下的作战命令，并且一定要灭了坎瑟星，可是事实上却并不是如此。我看到过战斗的场面，双方的飞船就像进入绞肉机一样，在极短的时间内就被毁灭。那种场景表面上看来是那么精彩、那么崇高、那么悲壮！可是每一艘飞船的坠毁都意味着好几个家庭的破碎。这种破碎是伊缪恩人很难理解的，可是对于坎瑟星人来说就不一样了。只不过我是一个很特殊的缪恩人，我能够理解坎瑟星人的痛苦。因为我知道我的儿子是谁，知道他的编号，知道他在哪里，而且我还曾经亲眼看着我的爱人跳崖死去却无能为力，我还背负着自己良心对杀死婴孩的谴责，我知道情感在人与人之间所能产生的巨大力量，也能够产生巨大拖累。所以我并不打算持续向坎瑟星发动攻击，希望尽最大的可能，以和平的方式来化解这场战争。

　　可是我的这一想法遭到了统领克罗托的严厉呵斥，他强迫我下令继续战斗，直到坎瑟星灭亡。克罗托说自己是免疫星球的激活者，可是现在看来，他给伊缪恩带来了灾难。他当时的表现似乎并不想再去激活其他的免疫星球，只想长久地控制伊缪恩。我不肯下令持续攻击坎瑟星，可是在克罗托看来，我的这种抵抗没有任何意义，他有的是手段强迫我。克罗托给我施加了刑罚，巨大的痛苦在我的身体里流窜，可是每一次疼痛都让我有一种解脱的感觉，我似乎看到了赛娅，看到了那个一起坠崖的婴孩，似乎看到坎瑟星人幸福的微笑，看到了伊缪恩人不再需要战斗。克罗托发现这种折磨不但无法毁灭我的意志，反而让我得到宽慰……他应该生气才对，应该暴跳如雷！可是他却并没有着急。

我已经被他们折磨得精疲力尽,但是内心的信念依旧很顽强。克罗托闲庭信步地向我走来,让他的几个士兵离开,只剩下我和他两个人。我慢慢抬起头来看着他,心里暗想无论克罗托怎么折磨我都是没有用的。可是克罗托的脸上却是带着一丝诡异的微笑,慢慢地靠近了我的耳朵。随后,他的口中说出了一串摧毁我意志的编码:37N·22E。

听完这段编码,我的眼睛充血了——那是我儿子的编码!克罗托是怎么知道的?他是怎么知道的!如果我现在不下令继续攻击坎瑟星,我的儿子就会被他们杀死!若是单纯地直接杀死,只疼那么一下也还好,可是万一克罗托对我的孩子施加折磨,那肯定是惨绝人寰的。这些酷刑可以用在我身上,但是绝对不能用在我儿子身上。我妥协了,我没有办法不妥协,在克罗托面前,我输得一败涂地。他究竟是怎么知道我儿子编码的?突然一个能让我炸裂的念头闪现在我脑海里,难道说他们早就知道我和赛娅的事情了吗?!这个疑惑并没有维持多久,克罗托饶有兴致地告诉了我事情的真相:

"雷长老,应该叫你雷特!你以为你做的事情没有人知道对吧?你以为天衣无缝是吧?你实在太天真了。你为什么不想一下,凭什么你可以驾驶飞行器自由出入军营,凭什么你就能在飞行的时候遇到一个女战士,那个女战士那么累,刚好晕倒在了操作台上?而那么巧,她晕倒之后,两艘飞船就会撞到一起?为什么那么巧,每次赛娅出军营散心,刚好你也可以出去,你们还能顺利幽会?你为什么不去想一下这件事情有多大概率。赛娅也是一个笨蛋,军营里表现优异的女战士那么多,为什么只有她才能出去兜风散心,凭什么她有单间宿舍,凭什么她能知道你去参加了婚配仪式?"

我恍然大悟。原来我与赛娅的所有经历,都是被他们计划好的,都在他们的掌控之中,原来我们一直都生活在圈套里。我心里萌生出一种被愚弄的耻辱感。只听克罗托继续说:"关于赛娅,我这样和你说吧,我们重点培养了她。赛娅无论是长相,还是性格,都是女人中的佼佼者。其实她之所以能够获得出去的机会,并不是她的战斗素质多么优秀,而是她真的很女人,让一般男人都抵御不了的女人。当然,她还不只是一个表面华丽的花瓶而已,她很有内涵。我认真研究了你们两个人的审美需求,知道你们是相互喜欢的那种类型。你知道我为了找到赛娅,费了多大的劲吗?你们两个一定会一见钟情!你们的那次邂逅是我们特意安排的。在你起飞后不久,赛娅也被安排从基地出发了。在她出发之前,我们在她的水里加了不少镇静剂。所以她出发不久之后就晕了过去,我们通过远程控制系统操作赛娅的飞船,找到你的飞行轨迹,然后撞了上去。一个没有见过女人的男人和一个没有见过男人的女人,再加上基因里的相互吸引,你说你们见面之后会发生什么?我们一点也不担心你们不会产生感情,因为这一招屡试不爽。"

我听到他们说出"屡试不爽"四个字的时候,心顿时揪了起来,这又是怎么回事?

统领克罗托继续说:"你们相爱相恋,以及生下孩子,都是我们设计好的。我们要的就是那个孩子,如果赛娅不能怀孕,我就会让你们一直交往下去,直到孩子出生。当你们的孩子出生之后,你们实在是没有办法抚养,这时你的教官就出现了,他负责启发你如何把孩子换进医院去。还有一件事情我要告诉你,当你去偷换婴儿的时候,医院里并不是没有安保人员,他们都在暗地里看着你呢!"

我自责起来,怪自己为什么当时没有发现这些蛛丝马迹,为什么那么粗心大意,如果当时发现那么明显的漏洞,自己也不会陷入今天的地步。我问克罗托,为什么一定要选择我,为什么我要遭受这种命运?克罗托却冷冷地回答:"如果没有你的孩子,现在你会乖乖听我的话吗?一个人只有明白情感是什么,才会有珍惜的东西,做事情才会顾忌,才会有弱点。如果一个长老,从一开始就不懂感情,万一在战斗过程当中突然产生同情心,那我们除了杀了他,还真没有其他更好的办法。如果处决了一位长老,又没有新的长老及时继位,那势必会造成伊缪恩内部的动荡。这都是当年牧长老给我的启发——长老这种东西,不能只在思想上保持高度的虔诚,还必须要有把柄抓在我的手上。当时牧长老因为自己的孩子被杀,所以产生了抵抗心理。可是他的孩子确实产生了异端思想,所有有异端思想的孩子都必须被干掉,又不是他一个人这样。但是这个牧,竟然想违背我的意志,让我们停止战斗,是可忍孰不可忍!当时他的孩子已经死了,我除了杀了牧长老也没有别的办法。不过牧的行为让我认识到,亲情就是最好的把柄。我开始反思我自己的行为——如果当时我不是杀了他的孩子,而是把这个孩子作为人质,那么牧长老应该就会很听话了。如果亲情在每一个伊缪恩星人中间泛滥的话,这个东西势必会变成双刃剑,容易出现反战的情绪,影响伊缪恩的对外战斗策略。所以我调整了计划,让全体伊缪恩人没有家庭和亲情的观念,他们对圣战保持虔诚的态度即可;而只对伊缪恩的长老,我就为他量身定制出亲情的把柄。

"所以我制定了两条规则——一是规定了伊缪恩的婚配制度和孩子的抚养制度,让所有的父母不知道自己的孩子是谁,孩子也不知道自己的父母是谁，从小便训练战斗精神，对圣战报以永恒的虔诚。二是对历任长老进行爱情和亲情的培养：表面上规定长老必须是处男，必须没有后代，但是在暗地里，我们又创造机会，让长老候选人在成为真正的长老之前就发生爱情，并生下孩子，而这个孩子又将成为下一任长老的人选。而且还要让他认为自己做的事情神不知鬼不觉。这样一来，历任长老都会一直处在痛苦和纠结当中，而长老为了保护自己和孩子，只能受制于我。一旦他不再对圣战虔诚，那我就拿他儿子做要挟。万一，某个长老连儿子都可以舍弃，那我就把他偷吃禁果、违规生子的秘密公之于众，他就会成为舆论攻击的对象，顿时威望尽失、身败名裂，我就可以顺理成章地再物色新的长老。我为了让这个策略执行下去，在神话时代就开始对你们伊缪恩人洗脑，足足浪费了四代人的时间，但现在来看一切都是值得的。这个方法，在历任长老那里屡试不爽。雷长老，如果你现在继续攻击坎瑟星，那么你的孩子会继续活下去。如果你放弃攻击，那么不仅你会死，你的孩子也会死，而且你的孩子会非常难看地死在你面前！你自己考虑清楚。如果你实在受不了战争对你这脆弱同情心的打击，你可以选择传位给你的儿子。传位之后，你可以选择颐养天年，也可以选择结束生命来逃避现实。当然你的儿子现在并不知道自己的父亲是谁，但是你记住，只能传位给你的儿子，因为我们针对他的计划已经开始了。"

听到这里，我猛然意识到，原来传位给我的风长老，就是我的父亲。原来我的父亲也有和我一样的遭遇。原来地心深处那些骸骨都是我自己的祖辈。而我的儿子，也逃脱不了这样的命运。难怪风长老总是那么想要拥抱我，而每次拥抱都有那么美好的感觉。这就是我们家族的命运。

当众人看到这里的时候，突然发现赛特已经站立不稳，神情略显恍惚。虽然众人对雷长老所说的内容都很惊讶，但是却没有像赛特那样震惊。只是现在众人并没有过多的精力去顾及赛特，或许只因为他是伊缪恩人，所以对此的感受比其他人要更加强烈吧。于是众人继续观看雷长老的影像：

赛特，接下来我要说的事情就是和坎瑟星的战争了。我和梅狄亚之间发生的事情你应该应该也知道了一些。他通过空间技术找到了我，割下了我的胡子，斩断了我的胳膊。但是我不恨他，甚至有一点惺惺相惜。他来找我的时候，已经知道了坎瑟星球是宇宙中的癌细胞，而我们伊缪恩是免疫星。他很高尚、很矛盾，有着很难得的觉悟。虽然我们是对手，但是也是朋友……

梅狄亚和我说，他非常在意他拥有"父亲"的身份时，我非常羡慕他。他可以为了子女甘愿永远承担"叛徒"的罪名。即使有再多坎瑟星人唾骂他，但也确实尽了一个父亲的职责。而我，却没有！虽然我在伊缪恩有着崇高的地位，但是我却生活在一种无法言说的痛苦里。他希望我放过他的儿女，我答应了。我很理解他的心情，可是他并不理解我的心情——我比他更加在意我作为"父亲"的身份。可悲的是，我的这份在意，建立在对妻儿满怀愧疚的基础之上。

后来，梅狄亚把坎瑟的一些关键情报发给了我，并且表示他会想办法让坎瑟星的人口削减至少四分之三，还要改变他们文明模式。我很认同他的理念，似乎找到了一条能停止战争的道路。

我找到了统领克罗托，告诉他梅狄亚的人口削减计划——如果坎瑟星能够做到削减人口的四分之三并且改变文明方式，那就停止战争。克罗托最开始并不同意，他想全歼坎瑟星的有生力量。但是我认为，生命体与可控的癌细胞可以并存，这是一种常态，没有必要对坎瑟星赶尽杀绝。如果克罗托不同意我的意见，我就把克罗托这个不死之身的来历，还有他对伊缪恩做的这些事公之于众。我会带领着伊缪恩的原生居民与克罗托战斗至鱼死网破，两败俱伤。如果他同意我的观点，那我就继续配合克罗托，维持伊缪恩的现状。为了表明我坚定的决心，我谎称自己断臂明誓，削须明志。克罗托权衡之后，最终同意了我的意见。

那时我构思着，等到停战之后，让位给下一任长老，自己找个没有人的地方去过平静的日子，或者可以在地心深处和我的父亲风长老一起长眠。后来梅狄亚的削减人口计划并没有得到执行，战场的形势超出了我们的预期，坎瑟星的战斗力和反击力是我们伊缪恩从未遇到过的。我们已经做好了全部捐躯的准备，地心圆球也会变成黑洞的种子。如果伊缪恩的部队失去了胜利的希望，那么这颗黑洞种子就会飞向坎瑟星的深处，与坎瑟星同归于尽。而这颗记录着我影像的珠子，就是受到了地心圆球的磁化之后，才拥有追踪、锁定敌人的功能。我又把我的影像刻入了进来。

要么在战斗，要么就是在训练战斗，这就是我们伊缪恩的命运。但我也是一个父亲，我的儿子也在战场上厮杀，我也希望他能活下来，而且我可以确定他的飞船能够坚持到最后。因为他的战舰和其他的都不一样，无论是性能还是防御力都是绝无仅有的，而且因为这颗珠子，地心圆球形成的黑洞，不会对他的飞船带来影响。

为了让我的儿子能够活下去，我需要在两个星球同归于尽之后，给他发出最后一条指令——就是一直追踪宇宙中癌症星人，以此作为他生存下去的信念。但是这所谓的信念，总有一天会失去意义，而他也终将会彷徨不知所措，会失去生命的方向。到那个时候，砸毁珠子，揭开真相。背对着过去，去寻找不知在何方的未来。过去和未来原有的一切脉络，都会和自己斩断联系。新的脉络，必须靠自己去寻找，去寻找新的生命意义。而这，才是我所真正希望的。

第二十章
生命

　　珠子的光线慢慢消失了，雷长老的影像也不见了。众人听完梅狄亚和雷长老的这些话几乎都迷失了。波菈不再觉得梅瑞的父亲是叛徒，而梅瑞早已是泣不成声，她们两个觉得赛特也很可怜，而赛特直愣愣地望着墙壁，似乎这个世界和他已经没有关系了。而他的胳膊上面，一个像刺青一样的东西引起了众人的注意，上面赫然写着：37N·22E。赛特，就是长老雷特和赛娅的儿子。

　　错愕之后，总要有点别的话题打破这种气氛。方千柏回过神来，似乎在沉重当中萌生出了一点兴奋："大家现在迷失在生命的意义当中。但无论宇宙是什么，我们必须有我们自己的生活，不过也不能不考虑宇宙的事情。想要回归到人生意义上，目前来看不会有什么很理想的方法。就我个人的浅薄意见来看，我认为需要找到一个'个体生命'和'宇宙生命'的结合点，但是这个结合点并不是价值和意义上的那种哲学判断。要知道哲学的'思辨'，很多时候是思维的游戏，它可以在理论上极度自洽,但是否真正能和某些'外在的玩意儿'相契合,这是个很大的问题。必须从实际上找到契机,也许你们现在还不能理解,但是我告诉你们,我所认为的结合点就是时间和空间。那么时空,究竟是什么呢?"

方千柏虽然说不能从哲学的角度来解决此时此刻的生命意义问题,但是他的思路依旧没有逃离哲学的框架,而且想用"外在的玩意儿"来替换"客观现实"。偷换概念,只能说明方千柏虽然知道当下哲学的问题,但是也还没有思考清楚如何来解决哲学问题。可是,地球上的这些哲学概念,不是刚来地球不久的赛特能理解的。最能理解这些话的,恐怕只有方明了:"关于时空的问题,我做过很多假设。我猜想,在宇宙诞生之初并不是没有时间和空间。只是没有属于我们这个宇宙的时间和空间。就像在'我'还没有出生之前,就不存在属于我——方明的时间和空间一样。"

梅瑞在地球上待的时间比较久,勉强能理解方千柏想要抛出的问题:"如果真如方明所言,那么就要提到另外一个人,你们地球人有个哲学家叫海德格尔。他所讲的'此在'理论,也许和宇宙的存在形式比较类似。也就是说,宇宙其实有很多个,每一个都是独立的存在,有着自己的时空。不同的存在主体一旦发生了相互关系,就会产生时空的勾连,展开自己的意义。"

方千柏却摇摇头说:"不是的!这是两个不一样的概念。梅瑞可能想要说的是平行宇宙的概念,但是千万不要强行把哲学思辨和物理学推论结合起来,这样很容易出现二律背反;但是如果决然分离,则极易产生所谓的先验幻象。千万小心形而上学的思维陷阱,人类的哲学是否能和宇宙相关联,以及如何关联,这个问题目前来看还没有答案。地球文明无法再从宏观的哲学中找到出路，这才走向了个体内在的救赎，陷入了后现代主义的泥淖。忽略了整体意义而去寻找个体意义，必定走向一条看似是出路的绝路。这不是认知哲学的问题，而是道德哲学的问题。所以我认为，必须把传统哲学剔除出去，用实证的思维去寻找真正的时间、空间与宇宙的结合点。我要说的，是完全不同于康德和海德格尔所说的那种哲学时间和哲学空间！"

方千柏的这些话，把这些人彻底绕蒙了，他到底说了些什么？毕竟这些来自地外文明的人，不知道地球文明的发展逻辑以及当下面临的问题，还有寻找未来意义的方法。方千柏眼看着他们完全不懂哲学问题，就转移到了一个话题上："赛特，我想我知道为什么你们的信仰中有不能杀地球人和思峨人的信条了。"方千柏慢慢抬起头来，并没有打算立刻把答案说出来，他脸上复杂的表情显示出，他内心对于他刚刚的觉悟感到震惊，而且一时无法组织起有条理的语言。

方千柏环视一下四周，用一种启迪性的语气对大家说："你们知道吗？地球是有生命的！"众人听不懂方千柏之前的话，而现在又突然冒出这么一句反差极大的"废话"来，大家自然摸不着北。波莅看着方千柏："老爷子，现在不是开玩笑的时候。"方千柏知道他们根本没有明白自己的意思，但是方千柏也知道他自己刚刚的这句话也很不贴切，但是一时间没有办法用一句话来准确表达自己的意思，于是他梳理了内心的逻辑，启迪方明说："地球在我们目前所发现的星球当中，是极其罕见的。先来看第一个奇特之处——地球拥有大陆板块。"

方明当然知道这件事情，尤其是大陆板块的漂移理论，是科普中非常基础的知识，但是地球板块的成因是什么呢？在方千柏的心里，

"地球板块"的根本性问题不是它的成因是什么,而是为什么会有板块。方明被这两个看似一样的问题搞蒙了,"板块的成因和为什么会有板块,这不是一个问题吗?"

方千柏摇摇头说道:"完全不是一个问题。板块的成因,指的是它存在的物理学和地质学规律。而为什么会有板块,说的是板块存在的意义,板块到底为了什么而存在。大陆漂移可以引发地震、火山等各种人类不可抗拒的自然灾害,但是这也在通过地震和火山,为地球内部和外部进行着碳元素的交换。这也为地球上的碳基生命生物提供了源源不断的碳元素。板块漂移导致的地震火山,看似给人类带来了灾难,其实是人类存在的基础。"

方千柏虽然只说了一个开头,但方明已经理解了方千柏接下来要表达的意思,他对方千柏说道:"爷爷您的意思是,我们人类的生命是被某种意识塑造出来的吗?板块的漂移其实是在为了人类的出现做准备,对不对?"方千柏听到方明的提问感到特别欣慰,难得他这么快就能理解自己的意图。可是方明却并不这么认为:"我觉得,有了板块的漂移,有了碳元素的循环,才导致了我们碳基生命的存在。人类的存在是这些地质作用结果,而不是这些作用的原因。"

方千柏对方明的反驳了如指掌:"好,那我们继续来看地球板块的问题。板块漂移,是因为地心内部还是炽热的岩浆,岩浆的流动才导致了大陆板块的漂移。下面我们拿火星进行对比,科学家已经在火星上发现了洪泛平原。也就是说,火星上曾经有大量的水,而且达到了洪水级别。"

方明迫不及待地问:"那火星的水呢?为什么突然就消失不见了?有水的话,是不是就意味着有可能存在生命?"

方千柏叹了一口气:"火星上的水没了,只能是蒸发到了外太空。这么大量的水散失在外太空,那就只能说明火星没有了大气层的保护,导致水和外太空直接接触,最终挥发殆尽。我知道,你一定想问火星的大气层为什么消失。那是因为太阳。太阳进行热核反应,每分每秒都向外抛出大量的带电粒子,也就是太阳风。太阳风吹到了火星上,就把火星的大气吹走了。"

方明脑子里已经充满了疑惑:"那地球呢?地球比火星更靠近太阳,为什么地球的大气没有被太阳风吹走,火星的大气却被吹没了?"

方千柏回答道:"磁场,因为地球有磁场而火星没有。其实火星曾经也有磁场。那时,太阳风吹向火星,火星磁场抵御着太阳风,保护着大气不被吹走。可火星的磁场却突然消失了。方明,你是否记得你小时候曾经和我说,如果地球上没有火山和地震这种灾难就好了。我现在告诉你,我们必须为地球上还有火山和地震的存在而感到庆幸,只要有火山、地震板块漂移等地质运动,地球大气就是安全的。火星上虽然有太阳系最大的火山,但是它却停止爆发,这是火星悲剧的开始。刚才说过,地质运动的产生是因为地球内部发岩浆不断流动,这些岩浆里包含了大量金属粒子,经过不断流动、摩擦,形成了带电状态的岩浆流。金属粒子带电流动的结果——就是磁场。可是火星的体积太小,过早冷却了,它的磁场消失了,大气也被吹走了,水也就蒸发不见了。火星,死了。"

方明试着去感受方千柏的思路——地球的自然环境,是为了人类诞生而存在的。如果真是这样的,那么就意味着有个"意志"在为地球产生生命创造条件。可是方明依旧觉得这是无稽之谈。方千柏很有耐心地往下说："我们再来看第三个问题。生命出现的条件是绝对苛刻的。以太阳系为例，太阳的中心温度约为1500万摄氏度，即使表面温度也在6000摄氏度以上，宇宙的最低温度零下273摄氏度多一点。就在这6300摄氏度的温度范围内，适合人类生存的温度仅仅在零下20摄氏度到零上40摄氏度左右，就在这60摄氏度的范围里，而且这60摄氏度还必须跨越冰点。超过这个范围，就会导致人类毁灭。以我们现在对宇宙的探索，有这样自然条件的星球，恐怕也没几个吧？"

方明虽然尊重自己的爷爷，但在科学问题上从来都是寸步不让，于是略微反驳道："我认为，地球上出现的生命，当然只适应地球的生活环境。就像天鹅喜欢寒冷，而燕子喜欢温暖一样。所以生活在高温星球的生命，例如在一个温度是200摄氏度星球上，上面的生命会觉得地球冷得像地狱一样。地球的温度仅仅对于碳基生命来说是适宜的，如果其他星球上诞生了硅基生命，比如说变形金刚之类的文明，或者其他形式的生命，他们对环境的需求肯定和地球人不一样。"

方千柏还没来得及说话，赛特表达了他的意见："地球人方明，这个问题我可以纠正你。我参加过很多次剿灭其他星球文明的行动。无论是哪个星球的生命，包括我们伊缪恩，以及梅瑞和波菈的坎瑟星，还有地球和思峨星，自然条件大致都是相同的，并没有你说的那种情况出现。'碳'是生命合成的最基本的物质条件，失去了这个基础，任何的生命都不存在了。碳元素本身是固体，可以形成生命体的物质形态。而在生命活动过程中所代谢的物质，又是以碳的氧化物排出体外。其中最关键的是，碳可以与多种元素形成复杂的化合物，而且碳的氧化物主要是无毒的气体。其他的元素都不具备碳的这个特点，比如说硫、磷、硅，它们的合成物要么是有毒，阻碍生命的合成，要么就是固体，无法在生命体内循环。"

方明一时语塞，因为他毕竟不了解外星生命是个什么样子。方千柏却暗自高兴，自己的推断得到了外星文明的可靠验证，于是他继续说道："再来看第四个要点——地球的公转与自转，这两个因素配合得天衣无缝。地球在太阳系中的运行姿态，可以使其均匀地接受太阳的热量，否则地表温差就会发生很大变化。你们可以想象一下烤肉，快速翻动和缓慢翻动都会烤不好。地球的自转速度和公转速度，保证了地球生命存在的温度条件。

"但是地球最开始的运行可不是这样的，这必须要感谢忒伊亚撞上地球。忒伊亚撞击地球之后，一大半的物质留在了地球上，还有一部分撞飞了出去，形成了今天的月球。在撞击之后的一段时间里，地球自转速度非常快，但是月球的质量和体积，尤其是它和地球之间的距离，这些因素配合得非常完美，使得月球就像地球的稳定系统一样——有了月球的牵引，地球的自转开始慢下来，形成了24小时的自转周期。如果月球的质量、体积和距离发生变化，地球的各项参数就会发生变化。那样的话，地表环境绝对不是现在这个样子，地球上也就不会出现生命了。

"你们有没有发现，忒伊亚、月球、地球所发生的这一切，似乎都是为了一个目的而存在——迎接人类的诞生。你们可以说这些只是巧合，但是如此多的巧合凑在一起，那就需要深入思考一下了。"

听了这番话，最震惊的并不是方明，而是赛特、波菈和梅瑞，因为他们各自的星球都有着类似的经历。他们意识到其实每个有生命的星球，都像是经历过相当长时间的准备，生命的诞生好像有某种编码在操控一样。

梅瑞此时也想起了一个重要的问题:"当我们乘坐飞船到达地球时,从太阳系的外围进入地球的轨道,看到太阳系几个行星的排列形式,也是非常值得深思的。地球的周围全是小行星,分别是水星、金星和火星。而在火星之后,木星和土星两大行星的规模陡然增加。其中木星很有趣,把太阳和木星之间绝大多数的小型陨石都吸引到了自己的轨道附近,似乎是在保护地球不会受到陨石攻击一样。"

方千柏听到梅瑞说起木星,似乎有什么想说,但是又不太想说的话。他思考了一会儿还是说了出来:"既然你提到了木星,那我觉得有必要和你们好好说一下我的一些疑惑。"

方千柏要说的疑惑,倒不是他最早发现的,但是却困扰了他很长时间:"你们从外太空飞来,是否发现一个现象,太阳系其实分为三个部分,而这三个部分的排列,应该超越了你们所有人的想象。我们以前说太阳有九大行星,分别是金、木、水、火、土、地球、天王星、海王星和冥王星,但是在我看来,冥王星并不能和其他八大星球相提并论。如果将冥王星去掉,那么我的理论就很完美了。让我庆幸的是,冥王星在2006年已经从太阳的大行星中除名。

"刚才梅瑞说,你们来地球的时候经过了母星附近的小行星带,你们发现一个问题没有:小行星带,把八大行星平均分成了两组。一组是在小行星带和太阳之间的水星、金星、地球和火星,这四颗小星球是岩石形成的,也就是类地行星。而小行星带外,也有四个行星,木星、土星、天王星和海王星,四个大型气体行星。在四个气体行星外围,又是一大片陨石、气体和尘埃组成的一圈,叫作柯尔柏带。你们有没有觉得,这个布局很有意思?似乎是某种神奇的密码。"

"神奇的密码?"在场的人都唏嘘起来。

第二十一章
太阳系密码

听了方千柏的话,在场的所有人都被吊起了兴趣。方千柏看着他们的表情,就知道面前的这些人,无论是地球人还是外星人,都会被他接下来的话震撼:"我现在说一串数字,你们看有没有什么规律。听好了:4,7,10,16,28,52,100,196,388。"

梅瑞和赛特并没有那么快的反应,还仔细在寻找着数字的规律,而方明从小就和爷爷做这种寻找数字之间规律的题目,很快就发现了线索:

"第一个数字是4,可以看成是0+4=4,或者说是$3×0+4$。第二个数字7,是3+4=7,也可以说是$3×1+4=7$,第三个数字$10=3×2+4$,第四个$16=3×4+4$,第五个数字$28=3×8+4$,第六个$52=3×16+4$,第七个数字$100=3×32+4$,第八个数字$196=3×64+4$,最后一个$388=3×128+4$。所以,整个数列的最关键点在于和3相乘的那个数字。这些数字我们还可以这样来看:

$3 \times 0 + 4 = 4$,

$3 \times 2^0 + 4 = 7$,

$3 \times 2^1 + 4 = 10$,

$3 \times 2^2 + 4 = 16$,

$3 \times 2^3 + 4 = 28$,

$3 \times 2^4 + 4 = 52$,

$3 \times 2^5 + 4 = 100$,

$3 \times 2^6 + 4 = 196$,

$3 \times 2^7 + 4 = 388$。

"这串数字,除了第一个数字4之外,整个数列,全部取决于三个基础数字——2、3、4的函数变化。"

方千柏听完之后对自己的孙子很满意:"这可不是你小时候我们一起玩的数字游戏。我本来以为你只能看到数列的规律,可是你竟然说出了这串数列最根本的因素——2、3和4的'艺术'。"

"艺术?爷爷你的意思是?"方明对"艺术"这个词一下子就敏感起来,因为在物理学里面,艺术性是个很棘手的问题,更何况柳睿还自称是所谓的艺术学院的。

方千柏说道:"等一下你就知道我为什么说它们是'艺术'了。你忽略了一个关键的地方,就是2的指数。第二个数字7中,$3 \times 2^0 + 4 = 7$,2的指数是0;第三个数字$3 \times 2^1 + 4 = 10$,2的指数是1。也就是说,直到第三个数10,才有指数'1'的概念,而且10又是一个非常完美的数字。如果把10看成单位1的话,那么之前这串数字分别就是0.4,0.7,1,然后一直到19.6和38.8。于是,你原来的那个公式就应该写成($3 \times 2^n + 4$)÷10。"

在场的人一头雾水，这串数字究竟是什么意思？方千柏并没有打算把这个关子卖到底："地球是排在太阳系的第三个卫星。如果我们把地球到太阳的距离看做是1，也就是我们地球人所说的一个天文单位，那么水星到太阳的距离是0.4，金星是0.7，火星是1.6，木星是5.2，土星是10，天王星是19.6。"

方千柏说到这里的时候，所有人都惊得目瞪口呆——这是巧合吗？哪里会有这么巧合的事情？除非是有一个神秘力量在操控这一切。在所有人当中，方明最先反应过来："爷爷，火星是1.6，木星是5.2，那么在它们之间，还缺少一个数字2.8。"

对于这个缺失的数字，方千柏早有准备："你说对了。按照这个数列的规律，确实应该有一颗行星在2.8这个位置上。可是太阳系的卫星里，火星之后就是木星。但是别忘了，火星与木星之间还有一条小行星带。人们猜测小行星带里有一个行星在2.8的位置上，于是就发现了谷神星，它的质量相当于整个小行星带陨石质量的三分之一，算是有一定规模的小行星了。除此之外，最开始人们认为土星是太阳系最外层的卫星，那时还没有发现天王星。人们就推测19.6的位置上是否也有一个行星。果然就是在那里，发现了天王星。"

当众人听到了这个事情的时候，无一例外地陷入了一种思考，一种介于哲学和神学之间的思考，可以颠覆世界观的思考。方明发现爷爷其实还有一个数字没有说，就是海王星的距离。按照这个数列来说的话，海王星到太阳的距离应该是38.8个天文单位。方明了解方千柏，如果他留着不说，那么这个数字就肯定有问题。果然不出所料，海王星距离太阳是44.96亿公里，而地球到太阳的距离是1.496亿公里。按照这个比例，海王星的数值是30，而不是38.8！还有冥王星也是一个疑点，如果连谷神星都在这个数列里，为什么冥王星就不能在？

方千柏对这个问题早有思考，慢条斯理地回答着方明："在很多人看来，太阳系的行星轨道都稳定了，但海王星和冥王星的轨道却还有问题——海王星和冥王星的轨道是有交叉的。当冥王星运行到近日点时，它距离太阳比海王星到太阳的距离还要近。在远日点的时候，海王星又比冥王星离太阳更近。为什么它们的轨道会交叉呢？因为海王星正在不断远离太阳，它正在超越冥王星而成为太阳最远的卫星。我猜想，海王星最后应该会退到距离太阳38.8个天文单位的轨道上，而在远离太阳的过程当中，冥王星和海王星很有可能撞在一起，成为一个新星球。虽然现在两颗星球形成了2∶3的轨道共振效应，它们永远也不会相撞，但是海王星的轨道在变，我认为相撞的可能性还是存在的。或者，冥王星会被海王星捕获成为行星，冥王星就彻底不在这个数列里面了。那个时候，太阳系八大行星以小行星带为界，岩石行星和气体行星四个一组，按数列排位的布局，将彻底形成。"

赛特此时提出了他的疑问："方先生，如果仅仅是海王星在远离太阳，是否只能说明这是一个个例。其他行星的轨道是否也有类似的情况呢？如果每个行星都存在着不断调整自己轨道的现象，那么就基本上可以肯定，这些轨道是被编程了的。"

方千柏很肯定地回答："有，何止有呢！八大行星当中，可不只海王星一个星球在变轨。还至少有两个非常重要的大质量行星也发生过同样的事情，就是木星和土星。而这两个星球的运行轨迹，堪称是一场神奇的旅行。太阳系在没有形成之前，本来是一团巨大的宇宙尘埃——物质团。随着时间的推移，在引力的作用下，物质团内部的物质相互靠近、聚合，用了99%的质量，形成一个了巨大的气体星球，它内部强大的压力和摩擦力产生了无穷的热量,最终点燃了这个气体星球,爆发热核反应——太阳形成了,从此太阳系便有了光。

"在物质团剩下的1%的质量里,其中的大部分质量汇聚成了木星,木星应该在太阳开始发光之前就已经形成了。剩下的物质均匀地围绕着太阳周围分布,形成了一个巨大的'物质盘'。由于引力效应,固体陨石距离近太阳更近,气体稍远。这些陨石相互撞击聚集在一起,最终形成了太阳附近的四个岩石行星。"

方明赶紧接过话:"从此以后,地球就开始为诞生生命准备条件?"

方千柏摇摇头:"还早!你有没有想过,原本在四颗类地行星周围有那么多小陨石,为什么在类地行星形成之后,陨石就都不见了,而它们就不再,或者说很少遭受陨石撞击了呢?"

梅瑞望着方千柏回答了一句:"难道是因为您说的木星的神奇旅行?那些陨石被木星的引力集中起来,形成了小行星带?"

方千柏点点头:"木星是太阳质量最大的卫星,它一度被太阳吸引向内部靠近。在此过程中,木星把沿途遇到的物质都吸引进木星里面。那些吸不进去的,也多数被木星的引力所捕获。木星甚至一度接近现在火星的轨道,然后用它巨大的引力,把四颗岩石行星周围的陨石吸引到自己周围。于是,四颗岩石行星不会再遭到小陨石的撞击,也就有了相对安全的宇宙环境。"

赛特此时也提出了疑问:"如果木星继续向太阳移动的话,四个岩石行星将无一幸免,都会被木星吞噬。是什么力量阻止了木星进一步靠近太阳呢?"

方千柏认为赛特的这个问题非常好,就接着说:"你说的没错,如果木星还继续靠近太阳的话,四个类地行星会遭受灭顶之灾,所以木星必须带着它吸引的小陨石远离太阳才行。可是谁能迫使木星远离太阳呢?

"就在这个时候,在木星的背后又有一个新的巨大行星诞生了,它的体量在太阳系的行星中仅次于木星,可以和木星相提并论——就是土星,因为它的出现才给木星刹车,并且把木星重新往回拉。木星终于停止了靠近太阳,开始往反方向走。我猜想,这个时候木星和土星星球应该发生了引力弹射作用,才能一起远离太阳。但究竟是什么契机让它们发生弹射,我还说不清楚。最终,两个星球的轨道终于稳定了下来。在后退的过程中,木星把它吸引的陨石一直带到了火星的外围,最终形成了小行星带。"

在场的所有人又是一阵沉默——四个气体行星在小行星带之外保护着岩石行星,而四个岩石行星则在小行星带内准备孕育生命。

方明暗自心惊,木星和土星的运动,可不仅仅是轨道变化那么简单,简直就是在为生命的诞生做铺垫。如果四个岩石行星也有类似于气体行星那样匪夷所思的历程,那么他就很难否定方千柏的观点。于是方明又问道:"下面的问题就集中在了四个小行星上,其实只有地球才有孕育生命的条件。其他三个星球是不具备的,那怎么能说这四颗行星都在准备孕育生命呢?水星、金星、火星,它们首先是温度不行,白天和黑夜的温度相差几百摄氏度,而且没有合适的空气也没有水,不可能有生命的。"

方千柏摇摇头:"那只能说明它们现在的条件不适合,你能肯定他们以前就不适合吗?火星上曾经存在大量的水,甚至有海洋、湖泊,还有超级大峡谷。并且,人类发射到火星上的拉曼探测器已经发现了火星上存在有机物的遗迹……这些条件基本上可以孕育生命了。

"接下来是水星。也许你认为水星距离太阳太近,温度高到没有生命可以生存。可是如果太阳系存在的目的就是要诞生生命的话,怎么会把水星放在这种地方呢?最近发现,水星的土壤里存在着大量的钾和硫。按照常理来说,这些元素是不可能存在于水星这样过分靠近太阳的行星上的。也就是说,水星诞生的时候,根本就不在现在的轨道上。它以前很可能有适合生命诞生的条件。然后,同样作为孕育生命的试验场,地球和金星的体积差不多大。所以金星和地球就成了孕育生命的希望。"

方明越听越兴奋:"那为什么金星上却是死灰一片?金星白天的地表温度有450多度,大气压强比地球大很多,而且都是二氧化碳。"

方千柏摇摇头:"你说的是现在。对于宇宙来说,绝对不能以百年为单位来计算。百万年为单位是最起码的事情。苏联曾经发射过金星探测器,传回了大量极其珍贵的影像资料——我们看到了洪泛平原。据推测,金星在亿万年前应该是有植物的。如果不出意外的话,出现动物其实是迟早的事情。但是不幸的是,那个时候的太阳还非常年轻,发出的热量还没有现在这么强,所以金星那个时候的温度和现在的地球差不多。随着太阳热核反应的逐渐增强,金星的温度不断升高,最终也变成了一片死寂。于是,四个类地岩石行星只剩下地球孕育出了生命。我总觉得似乎有什么力量在不断尝试孕育生命——水星、金星、地球和火星,通过质量、体积以及自转、公转,还有与太阳的距离等等因素,不断试探,测试能够诞生生命的条件。"

梅瑞感觉自己的脑子要停转了,而方明现在的思维却异常活跃:"这样一来,那个数列的规律就很贴切了,很难不去想象是被某种意志编程了。可为什么参与生命实验的是四颗行星,不是五颗呢?为什么太阳系不造出五颗岩石行星呢?"

方千柏好像也没有完全想好,但是他的推测却又非常有说服力:"你们要知道,科学体系里面有一个非常了不起的东西,就是公式。当人类通过几个已知公式合在一起进行推导,往往能推出一些在现实世界还没有发现,而实际上却真实存在的规律。我们再来看一下八大行星轨道距离的公式——$S=(3\times 2^n+4)/10$。

"水星的距离是$(3\times 0+4)/10$。金星是$(3\times 2^0+4)/10$。地球的距离是$(3\times 2^1+4)/10$,火星是$(3\times 2^2+4)/10$。我说过,这四个行星的距离公式,其实就是2,3还有4的艺术。而'2^n'则是这个公式最关键的变量。但是水星的距离不在$(3\times 2^n+4)$的公式序列里——$3\times 0+4$,也就意味着$2^n=0$,可是这个方程无解。可能说明水星被放弃了,出现生命的概率就是0。

"接下来是金星,金星对应的是$2^0=1$,是否意味着从0到1,从无到有。而后是地球——2^1,这个公式当中的神秘因子'1'终于来到了——$(3\times 2^1+4)/10=1$。整个公式都指向数字'1',也就是地球的位置。公式就变成了1和2、3、4的艺术。注意这个公式里没有5。这是不是在说明,不会有第五颗类地行星出现。"

方千柏说的这些虽然是猜测,但是却有一种不易推翻,或者说不忍推翻的完美感。方千柏看向赛特:"你们常年征战,应该接触过很多星球的文明。像太阳系这种结构,在宇宙中是否普遍?"

赛特一脸惊奇,他的表情已经给出了答案:"何止不普遍,简直就是特例。如果说有的话,就是在思峨所在星系。但我当时根本就没有注意到这些,现在经过您的分析,我才意识到思峨也是类似的情况。"

方千柏对思峨星早就萌生出了巨大的兴趣,但是他现在需要太阳系的故事做一个总结:"所以你们看,整个太阳系的历史,似乎就是为了人类文明的诞生而发展的?"铿锵有力的话语就此结束。在场所有人都沉默不语,听完太阳系的发展史,让人感觉似乎真的有一个巨大的"意志"在操控着这一切。

第二十二章
宇宙的DNA

　　震撼回荡在每个人的心间，摧残着原来的认知。方千柏虽然只生活在地球上，但是思维确实有着超越地球人的敏锐："从这组公式上看，太阳系似乎被一套编码控制着。只要有这套编码存在，就会有看似巧合，实则必然的事情发生。当很多的巧合堆在一起，那就一定是为了催生某种必然的东西出现。

　　"刚才赛特说到了思峨星，思峨所在的星系和太阳系非常类似，虽然它和地球有很多事件并不能完全对应，但总体来说是有着对应关系的，这和地球上量子物理中的'系综'理论非常相似。但这是一个非常笼统的概念，其中是否有不符合规律的不和谐因素呢？比如说，在思峨星上是赛特不小心误杀了袁安的爷爷，而袁岸的爷爷保护的是梅瑞。在地球上是卡戎要杀我，伤害的则是晓渊。这件事情虽然类似，但是明显对不上，而且很离谱。好！现在再换个思路——如果我们抛开这些对应不上的情况，只看那些对应得上的事情，再加上所有的行星都按照一个固定的数列次序进行排列,你们猜地球和思峨是什么关系,你们最直观的感受是什么?"

"是DNA!"方明惊叹地回答,"太阳系的行星轨道距离,符合函数的变化关系,每个星球都在固定的位置上排列,而太阳系和思峨所在的星系又呈对应关系,方向还相反;地球和思峨上的事件还有对应关系——这就不是DNA的双螺旋结构吗?!"

不愧是自己的孙子,方千柏表示非常认可:"如果说宇宙是一个巨大的生命体,那么生命体内部的密码只有一种东西,那就是DNA。也许我们地球就像是鸟嘌呤或腺嘌呤,抑或是胸嘧啶或胞嘧啶之类的东西,而宇宙的机体组成又是按照密码子展开合成的。DNA任何一个微小变化,都会导致整个生命体发生巨大改变。而我们作为地球上的生命,不断改变着地球的形态、物质组成、大气环境等因素,这必定会带动整个宇宙发生变化。而地球和思峨在时空中有着特殊的连接关系,极有可能是因为地球和思峨是宇宙DNA的一组碱基对组合。伊缪恩人作为免疫系统的执行者,当然不会对宇宙生命的遗传基因下杀手。"

赛特听到这里恍然大悟,自己的战斗是为了整个宇宙生命而服务的,一股巨大的荣耀涌上了赛特心头。但是随即一股无言的失落也包裹住了他——经历了这么多,无数次的拼死而战,却并不是为了自己,而是为了他人。不对,不是他人!而是为了一个在道德律令上需要我们绝对服从的高层级宇宙生命体。虽然我们所有人都是宇宙生命中的一员,但是却也都有着独立的意志。伊缪恩自始至终都是为了宇宙生命体而战,那么我们自己又得到了什么呢?

在场的人中,方千柏也是历经沧桑,他拥有着与赛特对等,甚至更高的灵魂，所以赛特脸上那一丝荣耀和没落，瞬间被方千柏捕捉到。方千柏对赛特摇摇头道："事已至此，你就不要矛盾了。我有个很重要的问题想和你再确认一遍：当时在思峨星的时候，梅瑞，不，我家孙媳妇柳睿，用坎瑟星的科技支持了思峨星的发展。你后来为什么要把这些技术都摧毁呢？"

赛特看着自己手里那破碎的珠子说："是这颗珠子给的提示！"

"真是怕什么来什么！看样子宇宙自身也意识到了危险！"方千柏眯了一下眼睛，甚至有一点凶，这是方明从来没有看见过的表情。方千柏并没有觉得自己失态，确实有点凶，更有一点担忧："现在我们面临的问题很大，应该说是危机。这可比当时坎瑟星肆无忌惮地发展和殖民要严重得多。坎瑟作为癌症星，如果说它以前的状态是局部性病灶的话，那么现在坎瑟星人已经来到DNA系统里，这对地球和思峨产生的影响究竟会到什么程度呢？哪怕只有一点点影响，整个宇宙都可能会有巨大的变化。柳睿曾经大规模地在思峨上植入坎瑟星的科技，这就相当于把癌细胞的因子植入了DNA。并且由于罗斯威尔事件，地球上的某个国家肯定也掌握了坎瑟的相关技术。现在地球和思峨的文明，双双偏离了原有的发展脉络，而宇宙的某项机能还要围绕着地球和思峨进行生长，未来会发生什么，我简直不敢想象。"

要知道，人类和黑猩猩的基因只有1%的不同，可是仅仅就是这1%，就成为两个不可逾越的物种。赛特听着方千柏的话，心里生出了巨大的恐惧。看似地球和思峨只是一组小小的碱基对，可是这个影响绝对不会小。他刚刚的那一丝荣耀彻底消失了，取而代之的是深深的担忧，甚至有一点自责。坐在中间位置的方千柏脸上闪现了一种奇怪的神情，似乎他的内心有一种莫可名状的东西正在发生着。他坐了起来，思索了一番后对马晓渊说道："晓渊，带着所有人离开这个房间。方明你留下，我有话要和你说。"

众人都不知道原因，但是听完方千柏的话，大家还是鱼贯而出。虽然赛特、波菈和梅瑞的地球年龄远远大于方千柏，但是方千柏的长相、容貌、学识以及眉宇之间透露出那种尊者的气场，没有谁能够抵抗。方千柏看着这个自己疼爱的孙儿，以一种平等的姿态交流起来："方明，你不知道我想要和你说什么，也不知道我为什么单独把你留下来，但是我必须告诉你，这个宇宙中也许没有绝对的价值判断。对与错、善与恶、是与非，完全取决于价值判断的标准。而对得有多正确，或错得有多离谱，也没有所谓的衡量尺度。人们的立场不一样，衡量事情的价值也就不同，判断其对错也就有差别，解决问题的方式和想要的结果也都不一样。即使有尺度，那也绝对是动态的。赛特、波菈、我们，还有整个宇宙都是如此，哪里来的对与错呢？"

方明一脸疑惑："爷爷，你说的这些和我们刚才分析的宇宙问题有什么关系吗？这不是风马牛不相及吗？"

"不！这是同一件事！我们绝大多数人都习惯用宏大的尺度来压住微小的尺度，所以很容易忽略局部的、低层的人们的感受。万一是宇宙犯了错呢？千万不要觉得更高级的宏观机体总是正确的，而微观机体总要服从宏观利益。我们和卡戎都是微观机体，卡戎做的很多事情，我们觉得虽然他很过分，做错了，但是他做的很多事情，我们不能轻易地判断对与错。他不是一个丧心病狂的人。总会有一个立场、标准，支撑着卡戎的所作所为，并且他也认为自己是正确的。你觉得呢？"

方明硬硬地回答道："卡戎做事太不择手段了，数次击杀柳睿，同胞相残。而且数次想杀爷爷……"

方千柏摇摇头说道："我把波菈、梅瑞、赛特的回忆综合起来之后，发现了一个问题。我现在告诉你，卡戎做的事情还真不一定是错的。"

方明不住地摇头，不敢相信自己的耳朵。方千柏接着说："我把你留下来，是因为你不是当事人，可以用最客观的立场来处理随后将要发生的事情。我不知道地球和思峨这组碱基对在宇宙中的确切作用，但是基本可以确定，目前的情况是很不乐观的——卡戎作为癌症技术的携带者来到了思峨和地球，柳睿在无意识的情况下用坎瑟的科技改变了思峨的文明进程，而罗斯威尔事件让美国也拥有了坎瑟的技术，这一系列的事件让两个作为DNA碱基对的星球都发生了一些改变，所以基因突变了。我估计基因突变的结果是往坏的方向上发展，但是也不排除会往好的方向走。而且，梅狄亚的五维空间技术，还有柳睿他们穿越的那个孔洞，看似都实际发生了，可在理论上处处都是漏洞，这让我不敢深入想下去。方明，这些问题可能在宏观领域里根本就找不到答案，需要去量子世界里一探究竟。

"还有一点你必须去做，如果你爱柳睿的话，那就深深地去爱吧。就像我对你奶奶那样。否则很多事情你不会理解，一定要好好地去体验生命的意义，也许未来几百年，或者上千年的危机，要靠现在的你来化解。好了，把他们都叫进来吧。"

方明并不是很清楚最后这句话的意思，但是方千柏也并不想去做任何解释。他只好按照方千柏的吩咐，把众人都喊了进来。

"你们所有人，无论是地球人，还是坎瑟人，还是伊缪恩人，你们都在不断地战斗，为了自己的使命而燃烧生命，这本身是值得赞颂的，但是毕竟是你们，让DNA突变了，宇宙也可能陷入一场巨大的危机当中。但我需要告诉你们，能够给宇宙带来些许希望的，不是赛特，不是波菈，不是梅瑞，不是方明，也不是卡戎，不是你们每一个个体，也不是你们群体，而是……呵呵，我也不确定。"方千柏脸上露出了欣慰的笑容，似乎已经有了答案，到底是什么，他并没有打算说出来。最后他一字一顿地说着："作为一个物理研究者，我在有生之年能够知道宇宙的奥秘，还有人生的真谛，一生都值了，就算我现在死了，也可以含笑九泉了。"

方千柏用右手的食指指尖轻轻地点了一下马晓渊那早已装满岁月苦酒的酒窝。虽然方千柏早已没有了年轻时候的力气，但他似乎怕把马晓渊戳疼了一样，充满了怜爱，而后胳膊垂了下来。众人连忙向方千柏围了过去："干吗？我就是说我可以含笑九泉，又没说现在就含笑九泉。你们应该注意我对晓渊的爱才对！"

几位外星朋友忍不住地唏嘘。赛特缓缓站起身来，对着方千柏鞠了一躬，感谢他解开了自己这么久的困惑，然后对波菈和梅瑞说道："我们的恩怨就此结束吧！希望你们能理解我，也希望你们能够开始属于你们自己全新的生活。我也该走了，虽然我不知道我要去哪里。"

波菈面对着这个死敌，有一种惆怅，竟然恨不起来，陈年的恩怨此时化解。而梅瑞却冷冷地对赛特说："你不要走。留下来报仇！完成你的使命。"

赛特不解地问："报什么仇？我们之间的仇恨还有什么意义呢？"

梅瑞说道："不是对你的仇恨，或者说，我们现在还算是朋友吧。但是我和卡戎之间，有着不共戴天的仇恨！"

波葐听到梅瑞这么说，陷入了重重的忧虑当中，毕竟卡戎是波葐的爱人。梅瑞瞥了一眼波葐，她知道波葐心里在想什么，只听梅瑞对着众人继续说，实则主要说给波葐听："我之前也说过梅珞的死和卡戎有着密切的关系，下面我详细说一下我的看法。1947年，在美国发生的罗斯威尔外星飞船坠机事件，死者是我们坎瑟人的三个骡子，还有我的弟弟梅珞。按照地球人的说法，此次坠毁事件是因为他们的飞船遭到了雷击，可是对于我们的技术而已，雷击是多么幼稚的玩笑，怎么可能因为雷击而坠毁呢？解释只有一个，就是飞船被动了手脚。当时他们只有两个人，死的既然是梅珞，那么动手脚的人，就只有卡戎。"

波葐心里其实知道很难给卡戎洗脱嫌疑，但嘴上却不买账，她反驳道："难道就不是他们穿越孔洞的时候产生的飞船故障吗？或者梅珞自己本身就不再愿意过逃亡的生活了呢？或者，赛特，是不是你动的手？"

赛特摇摇头表示不是，这显然是她们坎瑟人自己的事情，赛特根本就不想掺和。梅瑞继续说："我最开始觉得这只是简单的意外，但是越想越有问题。当时我们逃离坎瑟的时候，我的父亲在对讲机里的完整的话是：'赶紧远离星系，往相反的方向走，越远越好，不要问任何问题，这是命令，赶紧赶紧，找个合适的地方居住，不要回来，不要复仇，忘掉我们的科技，提防……'

"之所以后面的话没有说完，只是因为当时坎瑟星陷入巨大的黑洞引力中，他们的信号没有能及时传递到我的对讲机里，讲到'提防'二字之后就断了。但当我们在思峨星的时候，'提防'后面的那两个字终于传到了我这里。那两个字就是——卡戎。我的父亲让我们提防卡戎！也许，这还不能证明卡戎就是凶手。但是当我到达地球之后，经历了一些事，也逐渐想明白了一些事，卡戎要杀的人可不仅仅是梅珞。

"波菈，赛特现在就在这里，我们可以问问赛特，他那颗珠子是如何追踪我们的，是追踪我们的飞船，还是追踪我们的肉体。"

波菈很奇怪，梅瑞为什么要问这个问题，转而将目光投向了赛特。赛特回答说："这颗珠子是把癌症星的文明成果作为追踪源的，坎瑟星制作出来的飞船、通信、武器，甚至能够散发辐射的建筑，都可以追踪到。尤其是你们的飞船，只要飞船启动，就会向外散发出属于坎瑟文明特有的频率信号，我就可以根据珠子的指引找到你们，珠子锁定的其实就是具有癌症或病毒特征的文明，至于你们的生命肉体，则不在追踪范围内。"

波菈听完之后脸色煞白，虽然她还没有完全明白梅瑞到底是如何分析的，但是她隐约地感觉到自己确实是被卡戎背叛了。梅瑞继续说道："波菈，你回忆一下。当时在思峨星的时候，卡戎留给我们一艘救生艇。他说，如果赛特是追踪我们的身体信号，我们变成思峨人就可以逃脱追捕。如果是追踪我们的飞行器的话，只要我们藏在茫茫人海中，就算赛特找到了我们的救生艇，也应该不会发现我们。"

赛特听了之后，点头表示认同——当时在思峨星上，赛特其实很早就发现了他们的救生艇，但是却找不到波菈和梅瑞，所以赛特就一直蹲守在救生艇附近，直到有一天衰岸一家和梅瑞前来，启动了救生艇。波菈用最后一丝倔强为卡戎辩护："卡戎当时并不知道赛特到底是通过什么方式来锁定我们的。所以梅瑞的推理不成立！"

梅瑞继续说道："你再回忆一下，卡戎临走的时候，要我们时不时地打开救生艇的引擎，理由是避免出现故障，还要及时保养。而且他要我们定期和他联系，但是无论我们怎么联系都联系不到他。卡戎从来没有主动向我们发起联系，只有偶尔收到梅珞给我的一些私信而已。"

赛特接着梅瑞的话说道："我在追踪你们的过程中，有一段时间失去了你们的信号。应该就是你们降落到思峨星的这段时间。之后我发现你们两个人，完全是你们启动发动机的结果。而你们所说的卡戎的飞船，我在相当长一段时间里没有发现它，说明他离开思峨之后，并没有打开飞船的发动机，应该是一直跟随宇宙风随机飘荡。也就是说，卡戎把你们两个当做诱饵，掩护他自己逃离我的追捕。如果不是我本来就知道梅瑞还有个弟弟的话，我会认为你们是仅存的坎瑟人。干掉你们两个之后，我可能就不再追捕了。"

波菈听完赛特的话有点崩溃了："赛特，你之前也知道卡戎的存在，为什么说杀了我和梅瑞，你就会认为你消灭了全部的坎瑟星人呢？"赛特无奈地摇摇头："波菈，这是你们自己内部的事，我本不应该过问。但是你现在给人的感觉是故意在死扛着某种最后的倔强。就这么说吧，如果当时我要杀你和梅瑞，肯定要逼问你们梅珞和卡戎的去向，你觉得你们会说吗？肯定告诉我他们病死了，老死了，然后遗体被太空空葬了……"

波菈瘫软在座位上双手掩面，似乎终于鼓起勇气去面对什么。其实她早就明白了，但是迟迟不肯接受那个事实——卡戎早已变心。而梅瑞在旁边越想越生气，卡戎离开思峨时的原话是：让梅瑞时不时地去启动救生艇，波菈不要去做这件事。卡戎这是想让梅瑞一个人做诱饵……但梅瑞还是压住怒火，对波菈说道："我们在来地球的路上，我记得有一次你给了我一小段骨头。你说那是卡戎在思峨星上给你猎杀的动物的骨头,你不舍得扔留下来做了纪念。后来你让我帮你保管,于是我就把它挂在胸前。波菈,你能不能告诉我,那天你为什么那样伤心哭喊。"

波菈看着梅瑞,并没有回答这个问题,而是反问梅瑞:"你突然问起这个骨头的事情,这个骨头怎么了?"

梅瑞回答道:"这块骨头在我这里发挥了不小的作用。它救了我一命。"于是梅瑞就把出租车车祸的那段事情告诉了波菈。然后继续说:"当时追杀我的人当然就是卡戎。我记得非常清楚,他对我所有的杀招都在看到这段骨头的一刹那停止了,我这才能幸免于难。而且,当他看到这段骨头的时候,他往我的肚子上看了一眼。我估计,他当时已经知道变身之后的我们各自的样貌,但是他突然看到我戴着那块骨头,他又误以为变身后的我就是你。他怕杀错人,所以看看我的肚子是否隆起……再加上当时很多人聚拢过来,卡戎这才没有痛下杀手。但至少说明一点,卡戎对你还是有感情的。"

波菈苦笑地摇摇头说道:"我真傻!还在为他辩护,我非常希望他不是那样绝情的人,我不愿意相信这个事实。但是梅瑞,你点醒我了。我应该面对!

"其实我那次哭喊,是因为我已经发现卡戎的问题。那天我实在太想他了,就拿出那段骨头来把玩一番。那次因为看了你父亲留给你的吊坠,所以我也特别仔细地看着那块骨头的每一个细节。我突然发现,骨头的最边上,有一小段切口,那是一种兵器插进骨头后再直接切断的结果。这个缺口我很熟悉。

"我和你说过,我的家人曾经莫名其妙地失踪,连房子都变成别人的。我不相信是什么平行时空之类的东西,所以我又回去探查了一次。在我和哥哥卡斯比身高的那块石头上,就留下了这种兵器的缺口,说明我家人的失踪,和使用这种兵器的人有密切的关系。那次我仔细辨认骨头上的痕迹,努力回忆着石头上的缺口,确定这是同一种兵器留下来的。我家人的失踪和卡戎有着很大关系。说不定,他们早已命丧其手,只是我怀了他的孩子,我不愿相信。我更愿意相信,在我家石头上留下印记的那个兵器,是别人的……"波菈说完后,又忍不住掩面抽泣。

梅瑞告诉波菈:"据我所知,像卡戎这样将军级的人物,都有一件藏匿起来的冷兵器。它的作用主要有两个,一是作为身份的象征。二是在最危急的时候可以冷不防地发动攻击刺向敌人,或者刺向自己,免遭俘虏。因为我的父亲是将军级别,所以他也有一件。波菈,如果你觉得这两处缺口确实是一致的,虽然不能百分之百确定卡戎就是凶手,估计也是八九不离十了。你想,你家人失踪那天,卡戎为什么这么巧就出现在那里呢?"

当然,众人在这里无论做着何种推断,最终还是需要卡戎出来当面验证。可是卡戎究竟在哪里呢?梅瑞可能比波菈还想要找到卡戎:"卡戎不断地追杀爷爷,说明爷爷有他想要的东西。这一点警方从向兵的嘴里也得到了证实。但是卡戎并不亲自动手,说明他有什么顾虑。他到底想要得到什么,我们现在还不得而知。而爷爷被向兵枪击后,警方就直接介入了。卡戎很有可能还没有得到他想要的东西。如果真是如此的话,那么卡戎一定还会过来的。"

梅瑞的分析虽然有道理,但也是在赌运气。就算卡戎会过来,他可以今天过来,可以后天过来,可以明年,甚至五年以后……他们不可能一直这么等下去。现在必须想个办法让卡戎在他们有准备的时间里出现。梅瑞突然想起来,刚刚方千柏一字一顿地说着"含笑九泉"的话,当时众人都觉得他要走到生命的尽头了,那为什么不假戏真做呢?梅瑞转头看向方明:"我们是否能伪造一个爷爷已死的假象,我们私下里为爷爷处理后事,促使卡戎尽快前来。用爷爷的葬礼作为陷阱,制定一个抓捕卡戎的计划。"

马晓渊有点不太高兴,因为这很不吉利,方明也觉得有点不妥。可是方千柏微笑着摆了摆手:"你们做去吧,我相信科学,尤其在是宇宙编码这样的宏大论题面前,我才不相信什么吉利还是不吉利的。"

按照滨海市的习俗,人去世之后需要设置灵堂,在灵堂停尸三日而后火化。方明在灵堂守灵,方明的父亲则是去往各个机构办理手续,什么注销户口,发讣告,一系列的配套工作没有一件事情落下,做戏要做全套。而灵堂后面,方千柏还真就在那儿直挺挺地躺着,犹如真的过世了一般。其实想要把活人变成假死状态,以地球现有的技术已经完全可以做到,更何况还有伊缪恩和坎瑟人在这里。梅瑞、波菈、赛特,就在周围隐藏住气息,伺机而动!

方明守在灵堂焦急地等待着大鱼上钩,只不过大鱼还没来,小鱼却到了一大把。方千柏的学生、同事,还有学校的一些领导过来一阵吊唁,又是送花圈,又是写挽联……但他们准备的大网只是等着大鱼到来以后才会收网,可是在大鱼看来,这张所谓的网就是一个玩笑。卡戎知道这里有埋伏,可就凭这些地球人和梅瑞,能抓住自己吗?波菈更不可能对自己下手……是圈套又如何?

只是小鱼来来往往,大鱼也还没出现,竟然来了一条泥鳅。只见门口窜进来一个人,抱着方千柏的"遗体"一阵悲恸,双手抚摸那已经僵硬的脸。这人竟然是向兵！向兵这一阵操作把方明给恶心坏了。难道向兵不用判刑坐牢吗？他是杀人犯，而且也教唆别人杀人，这是重罪，难道就这么把他放了吗？向兵看着怒气冲冲的方明："你大可不必如此，我是来悼念恩师的。"

"滚！你为什么能出来。"方明根本就不吃向兵这一套，向兵则很悠哉地解释："我又不是杀人犯。方老师的死和我没关系，我那一枪之后，他不是完好无损地活过来了吗？至于尹雪，也没死！而且我在知道方老师不会死的情况下开的枪，这连杀人未遂都不算。至于卫生员老李，那是自杀！"

方明愤愤不平："你违规购买X牌激光器，吃了一百万回扣。"

对于这个问题，向兵更是淡定："那台激光器是走的正常流程买的，有什么问题呢？就算要抓人的话，凡是在流程单上签了字的人都要被问责。至于那一百万，那是激光厂厂长从个人账户上提出来的现金，直接给了卫生员老李而已！这叫慈善。就算是厂方因为我才给老李的，那也叫个人赠与。"向兵的嘴脸让方明一阵恶心："你非法持有枪支……"向兵看看涉世未深的方明，露出了浅浅的微笑："那把枪里射出的子弹杀不死人。我可以把这所谓的'枪'，说成是试验品。中枪的人躺几天就恢复健康了，连伤残鉴定都不用做！所以，我持'枪'这件事，这连蓄意伤人都不算。"说完，向兵竟然抱着方千柏的脸直接贴了上去，然后一步一回头地走了出去。

方明和背后的众人怎么都没有预料到，他们为卡戎设下的局竟然把向兵这个神经病给吸引过来了。然而这一切都被暗中的卡戎看在眼里，卡戎并不想大白天的在一群地球人面前暴露自己，所以他选择晚上动手。时值午夜时分，灵堂的大门被慢慢推开了，一丝发涩的响声切开了黑夜的一道裂缝。一个黑衣人缓步走了进来,正是那个潜伏在地球大半个世纪的人。赛特、梅瑞和波菈则埋伏在暗处,看着这个充满了谜团的坎瑟男人。

方明看着这个人缓步走进来,立刻感觉出这就是上次想要谋害方千柏的人。但闻那人感叹道:"我来了,我来送老人家最后一程。毕竟他帮了我那么大的忙。虽然他是寿终正寝,但毕竟他这一辈子,也被我吓得够呛。不过,我怎么就是觉得他没死呢?"

方明开口问道:"你究竟是谁,为什么几次三番地想要我爷爷的性命?"

那人回答道:"我想你早已经知道了,还要假惺惺地再问一遍。那我还是郑重地向你介绍一下我自己——我的名字叫卡戎,来自坎瑟。好啦,隐蔽在后面的小老鼠们,都出来吧。我知道你们就在这里。"

听完这话,赛特、梅瑞、波菈也都没有必要再隐藏下去了,悉数闪身出来。瞬间,房间里充斥了各种复杂的情感。方明想要知道卡戎为什么要杀方千柏,为什么要杀自己,梅瑞想要知道卡戎为什么要杀梅珞,波菈想要知道卡戎是否真的是把自己当诱饵,还有自己家人的失踪是不是卡戎干的。赛特的意图很简单,就是想除掉卡戎。所有谜团的答案都集中在卡戎一个人身上。

面对卡戎,最不能淡定的就是波菈了。波菈想要知道卡戎是否真的抛弃了自己,她希望得到真实的答案,但是她又惧怕得到肯定的答案。她胆怯地问道:"你是否真的把我,还有我们的孩子,当成诱饵,然后你可以逃脱追杀,活得久一点?"

卡戎面对波菈的问题,表情非常僵硬,似乎是在积蓄勇气:"对!事实很简单,你和梅瑞在我的计划里就是诱饵。"

听到这句话，波菈犹如遭到晴天霹雳，而梅瑞也已经怒上心头。但听卡戎继续说道："我本来想留个'骡子'在那里帮你们，最起码尽可能让你们过得好一点。但是考虑我自己以后还要面对更大的困难，我还是把'骡子'都带走了。

"我让你们定期打开飞船，就是为了让赛特找到你们。他杀掉你们之后，我就可以逃脱了。顺便告诉你，当我还在坎瑟的时候就已经分析出就是根据我们飞行器锁定我们位置的。所以我让你们时不时地打开救生艇的发动机，以此来吸引赛特。而我则关闭了领袖号的发动机，让飞船跟着超新星爆发之后残留的宇宙风飘荡，直到看见了那个时空的洞口。我从来不会向你们发起联络，只有梅珞会私下里发送信号给梅瑞。我也没必要阻止，反正这对我的计划没什么影响。没有了发动机的痕迹，赛特是找不到我的。可是没承想你们竟然能够逃脱赛特的追杀……"

方明大概知道卡戎说的是哪个超新星了，那是在宋朝时爆发的一颗，后来被古代中国人称为"客星"，可是这个时间怎么能对得上？难道柳睿他们航行了一千多年？这明显不符合逻辑，但方明此时根本就没有时间思考这个问题。波菈已经处在濒临崩溃的边缘，但她还是希望卡戎能够放弃坎瑟星的技术和文明，像自己和梅瑞那样能转变思路，也许这样赛特还能饶他一命。于是波菈说道："卡戎，你知道吗，我们所谓的'圣战'本身就是邪恶的。放弃吧！我们是这个宇宙的癌症。卡戎……"

波菈本以为卡戎能够听进去自己的话，可卡戎的脸色顿时变得铁青："闭嘴！你以为我不知道吗？我早就知道了我们坎瑟星在整个宇宙中的角色。可是那又如何？我们在不知情的情况下已经发展出了我们的文明和人口,难道要我们摧毁我们的文明,屠戮我们的族人吗?"

梅瑞听到这席话,才明白原来卡戎很早之前就知道了宇宙的秘密。但是他明显是另外一套思路,和阿特首领一样的思路。而且卡戎背后应该还有着更多的秘密,可这些秘密究竟是什么呢?

第二十三章
最后的真相

波菈看着卡戎竟然是这种表现,有一点被吓住了。卡戎对自己从来没有这样凶过,他只有在敌人面前才会目露凶光。波菈知道卡戎曾经为了能提她在战斗中生存的几率,甚至都可以违反作战纪律,波菈想不明白,现在的卡戎为什么要对自己这样凶。波菈能这样想,是因为她心里对卡戎还有感情,而且波菈的肚子里还有着卡戎的孩子。卡戎看看一脸沮丧的波菈继续说道:"我本来以为我足够决绝,以为我有一颗强硬的心,我以为我可以做到无怨无悔,但是我发现我错了。现在我只是做了决绝的事,却没有一颗决绝的心,所以我的内心在承受痛苦,你能理解吗?而这种痛苦的根源,就是你——波菈。你知道吗?我现在,就把我自己的故事讲给你们听吧。"

那时,我们和伊缪恩的战斗已经打响,我是坎瑟部队的基层领导,靠着战功一路攀升。突然有一天,首领阿特洛波斯把我叫到总部去,在首领旁边还有正襟危坐的梅狄亚。他们两个面色凝重,气氛相当压抑,似乎谁都不愿意先开口说话。可是任务还是要布置的,于是首领阿特最先打破了沉默:"卡戎,下面要和你说的事情将超越你认知范围。你做好准备,即使无法完成任务,也不能告诉其他人。"

我被阿特首领的这一番话给弄蒙了,其实真正让我懵的还不是他下面将要说的事情,而是阿特首领这样一个直来直去的人竟然还卖起了关子。我感受到了这件事的复杂,因为这件事可以改变首领的行为方式。于是我仔细地听首领继续往下说:"你听好了!我们的智者梅狄亚发现了宇宙的奥秘,发现了我们坎瑟和宇宙的关系,而且我们未来一定会面临灭顶之灾,因为我们是宇宙中的癌症星球。在这场战斗中,我们最好的结果就是和伊缪恩同归于尽。除非我们能够否定我们的文明,削减我们的人口,才能换得我们少数人的生存。"

听完首领的话,我知道了坎瑟星未来的结局,知道我们迟早要被消灭——要么被伊缪恩消灭,要么被伊缪恩之外的其他免疫星消灭。但是我们也有一线生机——通过自己屠杀自己四分之三的同胞,放弃自己的文明和技术,改变自己的文明方式,来换取四分之一坎瑟人的生存机会。我了解阿特首领,他一定会选择玉石俱焚,但是梅狄亚应该会选择让四分之一的人生存下来。当时,阿特首领肯定是被梅狄亚说动了心,好像要采取自我杀戮的方法来换取一线生机。可是摆在我们面前最大的难题,是让哪些人死去,又换得哪些人活下来,活下来的人将要充当屠杀同胞的刽子手的角色,谁又愿意当这个角色呢?如果只让坎瑟的领导层活下来,让普通族人死去,那么我们的道德、情感是不允许的。而且,在还没有削减到理想的人口数量时,就会发生起义、暴动。如果让坎瑟百姓自己来选择的话,又势必会造成弱肉强食，一片混乱，力量小的人会被直接杀掉。所有现行的法律、道德和行为规则都将失效。最终，阿特首领选择了一个在当时比较可行的办法——以家庭为单位，让每个家庭留下四分之一的员活下来，其他人必须放弃自己的生命，或者由家人动手，或者自行了断，如果实在下不了手，就交给专门的组织统一处理。至于每个家族谁生谁死，则由家庭内部来决定。

但是即使这样，也有很多未知的变数，很有可能爆发全球性的动乱。为了避免大规模的动荡，阿特首领决定选择一百个家庭进行试验，而我家就是其中之一。首领已经选了八十多个家庭，但是还有十几个实在选不出来。于是首领希望我不仅要参与这次实验，还要推荐剩下十几个适合参与实验的人选。阿特首领和梅狄亚给我开出了很诱人的条件。例如，只要我完成任务，我就可以跻身坎瑟的高层领导之位。并且为了表示这份承诺的真实性，梅地亚还给我发放了只有领导层才能配备的特制匕首作为信物。

我接过匕首，但是我并不希望通过这种方式跻身领导层，我要靠战功升职。我可以忍痛参与这次实验，但是绝对不会推荐其他实验者的名单，否则我第一个要推荐的，就是梅狄亚的家庭。我很想要这个匕首，但是我不会这样获得，于是我把匕首交给首领。首领凝视着我，对我投以信任的眼神，对我说："其他的实验人员我会去寻找，这个匕首你就拿着吧，它迟早属于你！"

我带着实验任务回家，我的父母都是深明大义之人，他们提前就知道了事情的真相，并且也答应保守这个秘密。为了整个坎瑟种族的存活，他们也大义凛然地选择了自己家庭的悲剧。

当时发生的事情，我一辈子都不可能忘记。在战争中，能够回家是一件又幸福、又幸运的事情，可是我从来没有像那天一样不愿意回家，因为那是我人生前一阶段的终点，也是后一阶段悲剧的起点。当我拖着沉痛的脚步回到家里，父母抱着我的弟弟哭成一团。弟弟年少无知，并不知道父母为何而哭，只是用小手擦拭着母亲的眼泪。父亲看到我回来了，用通红的双眼，慈爱地看着我说："卡戎，你回来了！你回来了，那我们也该走了。我们决定了，留下你，战场上还需要你。你弟弟太小，没有办法在这个乱世存活，而我和你的母亲，也活了这么一大把年纪了，能有你这样的儿子，我们也知足了。如论你以后会如何，都要好好活下去，要记得我们，要记得你还有一个弟弟。如果以后恢复和平了，找一个好女孩儿。结婚的时候，记得祭奠我们，告诉我们一声。好好对别人女孩儿，你是一个出色的军人，以后也要做一个出色的丈夫。如果你有了孩子……孩子……卡戎，我的孩子，让我再抱抱你吧。"

我一边听着父母这最后的唠叨，一边任由泪水倾泻下来。我一下子扑到了父母的怀里。上次和他们拥抱，还是我没有成年的时候，成年以后就开始战斗，奔赴了前线，也远离了怀抱。我一直期盼着他们的怀抱，现在终于有了。但是此时此刻，这将是最后的拥抱。父亲在把我抱得不能再紧了，摸着我的脸，哭成一团，哭得天昏地暗。弟弟什么都不懂，在旁边吓到了，一个劲儿地问——你们怎么了……可是慢慢地，我发现父亲的双臂失去了力量。我的身体明显感觉到了有什么温暖的液体流过。我定睛一看，不知何时父亲已经将一把尖刀插入了他自己的身体。他慢慢失去了知觉，我眼看着他最后一滴热泪从眼角划出，一只手从我的脸上缓缓地掉了下去……

我声嘶力竭地哭着、喊着，虽然我知道这件事情要发生，也提前做了根本就不可能做好的心理准备,到了真正发生的时候才知道,任何的心理准备都无济于事。父亲的离去,只是悲剧的开始。最心碎的事情,莫过于知道接下来要发生的悲剧剧情,却无法改变,只能一点一点地经历。在我悲痛的时候,母亲从父亲身体里拔出了那把刀,慢慢地往自己的脖子上送去:"卡戎,你不用伤心。你一定要完成这残忍的任务。这不是为了我们家族的高官厚禄,也不是为了你自己的存活,而是为了我们整个坎瑟星。这是一件了不起的大事。卡戎,你一定要狠得下心来。"

可是母亲毕竟是女人,刀尖划破了脖子的皮肤之后,她就再也没有勇气往里刺入半分。母亲颤抖地对我哭诉:"卡戎,你帮帮妈妈,帮帮妈妈……"

母亲的话,比尖刀还要锋利,每一个字都扎入了我内心最脆弱的地方。我经历了人生中最残酷的挣扎,始终不能对母亲下手。母亲在旁边一直哭骂我懦夫、胆小鬼,做不了大事……在这样的谩骂声中,我做了人生当中最痛苦的决定。我闭上了眼睛……母亲在我的手中走完了人生最后的旅途。她临走前瘫软在我的怀里,用尽最后一丝力气,抬起一只胳膊,想去摸一下弟弟。可是弟弟被鲜血吓住了,呆立在原地不敢上前。母亲最终也没有能够再摸一下弟弟……

弟弟扑到我身上,不住地打我,哭泣:"我恨哥哥,我恨哥哥!你为什么要杀死妈妈?我恨你。"

我看着亲爱的弟弟,那个骑在我头上玩耍的弟弟,那个说我是他最好的哥哥的弟弟,那个最喜欢我的弟弟……

我不顾他打我,把他抱紧在我的怀里。哭泣,长时间的哭泣。我想过用我的生命来换弟弟活下去的机会,可是战争毕竟还在继续,万一有一天伊缪恩背信弃义,在我们做出全球性的牺牲之后又大举进攻,那我们将再也没有反抗的机会,所以我不能死。之后,我对我弟弟说了最残忍,最惨绝人寰的话:"弟弟,你忍一下,就疼一下,疼一下就好了,就可以见到爸爸妈妈了……"

弟弟在我怀里乱踢乱打:"哥哥我怕,我不要疼一下,我不要疼一下……"

"啊…………"哐啷一声,刀子掉在了地上……

我歇斯底里地叫着、哭着,我不断地自己,用头在地上撞,希望能够用肉体的疼痛代替心里的罪过。跪在三具遗体面前,我再也没有牵绊,再也没有爱,再也没有属于我的一切,彻底成为了一个孤独的流浪者……

我恨!!!

当我完成这个实验任务之后,跟跟跄跄地回到了总部。在参与实验的一百个家庭中,算上我也只有三个完成了任务。剩下的九十七个家庭得出了一个共同的结论——即使全部战死、坎瑟毁灭,也要抗争到底。坚决不让自己的双手沾染同胞和家人的鲜血。不久之后,我靠着对伊缪恩的仇恨,屡建奇功,成为了部队的高层领导。而阿特首领托通过这次实验也发现,梅狄亚的建议虽然可以让坎瑟星与伊缪恩人达成妥协,但是我们坎瑟内部的矛盾却没有办法调和。所以阿特首领放弃了梅狄亚的建议,决定倾全球之力进行抗争,哪怕没有获胜的机会也要抗争到底。不久以后,梅狄亚也就被首领软禁了起来。但是梅狄亚的做法也是为了整个星球的未来,虽然政见不同,但是首领并不会对他处以任何实质性的刑罚。

现在你们这些人,尤其是赛特,说我邪恶也好,说我残忍也罢,可是我究竟做错了什么？我只是想生存下来而已。我们坎瑟人本来一直和平幸福地生活着，可是突然有一天被告知，我们祖祖辈辈的文明是错误的，就莫名其妙地被判了"死刑"，说我们是癌症。换做是你，你能接受吗，你能否告诉我又有谁能够心甘情愿地接受呢？如果有人能够在坎瑟文明开端的时候就告诉我们这一切，或许坎瑟文明的发展脉络就是另外一个样子。如果我们当时知道这种文明形式有问题，而我们没有及时改正，那是我们的错误，伊缪恩来追杀我们，那是我们罪有应得、咎由自取。可是谁和我们说什么了吗？即使知道我们是癌症、是病毒、是寄生虫，那又如何呢？梅瑞、赛特、波菈，还有地球人方明，你们觉得我该怎么做呢？

即使这样，我对伊缪恩人，还有梅狄亚其实也恨不起来。甚至很尊敬梅狄亚，因为他也在为坎瑟寻找出路，只不过是大家的意见不一致罢了。还有赛特，我也很尊敬你，为了宇宙大生命体，你们伊缪恩可以做出整个星球的牺牲……

我恨，但是我根本就不知道该恨什么，到底该恨谁。该恨我们自己，还是伊缪恩，还是我们的祖先，或者是要去恨命运。我到底该恨什么呢？

听了卡戎的话，在场所有人都沉默不语，这是个没有答案的问题。谁也没有办法仅仅站在自己的立场上思考问题了。但是其中一个人思考问题的方式，不是站在宇宙生命的立场，而是爱人的立场——这就是波菈。波菈发现了自己家人失踪的线索，而那个制造失踪事件的人极有可能就是卡戎。她试探性地向卡戎问道："我家人的失踪，是不是和你有关，你是不是杀了他们？"

虽然菠菈现在知道自己的家人已经不可能活在世上了，但是她也非常想知道家人到底发生了什么，她更不会希望这些都是卡戎做的。卡戎认真看审视着面前的菠菈，眼睛慢慢上挑了一下问道："你为什么会觉得你的家人是我杀的呢？"

菠菈的眼睛里静静地渗出浑浊的泪水，无法阻挡地顺着下巴滴在了地上："我之所以怀疑你，就是因为在那个被你改造成休息区的地方，我发现了一个石头台阶。那个台阶是我和我哥哥比赛身高的地方。每年我们都会在那块石头上刻一个记号，看看我们谁长得快，所以我确定这里曾经就是我家。我盯着那块石头，看见上面多了一个特殊的凹陷，应该是某种特殊的兵器留下来的。

"当时在思峨星上，你离开之前对我显得是那么依依不舍，一定要做饭给我吃，让我适应那里的环境，适应那里的食物。我当时非常感动，那些食物我都不舍得吃，希望尽可能留下来，这样我会感觉你还在身边。直到食物都吃完了，所有的动物骨头我都不舍得丢。最后看到了一个最特别的骨头，我留把它一直在身边作纪念，时不时地把玩着。可是突然有一天，我发现那个骨头断裂处的切口，也是一个非常特殊的凹陷。凹陷形状和我家那个石头上的切口的是一样的。我把骨头和和记忆中石头的画面仔细比对之后，几乎可以确定这是同一件兵器留下来的。我还存着侥幸心理，希望用这种兵器的不止是你一个人……"

菠菈说完之后，等待着卡戎的回答，又害怕卡戎的回答。但是最害怕的事情，发生的概率似乎总是会更高一些。卡戎慢慢回答，似乎这一刻他已经等了很久："没错，就是我杀的。听到这短短的回答，菠菈有一种绝望般的解脱，反而平静了，因为她没有任何一种方式来表达自己的绝望，只能用最平静的表情去表达着最不能匹配的崩溃："你为什么要这么做呢？那你和我在一起，究竟又是为了什么？"

卡戎抱着头，很痛苦的样子，用胳膊掩藏着两行热泪。他哭了！这还是那个万人敌的卡戎吗，这还是那个心思缜密的卡戎吗？也许，一个男人一旦拥有了真爱，就同时被命运赋予了无法掩藏的柔情。"我本来是想瞒着你的，希望你永远也不要知道真相。不过事已至此，还是说出来吧。"卡戎努力组织语言，来描述那天发生的事情：

其实，卡斯是我出生入死的战友。我们相互救过对方很多次，我们一起从舰船的残骸中相互扶持着寻找生路，我们一起做好战死沙场的准备，每次又都侥幸地活了下来。我和卡斯是患难之交，是可以为对方牺牲的兄弟。

在一次战斗中，我和他都身负重伤。我记得非常清楚，在我意识涣散的时候，家人、朋友，还有那些战友们的身影不断在我眼前浮现。我担心他们，担心我的死去会让他们伤心，害怕他们失去我之后就没有办法正常活下去。于是我第一次，发现死亡并没有想象的那样简单，因为我们都有自己的牵挂。死亡，对于战士来说是一种解脱，但是对于自己的亲人朋友来说，是一种对他们的不负责任。最终，凭着意志力和求生的欲望，我们还是活了下来。那次之后，我们相互许诺，无论战斗多么惨烈，我们都要坚强地活下去。万一我们谁在战斗中先牺牲，活下来的那个人一定要照顾好对方的家人。

可是我们都没有想到的是，卡斯并没有死在战场上，而是死得糟心，死得不甘。我之前和你们说，我亲手杀死自己家人的事情是真真切切的，没有半点虚假。当时接到屠杀家人这项任务的，不仅仅只有我，卡斯也接到了这个任务。

在那个悲伤的夜晚，我亲眼看着父亲离去，亲手杀了自己的母亲和弟弟。我抱着弟弟的遗体哀嚎了半天。那时的我，没有了时间，也没有了空间，只是被痛苦和绝望无尽地折磨着。当我恢复了意识之后，突然想起卡斯也面临着和我一样的处境。我非常了解卡斯，了解他对敌人的决绝和对家人的责任，但是他的心理承受能力比我差一些。我曾经以为自己的意志非常坚强，但是面对着自己家庭和伦理的惨剧，我都彻底崩溃了，更何况对于卡斯而言呢。他很可能在执行任务的过程中就疯掉了。

于是我快速来到卡斯和波菈的家里，我不知道会看到什么……等我到了之后，眼前的景象同样惨不忍睹。我不知道相对于我来说，卡斯的情况是算好一点还是算更糟糕，现场躺着他父母的遗体，还有坐在地上意识涣散的卡斯。当我来到他面前的时候，他就像一个木头人一样，直勾勾地盯着淌满鲜血的地面。我们像两个弱小的孩子一样抱在一起，一起经历着难以承受的惨绝人寰。我们之间没有任何言语交流，但却非常清楚彼此内心的感受。此时此刻，我们就是彼此的家人，成为血缘的兄弟。可是我怎么也没有想到，这个兄弟也马上要死在我的手上。

卡斯慢慢推开了我，眼神里散发出一种解脱和担忧的目光。他用一种我从来没有见过的语气郑重对我说："卡戎，你帮我一个忙。我不是求你，而是托付给你一个必须帮我完成的事情。我们每个被选中的家庭，只能有一个人存活下来。你们家，看来就是你了。现在你能体会到存活下来的人所承受的痛苦，远远比死去的人更大、更持久。如果要选择的话，我宁可是死去的那个人。

"当我拿着命令回到家里,发现家人早就得到了首领的通知。家人虽然知道这件事情的残忍,但是也同意了参与实验,其实也只能同意吧。可到底选择谁活下来承受这一切呢?死去的人无法看到和平的美好,但活下来的人即使等到了和平,却也不会等到美好。无论作何选择,都是彻底的悲剧。父母不知道该留下我,还是留下波菈,无论怎么选择都是错误。他们无法做出抉择,就把选择权交给我。当然无论是留下我,还是留下菠菈,他们都不会选择自己活下来……

"现在我告诉你,我选择让波菈活下来,我知道波菈正在外太空战斗。我没有把这个任务告诉波菈,因为只有这样,她才能不在愧疚中生存。即使她不幸在战斗中牺牲,但是最起码不用背负杀亲的罪恶感。当我把决定告诉父母的时候,他们哭了,哭得很满足,似乎少了很多牵挂。之后的事情,不需要我来描述了吧,卡戎。你自己经历的就是我刚刚经历的。"

菠菈张大了嘴巴,啊啊地却发泪水。卡戎不忍心看菠菈这样,看着天空继续描述着那天发生的事不出声音来,双眼不受控制地流着情:

我听完卡斯的话,顿时害怕了起来,因为我知道随后在卡斯身上要发生什么事。卡斯缓缓站起身来,用一种解脱的目光看着我,似乎在向我要祝福,希望我能祝福他在另一个世界过得很好。然后卡斯对我说:"卡戎,你跟我进里屋来。"

我跟着他进去,看到了一个石头的墙面,上面刻着很多划痕。卡斯对我说:"我的妹妹波菈,长得很美,身材很好,长得很高。很小的时候就要超过我的身高了。我们每过一段时间就会在这个石头上刻上自己的身高,比赛谁长得更快。其实我更高一些,但总觉得会被她追上。"卡斯说这些话的时候,面带苦涩的笑容里流露出一股难以割舍的幸福。他继续说:"波菈现在在另外一个战区里服役,你要想办法把她调到你身边,无论发生什么事情,都要带着她一起,不离不弃。卡戎,我走之后,你一定要照顾好波菈。要像我一样呵护她、爱护她。只要你还在,就不能让她受到伤害。把她当做你自己的亲妹妹一样看待。如果有一天她变成你的新娘,我也不介意,虽然我认为她应该找一个像我一样优秀的男人……但是卡戎,你这样的也勉强凑合吧。"

说这些的时候,卡斯在苦中作乐,而我无论如何都逃不出绝望悲恸的泥淖。卡斯的话,让我更多了一份责任,让我的余生也多了一份值得留恋的牵挂,从此以后,波菈将成为我生命的意义。而卡斯在我不经意间用刀穿透了自己的身体,然后瘫倒在地面上,背靠着那块记录着卡斯和波菈成长历程的石头,好像这块石头就是他临终前的寄托。但是,自我了结这种事情,需要的不仅是勇气,更要技术。卡斯没有刺中自己的要害,虽然现在他已是必死之人,但却要经历长时间的痛苦。死亡并不可怕,等待死亡的过程才可怕。卡斯挣扎着对我说:"卡戎,给我来个痛快的。别犹豫,干吧。"

我知道卡斯想要有尊严地离去,他不希望我看到他临死前是这样一番狼狈的样子。而且即使让他多活这么一点时间,又有什么意义呢?于是,我掏出了我的那件高层领导才有的武器,对准卡斯的心脏,用力刺了进去,深深插进了后面的石头里。卡斯临终前向我投来了感激的笑容。我回给他的,是惨叫和泪痕。

我亲手杀死了我最好的朋友,但是我迅速停了哭泣,因为这一刻是庄重的。卡斯并不是害因为怕承受活下来的痛苦而选择死去,他不是逃避。此时他也不是以一名军人的身份在执行任务,而是以一个哥哥的身份在拯救她的妹妹。他已经超越了军人的伟大。

波菈听到了这里,心中的那种痛楚不断翻滚,她已经忘记了流泪,或者泪水早已被自己的温度蒸发干了。她一直渴望得到真相,但是真相的揭示竟然比掩盖起来还要残酷。波菈没有任何表情,只是眼皮微微向上睁了一下,然后木木地问卡戎:"那次在我家附近,是我们偶遇,还是你安排的?为什么要安排一个似乎是平行空间的假象?让我一直去寻找那个不存在的答案?"

卡戎抬起头来看着黑色的天空,看着那个赐予他如此悲剧命运的苍天,回想着那天发生的事情:

"我们所有人都非常清楚,这种屠杀家人的任务不可能静悄悄地发生,一定会伴随着各种歇斯底里的哭喊,这样肯定会惊动周围的邻居。所以在执行自我屠戮的任务之前,出于保密的需要,把附近的邻居都迁走了。任务在完成之后很短的时间内,就会有特工人员前来收拾现场。说是迅速,其实很缓慢。因为所有的特工对待这些死去的人都极其敬仰,他们为了坎瑟星做了巨大牺牲。特工处理的每个细节都抱着庄严肃穆的态度。相应的,各种礼仪和程序都很复杂,希望能够给死者最大的尊严。就这样,时间耽误了不少。

"然而就在这时,发生了我们预料之外的事情——波菈,你竟然回来了。当时根本就来不及收拾现场,只能看着你走近。如果强行制止你,那么事情一定会败露。所以当时我灵机一动,干脆设置一个平行空间迷局,至少让你觉得自己的家人只是失踪,并不是死了。这样,你就能带着希望生存下去。于是我故意引导你,一步一步相信了平行空间。当时,我先陪着你假装出谋划策,然后支开你,再利用下午的时间让工作人员迅速处理完现场,晚上再和你一起去你家查看。结果自然是面目全非,你找不到半点熟悉的影子。等到你返回战场之后,我就有充足的时间把所有的漏洞补救起来。但再怎么弥补,总会有不足之处。所以我干脆把房子拆了,改造成一个休息场所。于是,一个完美的平行空间的大戏,就这样画上了句号。我当时必须给你一个生的希望,不想让你知道你父母和卡斯的真正死因,因为你一旦知道真相,就势必会背负沉痛的负担。即使活在这个世界上,也终日愧疚,终生与痛苦为伴,那种滋味生不如死。就像当时我杀掉自己家人那样,从此以后就陷入到人生最黑暗的深渊。"

波菈听到这些,早已是泪如雨下,一种被善意的谎言欺骗到愧疚的感觉涌上心头。她之前听赛特说,卡戎把她和梅瑞留在思峨星是当诱饵,只是现在看来应该不是了。波菈紧闭双眼,用眼睑把泪水挤出来,然后凝神问着卡戎:"你把我和梅瑞留在思峨,是不是把我们当成了迷惑赛特的诱饵?"

卡戎仰天苦笑,沉默了好一阵子,才用热泪润开了嘴唇,他颤巍巍地回答道:"如果确实有诱饵这回事的话,那我也只是把梅瑞当成诱饵。你可以想一下,我当时为什么要建议你和梅瑞在思峨星上分开生活,而且让梅瑞定时去打开飞船的发动机。"

波菈明白了,卡戎的目的是要用梅瑞去吸引赛特,通过牺牲梅瑞来换取自己更大的生存可能。只是即便如此,赛特还是在思峨上找到了自己。想到这里,波菈也意识到:当时赛特的白光对梅瑞的作用很明显,对自己却没有那么大的影响。这应该也是卡戎为自己做了些什么事情的吧。波菈慢慢地问卡戎："我在思峨星上有了些许能够抵挡赛特光芒的能力，是不是你赋予我的，你是怎么赋予我的？"

这个问题，方明也很想知道答案。方明想要知道的是其中的原理，而波菈想要知道的，只是"是"或"不是"。因为这个答案直接关系到卡戎对波菈"爱"还是"不爱"。虽然波菈现在已经知道卡戎自始至终都深爱着自己，但是她还是要听到卡戎亲口说出来。这是一种女人特别在意的仪式！但是经历了这么多事，她已经不太愿意直接以爱情的名义来发问，所以才换了一个提问的方法。卡戎很了解波菈，知道她心里在想什么，深情地盯着波菈的眼睛："你明明知道答案，却一定要让我亲口说出来……我离开思峨的时候，其实很不放心波菈。就算是以柳睿做诱饵，也不能完全保证赛特找不到波菈，所以我希望波菈能够有足够的能力自保，获得对抗赛特的能力。当时我已经找到了能够对抗赛特的方法，以后我也必将获得超越赛特的能力。可我该如何能让波菈也获得这种能力呢？除非有一种方法，能让我获得这个能力的同时，让波菈也同步获得！"

这本来是卡戎和波菈之间的对话，但是方明太在意这件事情的答案了，他抓住了一点端倪就插嘴问道："最近这段时间，波菈和柳睿把你们在思峨星上的事情也都和我说了。波菈能够获得这种能力，我想和你们分别前，你给他做的那顿粥有关吧？波菈一直当做纪念品的那块骨头，是你自己的吧？波菈吃了你的肉，所以才能同步获得你的能力，对不对？"

卡戎苦笑了一下："那确实是我的骨头，是我的指关节，被我用匕首砍了下来。等波菈吃了之后，她身体里也有了我的一部分，所以随着我的能力越来越大，波菈的能力也就越来越大。只是，方明你有一点还没有理解。波菈可不是把我的手指吃进去那么简单，否则经过消化除了变成营养和排泄物外，什么都没有了。在我离开思峨之前，我就开始在我的手指上做实验，把我那段指关节的粒子分离，左旋的粒子和右旋的粒子分开，这着实花费了一些时间。这样，就形成了你们地球人所说的量子纠缠关系。然后我借着打猎的机会，把那段手指砍掉，然后把左旋粒子的部分放进粥里，右旋的部分留在了我自己身上。为了防止波菈吃了左旋粒子的手指之后给消化掉了，我就把'变异'技术又植入在了那段手指上——煮不烂也分解不掉。如此一来，这段左旋粒子就会一直留在波菈体内。所以只要我有了对抗赛特的能力，波菈也应该会有，只不过在程度上可能会有差异。虽然不能确保波菈能够完全逃脱赛特的追捕，但是逃生的机会毕竟会大一些。"

说道这里，卡戎就询问波菈："那块骨头，现在应该回到了你身上吧？"

波菈从自己的怀里掏出了那块骨头。在梅瑞出租车坠桥事件之后，梅瑞又把骨头还给波菈了。卡戎看着这块骨头，继续说道：

"在思峨星离别的那天，我猎杀了很多动物，然后把砍下来的手指和这些猎物一起炖了一锅粥，蒙混着让波菈吃掉。为了不让波菈发现骨头的秘密，本来我想等到食物煮熟之后，把手指骨悄悄拿出来。只是波菈就是想多和我待一会儿，粥还没有煮好波菈就来了，一直在旁边守着，我也没有机会把骨头取出来。我自己的骨头和思峨星动物的骨头是不一样的，因此也就成为最特殊的一块，被波菈拿着当做纪念品。当时我觉得没有取出指骨也就算了，我根本就没有意识到骨头上的缺口和波菈家里石头上的缺口是一样的，波菈竟然通过这个线索开始怀疑我。哎！看来，人算终究还是不如天算！"

卡戎说完了，但是听者的心绪却完全不同。波菈是带着情感在听，方明则是带着疑问在听，柳睿却是带着仇恨在听。波菈此时已是无声，方明特别好奇卡戎要如何掌握超越赛特的能力，梅瑞却关心卡戎为什么要在出租车上杀害自己。此时方明和梅瑞同时开口：

"你是怎么获得超越赛特的能力的？"

"你为什么要杀我，那次出租车事件，请你解释一下！"

二人说完，梅瑞把方明的手一拦，让卡戎先回答自己的问题。

卡戎无奈地叹口气："以防万一吧。有些事情一旦开始了，就很难再收手。梅珞是我计划当中的一个非常危险的因素，我肩负着整个坎瑟星的未来，我害怕梅珞未来会成为绊脚石，所以设计让梅珞在罗斯威尔遭遇雷击而亡。不是我多么恨梅瑞和梅珞，实在是为了种族的延续。梅瑞早晚都会知道是我杀了梅珞，她一定会找我寻仇，而且我也确实发现梅瑞有寻仇的迹象。万一梅瑞真的干掉我了，领袖号上坎瑟人的受精卵就会失去未来。在这件事情上，我不能冒一丝风险，所以我干脆一不做二不休，坏事做到底。于是就策划了那起车祸，对出租车做了手脚。而且你们当时是要回滨海市保护方千柏，万一你们都守护在方千柏身边，我就很难找到下手的机会了。所以那次出租车坠桥事件，其实是在我仓促间下策划的。

"那次我本来想直接干掉梅瑞的，但是当我看到梅瑞身上掉下来的那个骨头时，我一下就楞住了。因为按照道理来说，这块骨头应该是波菈随身佩戴才对。毕竟波菈和梅瑞都变身了，我怕认错人了，担心那个人不是梅瑞，而是波菈，所以我迟疑了。如果真是波菈，我肯定不会动手。而方明你当时又和'波菈'在一起很亲密的样子，所以我怒火上升，一脚向你踹了过去。我仔细看着梅瑞的肚子，不像怀孕的样子，但是也不能确定这到底是谁？在我犹豫的时候，一群地球人围了过来，我就不方便动手了。

"出租车事件之后，我知道梅瑞一定会火速回去保护方千柏。我担心你们会一直守着他，而且他年纪也不小了，万一寿终正寝或有什么意外的话，我这么多年的努力就白费了。所以我也快速赶往滨海市，在你们前一步找到了方千柏。我刚把探测器伸进了方千柏的头，也知道了他的大脑已经成熟了，那只小狗带着你和梅瑞也赶来了。"

听着卡戎的回答，方明基本上能确定卡戎想要获得超越赛特的能力。他还没来得及开口，又被梅瑞拦下来了。梅瑞紧接着又问道："你说梅珞是绊脚石，他怎么绊脚了，你到底为什么非要置他于死地？"

卡戎无奈地回答："我曾经问过梅珞对于梅狄亚的看法。他的回答是，梅狄亚在他心里像是永恒的榜样，无论他做什么事情，他都会去追随。我可以不恨梅狄亚，但是我必须阻止一切不同意见的出现。而且离开思峨之后，在我和梅珞一起漂泊的过程中，有一天我突然听到通话系统中传来了你父亲的话语——'卡戎'。这并不是你梅狄亚在呼叫我，而是当时坎瑟毁灭时，他的通话传输被黑洞引力拉断了，最后两个字直到那时才传到了对讲机上。我意识到梅狄亚要说的是'提防卡戎'，而梅珞当时却以为是他还活着，是他在呼叫我。万一梅珞有一天缓过神来，知道了梅狄亚是要你们两个提防我，那梅珞势必会成为我的敌人。而且我当时也意识到，既然梅狄亚的信息已经完整地传递了出来，说不定他把宇宙的秘密和他的政见也发了什么信号告诉你们，让你们去完成他的遗愿。我绝对不能容忍这样的事情发生。而且当梅珞知道真相之后，说不定还会向我寻仇，毕竟你们家族的衰落，梅狄亚跌下政坛，有很大一部分原因是因为我支持阿特首领。所以当时我就对梅珞就起了杀心。"

梅瑞反驳道:"我们整个坎瑟族群,就剩下我们四个人。难道留下梅珞,对于你来说还有什么不同吗?我父亲的遗愿,无非就是留下四分之一的人口。可是那时只有我们四个人,为什么就不能留下梅珞,为什么?就算你要梅珞,那为什么还要杀方明?你不是说你不会杀地球人吗,你为什么又要杀他?"

让方明想不到的是,卡戎听了这个问题后竟然一脸震惊:"我要杀你?我什么时候杀方明了?"

方明本来还觉得卡戎虽然行事作风过于毒辣,但是也不失为一条血性男儿,可现在这算什么呢?方明直接反问道:"你不记得了吗?在那次学术会议之后,那天晚上你到酒店里来杀我?"

"啊?有这回事吗?"卡戎毫不掩饰地说着,似乎是在回答方明的问题,又好像是在自言自语。方明被卡戎的行为搞懵了,于是就提示到:"你还给柳睿发消息,消息只有三个字——杀方明!"

卡戎用力抿着嘴唇,紧皱着眉头:"好像是有这么回事?好像是在梦里发生过吧,难道是真的发生了?"

方明不耐烦地追问卡戎:"你到底还在掩饰什么?都到了这个份儿上,还有什么不能说出来的吗?"

卡戎扭过头来看着方明:"对啊,我还能有什么好掩饰的呢?我为什么要掩饰呢?"

方明从牙缝里倒吸一口凉气,感觉卡戎的记忆应该是出现了一些紊乱,不仅如此,他的行事逻辑好像也不甚紧密。他杀梅珞、杀柳睿的原因看似合理,实则牵强,因为其实有更好的解决方法。只是现在方明不想纠结这个问题,他迫切想知道卡戎想要如何超越赛特的能力,他的真正目的到底是什么。方明已经被柳睿拦住两次了,这回他无论如何都要问出来。

"你为什么对我爷爷那么感兴趣?那个什么探测器的东西,为什么能直接放进我爷爷的脑袋里,实体物质之间,能这样重叠侵入吗?还有,你的最终目的……"

卡戎叹了一口气:"你的问题还挺多的!我在收集方千柏的脑电波,至于那个探测器,无非是我掌握了你不懂的技术而已。行了,我知道你想问什么,告诉你们也无妨。你们所有人都竖起耳朵挺好了!当我飞离思峨星,穿越孔洞来到地球上的时候,发现地球和思峨有着千丝万缕的联系,文明层级也几乎一样。我意识到思峨和地球极有可能是 DNA 系统。发现地球之后,我本来是想回思峨星接你们的。但是我发现无法再找到那个孔洞,无奈之下,地球成为了我仅有的目标。

"你是否记得我在思峨星上杀了一个人,带着他的头颅回到了领袖号上。那并不是因为他们伤害了波菈让我气愤,而是我的精心设计的局。我故意安排你们都入睡,甚至不让梅珞执行警戒任务,就是为了执行我的计划。当我看到思峨人拆解我们的舰船的时候,其实我早就醒了,我有意让波菈下去和他们交涉,最好能遭受他们的攻击。我就可以借此机会杀掉一个思峨人作为样本进行研究,因为如果不这样的话,你们肯定会阻止我伤害其他星球的人类。即使我得手了,你们也会慢慢怀疑我。

"我杀思峨人作为实验标本,不仅因为我早已知道宇宙是一个巨大的生命体,我还推测到宇宙生命系统对内部不同种类的文明有着不一样的识别,赋予了不同的权限。就像我们自己的身体一样,血液中的白细胞可以透过血管壁进入其他病灶部位，去杀死病毒或者癌症细胞，可是红细胞却不行，只能在血管里呆着。也就说，为了生命更好地存活，生命体赋予了白细胞比红细胞更高的权限。宇宙作为一个巨大的生命体，他一定赋予了伊缪恩更高的权限。当我们坎瑟星被黑洞吞没的时候，赛特的飞船比我们更接近黑洞的中心。那时我们的领袖号想要摆脱黑洞的引力极其困难，可是赛特的飞船竟然完全不受那种引力的影响。当时我就在想，这可能是宇宙生命体对免疫星赋予的一种特殊权限。同样的引力作用，只对身为癌细胞的我们起作用。这应该是宇宙生命体对免疫星进行的本能识别。

"当我们发现思峨的时候，那个地方是如此的风平浪静，有着宇宙中极为罕见的优越环境，我知道思峨一定有着自己的宇宙角色。而且思峨所在的大星系，类似于地球之于银河系的关系，酷似一个巨大的神经元组织。再加上那时把我们吹到思峨星的超新星风暴，很类似于是某种信号传递到了思峨一样。当时因为没有地球作为参照，我本以为思峨星属于宇宙的记忆系统，那么思峨星在宇宙中的权限肯定比我们大很多。想到这里，我就开始了我的实验计划，验证我的猜想到底对不对。于是，我采集了那个思峨人作为实验样本。那颗思峨人的头颅被我放在休息间，小心翼翼地培养了起来，并且在其大脑里放入了坎瑟的存储设备将其脑电波进行采集、复制，即使大脑死亡了，脑电波的样本也还存在。

"后来我和梅珞离开了思峨，穿过了那个时空孔洞的时候，我们先是粒子化，之后由粒子再一次合成为我们的身体。梅珞的思想意识、身体组织，表面看起来没有受什么影响，可是中有一种受到影响的感觉。但是我的感受却和梅珞的不一样。我在思峨打猎时候，手指受了伤。我从孔洞出来之后,发现我的身体确实受到了一些影响。可是那颗思峨人的头颅,却一模一样地复原了,存储器里的脑电波也依旧正常。我顿时陷入了狂喜,我找到宇宙生命体内部各类星球权限的证据了。

"在此之后,我想要回思峨星多抓几个思峨人,也想把波菈两个接回来,但是发现那个孔洞不见了,根本就没有任何途径可以回去,我被迫搁置了我下一步的实验计划。当我发现地球之后,我再一次找到了希望,地球和思峨太相似了,我的计划可以继续完成。为了秘密地进行我的计划,我让梅珞驾驶着领袖号在外太空转悠的时候,而我自己则先来到地球上开启实验。

"在不断的研究中,我发了现宇宙对地球和思峨的识别方式——不同于赛特识别我们那样,宇宙的识别方式明显更高级,不仅是通过文明技术特征进行识别,还必须通过地球生命的脑电波进行识别。这可能就是为了防止病毒星或癌症星的文明侵入地球,并伪装成地球文明吧?而我就是要通过收集大量地球人的脑电波,把自己伪装成地球文明。

"地球上有很多人种,但是不同人种之间的基因没有本质区别,他们不靠基因差异就能完成复杂的社会分工。所以我断定,人类社会分工会导致了相应的文明形态和思维组合方式,文明形态和思维方式又进一步巩固了社会分工。所以地球文明成果的根源就是人类的组合方式。而人类分工的基础又在于权力等级和所控制的财富数量,而权力和财富的集中,又是不同思维和劳动分工的结果。换句话说,宇宙对地球识别的根本,就是各种类型的脑电波组合。这些脑电波纠缠在一起就形成地球文明或思峨文明特有的识别信号。就像我们坎瑟星文明的信号一定会招来伊缪恩的追杀一样。得出这个结论之后，我开始迅速地对地球人进行分类。例如，国家领导人，艺术家、学者、教师、军人、工人、农民，甚至是黑社会、小偷等等。每个类别的人，我都分别收集了脑电波信号。

"以上所说的这些人都好办，例如对国家领导人的采集，我借助了地球人对自己领导人的一次谋杀完成的——肯尼迪总统遇刺事件。当然，我并没有直接参与或阻止人类之间的斗争，肯尼迪的生死是地球人的事情，我可不掺和，我只是搭了一个顺风车而已。我在暗杀者的子弹上做了手脚，给子弹加上一点制导功能和脑电波储器，不仅让子弹能够反复转弯，百分之百命中目标，还能够快速收集肯尼迪的脑电波。只是肯尼迪已经去世，我必须在极短的时间内完成存储和收集工作，这种快速的收集方法如果用在活人身上，一定会造成机体损伤，但是肯尼迪总统已经去世，也就无所谓了。当然正常的收集速度，不会对人体有什么影响。

"也许在地球人看来，最难收集的就是国家元首的脑电波，但是对于我来说，最大的难题是收集科学家的脑电波。地球的科学实在太落后，我还无法找到一个满意的科学家。如果按照地球文明的发展速度来看，能够出现理想的科学家实在是遥遥无期。于是我决定赠送给地球一个礼物——把我们的侦查飞艇在地球上坠毁。让地球人去研究我们坎瑟的科技，以此来帮助地球人快速提升他们的科学水平，希望能尽快出几个像样的科学家。

"而那个时候我正好想要干掉梅珞，我让梅珞驾驶着领袖号赶紧来地球会和。我进入领袖号之后，马上就进入我自己的休息舱，先是在休息舱里把飞船的照明电路损毁一部分，说成是穿越孔洞时候飞船电路受到了损伤，无法收集雷电能源；然后趁着梅珞休息的时候又放空了领袖号的能源。让梅珞驾驶着侦查飞艇去地球收集雷电。而我早已把飞艇收集闪电的设备动了手脚。就这样，梅珞的飞艇不仅不能收集雷电的能源，反而还遭到了雷击。这也就是1947年的罗斯威尔事件。"

梅瑞听到这里，两行热泪早已流过了脸颊，原来自己的弟弟在毫不知情，甚至是对卡戎带有着崇拜的情况下，钻进了卡戎的陷阱。卡戎继续说道："后来我发现了爱因斯坦，这是一个人类的天才，他竟然能在从未接触过热核反应的情况下推算出来核聚变与核裂变的质能转换，他实在是太难得了。我瞄准了爱因斯坦的大脑，可是爱因斯坦在1955年4月18日因为大动脉血管瘤去世，不过庆幸的是，他的大脑没有受到任何损害。在我得知他死亡的消息之后，就迅速赶到了现场。在他刚死亡的一段时间之内，依旧可以收集残存的脑电波。但是出乎我意料的是，他的医生托马斯·哈维想要对爱因斯坦的大脑进行研究，竟然把大脑偷走了，还进行切片，爱因斯坦的脑电波彻底没了。就这样，我失去了一个绝佳的人选。从此以后，我就开始有意识地培养科学家，而且一直跟踪、观察着他们。

"我在整个地球范围内，挑选了数百个可能成为爱因斯坦级别的科学家作为培养对象，不断地给他们提供坎瑟文明的科学材料。等到他们成为爱因斯坦级别的人物时，我就可以采取行动了。"

方明此时终于明白了，他问卡戎："所以，我的爷爷方千柏，也你培养的目标之一？"

卡戎点点头："你说的没错。而且你也是，所以那次向兵组织的科学大会也邀请了你。确切地说，那些参会的人员有相当一部分都是我候选的目标。而方千柏是所有人当中发展最快的,而且也是目前唯一一个达到我理想要求的人。其他那些人,很多即使老死了,也还不会达到我希望的样子。方千柏,是目前唯一一个。

"早在几十年前,我就被方千柏的思维和才华所吸引,认为他当时就可以提供我想要的脑电波。于是我将脑电波的探测设备安装在了一个棒子上,伪装成地球人所使用的工具,让他不会对我的身份产生怀疑。我把探测器放入方千柏的脑袋里,看他的脑电波是否能够达到要求。当时他和马晓渊觉得我要杀死方千柏,其实我才不会杀死他,一是因为万一方千柏还达不到要求,后面还有时间继续培养。二是我如果杀了地球人,假如宇宙生命体对沾染地球人鲜血的物种实行某种特殊的识别、锁定,并安排像赛特这样的文明来消灭我的话,那我一切努力全都白费了。我已经杀了一个思峨人了,绝对不能再对地球人亲自动手。

"可是那天晚上我失败了,不仅是因为马晓渊在那里保护方千柏,还有向兵那个蠢货,被感情冲昏了头。当时我顾不上那么多,将探测设备抢了过去。棒子毁了马晓渊的容貌,而采集设备也侵入到方千柏的大脑。结果那时候的方千柏还不成熟,达不到我的要求。我一阵懊恼之后,悻悻地地离开了。"

方明转而又问:"向兵确实是个蠢货,那向兵和你是什么关系?"

卡戎回答说:"他是我培养的傀儡。这么多年他一直帮我给方千柏送坎瑟星的技术材料,他就是个跑腿的。还有我刚才说了,我可不想亲手杀地球人,甚至对地球人有一丝伤害的事情都不会做,但是向兵可以帮忙做这件事!在我培养的每一个科学家身边,我都扶持了一个傀儡,傀儡们不仅仅要负责送我转交的科研材料,还要负责生活费,负责安全,并且最后负责动手。当年,我知道向兵喜欢马晓渊之后,就知道傀儡的人选就是他了。于是我就鼓动向兵出卖方千柏,也就有了当年的那段往事,也就有了他和方千柏这半个世纪的恩怨。

"在那之后的半个世纪年里,我一直重点观察着方千柏。直到那天傍晚在海边,我再一次将探测器伸入了他的大脑进行识别,我发现他已经达到我最理想的状态了。只不我当时已经没有时间把储存器放入方千柏的大脑,而且脑电波的复制和存储还需要不少时间。而那时,方明和梅瑞也赶到了,还有一只狗,呵呵……"

众人看见卡戎莫名其妙地轻松,不免得心生疑窦。赛特冷眼看着卡戎,心中暗想——一会儿收拾你,有你好受的!

卡戎收起了让人不爽的笑:"我说过我并不想伤害地球人,我很害怕被宇宙的免疫系统锁定。即使我采集地球人的脑电波,也要保证他们能够存活下去。于是我把存储设备进行了升级,把坎瑟星的'变异'技术与存储设备结合起来,就是梅瑞和波菈变成思峨人,而我变成地球人的那个技术,也就是'骡子'技术。'变异'技术被我做出造型很小、尖锐的设备,安装在子弹的前端。而且这个设备会随着人体恢复健康自行溶解,地球人根本就找不到任何蛛丝马迹。至于存储脑电波的设备,我把它放进了子弹里。子弹在射入大脑后,'变异'技术会让人体细胞会快速分裂、愈合,最终做到在不伤害被采集者性命的情况下完成脑电波的存储。存储完成后,我把子弹取出来就行了,当然依旧会保证地球人的生命安全。

"我很早之前就把手枪和子弹交给了向兵,等到方千柏的智力达到要求之后,就让他去完成射击方千柏的任务。但他其实是一个愚蠢又善良的人,他尊敬着他的老师,他很害怕这种子弹不能让被采集者复活，于是他就在尹雪身上做了实验。只是没想到向兵也有不少歪门邪道，还能买通一个患有癌症的卫生员，还能把徐天翔拉下水，还答应给卫生员儿子博士学位和一百万现金，还让卫生员自杀灭口……当向兵看到尹雪复活之后，这才下定了决心对方千柏动手。

"我得到了方千柏去世的消息，可存储器在他的大脑里。我今天来这里，就是来取存储器的。万一方千柏被火化了，我的存储设备就完蛋了，我半个世纪的苦心经营也要泡汤了。"

方明此时全都明白了，原来自己爷爷半个多世纪的风风雨雨，都是卡戎导演的。梅瑞听完卡戎这么多年的经历，感觉虽然他的做法带着邪恶，但是不能说没有道理，很多事情也是被逼到了那个份儿上的。现在坎瑟星就剩下他们几个人了，梅瑞不想再有同胞死去，于是再一次问卡戎："我们现在也只有三个人了，加上波菈肚子里的孩子，也才四个。赛特现在也不杀我们了，难道我们换一种生活方式，继续生存下去不好吗？为什么要如此执着地收集这些脑电波信息呢？"

卡戎的脸上竟然露出了荣耀与充满希望的神情，他说道："我不会否定我们星球的文明。我要延续下去。"

而赛特厉声说道："你倒是想得美，你今天能过得了我这一关吗？你还要超越我，恐怕你没机会了。你在我面前实在太弱小了。"

在梅瑞和波菈眼里，卡戎并不知道赛特的厉害，在赛特面前卡戎就是一只待宰的羔羊。可是让人意想不到的是，卡戎竟然仰天长笑："你以为我没有怀疑方千柏的葬礼是一个圈套吗？我只是担心万一方千柏真死了，会影响我的计划。我既然敢来，就说明我不怕你们。赛特，瞧瞧你那个小样儿吧，有本事来抓我，你来试试看！"

赛特怎么能允许卡戎如此嚣张，卡戎的话音刚落，赛特的周围就亮起一片光芒，就和当时在思峨星上，赛特要杀波菈和梅瑞时的情况一模一样。现在的梅瑞和波菈在这片光芒之下，感觉身体发沉、僵硬，但并不像在思峨星上那样完全无法动弹，活动起来没有太大阻碍。她们心中暗想，也许这是因为她们思想转变的结果吧。方明就和当时的袁岸一样，完全不受任何影响，因为方明是地球人。卡戎在赛特的光芒里笔挺地站立着，赛特能力应该可以完全限制卡戎的行动。

赛特掏出武器攻向卡戎——伊缪恩与坎瑟的战争，马上就要结束了！波菈很想阻止赛特，为卡戎求得一条生路，但是她不能这么做，身体的僵硬也来不及这么做。赛特缓缓地举起了武器，瞄准卡戎的头，可以一击毙命了。波菈捂住了眼睛，梅瑞偏过头去。她们不愿意看到昔日的同胞死在自己面前。只听"啪"的一声响，武器启动了，随即竟然传来了方明"啊"的一声喊叫……

梅瑞毕竟心里爱着方明，吓得竭力迈开腿走向方明。波菈也朝向方明的方向看去，可是方明并没有受伤，而是愣愣地看着赛特。波菈没心思管赛特的状况，看向了卡戎。只见卡戎直挺挺地举着枪对着赛特，而赛特捂住胸口缓缓地跪在了地上——赛特被卡戎击倒了！

怎么？卡戎竟然能够像方明一样，完全不受赛特这种光芒力量的约束。就在众人一脸震惊之下，卡戎缓步来到方千柏的"遗体"旁边。然后卡戎着方千柏的头部，用一个很锋利的细针，把残留在大脑里的那颗子弹取了出来。然后对众人说："我一开始就在怀疑方千柏还活着，果然还活着。你们放心好了，我现在取出他脑子里的子弹，这次的损伤极小，说不定半个小时都不用就可以愈合了。"。

卡戎转过头对赛特说："你知道为什么我猜到了这是全套却还敢过来吗？你知道你的能力为什么对我不管用吗？因为我已经采集了大

量地球人的脑电波信息，并且把这些信息都植入了我自己的体内。而你的能力是带有识别性的，仅对于癌症星人才能起作用，对地球人没用。所以我每植入一类地球人脑的电波信息，你的能力就会对我失去一点作用。虽然我还没有把方千柏的信息植入体内，你的能力对我还有那么一点限制，但也只是一点点而已，可以忽略不计。我只要将方千柏的脑电波植入体内，我一个人就相当于有了整个地球文明的识别信息，宇宙的免疫识别系统将会被我彻底骗过去。赛特！我很感谢你，因为你的能力对我失效，就是我实验成功最好的证明。免疫星的人识别不了我，宇宙也识别不了我，我就可以为所欲为！"

赛特受了重伤躺在地上，无力地指着卡戎，心里充满了不甘。卡戎慢慢走到了赛特面前，把手伸进了赛特的衣兜，掏出了赛特的那颗珠子。赛特见状用带血的手去阻止，可是犹如螳臂当车。旁边的其他人也不敢轻举妄动，毕竟卡戎手里有武器。卡戎以一种胜利者的姿态看着赛特："这颗珠子是我的了。为了公平起见，我不妨告诉你一个秘密。当我们坎瑟决定放弃梅狄亚的方案时，就已经知道坎瑟星胜利的可能性为零。为了保证种族的延续，我们也有后手——在我们的母星上，以及我们很多高级指挥官的飞船上，都储藏着千千万万个坎瑟星人的受精卵。无论最终谁幸存下来，只要有合适的环境，就会培育出新的坎瑟星文明。按照梅珞之前的说法，他会无条件地支持梅狄亚。等到我们的受精卵繁衍成新的文明，梅珞势必又要阻止我。这也是我要杀梅珞的主要原因。"

跪倒的赛特意识到了问题的严重性，但是他没有办法起身。梅瑞去查看赛特的伤势，却被卡戎一声给吓住了："梅瑞，你知道当时你和梅珞为什么会和我一起在领袖号飞船上吗？那是我主动提出的要求，因为要监视你们,通过观察你们的行为来分析梅狄亚是否还想着重新启动他的计划。万一梅狄亚依旧执迷不悟,我还可以拿你们姐弟两个来和梅狄亚谈条件。

"其实梅狄亚非常爱你们,他不惜将你们托付给伊缪恩人。可是他并不能感受到,我们亲手杀死父母兄弟时所经历的那种撕心裂肺的痛。梅狄亚不顾我们的死活,却在乎自己家人的生死,这也未免也太自私了吧!"

梅瑞无言以对,梅狄亚确实是个好父亲,是宇宙生命当中的好角色,但是却不是一个好战友。卡戎看着低头不语的梅瑞,知道她内心很矛盾,便转向了波菈:"菠菈,你恨我吧,是我辜负了你,其实在我和你的交往中,对你也是产生了真感情。你在地球上好好地活着吧。

"好啦!我现在要离开地球了。我也不瞒你们,我要去寻找一个合适的黑洞进行穿越。因为我发现,黑洞中心的奇点应该是个通道,穿过黑洞之后应该是一个完全不同的世界,我可以放心在那里繁衍新的坎瑟文明。这一发现必须要感谢伊缪恩,因为当坎瑟星被伊缪恩的黑洞吞噬时,黑洞对赛特的飞船没有影响。而现在,我的领袖号上携带了地球的文明技术,地球人的脑电波,还有了赛特的珠子,我现在伪装成地球文明和伊缪恩文明,可以顺利逃过黑洞引力的碾压。我即将创造坎瑟星文明的未来。

"就说道这里吧。再见了,还是我赢了。"

说罢,卡戎扬长而去。

赛特硬撑着坐了起来,一阵阵眩晕又把他撂倒在地。赛特等人让卡戎钻进了圈套,可是他万万没想到这所谓的圈套是如此不牢固。所有人没有办法阻拦卡戎,就只能眼睁睁地看着他离去。等到大家回过神来之后，赶紧查看赛特的伤势。虽然这伤口并不致命，但是情况也不算太好。众人让赛特不要说话，只是赛特坚持要讲出来："糟了，这下糟了。卡戎作为癌细胞，他现在已经结合了地球的DNA密码，坎瑟星的癌症文明相当于变异了。他带着这么多的受精卵去寻找新的居住空间，一旦繁衍出新的坎瑟星文明，那么这种文明就带有地球的文明特征，还有伊缪恩的特征，宇宙很难识别他们，新的坎瑟文明必定会肆无忌惮地发展，就具备了高度的扩散性。一种无法识别，且具有扩散性的癌症，对于宇宙生命体来说，绝对是无法挽回的灾难！"

方明安慰赛特道："你不用过分担心。我说一个很自私的想法——卡戎要逃离我们这里，最起码地球还是安全的，我们可以慢慢想办法。"

方千柏不知道什么时候恢复了意识，摸了摸额头上的伤口，似无大碍，然后对方明说："事情可能并不像你想的那个样子。你是否记得思峨星上的事和地球上的事有的可以对应起来，但是也有的对不上。我感觉，在梅瑞把坎瑟科技植入思峨之前的事情基本上都能对上，但是在这之后，就出现了很多无法对应的情况。"

赛特听了方千柏的话之后，一边喘息，一边点点头说道："方老先生确实厉害。方明你刚才说的这些都不是问题的关键，我们暂时可以不去理会卡戎会做什么，而应该关心地球和思峨。思峨文明被梅瑞植入了坎瑟文明，而地球人已经在罗斯威尔事件中也掌握了太多了坎瑟星的科技，还有卡戎给了很多地球科学家坎瑟科技的资料。你们两个DNA星球的文明发展已经偏离了原本方向，就是说你们这对DNA星球在癌细胞的影响下发生了突变。而且你们身为DNA密码，我们这些免疫星是不能对你们做出任何干涉的。如果一味地这样发展下去的话，整个宇宙将发生遗传性的病变。宇宙生命体,将有可能因为你们而进入死亡倒计时。请问,谁能来拯救宇宙呢?"

方明听到这席话的时候,愣愣地瘫软在了地板上。

第二十四章
尾声

众人无奈只能目送卡戎离开,而波菈却跟着冲了出去。她看着卡戎的背影,心跳无法控制地翻腾!

"卡戎!你等等。"

卡戎转过身来,看着一脸凌乱的波菈。波菈缓缓地走了过去说道:"我有话想和你说,但是却不知道说什么……"

波菈说这句话的时候,眼神里散发着期盼与害怕的双重目光。卡戎慢慢转过身来,径直走到了波菈面前,眼神里充满了愧疚,他没有冲到波菈身边,而是距离波菈三米多远,用颤抖的手隔空描绘着波菈的脸庞。他很想碰到波菈的脸,很想拥抱她,但是卡戎觉得自己没有资格这么做。波菈用期待的眼神看着卡戎,看着这个承受了太多,也背负了太多的男人。波菈希望他能走过来,可是卡戎还是没有过来……波菈盯着卡戎在夜影下的轮廓:"你为什么这样残忍地对待我,也这样很残忍地对待你自己?"

卡戎双眼在夜色的掩护下，肆无忌惮地释放着惆怅和不舍，他回答道："自从卷入战争以来，我一直生活在仇恨当中。我所爱的，除了你之外，什么都没有了。但是我所恨的，却有太多太多。这些仇恨激励着我要活下去，要抵抗命运！我肩负着坎瑟星的未来，我不能停下脚步，我的未来是一个未知数。我知道命运的捉弄，让我们已经不太可能终身相伴，但是我也确定，我已经在你记忆中深深扎根而无法隐去。"

内向了多年的波菈曾经也是一个开朗的女孩。她都忘了自己以前能言善辩，忘了自己可以侃侃而谈。面对卡戎的离开，曾经的那个波菈苏醒了。她需要用语言来抒发自己内心的波澜："卡戎，你有没有觉得你自己一直生活在矛盾中。一面带着仇恨，一面带着爱；一面带着憧憬，一面又带着绝望；一面是保护的欲望，一面又是的无奈摧残。不仅你自己矛盾，还把我拖入了矛盾中。让我的爱与恨并存着，让我的期望与失望并存着。你把我从家庭不幸的悲恸中解脱出来，最终却又要离开我，你觉得，这两种悲剧有什么区别吗？你爱我，最终却没有面对我。你喜欢我，最终却给我了你认为是善意的伤害。你一开始就错了，因为我是你的人，如果你真心地选择了我，那我们至少还有一个漂泊的家，我会和你一起承担，我会和你一直在一起，直到我们最终离开这个世界。你不该瞒我，至少在后来应该告诉我真相，可是你却选择了独自承担——你只知道呵护我，却不知道我也能呵护你——你太见外！这不是二人世界里纯粹的爱情，这里面夹带着我们两人之外的其他责任！我不需要带有外在责任的爱情！我可以告诉你，你所做的这一切是让我感动的，我也能理解，但是我却并不认可，更不接受。你把你认为最好的结局给了我，可是对于我来说，这是一个非常虐心开始。你用你心中最善良的方式，做着对于我来说最残忍的事情。你既然选择了我，在我没有放弃你的时候，你怎么能忍心抛下一个孤单落寞的我？"

卡戎流泪了，一种无奈的辛酸，一种无奈的不得已，一种无奈的无从选择，一种无奈的无奈。所有的一切最终凝结成一句没有底气的话："波菈，你愿意跟我走吗？"波菈哭了，摇摇头，咬着嘴唇，也是无奈地说出了她内心的感受："如果在之前你就和我说这些，我会义无反顾地跟你走。可是现在，你要我怎么选择，以一种什么样的身份和立场选择？你也知道我们在宇宙中的身份，也许我们的存在本身就是个错误。若像你这样再大规模地重启坎瑟文明，未来会发生什么简直不敢想象。最重要的是，我怀了你的孩子，这是我们孩子，我马上要成为一个母亲了。我想让孩子在地球上安稳地成长，至少我们两人的血脉会延续下去。如果可能的话，我希望你留下，过一下属于我们自己的日子，而不是属于坎瑟文明的日子。"

卡戎终于慢慢走上前去抱住了波菈，深情地对她说："我没有否定自己存在的意义，否则一切就都结束了。只是意义太多了，而且还相互冲突。'如果'可能的话，我想任性地去做我自己。可是这个世界上，最美好的事情就是人们可以设想'如果'，而世界上最悲伤的事情，如果'如果'已然成真，那又何必'如果'？如果有'如果'，我想我比任何人都需要'如果'。如果能再来一次，我一生唯一的目标，就是给你打造一个幸福安定的生活，然后和你一起分享。"

波菈听完卡戎的话，一股新的热泪盖住了早已干涸的泪痕。飞船慢慢启动了，波菈抬头仰望着天空。一阵撕裂般的痛苦袭击了波菈，各种复杂的心情束缚住了卡戎。还有赛特、方明，他们都即将踏上各自前途未知的迷茫征程。

地球逐渐消失在了卡戎的视线中。而在波菈眼里,一颗闪亮的星星划过了天空,苍穹之下留下了好多孤独的身影。

后记

很多人一生在追求正确的东西。问题是到底什么是对的，什么是错的，其本质又在于评判的标准。可是，每个人身上往往都背负着不同的甚至是相互矛盾的评判标准，那么人们该如何抉择呢——是虚伪的分裂，还是痛苦的真实。而标准的制定者又是谁，又应该是谁呢？对与错的意义又是什么呢？也许所有的意义，都应该会有相应的判断标准吧？

我们对周围世界的理解，对自己生存的意义，都是建立在我们的认知基础上的。但是我们的认知又是那么有限，一旦我们认识到了事物的全部，我们的意义和价值自然就会有相应的变化。梅狄亚有错吗？赛特有错吗？卡戎有错吗？其实每个人站在自己的立场上，都有自己的合理性，就像每个文明从发端到壮大，都有着自己表面上的轨迹和背后的逻辑，有着自己如其所是的道理，但是一旦与其他不同的文明碰撞，就会有相对的对错是非之分。那么，这种存在于相对概念里的对与错，又该如何评判呢？

当然在我们的认知范围里，我们需要尽可能把人生活得精彩，活得有意义、有价值。当我们不停地陷入虚拟世界的时候，为了生活陷入蹉跎的时候，不断重复每一天的时候，其实更应该回过头来看看我们人生的真正意义在何方。

梅瑞、波菈、赛特、卡戎，还有方明，在故事的最后，都变成了宇宙中的精神流浪者——很多意义不存在了，有多意义也被重新赋予了——每个人都有着存在的理由和目的，最重要的是每个人都应该有值得期待的东西。否则，当我们失去了心灵家园的时候，我们也就都成了流浪者，一群繁忙的精神流浪者，而流浪者的精神家园究竟在哪里？

这部小说在选用角色名字的时候，有两个人让我陷入了纠结。一个是坎瑟星的首领，一个是伊缪恩的统领。我想用希腊神话命运之神的名字来命名，一个是阿特洛波斯，负责剪短生命线；另一个是克罗托，纺织生命之线。但是这两个名字究竟怎么安排呢？坎瑟星的首领延续着自己星球的生命，却剪断宇宙的生命。而伊缪恩的统领虽然延续着宇宙的生命，但是却剪断了伊缪恩的生命。这两个角色虽然戏份不多，但是却是价值评判矛盾的结合点。另外，关于伊缪恩的文明发展方式我纠结了很长时间——这种一出生就把婴儿带走集中抚养，培育成战士的方式是否合理。后来我突然想起类似的模式在人类历史上确实存在过，就是古希腊的斯巴达，斯巴达的儿童在很小的时候就要集中起来训练。所以，伊缪恩的典型代表赛特的出生编号是37N·22E，这是古代斯巴达的地理坐标。

第一部还有很多秘密没有揭开，还有看似前后矛盾的地方，还有很多意义没有阐述，还有很多价值判断也没有分析。第二部，将会有进一步的探索。

角色姓名

坎瑟星：cancer，癌症

伊缪恩星：immune，免疫

思峨：earth音译的反读

鲁克·赛特：leukocyte，免疫细胞

阿特洛波斯：坎瑟星首领。希腊神话中的命运之神，掌管切断生命之线。

克罗托：伊缪恩统领。希腊神话中的命运之神，纺织生命之线。

阿特洛波斯和克罗托原本是希腊神话中的女神，在此设定为男性。

卡戎：罗马神话中冥河的摆渡者，将人引入地狱。

梅狄亚：原本是希腊神话中英雄伊阿宋的妻子——美狄亚，她为自己认为正确的事情做出了违背人性的选择，展现出了复杂的人性。在此引用这个名字，表示故事中的梅狄亚性格的复杂，但不同于神话

中的美狄亚,他对自己的孩子疼爱有加。

波菈和卡斯:双子星座,源于希腊神话中一对同生共死的兄弟卡斯托耳和波吕克斯。卡斯和波菈作为甘愿为对方献身的兄妹,此处修改并借用了双子星座兄弟的名字。